D1136312

LA FILLE DE BROOKLYN

GUILLAUME MUSSO

LA FILLE
DE BROOKLYN

ROMAN

© XO Éditions, 2016.
ISBN : 978-2-266-27514-9
Graphisme de la couverture : © Rémi Pépin
(Silhouette d'après une illustration © Getty Images)

Et elle m'échappa...

Antibes, mercredi 31 août 2016

À trois semaines de notre mariage, ce long week-end s'annonçait comme une parenthèse précieuse, un moment d'intimité retrouvée sous le soleil de fin d'été de la Côte d'Azur.

La soirée avait bien commencé : une balade sur les remparts de la vieille ville, un verre de merlot en terrasse et un plat de spaghettis aux palourdes dégusté sous les voûtes en pierre de taille du Michelangelo. Nous avions parlé un peu de ton métier, du mien, et de la cérémonie à venir, prévue dans la plus stricte intimité, deux amis pour témoins et mon fils Théo pour nous applaudir.

Sur la route de la corniche, au retour, je conduisais lentement notre cabriolet de location pour que tu profites de la vue sur la côte découpée du cap.

Je me souviens parfaitement de ce moment : la clarté de ton regard d'émeraude, ton chignon bohème, ta jupe courte, ton blouson de cuir fin ouvert sur un tee-shirt jaune vif barré du slogan « *Power to the people* ». Dans les virages, en passant les vitesses, je regardais tes jambes dorées, nous échangions des sourires, tu fredonnais un vieux tube d'Aretha Franklin. Il faisait bon. L'air était tiède et réconfortant. Je me souviens parfaitement de ce moment : les paillettes dans tes yeux, ton visage radieux, tes mèches de cheveux qui volaient au vent, tes doigts fins qui battaient la mesure sur le tableau de bord.

La villa que nous avions louée se situait dans le Domaine des pêcheurs de perles, un élégant lotissement d'une dizaine de maisons qui surplombait la Méditerranée. Alors que nous remontions l'allée de gravier à travers la pinède embaumée, tu écarquillais les yeux en découvrant le panorama spectaculaire qui nous entourait.

Je me souviens parfaitement de ce moment : la dernière fois où nous avons été heureux.

*

Chant des cigales. Berceuse du ressac. Légère brise diluant la moiteur soyeuse de l'air.

Sur la terrasse qui s'avançait à flanc de rocher, tu avais allumé des bougies parfumées et des photophores censés éloigner les moustiques, j'avais mis un disque de Charlie Haden. Comme dans un roman de Fitzgerald, je m'étais installé derrière le comptoir du bar en plein air où je nous préparais un cocktail. Ton préféré : un Long Island Iced Tea avec beaucoup de glaçons et une rondelle de citron vert.

Je t'avais rarement vue aussi enjouée. On aurait pu passer une bonne soirée. On aurait *dû* passer une bonne soirée. Mais à la place, je me suis enfermé dans une pensée obsessionnelle, une vieille antienne qui me trottait depuis quelque temps dans la tête, mais que j'avais contrôlée jusqu'alors : « Tu sais, Anna, il ne faut pas qu'on ait de secrets l'un pour l'autre. »

Pourquoi la peur de ne pas te connaître *vraiment* rejaillissait-elle justement ce soir ? Était-ce la proximité de notre mariage ? la crainte de franchir le pas ? la vitesse à laquelle nous avions décidé de nous engager ? Sans doute un mélange de tout cela, auquel s'ajoutait ma propre histoire marquée par la trahison de gens que j'avais cru connaître.

Je t'ai tendu un verre et me suis assis en face de toi.

— Je suis sérieux, Anna : je ne veux pas vivre dans le mensonge.

— Ça tombe bien : moi non plus. Mais ne pas vivre dans le mensonge ne signifie pas n'avoir aucun secret.

— Donc tu l'admets : tu as des secrets !

— Mais tout le monde a des secrets, Raphaël ! Et c'est très bien comme ça. Nos secrets nous définissent. Ils déterminent une partie de notre identité, de notre histoire, de notre mystère.

— Moi, je n'ai pas de secrets pour toi.

— Eh bien, tu devrais !

Tu étais déçue et en colère. Et moi aussi. Toute la joie et toute la bonne humeur de ce début de soirée s'étaient évaporées.

La conversation aurait pu s'interrompre à cet instant, mais, malgré moi, je suis revenu à la charge, déployant tous les arguments pour arriver à la question qui me hantait :

— Pourquoi tu bottes en touche chaque fois que je t'interroge sur ton passé ?

— Parce que, par définition, le passé est passé. On ne peut plus le changer.

Je me suis agacé :

— Le passé éclaire le présent, tu le sais très bien. Qu'est-ce que tu cherches à cacher, bon sang ?

14

— Je ne te cache rien qui puisse nous menacer. Fais-moi confiance ! Fais-*nous* confiance !

— Arrête avec tes formules toutes faites !

Je venais d'abattre mon poing sur la table, ce qui t'a fait sursauter. Ton beau visage s'est métamorphosé, dans un éventail de nuances allant de la détresse à la peur.

J'étais en colère parce que j'avais besoin d'être rassuré. Je ne te connaissais que depuis six mois et dès notre première rencontre j'avais tout aimé de toi. Mais une partie de ce qui m'avait séduit au début – ton mystère, ta réserve, ta discrétion, ton caractère solitaire – était devenue une source d'angoisse qui me revenait comme un boomerang.

— Pourquoi veux-tu absolument tout gâcher ? m'as-tu demandé avec une grande lassitude dans la voix.

— Tu connais ma vie. J'ai déjà fait des erreurs. Aujourd'hui, je ne peux plus me permettre de me tromper.

Je savais combien je te faisais mal, mais j'avais le sentiment d'être capable de tout entendre, de tout endurer par amour pour toi. Si tu avais quelque chose de douloureux à m'avouer, je voulais te soulager de cette douleur en partageant ton fardeau.

J'aurais dû battre en retraite et laisser tomber, mais la discussion a continué. Et je ne t'ai pas épargnée. Car j'ai bien senti que, cette fois, tu allais me livrer quelque chose. Alors, j'ai planté mes banderilles, méthodiquement, jusqu'à ce que tu sois suffisamment épuisée pour ne plus te défendre.

— Je ne cherche que la vérité, Anna.

— La vérité ! La vérité ! Tu n'as que ce mot à la bouche, mais est-ce que tu t'es jamais demandé si tu serais capable de la supporter, la vérité ?

Cette passe d'armes instilla le doute dans mon esprit. Je ne te reconnaissais plus. Ton *eye-liner* avait coulé et une flamme que je n'avais jamais vue brillait dans tes yeux.

— Tu veux savoir si j'ai un secret, Raphaël ? La réponse est oui ! Tu veux savoir pourquoi je ne veux pas t'en parler : parce qu'une fois que tu le connaîtras, non seulement tu ne m'aimeras plus, mais encore tu me détesteras.

— Ce n'est pas vrai : je suis capable de tout entendre.

C'est du moins ce dont j'étais persuadé à ce moment-là. Que rien de ce que tu pourrais me révéler ne m'entamerait.

— Non, Raphaël, ça, ce sont des mots !

Des mots comme ceux que tu écris dans tes romans, mais la réalité est plus forte que les mots.

Quelque chose s'était inversé. Une digue avait cédé. À présent, je le voyais bien, toi aussi, tu te demandais ce que j'avais vraiment dans le ventre. Toi aussi, tu voulais savoir. Si tu m'aimais toujours. Si je t'aimais assez. Si la grenade que tu t'apprêtais à dégoupiller détruirait notre couple.

Alors, tu as fouillé dans ton sac pour en sortir ta tablette tactile. Tu as tapé un mot de passe et ouvert l'application de photos. Lentement, tu as fait défiler les clichés pour trouver celui que tu cherchais. Puis tu m'as regardé bien en face, tu as murmuré quelques mots et tu m'as tendu la tablette. Là, j'ai contemplé le secret que je venais de t'extorquer.

— C'est moi qui ai fait ça, as-tu répété.

Abasourdi, j'ai scruté l'écran en plissant les yeux jusqu'à ce qu'un haut-le-cœur me retourne l'estomac et m'oblige à me détourner. Un frisson a irradié tout mon corps. Mes mains tremblaient, le sang pulsait dans mes tempes. Je m'attendais à tout. Je croyais avoir tout anticipé. Mais je n'avais jamais pensé à *ça*.

Je me suis mis debout sur mes jambes en coton. Pris de vertiges, j'ai vacillé, mais je me suis fait violence pour sortir du salon d'une démarche ferme.

Mon sac de voyage était resté dans le hall d'entrée. Sans un regard pour toi, je l'ai attrapé et j'ai quitté la maison.

*

Sidération. Chair de poule. Reflux acides dans l'estomac. Gouttes de sueur qui troublaient ma vision.

J'ai claqué la porte du cabriolet et j'ai roulé dans la nuit comme un automate. La colère et l'amertume ravageaient mes veines. Dans ma tête, tout se bousculait : la violence du cliché, l'incompréhension, la sensation que ma vie s'écroulait.

Au bout de quelques kilomètres, j'aperçus la silhouette compacte et trapue du fort Carré qui se dressait au sommet de son rocher, bien solide, elle, sur ses fortifications, dernière vigie avant de quitter le port.

Non. Je ne pouvais pas partir comme ça. Déjà, je regrettais mon geste. Sous le choc, j'avais perdu mon sang-froid, mais je ne pouvais pas disparaître sans écouter tes explications. J'écrasai la pédale de frein et fis demi-tour au milieu de la chaussée, mordant sur un terre-plein et manquant de percuter un motard qui arrivait en sens inverse.

Il fallait que je te soutienne et que je t'aide à chasser ce cauchemar de ta vie. Il fallait que je sois celui que je m'étais promis d'être, celui qui pourrait comprendre ta douleur, la partager et t'aider à la surmonter. À toute allure, je fis la route en sens inverse : boulevard du Cap, plage des Ondes, port de l'Olivette, batterie du Graillon, puis le chemin étroit qui menait au domaine privé.

Je garai la voiture sous les pins et me précipitai vers la maison dont la porte d'entrée était entrebâillée.

— Anna ! criai-je en m'engouffrant dans le hall.

Dans le salon, il n'y avait personne. Le sol était jonché d'éclats de verre. Une étagère couverte de bibelots y avait été projetée, brisant dans sa chute la table basse en verre soufflé qui avait éclaté en mille morceaux. Au beau milieu de ce bazar gisait le trousseau de clés que je t'avais offert quelques semaines auparavant.

— Anna !

La grande baie vitrée encadrée de rideaux était ouverte. J'écartai les pans de tissu qui battaient au vent pour revenir sur la terrasse. À nouveau, je criai ton prénom dans le vide. Je composai ton numéro de portable, mais mon appel demeura sans réponse.

Je m'agenouillai et me pris la tête entre les mains. Où étais-tu ? Que s'était-il passé pendant les vingt minutes qu'avait duré mon absence ? Quelle boîte de Pandore venais-je d'ouvrir en remuant le passé ?

J'ai fermé les yeux et j'ai revu quelques bribes de notre vie commune. Six mois de bonheur qui, je le devinai, venaient de s'envoler pour toujours. Des promesses d'avenir, de famille, de bébé qui ne se réaliseraient jamais.

Je m'en voulais.

À quoi bon prétendre que l'on aime quelqu'un si on n'est pas capable de le protéger ?

Premier jour

Apprendre à disparaître

1

L'homme de papier

*Dès que je ne tiens plus un livre ou
que je ne rêve pas d'en écrire un, il
me prend un ennui à crier. La vie,
enfin, ne me semble tolérable que
si on l'escamote.*

Gustave FLAUBERT

1.

Jeudi 1ᵉʳ septembre 2016

— Ma femme s'endort tous les soirs avec
vous, heureusement, je ne suis pas jaloux !

Ravi de son trait d'esprit, le chauffeur de taxi
parisien me lança un clin d'œil appuyé dans le
rétroviseur. Il ralentit et mit son clignotant pour
attraper la bretelle d'autoroute qui permettait de
s'extraire de l'aéroport d'Orly.

— Faut dire qu'elle a le cœur bien accroché.

Moi aussi, j'ai lu deux ou trois de vos bouquins, reprit-il en lissant sa moustache. Ça se tient côté suspense, mais c'est vraiment trop dur pour moi. Ces meurtres, cette violence… Avec tout le respect que je vous dois, monsieur Barthélémy, je trouve que vous avez une vision malsaine de l'humanité. Si on rencontrait autant de tordus dans la réalité que dans vos romans, on serait mal barrés.

Les yeux rivés à l'écran de mon téléphone, je fis comme si je n'avais pas entendu. La dernière chose dont j'avais envie ce matin était de discuter de littérature ou de deviser sur l'état du monde.

Il était 8 h 10, j'avais pris le premier avion pour rentrer d'urgence à Paris. Le téléphone d'Anna renvoyait directement à son répondeur. Je lui avais laissé une dizaine de messages, me confondant en excuses, lui faisant part de mon inquiétude et la suppliant de me rappeler.

J'étais désemparé. Jamais nous ne nous étions réellement disputés auparavant.

Je n'avais pas fermé l'œil cette nuit-là, employant tout mon temps à la chercher. J'avais commencé par me rendre au poste de gardiennage du domaine, où le vigile m'avait indiqué que, pendant mon absence, plusieurs véhicules étaient entrés dans le lotissement, dont une berline d'une société de VTC.

— Le chauffeur m'a dit qu'il avait été appelé par Mme Anna Becker, résidente de la villa Les Ondes. J'ai contacté la locataire par l'Interphone et elle m'a confirmé sa commande.

— Comment êtes-vous sûr qu'il s'agissait bien d'un VTC ? avais-je demandé.

— Il avait le badge réglementaire sur son pare-brise.

— Et vous n'avez aucune idée de l'endroit où il a pu la conduire ?

— Comment le saurais-je ?

Le chauffeur avait emmené Anna à l'aéroport. C'est du moins ce que j'avais déduit quelques heures plus tard en me connectant sur le site Internet d'Air France. En entrant nos références de voyage – c'est moi qui avais acheté nos billets –, j'avais découvert que la passagère Anna Becker avait changé son billet de retour pour attraper le dernier vol Nice-Paris de la journée. Prévue à 21 h 20, la navette n'était partie qu'à 23 h 45 en raison d'une double contrainte : les retards inhérents aux retours de vacances et une panne informatique qui avait cloué au sol tous les vols de la compagnie pendant plus d'une heure. Cette découverte m'avait un peu rasséréné.

Anna était suffisamment en colère contre moi pour briser une table basse et avancer son retour à Paris, mais, au moins, elle était saine et sauve.

Le taxi quitta l'autoroute et ses tunnels tristes et tagués pour s'engager sur le périphérique. Déjà dense, la circulation ralentit encore porte d'Orléans jusqu'à presque se figer. Les voitures roulaient pare-chocs contre pare-chocs, immobilisées dans les vapeurs noirâtres et huileuses rejetées par les moteurs des camions et des bus. Je remontai ma fenêtre. Oxyde d'azote, particules cancérigènes, concert de klaxons, invectives. PARIS...

Mon premier réflexe avait été de demander au chauffeur de me conduire à Montrouge. Même si, ces dernières semaines, nous avions commencé à vivre ensemble, Anna y avait conservé son appartement, un deux pièces situé dans un immeuble moderne de l'avenue Aristide-Briand. Elle restait attachée à cet endroit dans lequel elle avait laissé la plus grande partie de ses affaires. J'avais bon espoir que, dans sa colère contre moi, elle y était retournée.

La voiture fit un demi-tour interminable au rond-point de la Vache-Noire avant de revenir sur ses pas.

— Z'êtes arrivé, monsieur l'écrivain, m'annonça

mon chauffeur en s'arrêtant le long du trottoir devant un bâtiment récent, mais sans charme.

Silhouette ronde et tassée, crâne dégarni, regard circonspect et lèvres fines, il avait la voix du personnage de Raoul Volfoni dans *Les Tontons flingueurs*.

— Vous pouvez m'attendre un moment ? demandai-je.

— Pas de problème. Je laisse tourner le compteur.

Je claquai la portière et profitai de la sortie d'un gamin, cartable sur le dos, pour m'engouffrer dans le hall. Comme souvent, l'ascenseur était en panne. Je montai les douze étages sans faire de pause avant de tambouriner à la porte de l'appartement d'Anna, hors d'haleine et les mains sur les genoux. Personne ne me répondit. Je tendis l'oreille, mais ne perçus aucun bruit. Anna avait abandonné les clés de mon appartement.

Si elle n'était pas chez elle, où avait-elle passé la nuit ?

Je sonnai à toutes les portes de l'étage. Le seul voisin qui m'ouvrit ne me fut d'aucun secours. Rien vu, rien entendu : la devise habituelle qui règle la vie en collectivité dans les grands ensembles.

Dépité, je redescendis dans la rue et donnai à Raoul mon adresse à Montparnasse.

— À quand remonte votre dernier roman, monsieur Barthélémy ?

— Trois ans, répondis-je dans un soupir.

— Vous en avez un autre en préparation ?

Je secouai la tête.

— Pas dans les mois qui viennent.

— C'est ma femme qui va être déçue.

Cherchant à mettre fin à la conversation, je le priai d'augmenter le son de sa radio pour écouter les infos.

Branché sur une station populaire, le poste diffusait le flash de 9 heures. En ce jeudi 1er septembre, douze millions d'élèves se préparaient à reprendre le chemin de l'école, François Hollande se félicitait d'un frémissement de la croissance économique, à quelques heures de la fin du mercato, le PSG venait de s'offrir un nouvel avant-centre, tandis qu'aux États-Unis le Parti républicain s'apprêtait à investir son candidat pour les prochaines élections présidentielles…

— Je ne comprends pas bien, insista le taxi. Vous avez *choisi* de vous la couler douce ou vous avez le syndrome de la page blanche ?

— C'est plus compliqué que ça, répondis-je en regardant par la fenêtre.

2.

La vérité, c'était que je n'avais plus écrit la moindre ligne depuis trois ans, car la vie m'avait rattrapé.

Je ne souffrais ni d'un blocage ni d'une panne d'inspiration. Je me racontais des histoires dans ma tête depuis l'âge de six ans et, dès mon adolescence, l'écriture s'était imposée comme le centre de mon existence, le moyen de canaliser mon trop-plein d'imagination. La fiction était une échappatoire. Le billet d'avion le moins cher pour fuir la morosité du quotidien. Pendant des années, elle avait occupé tout mon temps et toutes mes pensées. Chevillé à mon bloc-notes ou à mon ordinateur portable, j'écrivais tout le temps, partout : sur les bancs publics, sur les banquettes des cafés, debout dans le métro. Et lorsque je n'écrivais pas, je pensais à mes personnages, à leurs tourments, à leurs amours. Rien d'autre ne comptait vraiment. La médiocrité du monde réel n'avait que peu de prise sur moi. Toujours en décalage et en retrait de la réalité, j'évoluais dans un monde imaginaire dont j'étais le seul démiurge.

Depuis 2003 – année de la parution de mon premier roman –, j'avais publié un livre par an.

Essentiellement des polars et des thrillers. Dans les interviews, j'avais coutume d'affirmer que je travaillais tous les jours sauf à Noël et le jour de mon anniversaire – j'avais piqué cette réponse à Stephen King. Mais, comme lui, c'était un mensonge : je travaillais *aussi* le 25 décembre et je ne voyais aucune raison valable de chômer le jour commémorant ma naissance.

Car j'avais rarement mieux à faire que de m'asseoir devant mon écran pour prendre des nouvelles de mes personnages.

J'adorais mon « métier » et j'étais à l'aise dans cet univers de suspense, de meurtres et de violence. Comme les enfants – souvenez-vous de l'ogre du *Chat botté*, des parents criminels du *Petit Poucet*, du monstre Barbe-Bleue ou du loup du *Petit Chaperon rouge* –, les adultes aiment jouer à se faire peur. Ils ont eux aussi besoin de contes pour exorciser leurs terreurs.

L'engouement des lecteurs pour le polar m'avait fait vivre une décennie fabuleuse au cours de laquelle j'avais intégré la confrérie restreinte des auteurs qui pouvaient vivre de leur plume. Chaque matin, en m'asseyant à ma table de travail, je savais que j'avais cette chance que des gens partout dans le monde attendent la sortie de mon prochain roman.

Mais ce cercle magique du succès et de la création était rompu depuis trois ans à cause d'une femme. Lors d'une tournée de promotion à Londres, mon attachée de presse m'avait présenté Natalie Curtis, une jeune scientifique anglaise aussi douée pour la biologie que pour les affaires. Elle était associée dans une start-up médicale qui développait des lentilles de contact « intelligentes » capables de détecter différentes maladies à partir du taux de glucose contenu dans le liquide oculaire.

Natalie travaillait dix-huit heures par jour. Avec une facilité déconcertante, elle jonglait entre la programmation de logiciels, la supervision d'essais cliniques, la conception de *business plans* et la traversée des fuseaux horaires qui l'emmenait aux quatre coins du monde pour rendre des comptes à de lointains partenaires financiers.

Nous évoluions dans deux mondes différents. J'étais un homme de papier ; elle était une femme digitale. Je gagnais ma vie en inventant des histoires ; elle gagnait la sienne en mettant au point des microprocesseurs aussi fins que les cheveux d'un nourrisson. J'étais le genre de type qui avait étudié le grec au lycée, qui aimait la poésie d'Aragon et écrivait des lettres d'amour au stylo plume. Elle était le genre de fille ultra-connectée qui était chez elle dans le monde froid et sans frontières des hubs d'aéroport.

Même avec le recul, je n'arrivais toujours pas à comprendre ce qui nous avait projetés l'un vers l'autre. Pourquoi, à ce moment précis de nos vies, nous étions-nous fait croire que notre histoire incongrue pouvait avoir un avenir ?

« On aime être ce qu'on n'est pas », a écrit Albert Cohen. Peut-être est-ce pour ça que l'on tombe parfois amoureux de personnes avec qui l'on ne partage rien. Peut-être ce désir de complémentarité nous laisse-t-il espérer une transformation, une métamorphose. Comme si le contact de l'autre allait faire de nous des êtres plus complets, plus riches, plus ouverts. Sur le papier, c'est une belle idée, mais dans la réalité c'est rarement le cas.

L'illusion de l'amour se serait dissipée rapidement si Natalie n'était pas tombée enceinte. La perspective de fonder une famille avait prolongé le mirage. Du moins, en ce qui me concernait. J'avais quitté la France pour m'installer dans l'appartement qu'elle louait à Londres dans le quartier de Belgravia et je l'avais accompagnée de mon mieux pendant toute sa grossesse.

« Lesquels de vos romans préférez-vous ? »

À chaque période de promotion, la question revenait dans la bouche de journalistes. Pendant des années, j'avais un peu botté en touche, me contentant d'une réponse laconique : « Il m'est impossible de choisir. Mes romans sont comme des enfants, vous savez. »

Mais les livres ne sont pas des enfants. J'étais présent en salle d'accouchement lors de la naissance de notre fils. Lorsque la sage-femme m'a tendu le petit corps de Théo pour que je le prenne dans mes bras, j'ai pris conscience en une seconde à quel point cette assertion répétée dans de nombreuses interviews était un mensonge.

Les livres ne sont pas des enfants.

Les livres ont une singularité qui confine à la magie : ils sont un passeport pour l'ailleurs, une grande évasion. Ils peuvent servir de viatique pour affronter les épreuves de la vie. Comme l'affirme Paul Auster, ils sont « le seul lieu au monde où deux étrangers peuvent se rencontrer de façon intime ».

Mais ce ne sont pas des enfants. Rien ne peut être comparé à un enfant.

3.

À ma grande surprise, Natalie était retournée travailler dix jours après avoir accouché. Ses horaires à rallonge et ses nombreux voyages ne lui avaient guère permis de vivre pleinement les premières semaines – aussi magiques que terrifiantes – qui suivent une naissance. Cela n'avait pas paru l'affecter outre mesure. Je compris pourquoi lorsque, un soir, en se déshabillant dans le dressing qui prolongeait notre chambre, elle m'annonça d'une voix éteinte :

— Nous avons accepté une proposition de Google. Ils vont prendre une part majoritaire dans le capital de l'entreprise.

Stupéfait, il m'avait fallu plusieurs secondes pour articuler :

— Tu es sérieuse ?

L'air absent, elle avait retiré ses escarpins, s'était massé une cheville douloureuse avant de m'assener :

— Tout à fait. Dès lundi, je pars travailler avec mon équipe en Californie.

Je l'avais dévisagée, hagard. Elle venait de faire douze heures d'avion, mais c'était moi qui me retrouvais en plein *jet lag*.

— Ce n'est pas une décision que tu peux

34

prendre toute seule, Natalie ! On doit en discuter ! Il faut qu'on…

Abattue, elle s'était assise sur le bord du lit.

— Je sais bien que je ne peux pas te demander de me suivre.

J'étais sorti de mes gonds.

— Mais je suis *obligé* de te suivre ! Je te rappelle que nous avons un bébé de trois semaines !

— Ne crie pas ! J'en suis la première consternée, mais je ne vais pas y arriver, Raphaël.

— Arriver à quoi ?

Elle avait fondu en larmes.

— À être une bonne mère pour Théo.

J'avais tenté de la contredire, mais elle m'avait plusieurs fois opposé cette phrase terrible qui trahissait ce qu'elle avait sur le cœur : « Je ne suis pas faite pour *ça*. Je suis désolée. »

Lorsque je lui avais demandé comment elle envisageait *concrètement* notre avenir, elle avait braqué sur moi un regard incertain avant d'abattre la carte qu'elle gardait dans sa manche depuis le début de cette conversation :

— Si tu veux élever Théo à Paris, *tout seul*, je n'y vois pas d'inconvénient. Pour être honnête, je pense même que c'est la meilleure solution pour nous tous.

J'avais acquiescé, muet, abasourdi par

l'immense soulagement que je lisais sur son visage. Elle, la mère de mon fils. Puis un silence de plomb s'était installé dans notre chambre et Natalie avait avalé un somnifère avant de s'allonger dans l'obscurité.

J'étais rentré en France dès le surlendemain, retrouvant mon appartement de Montparnasse. J'aurais pu employer une nounou, mais je n'en fis rien. J'étais fermement décidé à voir grandir mon fils. Et surtout, je vivais dans la hantise de le perdre.

Pendant plusieurs mois, chaque fois que mon téléphone sonnait, je m'attendais à entendre l'avocat de Natalie m'annoncer que sa cliente avait changé d'avis et qu'elle demandait la garde exclusive de Théo. Mais cet appel cauchemardesque n'est jamais arrivé. Vingt mois venaient de s'écouler sans que je reçoive aucune nouvelle de Natalie. Vingt mois qui étaient passés comme un souffle. Autrefois rythmées par l'écriture, mes journées étaient désormais scandées par les biberons, les petits pots, les changements de couche, les balades au parc, les bains à 37 °C et les lessives à répétition. Elles étaient aussi minées par le manque de sommeil, l'inquiétude à la moindre poussée de fièvre et la crainte de ne pas être à la hauteur.

Mais je n'aurais échangé cette expérience pour rien au monde. Comme en témoignaient les cinq mille photos stockées sur mon téléphone portable, les premiers mois de la vie de mon fils m'avaient entraîné dans une aventure fascinante dont j'étais davantage l'acteur que le metteur en scène.

4.

Avenue du Général-Leclerc, la circulation se fluidifia. Le taxi accéléra, avec en ligne de mire le haut clocher de Saint-Pierre-de-Montrouge. Place d'Alésia, le véhicule s'engagea sur l'avenue du Maine. Éclaboussures de soleil entre les branches. Façades blanches en pierre de taille, myriades de petits commerces, hôtels bon marché.

Alors que j'avais prévu d'être absent de Paris pendant quatre jours, j'étais finalement de retour quelques heures après mon départ. Pour lui signaler mon arrivée précipitée, je pianotai un SMS à l'intention de Marc Caradec, le seul homme en qui j'avais suffisamment confiance pour lui confier la garde de mon fils. La paternité m'avait rendu parano, comme si les histoires de meurtres et d'enlèvements que je mettais en scène dans

mes polars pouvaient contaminer ma vie familiale. Depuis sa naissance, je n'avais permis qu'à
deux personnes de s'occuper de Théo : Amalia,
la gardienne de mon immeuble, que je connaissais depuis près de dix ans, et Marc Caradec,
mon voisin et ami, un ancien flic de la BRB qui
répondit à mon message dans la foulée :

> Ne t'inquiète pas. Boucles d'or
> dort toujours.
> J'attends son réveil de pied ferme :
> j'ai branché la machine à biberons,
> sorti la compote du frigo et ajusté
> la chaise haute.
> Tu me raconteras ce qui s'est passé.
> À tout de suite.

Soulagé, je réessayai d'appeler Anna, mais
tombai de nouveau sur son répondeur. *Portable
coupé ? Batterie déchargée ?*
Je raccrochai et me frottai les yeux, encore
sonné par la vitesse avec laquelle mes certitudes
avaient basculé. Dans ma tête, je repassais le
film de la veille et je ne savais plus quoi penser.
La bulle de bonheur dans laquelle nous avions
vécu n'était-elle qu'une apparence masquant une
réalité peu reluisante ? Fallait-il que je m'inquiète pour Anna ou que je me méfie d'elle ?

Cette dernière question me donna la chair de poule. C'était difficile de penser à elle en ces termes alors que, quelques heures plus tôt, j'étais convaincu d'avoir trouvé la bonne personne : celle que j'attendais depuis des années et avec qui j'étais bien décidé à avoir d'autres enfants.

J'avais rencontré Anna six mois plus tôt, une nuit de février, aux urgences pédiatriques de l'hôpital Pompidou où j'avais débarqué à 1 heure du matin. Théo souffrait d'une fièvre brutale et persistante. Il se recroquevillait sur lui-même et refusait toute nourriture. J'avais cédé à la tentation absurde d'entrer la liste de ses symptômes sur un moteur de recherche. Au fil des pages Web, je m'étais persuadé qu'il souffrait d'une méningite foudroyante. En pénétrant dans la salle saturée de l'hôpital, j'étais mort d'inquiétude. Devant le temps d'attente, je m'étais plaint à l'accueil : j'avais besoin d'être rassuré rapidement, je voulais que l'on soigne mon fils *maintenant*. Il allait peut-être mourir, il…

— Calmez-vous, monsieur.

Une jeune femme médecin était apparue comme par magie. Je l'avais suivie dans une salle d'examen où elle avait ausculté Théo sous toutes les coutures.

— Votre bébé a les ganglions gonflés, avait-elle

constaté en palpant son petit cou. Il souffre d'une inflammation des amygdales.

— Une simple angine ?

— Oui. La difficulté à déglutir explique son refus de se nourrir.

— Ça va disparaître avec des antibiotiques ?

— Non, c'est une infection virale. Continuez à lui donner du paracétamol et il sera guéri dans quelques jours.

— Vous êtes certaine que ce n'est pas une méningite ? avais-je insisté en rattachant Théo, groggy, dans son cosy.

Elle avait souri.

— Vous devriez cesser de surfer sur des sites médicaux. Internet ne génère que des angoisses.

Elle nous avait reconduits dans le grand hall d'entrée. Au moment de lui dire au revoir, rassuré de savoir que mon fils allait bien, j'avais désigné le distributeur de boissons et je m'étais entendu proposer :

— Je vous offre un café ?

Après une légère hésitation, elle avait prévenu sa collègue qu'elle prenait une pause et nous avions discuté un quart d'heure dans le grand hall de l'hôpital.

Elle s'appelait Anna Becker. Elle avait vingt-cinq ans, était en deuxième année d'internat de pédiatrie et portait sa blouse blanche comme si c'était un imper Burberry. Chez elle, tout était élégant sans être cassant : son port de tête altier, ses traits incroyablement fins, le timbre doux et chaleureux de sa voix.

Oscillant entre moments de calme et frénésie, le hall de l'hôpital baignait dans une lumière irréelle. Mon fils s'était endormi dans son cosy. Je regardais Anna battre des paupières. Ça faisait longtemps que je ne croyais plus que derrière un visage d'ange se trouvait forcément une belle âme, mais je me laissai néanmoins envoûter par ses longs cils recourbés, sa peau métisse couleur de bois précieux et ses cheveux lisses, qui retombaient de manière symétrique de chaque côté de son visage.

— Je dois retourner travailler, avait-elle dit en désignant l'horloge murale.

Malgré l'heure qui tournait, elle avait insisté pour nous accompagner jusqu'à la borne de taxis à une trentaine de mètres de la sortie. Nous étions au milieu de la nuit, au cœur d'un hiver polaire. Quelques flocons cotonneux voltigeaient dans un ciel de neige. En sentant la présence d'Anna à mes côtés, j'avais éprouvé dans une fulgurance la certitude étrange que nous formions déjà un couple. Et même, une famille. Comme si les étoiles venaient de s'aligner dans le ciel. Comme si nous allions rentrer tous les trois à la maison.

J'avais installé le siège-coque du bébé à l'arrière de la voiture puis je m'étais retourné vers Anna. La lumière des lampadaires donnait une teinte bleutée à la buée qui sortait de sa bouche. J'avais cherché une parole pour la faire rire, mais, à la place, je lui avais demandé à quelle heure se terminait sa garde.

— Tout à l'heure, à 8 heures.

— Si vous voulez venir prendre le petit déjeuner… La boulangerie au coin de ma rue fait des croissants épatants…

Je lui avais donné mon adresse et elle avait souri. Ma proposition avait flotté un instant dans l'air glacé sans obtenir de réponse. Puis le taxi avait démarré et, pendant le chemin du retour, je m'étais demandé si nous avions bien vécu la même chose, elle et moi.

J'avais mal dormi, mais, le lendemain matin, Anna avait sonné à ma porte au moment où mon fils terminait son biberon. Théo allait déjà mieux. Je lui enfilai un bonnet et une combinaison, et, pour tenir parole, nous étions sortis tous les trois acheter des viennoiseries. C'était un dimanche matin. Paris ployait sous la neige. Dans un ciel métallique, un soleil d'hiver éclaboussait les trottoirs encore immaculés.

Nous nous étions trouvés et, depuis ce premier matin magique, nous ne nous étions plus quittés. Six mois idylliques venaient de s'écouler, ouvrant une parenthèse radieuse : la période la plus heureuse de mon existence.

Je n'écrivais plus, mais je vivais. Élever un bébé et être amoureux m'avait ancré dans la vie réelle et fait prendre conscience que la fiction avait trop longtemps cannibalisé ma vie. Grâce à l'écriture, j'étais entré dans la peau de multiples personnages. Tel un agent infiltré, j'avais pu vivre des centaines d'expériences. Mais ces vies par procuration m'avaient fait oublier de vivre la seule et unique qui existait vraiment : la mienne.

2

Le professeur

Le masque est si charmant que j'ai peur du visage.

Alfred de MUSSET

1.

— P'pa ! P'pa !

Dès que je passai la porte, mon fils m'accueillit avec des cris où la surprise se mêlait à l'enthousiasme. De sa démarche vive et incertaine, Théo trottina dans ma direction. Je l'attrapai à la volée et le serrai dans mes bras. Chaque fois, c'était la même communion, la même bouffée d'oxygène, le même soulagement.

— Tu arrives pile pour le petit déjeuner, me lança Marc Caradec en vissant la tétine sur le biberon qu'il venait de faire chauffer.

L'ancien flic habitait un atelier d'artiste donnant

45

dans la cour intérieure de mon immeuble, au cœur de Montparnasse. Surplombé par une grande verrière, l'endroit était clair et dépouillé : un parquet brossé, des étagères en bois cérusé, une table rustique taillée dans un tronc d'arbre noueux. Dans un angle de la pièce, un escalier ouvert montait vers une mezzanine traversée par des poutres apparentes.

Théo attrapa son biberon et grimpa dans son transat. Instantanément, toute son attention fut captée par le lait chaud et crémeux qu'il absorbait goulûment comme si on ne l'avait plus nourri depuis une éternité.

Je profitai de ce moment d'accalmie pour rejoindre Marc dans le coin cuisine ouvert sur la cour.

Petite soixantaine, regard bleu acier, cheveux courts en bataille, sourcils fournis, barbe poivre et sel. Selon son humeur, son visage pouvait tour à tour incarner une grande douceur ou la froideur la plus extrême.

— Je te fais un café ?

— Au moins un double ! soupirai-je en m'installant sur l'un des tabourets du bar.

— Bon, tu me racontes ce qui se passe ?

Tandis qu'il préparait nos breuvages, je lui déballai tout – ou presque. La disparition d'Anna après notre dispute, son retour probable à Paris, son absence de son appartement de Montrouge, son téléphone éteint ou déchargé. Volontairement, je fis l'impasse sur la photo qu'elle m'avait montrée. Avant d'en parler à quiconque, il fallait d'abord que j'en apprenne davantage.

Concentré, le front plissé, l'ancien flic m'écoutait religieusement. Vêtu d'un jean brut, d'un tee-shirt noir et d'une paire de richelieus en cuir râpé, il me donnait l'impression d'être encore en fonction.

— Qu'est-ce que tu en penses ? demandai-je en conclusion de mon monologue.

Il fit la moue et soupira.

— Pas grand-chose. Je n'ai pas eu l'occasion de lui parler très souvent à ta dulcinée. Chaque fois que je l'ai croisée dans la cour, j'ai eu l'impression qu'elle faisait tout pour m'éviter.

— C'est son caractère : elle est réservée et un peu timide.

Marc posa une tasse de café mousseux sur la table devant moi. Sa carrure de catcheur et son cou de taureau se découpaient à contre-jour dans la lumière. Avant d'être blessé dans une fusillade lors d'un braquage place Vendôme et contraint de prendre une retraite anticipée, Caradec avait été un flic d'élite : un des héros de la grande époque de la BRB. Dans les années 1990 et 2000, il avait participé à certaines des affaires les plus médiatisées : le démantèlement du gang de la banlieue sud, l'arrestation des braqueurs de fourgons blindés de la Dream Team, la mise hors d'état de nuire des saucissonneurs du *Who's Who* et la traque des Pink Panthers, le célèbre gang des Balkans qui, pendant dix ans, avait braqué les plus grandes bijouteries du monde. Il m'avait avoué avoir eu du mal à accepter sa retraite forcée. Lui en restait un air usé qui me touchait.

— Qu'est-ce que tu sais sur ses parents ? demanda-t-il en s'asseyant en face de moi et en attrapant un stylo et un bloc qui devait servir d'habitude à noter la liste des courses.

— Pas grand-chose. Sa mère est française, mais originaire de la Barbade. Elle est morte d'un cancer du sein lorsque Anna avait douze ou treize ans.

— Son père ?

— Un Autrichien, arrivé en France à la fin des années 1970. Il est décédé il y a cinq ans dans un accident du travail sur les chantiers navals de Saint-Nazaire.

— Fille unique ?

J'acquiesçai de la tête.

— Tu connais ses amis proches ?

Je passai en revue mentalement les personnes que j'aurais pu contacter. La liste était maigre, voire inexistante. En fouillant dans le répertoire de mon téléphone, je dégotai le numéro de Margot Lacroix, une interne qui avait fait son stage de gynécologie à l'hôpital Robert-Debré en même temps qu'Anna. Elle nous avait invités le mois précédent à sa pendaison de crémaillère et nous avions sympathisé. C'est elle qu'Anna avait choisie comme témoin.

— Appelle-la, conseilla Caradec.

Je tentai ma chance et composai son numéro. Lorsqu'elle décrocha, Margot était sur le point de prendre son service. Elle m'affirma ne pas avoir eu de nouvelles d'Anna depuis l'avant-veille.

— Je pensais que vous passiez des vacances en amoureux sur la Côte d'Azur ! Tout va bien ?

J'éludai sa question et la remerciai avant de raccrocher. J'hésitai, puis demandai à Marc :

— Inutile d'aller voir les flics, n'est-ce pas ?

Marc avala la dernière gorgée de son expresso.

— À ce stade, tu sais comme moi qu'ils ne pourront pas faire grand-chose. Anna est adulte et rien ne permet de dire qu'elle est en danger, alors...

— Tu peux m'aider ?

Il me fixa d'un regard en biais.

— Qu'est-ce que tu as derrière la tête au juste ?

— Tu pourrais te servir de tes contacts dans la police pour tracer le portable d'Anna, accéder à sa messagerie, survciller les retraits sur sa carte bancaire et les mouvements sur son compte, faire analyser son…

Il leva la main pour m'arrêter.

— Tu ne crois pas que c'est un peu dispro-portionné ? Si tous les flics faisaient ça chaque fois qu'ils se disputent avec leur copine…

Je quittai mon tabouret sur un mouvement d'humeur, mais il me retint par la manche.

— Minute papillon ! Si tu veux que je t'aide, tu dois me dire *toute* la vérité.

— Je ne comprends pas.

Il secoua la tête et soupira longuement.

— Ne joue pas au con avec moi, Raphaël. J'ai passé trente ans à faire des interrogatoires. Je sais quand on me ment.

— Je ne t'ai pas menti.

— Ne pas dire toute la vérité, c'est mentir. Il y a forcément quelque chose d'essentiel que tu ne m'as pas confié, sinon tu ne serais pas aussi inquiet.

2.

— Fini p'pa ! Fini ! cria Théo en secouant son biberon dans ma direction.

Je m'accroupis à côté de mon fils pour récupérer le récipient.

— Tu veux autre chose, fiston ?

— Kado ! Kado ! lança le petit garçon pour réclamer son péché mignon : des bâtonnets au chocolat Mikado.

Je mis un frein à son excitation.

— Non, mon grand, les Mikado, c'est pour le goûter.

Comprenant qu'il n'aurait pas ses biscuits, un masque de déception, voire de colère, se peignit sur le visage angélique de mon fils. Il serra contre lui le chien en peluche qui ne le quittait jamais – le fameux Fifi – et s'apprêtait à fondre en larmes lorsque Marc Caradec lui tendit une tranche de pain de mie qu'il venait de faire griller.

— Allez, l'arsouille, prends un bout de pain à la place !

— Boupin ! boupin ! s'exclama le bébé, ravi.

C'était difficilement contestable : le flic bourru, spécialiste des braquages et des prises d'otages, avait un vrai don avec les enfants.

Je connaissais Marc Caradec depuis qu'il avait emménagé dans mon immeuble cinq ans auparavant. C'était un policier atypique, féru de littérature classique, de musique ancienne et de cinéma. Il m'avait plu tout de suite et nous avions vite sympathisé. À la BRB, son côté intello lui avait valu d'être surnommé « le Professeur ». Je l'avais fréquemment sollicité lors de l'écriture de mon dernier thriller. Jamais avare d'anecdotes concernant son ancien job, il m'avait donné de nombreux conseils et avait accepté de relire et de corriger mon manuscrit.

De fil en aiguille, nous étions devenus amis. Nous allions ensemble au Parc des Princes presque chaque fois que le PSG jouait à domicile. Et au moins une fois par semaine, munis d'un plateau de sushis et de deux bouteilles de Corona, nous passions une soirée devant l'écran de mon home cinéma à visionner des polars coréens et à revisiter la filmographie de Jean-Pierre Melville, William Friedkin ou Sam Peckinpah.

Au même titre qu'Amalia, la gardienne de notre immeuble, Marc m'avait été d'une aide précieuse et d'un grand secours pour élever Théo. C'est lui qui le gardait quand je devais m'absenter pour faire une course. Lui qui m'avait donné les conseils les plus pertinents lorsque j'étais perdu. Lui surtout qui m'avait appris l'essentiel : faire confiance à son enfant, être à son écoute avant de fixer les règles, ne pas avoir peur de ne pas être à la hauteur.

3.

— « C'est moi qui ai fait ça. » Voilà ce qu'Anna m'a dit en me montrant une photo sur son iPad.

— Une photo de quoi ? demanda Marc.

Nous étions tous les deux attablés dans la cuisine. Il nous avait servi deux nouvelles tasses de café. Son regard concentré ne lâchait pas le mien. Si je voulais qu'il m'aide, je n'avais pas d'autre choix que de lui balancer la vérité. Dans tout ce qu'elle avait de plus cru. Je baissai la voix à cause de Théo, même s'il était bien incapable de comprendre :

— Un cliché montrant trois corps calcinés.

— Tu te fous de moi ?

— Non. Trois corps alignés, couchés côte à côte.

Une flamme s'alluma dans les yeux du flic. Des cadavres. La mort. Une mise en scène macabre. En quelques secondes, on venait de quitter la dispute conjugale pour entrer sur son territoire.

— C'était la première fois qu'Anna te parlait d'un truc comme ça ?

— Bien sûr.

— Tu n'as donc aucune idée de la nature de son implication dans cet événement ?

Je secouai la tête. Il insista :

— Elle t'a balancé ça sans explication ?

— Je te l'ai dit, je ne lui en ai pas laissé le temps. J'étais sidéré. Abasourdi. La photo était si terrible que je l'ai quittée sans rien demander. Et lorsque je suis revenu, elle était partie.

Il me regarda étrangement, comme s'il doutait que les choses se soient *exactement* passées ainsi.

— Quelle était la taille de ces corps ? C'étaient des adultes ou des enfants ?

— Difficile à dire.

— Et ils se trouvaient dans quel type de lieu : à l'extérieur ? Sur une table de dissection ? Sur...

— Je n'en sais rien, putain ! Tout ce que je peux te dire, c'est qu'ils étaient noirs comme la houille, bouffés par la chaleur des flammes. Totalement carbonisés.

Caradec me poussa dans mes retranchements :

— Essaie d'être plus précis, Raphaël. Visualise la scène. Donne-moi davantage de détails.

Je fermai les yeux pour convoquer mes souvenirs. Ils ne furent pas longs à rappliquer tellement la photo m'avait donné la nausée. Crânes fracturés. Thorax déchiquetés. Abdomens crevés d'où s'échappaient des entrailles. Sur l'insistance de Caradec, je fis de mon mieux pour décrire les cadavres aux membres rétractés, leur peau charbonneuse et crevassée. Leurs os d'une blancheur d'ivoire qui perçaient les chairs.

— Sur quoi reposaient-ils ?

— Intuitivement, je dirais directement sur le sol. Peut-être sur un drap...

— À ta connaissance, elle est *clean* ton Anna ? Pas de drogue ? Pas de maladie mentale ? Pas de séjours en HP ?

— Je te signale que tu parles de la femme que je suis sur le point d'épouser.

— Réponds à ma question, tu veux bien ?

— Non, rien de tout ça. Elle termine son internat de médecine. Elle est brillante.

— Alors, pourquoi tu avais des doutes sur son passé ?

— Tu connais mon histoire, bon sang ! Tu sais comment s'est terminée ma dernière relation !

— Mais qu'est-ce qui t'inquiétait au juste ?

J'énumérai :

— Un certain flottement lorsqu'elle évoquait

son passé, un peu comme si elle n'avait pas eu d'enfance et d'adolescence. Une extrême discrétion. Un désir de passer inaperçue qui était pour elle une seconde nature. Une réticence à apparaître sur les photos. Et puis honnêtement, tu connais beaucoup de jeunes femmes de vingt-cinq ans qui n'ont pas de compte Facebook et qui ne sont présentes sur aucun réseau social ?

— C'est intriguant, reconnut le flic, mais ça reste trop vague pour lancer des investigations.

— Trois cadavres, c'est vague !

— Calme-toi. On ne sait rien sur ces corps. Après tout, elle est médecin, elle a pu croiser ça au cours de ses études !

— Raison de plus pour chercher, non ?

4.

— Ta femme de ménage n'est pas encore passée ?

— Elle ne doit venir qu'en début d'après-midi.

— Tant mieux ! se félicita Marc.

Nous avions traversé la cour jusqu'à mon appartement et étions désormais dans ma cuisine, une pièce d'angle tout en longueur qui donnait à la fois sur la rue Campagne-Première et sur les pavés et les volets colorés du passage d'Enfer.

À nos pieds, Théo et Fifi s'amusaient à coller et à décoller des animaux magnétiques sur la porte du frigo.

Après avoir inspecté l'évier, Caradec ouvrit le lave-vaisselle.

— Tu cherches quoi au juste ?

— Quelque chose qu'Anna aurait été la seule à toucher. Le bol dans lequel elle a bu son café hier matin par exemple.

— Elle prend du thé, là-dedans, déclarai-je en pointant du doigt une tasse turquoise illustrée d'une silhouette de Tintin, un mug qu'elle avait rapporté d'une visite au musée Hergé.

— Tu as un stylo ?

C'est drôle comme question pour un écrivain, pensai-je en lui tendant mon roller.

À l'aide du corps du crayon, Marc attrapa la tasse par l'anse et la posa sur une feuille d'essuie-tout qu'il avait disposée sur la table. Puis il ouvrit la fermeture Éclair d'une petite trousse en cuir souple d'où il tira un tube de verre contenant de la poudre noire ainsi qu'un pinceau, un rouleau d'adhésif et une fiche cartonnée.

Un kit de police scientifique.

Avec des gestes maîtrisés, il plongea la pointe du pinceau dans la poudre et en badigeonna la tasse en espérant que les particules de fer et de

57

carbone révéleraient les empreintes laissées par Anna.

Une scène que j'avais déjà décrite dans un de mes romans. Sauf qu'ici nous étions dans la réalité. Et que la personne que l'on traquait n'était pas un criminel, mais la femme que j'aimais.

Le flic souffla sur la tasse, dissipant l'excédent de poudre, puis chaussa ses lunettes pour en examiner la surface.

— Tu vois cette marque ? C'est le pouce de ta bien-aimée, fit-il avec satisfaction.

Il découpa un morceau d'adhésif et, avec mille précautions, s'en servit pour fixer l'empreinte sur le carton.

— Prends une photo, me demanda-t-il.

— Pour en faire quoi ?

— Je ne suis plus en contact avec grand monde à la BRB. La plupart de mes anciens collègues sont à la retraite, mais je connais un type à la Crim : Jean-Christophe Vasseur. Un tocard et un mauvais flic, mais, si on arrive à avoir une empreinte exploitable et qu'on lui file 400 euros, il acceptera de la passer au FAED.

— Le fichier des empreintes digitales ? Honnêtement, je doute qu'Anna ait jamais été impliquée dans aucun crime ou délit. Ou qu'elle ait fait de la prison.

— On sera peut-être surpris. Tout ce que tu m'as raconté sur ce besoin maladif de discrétion laisse à penser qu'elle a quelque chose à cacher.

— On a tous quelque chose à cacher, non ?

— Arrête avec tes répliques de roman. Fais la photo que je t'ai demandée et balance-la-moi par mail avant que je contacte Vasseur.

Avec mon téléphone, je pris plusieurs clichés puis, à l'aide de l'application de retouche photo, je modifiai l'exposition et le contraste pour rendre l'empreinte le plus nette possible. Pendant ces manipulations, je regardai, fasciné, les sillons et les crêtes qui serpentaient, tourbillonnaient, s'enchevêtraient pour former un labyrinthe unique et mystérieux dépourvu de tout fil d'Ariane.

— Et maintenant on fait quoi ? demandai-je en envoyant le cliché sur la boîte de Caradec.

— On retourne chez Anna à Montrouge. Et on continue à la chercher. Jusqu'à ce qu'on la trouve.

3

La nuit noire de l'âme

Ne te sens jamais sûr de la femme que tu aimes.

Leopold VON SACHER-MASOCH

1.

À en juger par les vignettes qui s'accumulaient sur son pare-brise, le Range Rover de Marc Caradec circulait depuis la fin des années 1980.

Le vieux tout-terrain – plus de trois cent mille kilomètres au compteur – se faufilait dans la circulation avec la grâce d'un bloc de béton, dépassant les arbres du parc Montsouris, traversant le périph, longeant les graffitis de l'avenue Paul-Vaillant-Couturier, puis la façade en damier de l'hôtel Ibis, rue Barbès.

J'avais confié Théo à Amalia et j'étais soulagé que Marc ait proposé de m'accompagner.

À cet instant, j'avais encore espoir que les choses s'arrangent. Peut-être qu'Anna n'allait pas tarder à réapparaître. Peut-être que son « secret » n'était finalement pas si grave. Elle me fournirait des explications, la vie reprendrait son cours et notre mariage serait célébré à la date prévue, fin septembre, dans la petite église de Saint-Guilhem-le-Désert, le berceau historique de ma famille.

Un parfum étrange flottait dans l'habitacle : des effluves de cuir et d'herbes sèches mélangés à une lointaine odeur de cigare. Marc rétrograda. Le 4 × 4 toussota comme s'il avait soudain perdu de son souffle. Le véhicule était pour le moins rustique : ses sièges en velours étaient usés jusqu'à la corde, ses amortisseurs donnaient l'impression d'avoir rendu l'âme depuis longtemps, mais sa hauteur de caisse et sa vitre panoramique permettaient de se tenir au-dessus de la mêlée dans la circulation.

Avenue Aristide-Briand : l'ancienne nationale 20, large comme une autoroute avec ses deux fois quatre voies.

— C'est ici, dis-je en désignant l'immeuble d'Anna, de l'autre côté de la route. Mais tu ne peux pas traverser à ce niveau, tu dois faire demi-tour au carrefour de…

Sans me laisser terminer ma phrase, Marc

braqua son volant à fond. Dans un concert de klaxons et de crissements de pneus, il fit un demi-tour dangereux, coupant le passage à deux véhicules qui pilèrent pour éviter de justesse l'accident.

— Tu es complètement inconscient !

Le flic secoua la tête et, non content de cette première infraction, escalada le trottoir pour y immobiliser le Range Rover.

— On ne peut pas se garer ici, Marc !

— On est la police, trancha-t-il en tirant son frein à main.

Il abaissa le pare-soleil sur lequel était fixée une plaque « Police nationale ».

— Qui va croire que des flics roulent dans ce tapecul ? demandai-je en claquant ma portière. D'ailleurs, tu n'es même plus flic…

Il sortit sa clé universelle de la poche arrière de son jean.

— Flic un jour, flic toujours, dit-il en ouvrant la porte qui permettait d'accéder au hall d'entrée.

Miracle : depuis ma dernière venue, on avait réparé l'ascenseur. Avant de monter, j'insistai pour aller jeter un coup d'œil au parking souterrain. La Mini d'Anna était garée à sa place. Retour à l'ascenseur. Douzième étage. Couloir désert. À nouveau, après avoir sonné, je tambourinai à la porte sans plus de succès qu'auparavant.

— Pousse-toi, ordonna le flic en prenant son élan.

— Attends, ce n'est peut-être pas utile d'enfoncer la...

2.

La porte céda au deuxième coup d'épaule.

Caradec avança dans le couloir et en quelques coups d'œil cerna l'espace, moins de quarante mètres carrés bien aménagés. Parquet en chêne, intérieur crème, nuancé de touches pastel, salon meublé à la scandinave, cuisine ouverte, dressing qui courait jusqu'à la chambre.

Un appartement vide et silencieux.

Je revins sur mes pas pour examiner la gâche et le montant. La porte avait cédé facilement parce que aucun des deux verrous n'était fermé. La dernière personne à avoir quitté l'appartement s'était donc contentée de claquer la porte sans la verrouiller. Pas vraiment dans les habitudes d'Anna.

Deuxième surprise, le sac de voyage d'Anna gisait dans l'entrée, au milieu du couloir. Un cabas zippé en veau tressé, bardé de pièces de cuir coloré. Je m'agenouillai pour explorer ses compartiments, mais n'y trouvai rien de remarquable.

— Donc Anna est bien rentrée de Nice..., commença Caradec.

— ... avant de s'évaporer à nouveau, me désolai-je.

Dans une bouffée d'angoisse, j'essayai de la rappeler sur son portable, mais tombai sur la messagerie.

— Bon, on fouille l'appartement ! décida Marc.

Vieux réflexe du flic en perquise, il était déjà en train de démonter la chasse d'eau.

— Je ne sais pas si on a le droit de faire ça, Marc.

N'ayant rien découvert dans la salle de bains, il migra vers la chambre.

— Je te signale que c'est toi qui as commencé ! Si tu n'avais pas fouiné dans le passé de ta copine, tu serais en ce moment avec elle sur la Côte d'Azur en train de te dorer la pilule.

— Ce n'est peut-être pas une raison pour...

— Raphaël ! me coupa-t-il. En interrogeant Anna, tu as eu une intuition qui s'est révélée juste. À présent, il faut que tu termines le boulot.

Je regardai la chambre. Un lit en bois clair,

une armoire remplie de fringues, une bibliothèque croulant sous les bouquins de médecine,
les dictionnaires et autres livres de grammaire
qui m'étaient familiers : le Grevisse, le Hanse,
le Bertaud du Chazaud. Quelques romans américains, aussi, en version originale : Donna Tartt,
Richard Powers, Toni Morrison…

Après avoir examiné les lattes du sol, Marc
entreprit de retourner les tiroirs.

— Occupe-toi de son ordinateur ! demanda-
t-il en constatant que je restais immobile. Moi,
je n'y connais pas grand-chose en informatique.

Je repérai le MacBook sur le comptoir du bar
qui faisait office de séparation entre la partie
cuisine et le salon.

Depuis que j'avais rencontré Anna, je n'avais
dû venir ici que cinq ou six fois. Cet appartement était son repaire et l'ambiance de la pièce
dans laquelle j'évoluais était à son image : élé-
gante, sage, presque ascétique. Comment avais-
je réussi à la mettre en colère au point qu'elle
disparaisse ?

Je m'installai devant l'écran et appuyai sur une
touche pour activer la machine. Accès direct au
bureau sans mot de passe. Je savais que ça ne
servait à rien. Anna ne faisait pas confiance aux
ordinateurs. Si elle avait vraiment quelque chose à

cacher, je doutais de le trouver dans les entrailles d'un Mac. Par acquit de conscience, je commençai par faire défiler les mails. Essentiellement des messages en relation avec ses cours et ses stages à l'hôpital. Dans sa bibliothèque multimédia, du Mozart en pagaille, des documentaires scientifiques et les dernières séries télé que nous regardions ensemble. Historique de navigation : sites d'info, sites institutionnels et des tonnes de pages consacrées à des recherches portant sur le thème de son mémoire (*Résilience : facteurs génétiques et épigénétiques*). Rien de marquant dans le reste du disque dur presque entièrement rempli de notes, de tableaux, de documents PDF et de présentations PowerPoint ayant trait à ses études. L'ordinateur n'était pas intéressant par ce qu'on pouvait y trouver, mais plutôt par ce qui ne s'y trouvait pas : aucune photo de famille, pas de films de vacances, pas de mails attestant l'existence d'un véritable réseau d'amis.

— Il faut que tu jettes un coup d'œil à cette paperasse, m'annonça Caradec en revenant dans la pièce, les bras chargés de cartons remplis de dossiers regroupant des documents administratifs : fiches de paie, factures, quittances de charges et de loyer, relevés de banque…

Il posa les boîtes sur la table, puis me tendit une pochette plastifiée.

— J'ai aussi dégoté ça. Rien sur l'ordinateur ?

Je secouai la tête et regardai à l'intérieur du film plastique. Il s'agissait d'une traditionnelle photo de classe comme on en faisait de l'école maternelle au lycée. Sur le cliché, une vingtaine de jeunes filles bon chic bon genre prenaient la pose dans une cour de récréation. Un professeur, une femme d'une quarantaine d'années, accompagnait le groupe. L'élève assise au milieu tenait une ardoise sur laquelle était inscrit à la craie :

Lycée Sainte-Cécile
Terminale S
2008 – 2009

Au dernier rang, je reconnus tout de suite « mon » Anna. Tout en réserve et en retenue. Le regard un peu détourné, les yeux légèrement baissés. Sourire sage, pull marine en V sur un chemisier blanc fermé jusqu'au dernier bouton. Toujours cette volonté de se rendre transparente, de gommer sa sensualité pour faire oublier sa beauté saisissante.

Ne pas se faire remarquer. Ne pas susciter le désir.

— Tu connais cette école, Sainte-Cécile ?

demanda Marc en sortant son paquet de cigarettes.

Je fis une recherche rapide sur mon téléphone.
Située rue de Grenelle, Sainte-Cécile était une
institution religieuse des beaux quartiers. Un
lycée privé catholique et sélect qui scolarisait
uniquement des filles.

— Tu étais au courant qu'Anna avait fré-
quenté cet endroit ? Tout ça ne cadre pas vraiment avec le portrait de la petite fille pauvre de
Saint-Nazaire, reprit Marc en allumant sa clope.

Nous nous plongeâmes dans les « archives »
contenues dans les cartons. En recoupant les différents documents, nous parvînmes à reconstituer
le parcours d'Anna.

Elle vivait à Montrouge depuis deux ans. Elle
avait acheté cet appartement en 2014, lors de
sa troisième et dernière année d'externat. Un
bien payé à l'époque 190 000 euros, financés
par un apport de 50 000 euros ainsi que par un
emprunt sur vingt ans. L'accession classique à
la propriété.

En 2012 et 2013, elle avait loué un studio
dans un immeuble de la rue Saint-Guillaume.

Plus tôt, en 2011, on trouvait des quittances
de loyer pour une chambre de bonne de l'avenue

de l'Observatoire, établies par un certain Philippe Lelièvre.

La piste s'arrêtait là. Impossible de savoir où avait vécu Anna lors de sa première année de médecine et de ses années de lycée. Chez son père ? Dans une résidence du CROUS ? Dans une autre chambre de bonne payée au black ? À l'internat de son lycée ?

3.

Caradec écrasa son mégot dans une soucoupe et poussa un soupir. Pensif, il alluma la cafetière colorée posée sur le comptoir et y inséra une capsule. Pendant que l'eau chauffait, il continua à passer en revue les documents restants. Il s'arrêta sur la photocopie d'une vieille carte d'assuré social, plia la feuille et la mit dans sa poche. Puis il inspecta sans succès le four, la hotte aspirante, sonda le parquet et les cloisons.

Sans me demander mon avis, il nous prépara à chacun un ristretto mousseux. Il dégusta son arabica les yeux dans le vague. Quelque chose le chiffonnait, mais il ne savait pas encore quoi. Il demeura silencieux une minute, jusqu'à ce qu'il trouve.

— Regarde le lampadaire.

Je me tournai vers l'halogène planté dans un coin du salon.

— Oui ?

— Pourquoi l'avoir branché à l'autre bout de la pièce alors qu'il y a une triple prise dans la plinthe, juste à son pied ?

Pas con...

Je m'approchai du luminaire, m'agenouillai et tirai sur le boîtier de la triple prise qui me resta dans les mains. Comme l'avait deviné Caradec, il n'était relié à aucun câble. Je me couchai sur le sol, passai l'avant-bras dans l'espace libéré et parvins à faire pivoter puis à retirer la plinthe.

Quelque chose était caché derrière la bande de bois.

Un sac.

4.

C'était un gros balluchon en tissu jaune orné du logo circulaire de la marque Converse. Recouverte d'une fine couche de poussière, sa toile s'était décolorée. Autrefois moutarde, elle affichait à présent un teint pisseux qui trahissait son âge.

Le sac était trop lourd pour être honnête. Aussi

71

excité qu'angoissé, j'ouvris la fermeture Éclair en redoutant ce que j'allais y trouver.

Putain !

J'avais raison de m'inquiéter.

Il était rempli de liasses de billets de banque.

Je reculai d'un pas comme si le fric était vivant et allait me sauter au visage.

Caradec renversa le contenu sur la table – principalement des coupures de 50 et 100 euros. L'argent s'éparpilla sur le comptoir, formant une pyramide affaissée aux fondations précaires.

— Il y en a pour combien ?

Il compta quelques liasses et plissa les yeux en effectuant un calcul mental :

— À vue de nez, je dirais environ 400 000 euros.

Anna, qu'est-ce que tu as fait ?

— D'où vient ce fric selon toi ? demandai-je, sonné.

— Pas des consultations d'Anna à l'hôpital en tout cas.

Je fermai les paupières un instant en me massant la nuque. Une telle quantité de cash pouvait provenir d'un braquage, de la vente d'une quantité astronomique de drogue, d'un chantage auprès d'une personne très fortunée... Quoi d'autre ?

À nouveau la photo des trois cadavres

carbonisés fit irruption dans mon esprit. Il y avait forcément un lien avec cet argent. Mais lequel ?

— Tu n'es pas au bout de tes surprises, mon gars.

À l'intérieur du sac, dans une poche latérale zippée, Caradec venait de trouver deux cartes d'identité illustrées d'une photo d'Anna à l'âge de dix-sept ou dix-huit ans. La première était au nom de Pauline Pagès, la deuxième de Magali Lambert. Deux noms qui m'étaient inconnus.

Marc me les reprit des mains pour les observer attentivement.

— Elles sont fausses, naturellement.

Déboussolé, je laissai mon regard fuir par la fenêtre. Dehors, la vie continuait. Le soleil ruisselait, impassible, sur les façades de l'immeuble d'en face. Une guirlande de lierre s'enroulait autour d'un balcon. C'était encore l'été.

— Celle-ci, c'est de la merde, affirma-t-il en agitant la première carte. Une mauvaise copie fabriquée en Thaïlande ou au Viêtnam. Pour 800 euros, tu peux en trouver dans n'importe quelle cité un peu craignos. Un truc de toxico.

— Et la seconde ?

Tel un diamantaire devant une pierre précieuse, il ajusta ses lunettes et scruta la carte de son œil d'expert.

— Ça, c'est nettement mieux, même si ça ne date pas d'hier. Fabrication libanaise ou hongroise. Trois mille euros environ. Ça ne résistera pas à un examen approfondi, mais tu peux t'en servir sans crainte pour la vie de tous les jours.

Le monde se mit à tourner. Tous mes repères s'effondraient. Il me fallut une bonne minute pour reprendre mes esprits.

— Au moins, à présent, les choses sont claires, trancha Caradec. Nous n'avons pas d'autre choix que de continuer à remonter la piste du passé d'Anna Becker.

Je baissai la tête. À nouveau, la photo atroce des corps carbonisés fractura mon esprit. Avec la petite voix d'Anna qui me murmurait : « C'est moi qui ai fait ça. C'est moi qui ai fait ça... »

4

Apprendre à disparaître

Pour être convaincant, un mensonge doit contenir un minimum de vérité. Une goutte de vérité suffit en général, mais elle est indispensable, comme l'olive dans le martini.

Sascha ARANGO

1.

Marc Caradec sentait des papillons virevolter dans son ventre. Comme s'il avait quinze ans et qu'il se rendait à un premier rendez-vous amoureux. La même peur, la même excitation.

Un flic reste un flic. La photo des trois cadavres carbonisés, le sac rempli à craquer de billets, les faux papiers, la double vie d'Anna : à nouveau l'adrénaline du chasseur courait dans ses veines. Depuis qu'une balle perdue l'avait mis sur la touche, il n'avait plus frissonné de ce plaisir particulier qu'ont les vrais flics de terrain, les arpenteurs de bitume, les renifleurs, ceux qui ne rechignent pas au labeur que nécessite toute traque. Les chasseurs.

En quittant l'immeuble d'Anna, Raphaël et lui avaient décidé de se séparer pour mener chacun ses investigations. Et Marc savait exactement quelles pistes il voulait creuser en premier.

La butte aux Cailles, la rue de la Glacière. Il connaissait le coin comme sa poche. Il profita d'un feu rouge pour faire défiler ses contacts sur l'écran de son téléphone et s'arrêta sur celui qu'il cherchait. Mathilde Franssens. Lui-même était surpris d'avoir encore ses coordonnées après toutes ces années.

Il composa le numéro et reconnut avec satisfaction la voix qui lui répondit dès la deuxième sonnerie.

— Marc ! Ça fait si longtemps…

— Salut ma belle. Tu vas bien, j'espère ! Toujours à la Sécu ?

— Oui, mais j'ai pu enfin me tirer de la CPAM d'Évry. Je bosse dans le 17e maintenant, centre des Batignolles. Je pars à la retraite en mars.

— Vivement la quille alors. Dis-moi, tant que

tu es encore en poste, tu pourrais me faire une recherche sur...

— Je me disais bien que ton appel ne pouvait pas être purement amical.

— ... une fille du nom d'Anna Becker ? J'ai son numéro si tu veux bien le noter.

Le feu passa au vert. Tout en redémarrant, il attrapa la photocopie qu'il avait pliée dans sa poche et dicta le numéro de Sécu à Mathilde.

— C'est qui ?

— Vingt-cinq ans, métisse, une belle fille qui termine ses études de médecine. Elle a disparu et je donne un coup de main à sa famille pour la retrouver.

— En free-lance ?

— En bénévole. Tu sais ce qu'on dit : flic un jour, flic toujours.

— Qu'est-ce que tu veux savoir au juste ?

— Je suis preneur de tout ce que tu pourras récupérer.

— OK, je vais voir ce que je peux faire. Je te rappelle.

Marc raccrocha, satisfait. Prochaine étape : Philippe Lelièvre.

En faisant une recherche sur son téléphone, il avait constaté que Lelièvre figurait sur les Pages jaunes en tant que dentiste. Son cabinet se situait au même numéro que le logement loué par Anna au tout début des années 2010.

Boulevard de Port-Royal, il aperçut les marquises de verre de la station de RER puis, plus loin encore, la façade végétale de La Closerie des Lilas. Il mit son clignotant pour tourner avenue de l'Observatoire et dépassa la fontaine et sa horde de chevaux marins qui s'ébrouaient au milieu des jets d'eau. Il se gara sous les marronniers, claqua la portière et prit le temps de terminer sa cigarette, le regard flottant de l'autre côté du jardin où les piliers et les croisillons tout en brique rouge du Centre Michelet rappelaient les couleurs chaudes d'Afrique et d'Italie.

En observant distraitement les jeunes enfants qui se défoulaient sur le terrain de jeu, Caradec fut cueilli par ses propres souvenirs. À l'époque où il habitait boulevard Saint-Michel, il lui arrivait de venir jouer ici avec sa fille. Une période bénie dont il n'avait compris la valeur que plus tard. Il cligna des yeux, mais, loin de se dissiper, les images se multiplièrent, d'autres lieux, d'autres joies avec en bande-son le rire de sa fille lorsqu'elle avait cinq ou six ans. Ses glissades en toboggan, ses premiers tours de manège au Sacré-Cœur. Il la revit en train de sauter pour attraper des bulles de savon. Il la revit dans ses bras sur la plage de Palombaggia, les yeux levés vers le ciel à montrer du doigt les cerfs-volants.

Passé un certain âge, un homme n'a plus peur de rien à part ses souvenirs. Où avait-il entendu ça ? essaya-t-il de se remémorer en écrasant sa clope sur le trottoir. Il traversa la rue, sonna à l'entrée de l'immeuble et monta les marches au pas de course. Comme le font certains flics, il avait conservé sa carte qu'il brandit sous les yeux de la jolie brune de l'accueil.

— BRB, mademoiselle, je souhaiterais m'entretenir avec le docteur.

— Je vais le prévenir.

C'était bon de retrouver les vieilles sensations et les réflexes d'autrefois : le mouvement, une certaine façon de s'imposer, l'autorité que constituait le sésame tricolore...

Il patienta debout, accoudé au guichet de la réception. Le cabinet dentaire avait dû être rénové récemment, car il sentait encore la peinture fraîche. C'était un espace qui se voulait à la fois *high-tech* et chaleureux : comptoir et fauteuils en bois clair, murs de verre et paravent en bambou. En fond sonore, une musique « apaisante » évoquait le reflux des vagues, enrobé de flûte et de harpe romantiques. Insupportable.

Contrairement à ce qu'il s'était imaginé,

Lelièvre était un jeune dentiste qui n'avait pas encore franchi le cap de la quarantaine. Tête ronde, cheveux coupés court, lunettes à montures orange qui encerclaient des yeux rieurs. Sa blouse à manches courtes laissait voir un impressionnant tatouage de licorne courant sur son avant-bras.

— Reconnaissez-vous cette femme, docteur ? demanda Caradec après s'être présenté.

Il tendit au médecin son téléphone portable qui affichait une photo récente d'Anna envoyée par Raphaël. Lelièvre répondit sans hésitation :

— Bien sûr. Une étudiante à qui j'ai loué l'une de mes chambres de bonne il y a quatre ou cinq ans. Anna... quelque chose.

— Anna Becker.

— C'est ça : si je me souviens bien, elle faisait sa médecine à la fac Paris-Descartes.

— De quoi vous souvenez-vous d'autre, justement ?

Lelièvre prit le temps de fouiller dans sa mémoire.

— De pas grand-chose. Cette fille, c'était la locataire parfaite. Discrète, jamais un loyer en retard. Elle payait en liquide, mais j'ai tout déclaré au fisc. Si vous en voulez la preuve, je demanderai à mon expert-comptable de vous...

— Ce ne sera pas nécessaire. Elle recevait beaucoup de monde ?

— Personne dont je me souvienne. Elle donnait l'impression de bosser jour et nuit. Mais pourquoi cet interrogatoire, capitaine ? Il lui est arrivé quelque chose ?

Caradec se massa l'arête du nez et éluda la question.

— Une dernière chose, docteur : savez-vous où habitait Anna avant d'être votre locataire ?

— Bien sûr : c'est mon ex-beau-frère qui lui louait une chambre.

Le flic fut traversé par un léger courant électrique. Exactement le genre d'information qu'il était venu chercher.

— Manuel Spontini, c'est son nom, compléta le toubib. Après le divorce, il a été obligé de vendre son appartement de la rue de l'Université et la chambre de bonne qui lui était rattachée.

— Celle dans laquelle vivait Anna ?

— C'est ça. Ma sœur savait que je cherchais un locataire. C'est elle qui a donné mes coordonnées à Anna.

— Ce Spontini, où puis-je le trouver ?

— Il tient une boulangerie, avenue Franklin-Roosevelt, mais je vous préviens : c'est un sale type. Ma sœur a attendu trop longtemps avant de le quitter.

2.

Lassé de guetter un taxi porte d'Orléans, je m'étais rabattu sur le bus 68.

— Arrêt rue du Bac ? Vous y serez dans moins de vingt minutes, m'avait promis le chauffeur.

Je me laissai tomber sur un siège. J'étais abasourdi, dévasté, proche du K-O. Je repensais à tout ce que j'avais découvert en quelques heures : la photo des trois cadavres, le demi-million d'euros planqué dans la cloison, les faux papiers. Tout cela était si loin de l'image de la jeune femme que je connaissais : l'étudiante en médecine bûcheuse, la pédiatre modèle, attentive et douce avec les enfants, la compagne joyeuse et sereine. Je me demandais quel événement avait pu faire à ce point dérailler la vie d'Anna.

Je m'efforçai de me ressaisir et profitai du trajet pour potasser le site Internet de ma prochaine destination : le lycée Sainte-Cécile.

Réservée aux filles, l'institution était une structure catholique un peu particulière. Un petit établissement hors contrat ne dépendant pas de l'Éducation nationale, mais qui, à l'inverse de nombreuses « boîtes à bac », obtenait des résultats à l'examen très flatteurs, en particulier dans la section scientifique.

Le côté religieux de l'école n'était pas une posture : en plus de la messe bihebdomadaire et des groupes de prière, les lycéennes devaient participer à une catéchèse tous les mercredis après-midi et prendre part à plusieurs actions caritatives.

Le chauffeur ne m'avait pas menti. Il n'était pas encore 11 heures lorsque j'arrivai rue du Bac.

Saint-Thomas-d'Aquin. Le cœur du Paris chic. Celui de l'aristocratie et de ses hôtels particuliers. Celui des ministères et des immeubles bourgeois en pierre de taille aux toits d'ardoises et aux façades immaculées.

En quelques pas, j'avais rejoint la rue de Grenelle. Je sonnai et montrai mes papiers au concierge. Derrière la lourde porte en arc de cercle se cachait une cour pavée, verte et fleurie, plantée de prunus et de lauriers. Organisée en carré, comme un cloître, elle abritait une fontaine en pierre qui donnait à l'endroit des airs de jardin toscan. Une cloche discrète sonna l'heure du changement de salle. Dans le calme, la cour fut alors traversée par de petits groupes de lycéennes portant des jupes plissées bleu marine et des vestes brodées d'un écusson. La verdure, le murmure du point d'eau et les uniformes catapultaient le visiteur loin de Paris. On était dans les années 1950, tour à tour en Italie, à Aix-en-Provence ou dans un collège anglais.

Pendant quelques secondes, je pensai à la cour de *mon* lycée. Salvador-Allende, dans l'Essonne. Début des années 1990. À mille lieues de ce cocon. Deux mille élèves parqués dans un enclos de béton. La violence, la drogue, l'horizon bouché. Les profs qui cherchaient tous à se barrer, les rares bons élèves qui se faisaient chambrer et tabasser. Une autre planète. Une autre réalité. Une sale réalité que j'avais fuie en écrivant des histoires.

Je me massai les paupières pour éloigner ces souvenirs et me renseignai auprès d'un jardinier qui arrosait un massif de sauges.

— Le responsable de l'établissement ? Bah ! c'est m'dame Blondel, notre directrice. C'est la dame, là-bas, devant le tableau sous les arceaux.

Clotilde Blondel... Je me souvenais d'avoir lu son nom sur le site Web. Je le remerciai et me dirigeai vers la directrice. C'était la femme que j'avais vue sur la photo de classe trouvée chez Anna. La petite cinquantaine, élancée, vêtue d'un tailleur en tweed léger et d'un polo de coton stretch couleur terre de Sienne. Clotilde Blondel portait bien son nom : blonde, lumineuse, entre Greta Garbo et Delphine Seyrig. À contre-jour, sa silhouette poudroyait dans les particules dorées de cette fin d'été. Comme une apparition céleste.

Sa main était posée sur l'épaule d'une élève. Je profitai de leur aparté pour l'observer davantage. Des traits délicats, sans âge, une grâce naturelle dépourvue d'arrogance. Elle était à sa place dans ce jardin, entre la statue de la Vierge et celle de sainte Cécile. Elle dégageait quelque chose de très maternel : une proximité rassurante, une solidité. La jeune fille à qui elle parlait buvait d'ailleurs ses paroles, énoncées d'une voix à la fois douce et profonde. Dès qu'elles eurent fini leur discussion, je m'approchai pour me présenter :

— Bonjour, madame, je suis…

Un éclat d'émeraude brilla dans ses yeux.

— Je sais parfaitement qui vous êtes, Raphaël Barthélémy.

Déstabilisé, je fronçai les sourcils. Elle continua :

— D'abord parce que je suis l'une de vos lectrices, mais surtout parce que, depuis six mois, Anna n'a que votre nom à la bouche.

Je peinais à cacher ma surprise. Clotilde Blondel semblait s'amuser de ma confusion.

De près, elle m'intriguait encore plus. Un visage ciselé, un parfum de lilas, des mèches solaires qui balayaient ses pommettes hautes.

— Madame Blondel, est-ce que vous avez vu Anna récemment ?

— Nous avons dîné ensemble la semaine dernière. Comme tous les mardis soir.

Je tressautai. Depuis que je la connaissais, Anna prétendait passer ses mardis soir à la salle de sport. Mais je n'étais plus à ça près…

Clotilde saisit néanmoins mon malaise.

— Raphaël, si vous êtes là aujourd'hui, c'est que vous savez qui je suis, n'est-ce pas ?

— En fait, pas vraiment. Je suis là parce que je suis inquiet pour Anna.

Je lui tendis la pochette plastifiée.

— C'est cette photo qui m'a permis de remonter jusqu'à vous.

— Où avez-vous trouvé ça ?

— Dans l'appartement d'Anna. Elle a forcément une signification puisque c'est le seul cliché qu'elle garde chez elle.

Elle fit mine de s'offusquer :

— Vous avez fouillé chez elle sans sa permission ?

— Laissez-moi vous expliquer.

En quelques phrases, je la mis au courant de la

disparition d'Anna, tout en passant sous silence les raisons de notre altercation.

Elle m'écouta sans s'émouvoir.

— Si je comprends bien, vous vous êtes disputé avec votre fiancée. Et pour vous donner une leçon, elle est rentrée sans vous à Paris. J'espère au moins que ça vous mettra du plomb dans la cervelle.

Je n'étais pas décidé à me laisser faire :

— Je pense que vous sous-estimez la gravité de la situation. La raison de ma présence ici dépasse le cadre de la dispute conjugale.

— À l'avenir, je vous conseille fortement d'éviter de fouiller dans ses affaires. Je connais Anna et je vous garantis que c'est le genre de choses qu'elle ne va pas apprécier.

Sa voix avait changé, plus dense, plus rauque, moins fluide.

— Je crois, moi, que j'ai eu raison d'agir comme je l'ai fait.

Une goutte d'encre noire se dilua dans ses pupilles, éteignant l'éclat de son regard.

— Reprenez votre photo et partez !

Elle tourna les talons, mais j'insistai :

— J'aimerais au contraire vous parler d'une autre photo.

Comme elle s'éloignait, je haussai la voix pour faire claquer ma dernière question :

— Madame Blondel, est-ce qu'Anna vous a déjà montré un cliché représentant trois corps carbonisés ?

Quelques lycéennes se retournèrent. La directrice fit volte-face.

— Je crois qu'il vaut mieux que nous montions dans mon bureau.

3.

Huitième arrondissement.

Caradec alluma son clignotant, abaissa son pare-soleil et se gara sur une zone de livraison, place Saint-Philippe-du-Roule.

La maison Spontini tenait boutique dans un emplacement vitré tout en longueur à l'angle de la rue de La Boétie et de l'avenue Franklin-Roosevelt. Store couleur chocolat, lambrequin doré : la boulangerie-pâtisserie se voulait haut de gamme, proposant un éventail sophistiqué de pains et de viennoiseries. Marc passa la porte et observa les vendeuses qui, dans ce quartier d'affaires, se préparaient au coup de feu de midi, disposant derrière les vitrines sandwichs, tartes aux légumes et salades sous vide. Le spectacle réveilla sa faim. Le retour inopiné de Raphaël lui avait fait sauter son petit déjeuner et il n'avait rien avalé depuis la veille. Il commanda un sandwich au jambon de Parme et demanda à parler à Manuel Spontini. D'un geste du menton, la serveuse le renvoya vers le bistrot d'en face.

Caradec traversa la rue. Installé en terrasse, en manches de chemise, Manuel Spontini lisait *L'Équipe* devant un demi de bière. Un cigarillo à la bouche, des Ray-Ban sur le nez, il arborait rouflaquettes et cheveux en broussaille qui lui donnaient des airs du Jean Yanne des films de Chabrol ou de Pialat.

— Manuel Spontini ? On peut discuter trois minutes ?

Caradec s'imposa par surprise, s'asseyant devant lui, posant ses coudes sur la table comme pour le défier au bras de fer.

— Mais... qui êtes-vous, bon Dieu ? glapit le boulanger dans un mouvement de recul.

— Capitaine Caradec, BRB. Je mène une enquête sur Anna Becker.

— Connais pas.

Impassible, Marc lui présenta la photo d'Anna sur l'écran de son téléphone.

— Jamais vue.

— Je te conseille de regarder plus attentivement.

Spontini soupira et se pencha sur l'écran.

— Belle petite poupée black ! Je me la taperais bien.

Avec une vitesse foudroyante, Caradec saisit Spontini par les cheveux et lui plaqua la tête sur la table en métal, faisant valser le verre de bière qui se brisa sur le trottoir.

Les cris du boulanger attirèrent le garçon de café.

— J'appelle la police !

— C'est moi la police, petit ! répliqua Marc en dégainant sa carte de sa main libre. Apporte-moi plutôt un Perrier.

Le serveur détala. Caradec relâcha son étreinte.

— Tu as failli me péter le nez, putain ! geignit Spontini.

— Ta gueule. Parle-moi d'Anna, je sais que tu lui as loué une chambre. Raconte-moi.

Spontini attrapa une poignée de serviettes en papier pour éponger le sang qui coulait de sa narine gauche.

— Elle s'appelait pas comme ça.

— Explique.

— Son nom, c'était Pagès. Pauline Pagès.

Comme on abat un atout à la belote, Caradec jeta sur la table la fausse carte d'identité d'Anna.

Spontini prit le document et l'observa.

— Ouais, c'est cette carte qu'elle m'a montrée la première fois que je l'ai vue.

— C'était quand ?

— J'en sais rien.

— Fais un effort.

Alors qu'on apportait à Marc son Perrier, Spontini replongea dans ses souvenirs. Après avoir mouché du sang, il se mit à réfléchir à voix haute :

— L'élection de Sarko à la présidentielle, c'était quand ?

— Mai 2007.

— Ouais. Dans l'été qui a suivi, il y a eu un violent orage sur Paris qui a inondé notre immeuble. Il a fallu refaire une partie du toit et rénover les chambrettes. Le chantier a été terminé à l'automne. J'ai mis une annonce dans mes trois magasins. Et ta jolie Barbie métisse a été la première à se présenter.

— Donc, c'était quel mois ?

— Octobre, je dirais. Fin octobre 2007. Au plus tard, début novembre.

— Le loyer, tu le déclarais ?

— Tu m'as bien regardé, mec ? Avec tout ce

qu'on nous rackette, tu voudrais que je déclare une chambre de douze mètres carrés ? C'était du black, 600 euros cash par mois, à prendre ou à laisser. Et la fille a toujours payé.

— En 2007, elle était mineure. Elle devait avoir seize ans.

— Ce n'est pas ce que disaient ses papiers.

— Ses papiers étaient faux et tu t'en doutais.

Manuel Spontini haussa les épaules.

— Qu'elle ait eu quinze ans ou dix-neuf, je ne vois pas ce que ça change. Je n'ai pas cherché à la sauter. Je lui ai juste loué une chambre.

Agacé, il fit grincer sa chaise sur le goudron et essaya de se lever, mais Caradec le retint par le bras.

— La première fois que tu l'as vue, elle était comment ?

— J'en sais rien, bordel ! Ça remonte à presque dix ans !

— Plus vite tu me réponds, plus vite on en aura terminé.

Spontini poussa un long soupir.

— Un peu craintive, un peu à l'ouest. D'ailleurs, les premières semaines, je crois qu'elle ne quittait presque jamais sa piaule. Comme si elle avait peur de tout.

— Continue. Lâche-moi encore deux ou trois infos et je me tire.

— Chais pas… Elle disait qu'elle était américaine, mais qu'elle venait à Paris pour faire ses études supérieures.

— Comment ça, américaine ? Tu l'as crue ?

— Elle avait un accent yankee en tout cas. La vérité, c'est que je m'en foutais. Elle m'a versé trois mois de loyer d'avance, c'est tout ce qui m'importait. Elle prétendait que c'étaient ses parents qui payaient.

— Ses parents, tu les as rencontrés ?

— Non, je n'ai jamais rencontré personne. Ah ! si… une blonde un peu bourge qui venait lui rendre visite quelquefois. La quarantaine, le genre « tailleur cul serré ». Celle-là, je me la serais bien enfilée par contre. Le genre Sharon Stone ou Geena Davis, tu vois le truc ?

— Tu connais son nom ?

Le boulanger secoua la tête. Caradec enchaîna :

— Revenons à la fille. Elle aurait pu tremper dans un truc louche ?

— Comme quoi ?

— Drogue ? Prostitution ? Racket ?

Spontini ouvrit des yeux ronds.

— Je crois que tu n'y es pas du tout, mec. Si tu veux mon avis, c'était juste une fille qui

93

voulait étudier et vivre tranquille. Une fille qui ne voulait plus qu'on l'emmerde.

D'un signe de la main, Marc libéra le boulanger. Lui-même resta encore un instant assis sur sa chaise, digérant les informations qu'il venait de glaner. Il allait repartir lorsque son téléphone vibra. Mathilde Franssens. Il décrocha.

— Tu as mes infos.

— J'ai trouvé le dossier d'Anna Becker, oui. Mais ça ne correspond pas du tout à ce que tu m'en as dit. Si j'en crois mes données, cette fille est…

4.

— J'ai toujours redouté ce moment. Je savais qu'il viendrait, mais je ne pensais pas qu'il prendrait cette forme.

Clotilde Blondel était assise derrière un plateau de verre posé sur deux tréteaux chromés. Dominant la cour, son bureau à la décoration contemporaine tranchait avec le côté séculaire de Sainte-Cécile. Je m'étais attendu à des meubles du XVIIIe et une bibliothèque aux rayonnages débordant de Pléiade et de vieilles bibles reliées. Je me retrouvais dans une pièce dépouillée aux murs blancs. Sur le bureau, un ordinateur portable, un smartphone dans un étui de cuir, un cadre photo en bois clair, la reproduction d'une statuette sensuelle de Brancusi.

— Madame Blondel, depuis quand connaissez-vous Anna ?

La directrice me regarda droit dans les yeux, mais, au lieu de me répondre, elle me lança comme un avertissement :

— Anna est follement amoureuse de vous. C'est la première fois que je la vois éprise de quelqu'un. Et j'espère pour vous que vous méritez cet amour.

Je répétai ma question, mais elle l'ignora à nouveau.

— Lorsque Anna m'a demandé mon avis, je lui ai conseillé de vous avouer la vérité, mais elle avait peur de votre réaction. Peur de vous perdre...

Un silence. Puis elle murmura comme pour elle-même :

— Sábato avait sans doute raison : « La vérité est parfaite pour les mathématiques et la chimie, mais pas pour la vie. »

Je m'agitai dans mon fauteuil. À l'évidence, Clotilde Blondel savait beaucoup de choses. Pour la mettre en confiance, je décidai de ne rien lui cacher et lui racontai tout ce que j'avais trouvé chez Anna : les 400 000 euros et les fausses cartes d'identité aux noms de Magali Lambert et de Pauline Pagès.

Elle m'écouta sans marquer de surprise, comme si je lui rappelais un simple souvenir oublié qui refaisait surface, charriant avec lui un parfum inquiétant.

— Pauline Pagès. C'est sous ce nom que s'est présentée Anna la première fois que je l'ai vue.

Nouveau silence. Elle se saisit d'un sac à main posé sur un tabouret à côté d'elle et en sortit un paquet de cigarettes longues et fines. Elle en alluma une avec un briquet laqué.

— C'était le 22 décembre 2007. Un samedi après-midi. Je me rappelle précisément la date parce que c'était le jour de la fête de Noël de l'école. Un moment très important pour notre institution : chaque année, nous réunissons nos élèves et leurs parents pour célébrer ensemble la naissance du Christ.

Sa voix avait à présent des intonations denses et granuleuses. Une voix de fumeuse.

— Ce jour-là, il neigeait, reprit-elle en exhalant des volutes de fumée mentholée. Je me souviendrai toute ma vie de cette jeune fille, belle comme le diable, qui débarquait de nulle part, sanglée dans son imperméable mastic.

— Qu'est-ce qu'elle vous a dit ?

— Avec un léger accent qu'elle essayait de masquer, elle m'a raconté une histoire. Une histoire qui se tenait ou presque. Elle prétendait être la fille de coopérants français expatriés au Mali. Elle m'a dit qu'elle avait fait une bonne part de sa scolarité au collège et lycée français de Bamako, mais que ses parents souhaitaient qu'elle passe son bac à Paris. C'était pour cette raison qu'ils voulaient l'inscrire à Sainte-Cécile. Pour accompagner cette demande, elle m'a tendu une enveloppe contenant une année de frais de scolarité, soit environ 8 000 euros.

— Toute son histoire était fausse ?

— Entièrement. J'ai appelé le lycée français de Bamako pour qu'il me faxe son exeat, un certificat de radiation indispensable pour inscrire un nouvel élève. Ils n'avaient jamais entendu parler d'elle.

Je nageais en plein brouillard. Plus j'avançais dans mes investigations, plus l'image d'Anna se dérobait.

Clotilde Blondel écrasa sa cigarette.

— Le lendemain, je me suis rendue à l'adresse qu'Anna m'avait indiquée : une chambre de bonne qu'elle louait rue de l'Université. J'ai passé la journée avec elle et j'ai tout de suite compris que c'était le genre de personne que vous ne croisez qu'une fois dans votre vie. Un être solitaire, mi-femme, mi-enfant, en quête de reconstruction, mais déterminé à réussir. Elle n'était pas venue à Sainte-Cécile par hasard : elle avait un projet professionnel précis, devenir médecin, une intelligence hors normes et de grandes capacités de travail qui avaient besoin d'un cadre pour s'épanouir.

— Donc, qu'avez-vous décidé ?

Quelqu'un frappa à la porte de son bureau : le proviseur adjoint qui se débattait avec un problème de gestion des emplois du temps. Clotilde lui demanda de patienter un instant. Au moment où il refermait la porte, elle m'interrogea :

— Raphaël, vous connaissez l'Évangile de Matthieu ? « Étroite est la porte, resserré le chemin qui mène à la vie, et il y en a peu qui les trouvent. » C'était mon devoir de chrétienne d'aider Anna. Et l'aider, à ce moment-là, signifiait la cacher.

— La cacher de qui ?

— De tout le monde et de personne. C'est justement là que résidait la difficulté.

— Concrètement ?

— Concrètement, j'ai accepté de scolariser Anna sans l'inscrire sur les registres de l'académie pour qu'elle puisse terminer son année scolaire de première avec nous.

— Sans lui poser davantage de questions ?

— Je n'avais pas besoin de lui poser de questions. J'avais découvert son secret par moi-même.

— Et c'était quoi ?

Je retins mon souffle. Enfin, j'effleurais la vérité. Mais Clotilde Blondel doucha mes illusions :

— Ce n'est pas à moi de vous le dire. J'ai juré à Anna que je ne révélerais pas son passé. Et c'est une promesse que je ne trahirai jamais.

— Vous pourriez m'en dire un peu plus.

— Inutile d'insister. Vous n'obtiendrez rien de plus de moi de ce côté-là. Croyez-moi, si un jour vous devez apprendre son histoire, il sera préférable que ce soit de sa propre bouche et non de celle de quelqu'un d'autre.

Je réfléchissais à ce qu'elle venait de me dire. Quelque chose ne collait pas.

— Avant de pouvoir vivre de mes romans, j'ai été prof quelques années. Je connais le système : en classe de première, vous ne pouvez pas passer les épreuves anticipées du bac si vous n'êtes inscrit nulle part.

Elle hocha la tête.

— Vous avez raison, Anna n'a pas passé ces épreuves cette année-là.

— Mais c'était reculer pour mieux sauter, le problème restait entier pour la terminale, non ?

— Oui, cette fois, plus moyen de se dérober. Si Anna voulait faire des études supérieures, elle devait réussir son bac.

Elle alluma une autre cigarette et tira plusieurs bouffées fébriles avant de poursuivre :

— Pendant l'été qui a précédé la rentrée scolaire, j'étais désespérée. Cette histoire me rendait malade. Désormais, je considérais Anna comme faisant partie de ma famille. Je lui avais promis de l'aider, mais j'étais face à un problème en apparence insoluble et nous courions à la catastrophe.

Elle baissa les yeux. Son visage s'était crispé, donnant l'impression de revivre ces moments douloureux.

— Mais il y a toujours une solution et, comme bien souvent, elle se trouve devant vos yeux.

Joignant le geste à la parole, elle souleva le cadre photo posé sur le bureau devant elle. Je pris l'objet qu'elle me tendait et scrutai le cliché sans comprendre.

— Qui est-ce ? demandai-je.

— Ma nièce. La véritable Anna Becker.

5.

Marc Caradec fonçait.

Depuis qu'il avait quitté Paris, le flic avalait les kilomètres sans se préoccuper du Code de la route. Il voulait, il *devait* vérifier *de visu* les informations de Mathilde Franssens, son amie de la Sécu.

Il klaxonna un poids lourd qui essayait d'en doubler un autre et se rabattit au dernier moment pour attraper la sortie de l'autoroute. La spirale de la bretelle en béton lui donna l'impression que sa voiture plongeait dans le vide. Vertige. Oreilles qui bourdonnent. Le sandwich qu'il avait avalé en conduisant lui avait donné la nausée. Pendant quelques secondes, il se sentit perdu au milieu du nœud autoroutier, puis il retrouva progressivement ses esprits, se raccrochant aux indications fournies par son GPS.

Un rond-point à l'entrée de Châtenay-Malabry puis une route étroite qui partait vers le bois de Verrières. Marc ne se détendit pleinement qu'à mesure que la nature gagnait sur le béton. Il baissa sa vitre lorsqu'il se retrouva entouré par les châtaigniers, les noisetiers et les érables. Une dernière portion de route sablonneuse et l'édifice surgit devant lui.

Il gara le Range Rover sur une aire de parking en gravier stabilisé et claqua la portière. Les mains derrière le dos, il resta quelques instants à contempler le bâtiment issu d'un mélange déroutant entre vieilles pierres et matériaux plus modernes : verre, métal, béton translucide. L'ancien hospice, deux fois centenaire, avait été modernisé (massacré, pensa Caradec) par l'installation sur les toits de panneaux solaires photovoltaïques et d'un mur végétalisé.

Le flic se dirigea vers l'entrée de la structure. Hall presque désert, personne derrière le comptoir d'accueil. Il feuilleta les prospectus qui se trouvaient devant lui et qui présentaient l'établissement.

Le foyer d'accueil médicalisé Sainte-Barbe accueillait une cinquantaine de patients polyhandicapés ou atteints de syndromes autistiques. Des accidentés de la vie n'étant plus autonomes et dont l'état de santé nécessitait des soins constants.

— Je peux vous aider ?

Caradec se retourna en direction de la voix qui l'interpellait. Une jeune femme en blouse blanche était en train d'insérer des pièces de monnaie dans un distributeur.

— Police. Marc Caradec, capitaine à la BRB, se présenta-t-il en la rejoignant.

— Malika Ferchichi, je suis l'une des aides médico-psychologiques du foyer.

La beurette appuya sur le bouton pour récupérer son soda, mais la machine se bloqua.

— Encore HS ! Bon sang, ce truc a déjà dû me piquer l'équivalent d'une demi-paie !

Marc empoigna l'appareil et se mit à le secouer. Au bout de quelques secondes de ce traitement, la canette finit par tomber dans le sas de récupération.

— Au moins, vous aurez celle-là, dit-il en lui tendant son Coca Zero.

— Je vous dois un service.

— Ça tombe bien, parce que j'en ai un à vous demander. Je suis ici pour vérifier des informations sur une de vos patientes.

Malika décapsula sa boisson et en prit une gorgée.

Pendant qu'elle buvait, le flic détailla sa peau mate, sa bouche ourlée de rose, son chignon strict, ses yeux taillés dans du saphir.

— J'aurais aimé vous renseigner, mais vous savez très bien que je n'en ai pas le droit. Adressez-vous au directeur qui…

— Attendez, pas la peine de mettre en branle toute la machine administrative pour un simple contrôle.

Malika le regarda d'un air goguenard.

— Bien sûr, comme ça, vous pouvez agir tranquillement hors procédure !

Elle prit une nouvelle gorgée.

— Je connais les petites ruses des flics. Mon père est « de la maison », comme vous dites.

— Il bosse dans quel service ?

— Brigade des stups.

Caradec réfléchit un instant.

— Vous êtes la fille de Selim Ferchichi ?

Elle hocha la tête.

— Vous le connaissez ?

— De réputation.

Malika regarda sa montre.

— Il faut que je retourne travailler. Ravie d'avoir fait votre connaissance, capitaine.

Sa canette à la main, elle s'éloigna dans un couloir de lumière, mais Caradec la rattrapa.

— La patiente dont je vous parle s'appelle Anna Becker. Vous pouvez juste me conduire à elle ?

Ils traversèrent un patio étroit encombré d'une profusion de plantes grasses, de haies de bambous, de cactus et de palmiers nains.

— Si vous avez l'intention de l'interroger, vous vous mettez le doigt dans l'œil.

Ils arrivèrent dans un jardin ensoleillé qui

ouvrait sur la forêt. Des patients et des aides-soignants terminaient leur repas sous l'ombre des érables et des bouleaux.

— Je vous promets que je ne chercherai pas à l'interroger, je veux seulement savoir si...

Malika pointa son index vers la forêt.

— C'est elle, là-bas, dans le fauteuil. Anna Becker.

Caradec mit sa main en visière pour se protéger de la luminosité. Assise dans un fauteuil électrique, une jeune femme d'une vingtaine d'années regardait le ciel, un casque sur les oreilles.

Engoncée dans un pull à col roulé, elle avait un visage hexagonal étoffé de cheveux blond-roux retenus par des barrettes de petite fille. Derrière des lunettes de couleur, ses yeux étaient immobiles, perdus dans le vague.

Malika reprit la parole :

— C'est son occupation favorite : écouter des livres audio.

— Pour s'évader ?

— Pour voyager, pour apprendre, pour rêver. Il lui en faut au moins un par jour. Vous allez m'arrêter si je vous dis que je lui en télécharge des tonnes sur Internet ?

— De quoi souffre-t-elle exactement ?

Le flic sortit son carnet pour relire ses notes.

— On m'a parlé de la maladie de Friedrich, c'est ça ?

— L'ataxie de Friedreich, corrigea Malika. C'est une maladie neuro-dégénérative. Une affection génétique rare.

— Vous connaissez Anna depuis longtemps ?

— Oui, je faisais des remplacements au centre médico-éducatif de la rue Palatine où elle est restée jusqu'à ses dix-neuf ans.

Mal à l'aise, Caradec chercha son paquet de clopes dans la poche de son blouson.

— À quel âge a-t-elle été diagnostiquée ?

— Très tôt. Je dirais vers huit ou neuf ans.

— Cette maladie, ça se manifeste comment ?

— Des troubles de l'équilibre, la colonne vertébrale qui se tord, les pieds qui se déforment, la coordination des membres qui fout le camp.

— Chez Anna, comment les choses ont-elles évolué ?

— Offrez-moi une cigarette.

Marc s'exécuta et se pencha vers la jeune femme pour la lui allumer. Une odeur fraîche montait de son corps : citron, muguet, basilic. Une onde verte, troublante et excitante.

Elle porta la cigarette à ses lèvres, en aspira une bouffée avant de poursuivre :

— Anna a perdu assez tôt l'usage de la marche. Puis, vers l'âge de treize ans, la maladie s'est à peu près stabilisée. Ce que vous devez bien comprendre, c'est que l'ataxie de Friedreich n'attaque pas les capacités intellectuelles. Anna est une jeune femme brillante. Elle n'a pas fait d'études au sens classique du terme, mais jusqu'à très récemment elle passait ses journées devant un ordinateur à suivre les MOOC[1] de développement informatique.

— Mais la maladie a repris sa progression, enchaîna Caradec.

Malika approuva de la tête.

— À partir d'un certain stade, on redoute surtout les complications cardiaques et respiratoires, comme les cardiomyopathies qui épuisent le cœur.

Caradec poussa un grognement et respira bruyamment. Il sentit la colère monter en lui. La vie était une vraie salope. Lors de la distribution des cartes, elle servait à certains un jeu trop difficile à jouer. Cette injustice lui enflamma le cœur. Il ne la découvrait pas, mais, depuis ce matin, il était redevenu plus vulnérable. À fleur

1. L'acronyme MOOC signifie « Massive Open Online Course ». Il s'agit de cours en ligne ouverts à tous.

de peau. C'était comme ça quand il était pris par une enquête. Les sentiments, le désir, la violence décuplaient en lui. Un volcan avant l'éruption.

Malika devina son trouble.

— Même s'il n'existe pas de véritable traitement, nous essayons d'assurer aux patients la meilleure qualité de vie possible. Les séances de kiné, d'ergothérapie, d'orthophonie, de psychothérapie sont très utiles. C'est tout le sens de mon boulot.

Marc restait silencieux, immobile, laissant sa cigarette se consumer entre ses doigts. Comment une telle substitution d'identité avait-elle été possible ? Certes, du point de vue de la sécurisation des informations, il était bien placé pour savoir que l'assurance maladie était une grande passoire (des dizaines de millions d'euros de fraude, une carte vitale qui n'avait aucune crédibilité…), mais il n'avait jamais eu connaissance d'un stratagème aussi élaboré.

— Cette fois, il faut vraiment que j'y aille, le prévint Malika.

— Je vous laisse mon portable au cas où.

Tandis qu'il notait son numéro pour Malika, Marc posa une dernière question :

— Est-ce qu'Anna reçoit beaucoup de visites ?

— Essentiellement sa tante, Clotilde Blondel,

qui vient la voir tous les deux jours, ainsi qu'une autre jeune femme : métisse, les cheveux raides, toujours bien sapée.

Caradec lui montra l'écran de son téléphone.

— Oui, c'est elle, confirma Malika. Vous connaissez son nom ?

5

La petite Indienne
et les cow-boys

*Le monde [...] est une lutte sans
fin entre un souvenir et un autre
souvenir, qui lui est opposé.*

Haruki MURAKAMI

1.

Le taxi me déposa à l'angle du boulevard
Edgar-Quinet et de la rue d'Odessa. Coup d'œil
à ma montre. Bientôt midi. Dans dix minutes,
les bataillons d'employés qui travaillaient dans
le quartier déferleraient et les places au soleil
seraient chères. Mais pour quelques instants
encore, il était possible d'obtenir une table.
J'en trouvai une en terrasse chez Colombine et
Arlequin, le café de la place.

Je commandai une bouteille d'eau et un

ceviche de daurade. Je venais souvent ici pour manger sur le pouce ou pour écrire, et la plupart des serveurs me connaissaient. À toutes les tables et sur les trottoirs, l'été se prolongeait : lunettes de soleil, manches courtes et jupes légères. Les quelques arbres de la placette ne pouvaient pas lutter face au cagnard qui écrasait l'asphalte. Dans le Sud, on aurait ouvert les parasols, mais à Paris, on avait tellement peur que ça ne dure pas qu'on était prêt à risquer l'insolation.

Je fermai les yeux et laissai à mon tour le soleil inonder mon visage. Comme si ce shoot de lumière et de chaleur avait le pouvoir de me remettre les idées en place.

J'avais eu longuement Caradec au téléphone. Nous avions échangé nos informations et prévu de nous retrouver ici pour faire le point. En attendant son arrivée, je sortis mon notebook et ouvris mon écran. Pour ordonner mes pensées, j'avais besoin de prendre des notes, d'écrire des dates, de poser des hypothèses « sur le papier ».

Il ne faisait plus aucun doute à présent que la femme que j'aimais n'était pas la personne qu'elle prétendait être. En empruntant deux pistes différentes, Marc et moi avions réussi à remonter

la trace d'Anna – qui ne s'appelait pas Anna –
jusqu'à l'automne 2007.

Je lançai mon traitement de texte et décidai de
synthétiser l'essentiel de nos découvertes :

Fin octobre 2007 : une jeune fille d'environ
16 ans (venue des États-Unis ?) débarque à
Paris avec plus de 400 000 euros en cash.
Elle cherche à se cacher, trouve refuge
dans une chambre de bonne qu'elle loue en
liquide à un propriétaire peu scrupuleux. Elle
est traumatisée par un événement qu'elle
vient de vivre, mais elle est suffisamment
dégourdie pour se procurer de faux papiers.
D'abord de très mauvaise qualité et plus
tard de bien meilleure facture.

En décembre, elle se présente dans un établissement catholique, l'institution Sainte-
Cécile, où elle réussit à se faire scolariser
et à passer son bac en endossant l'identité
d'Anna Becker, la nièce de Clotilde Blondel,
la directrice du lycée.

Cette substitution d'identité est un coup de
maître : clouée dans un fauteuil roulant,
vivant dans un foyer pour handicapés, la
véritable Anna Becker ne voyage pas, ne
conduit pas, ne poursuit pas d'études.

En 2008, munie d'une déclaration de perte
ou de vol, la « fausse » Anna se présente

à la mairie pour faire refaire son passeport et sa carte d'identité. Dès lors, l'illusion est parfaite. « Anna » détient de véritables papiers avec sa propre photo et habite pleinement une identité qui n'est pas la sienne. Bien qu'elle possède un numéro de Sécurité sociale, elle est prudente et respecte sans doute scrupuleusement certaines règles : toujours payer elle-même ses consultations médicales et ses médicaments pour que la Sécu ne s'intéresse pas de trop près à elle.

Je levai la tête de mon ordinateur tandis que le serveur apportait mon plat. Je pris une gorgée d'eau et une bouchée de daurade. Deux femmes se partageant la même identité : le subterfuge mis en place par Clotilde Blondel était osé, mais suffisamment solide pour durer depuis dix ans. Notre enquête n'avait pas été vaine, pourtant, à ce stade, elle n'avait soulevé que des questions sans réponse. Je les notai à la volée sur mon écran :

— Qui est réellement « Anna » ?
— Où vivait-elle avant d'arriver à Paris ?
— D'où proviennent les 400 000 euros trouvés chez elle ?
— Qui sont les trois corps carbonisés sur

la photo ? Pourquoi « Anna » s'accuse-t-elle de leur mort ?

— Pourquoi a-t-elle disparu juste après avoir commencé à me révéler une partie de la vérité ?

— Où se trouve-t-elle à présent ?

Machinalement, je ne pus m'empêcher de composer une nouvelle fois son numéro. Pas de miracle : toujours le message d'accueil que j'avais dû subir cinquante fois depuis la veille.

C'est alors qu'une idée fusa dans mon esprit.

2.

Six ans plus tôt, alors que j'étais à New York pour des repérages, j'avais perdu mon téléphone portable dans un taxi. Je rentrais à mon hôtel après une soirée au restaurant et je ne m'étais pas aperçu tout de suite de ma gaffe. Le temps que j'en prenne conscience et que j'appelle la compagnie de taxis, il était trop tard : l'un des clients que le chauffeur avait chargés après moi avait trouvé mon portable et s'était bien gardé de le signaler. À tout hasard, je lui envoyai un SMS depuis le téléphone de mon attachée de presse. Une heure plus tard, je reçus un appel d'une personne s'exprimant dans un anglais aléatoire me proposant de me rendre mon appareil contre la somme de 100 dollars. Cédant à la facilité, j'avais accepté la proposition. Rendez-vous fut pris dans un café de Times Square, mais à peine étais-je arrivé sur les lieux que mon maître chanteur m'appelait pour me dire que le prix avait changé. Il désirait à présent 500 dollars, à lui remettre à une adresse dans le Queens. J'avais alors agi comme j'aurais dû le faire depuis le début : je racontai mon histoire aux deux premiers flics que je croisais. En quelques minutes, ils tracèrent mon portable grâce à la plateforme de géolocalisation, arrêtèrent mon voleur et me restituèrent mon téléphone.

Pourquoi ne pas procéder de la même manière avec celui d'Anna ?

Parce qu'il est probablement éteint ou que sa batterie est déchargée...

Essaie quand même.

Mon ordinateur était toujours ouvert devant moi. Je demandai au serveur le code pour me connecter au Wi-Fi du café, puis me rendis sur le site de *cloud computing* du fabricant. La première étape ne posait pas de difficulté : il suffisait de rentrer son identifiant, autrement dit son adresse e-mail. J'inscrivis celle d'Anna, mais butai sur la deuxième marche : son mot de passe.

Je ne perdis pas de temps à essayer des codes au petit bonheur la chance. Ce type de truc ne marche que dans les films et les séries télé. Je cliquai sur le lien « Mot de passe oublié », qui ouvrit une nouvelle page Web m'invitant à répondre aux deux questions de sécurité qu'Anna avait paramétrées lors de la création de son identifiant.

**+ Quel était le modèle
de votre premier véhicule ?
+ Quel est le premier film
que vous avez vu au cinéma ?**

La première question était facile. Anna n'avait jamais possédé qu'une seule voiture dans sa vie : une Mini couleur « marron glacé » qu'elle avait achetée d'occasion deux ans auparavant. Même si elle ne l'utilisait pas beaucoup, elle adorait ce petit cabriolet. Chaque fois qu'elle en parlait, elle ne disait pas « la Mini » ou « le cabriolet », mais « la Mini Cooper ». C'est donc cette réponse que je tapai dans la case correspondante. Et j'étais sûr de mon coup.

Place à la seconde question.

Nous n'étions pas toujours d'accord côté cinéma. J'aimais Tarantino, les frères Cohen, Brian De Palma, les vieux thrillers et les pépites de série B. Elle préférait des trucs plus intellos, tendance *Télérama* : Michael Haneke, les frères Dardenne, Abdellatif Kechiche, Fatih Akın, Krzysztof Kieslowski.

Cela ne m'avançait guère : rares sont les enfants qui entament leur initiation cinématographique par *Le Ruban blanc* ou *La Double Vie de Véronique*.

Je pris le temps de la réflexion. À quel âge pouvait-on emmener ses enfants au cinéma ? Je me souvenais très bien de ma première fois : l'été 1980, *Bambi*, au cinéma L'Olympia, rue d'Antibes, à Cannes. J'avais six ans et j'avais prétendu avoir une poussière dans l'œil pour justifier mes pleurs au moment de la mort de la mère du faon. Salaud de Walt Disney.

« Anna » avait aujourd'hui vingt-cinq ans. Si elle avait vu son premier film à six ans, c'était en 1997. Je consultai les succès de cette année-là sur Wikipédia et un film me sauta aux yeux : *Titanic*. Succès planétaire. Pas mal de gamines de l'époque avaient dû tanner leurs parents pour aller voir Leo. Persuadé d'avoir trouvé, je tapai le titre du film à la vitesse de l'éclair, validai et…

Les réponses que vous avez fournies
ne correspondent pas à celles qui figurent

dans nos dossiers. Veuillez vérifier
vos informations personnelles et réessayer.

Déception. Je m'étais enflammé trop vite et,
à présent, il ne me restait plus que deux essais
avant que le système ne se bloque.

Sans me précipiter, je posai les choses à plat.
Anna et moi n'étions pas de la même génération.
Sans doute était-elle allée au cinéma avant ses
six ans, mais à quel âge ?

Google. Mes doigts sur le clavier. « À quel
âge emmener ses enfants au cinéma ? » Des
dizaines de pages s'affichèrent. Essentiellement
des forums consacrés à la famille et des magazines féminins. Je parcourus les premiers sites.
Un consensus semblait se dégager ; deux ans,
c'était trop tôt, mais on pouvait tenter le coup
à trois ou quatre ans.

Retour à Wikipédia. 1994. Anna a trois ans et
ses parents l'emmènent voir... *Le Roi Lion*, le
plus gros succès pour enfants de cette année-là.

Nouvel essai... et nouvel échec.

Bordel ! L'horizon s'obscurcissait. Plus de
droit à l'erreur. Je m'étais fait des illusions. Le
jeu paraissait facile, mais il y avait trop de pos-
sibilités, trop de paramètres à prendre en compte.
Jamais je ne parviendrais à récupérer le mot de
passe d'Anna.

Un dernier essai pour la gloire. 1995. Anna a quatre ans. Je fermai les yeux pour essayer de me l'imaginer à cet âge. Une petite fille apparut dans mon esprit. Peau mate, traits fins, regard émeraude presque translucide, sourire timide. C'est la première fois qu'elle va au cinéma. Et ses parents l'emmènent voir... Nouveau coup d'œil à l'encyclopédie en ligne. Cette année-là, c'est le génial *Toy Story* qui a écrasé le box-office. Je tapai la réponse et posai le doigt sur la touche pour valider. Avant d'appuyer, je fermai les yeux une dernière fois. La petite fille était toujours là. Nattes noires, salopette en jean, sweat-shirt coloré, chaussures immaculées. Elle est contente. Parce que ses parents l'emmènent voir *Toy Story* ? Non, ça ne cadrait pas avec la Anna que je connaissais. Je revins en arrière et relançai le film. Noël 1995. Anna a presque cinq ans. C'est la première fois qu'elle va au cinéma et *c'est elle* qui a choisi le film. Parce qu'elle est déjà intelligente et indépendante. Elle sait ce qu'elle veut. Un beau dessin animé dans lequel elle pourra s'identifier à l'héroïne et apprendre des choses. À nouveau je parcourus la liste des succès de l'année, guettant la voix intérieure de la petite fille. *Pocahontas*. La fille de la tribu des Powhatans à qui les dessinateurs de Disney avaient donné les traits de Naomi Campbell. Un frisson me transperça. Avant même de valider la réponse, je fus persuadé d'avoir trouvé. J'entrai les dix lettres magiques et une nouvelle page Web apparut me permettant de reconfigurer le mot de passe. *Yes !* Cette fois, c'était la bonne. Je lançai l'application de géolocalisation du téléphone et, au bout de quelques secondes, un point bleu pâle clignota sur mon écran.

3.
Mes mains tremblaient. Mon cœur cognait. J'avais eu raison de persévérer. Un message m'indiquait que le téléphone d'Anna était hors ligne, mais que le système gardait en mémoire pendant vingt-quatre heures la dernière position connue de l'appareil.

Les charmes détestables de la surveillance globale...

Je fixai le cercle qui scintillait au milieu de la Seine-Saint-Denis. À première vue, une sorte de zone industrielle entre Stains et Aulnay-sous-Bois.

J'écrivis un SMS à Caradec (Tu es encore loin ?), auquel il répondit dans la foulée (Boulevard Saint-Germain, pourquoi ?).

Grouille ! J'ai une piste sérieuse.

En l'attendant, je fis une copie d'écran et notai l'adresse qui s'affichait, avenue du Plateau, Stains, Île-de-France. Puis je basculai en mode satellite et zoomai au maximum. Vu du ciel, le bâtiment qui m'intéressait ressemblait à un gigantesque bloc de parpaings posé au milieu des friches.

En quelques clics, je parvins à identifier précisément l'endroit : une entreprise de garde-meuble. Je me mordis la lèvre. Des entrepôts en pleine banlieue : tout ça n'augurait rien de bon.

Un coup de klaxon lointain mais prolongé, plus proche d'un barrissement d'éléphant que d'un avertisseur sonore, secoua la terrasse.

Je levai les yeux, posai deux billets sur la table, remballai mes affaires et sautai dans le vieux Range Rover de Caradec qui déboulait de la rue Delambre.

6

Riding with the King

*La vie prend des virages à 180 degrés
et, quand ça arrive, c'est sur les
chapeaux de roues qu'elle le fait.*

Stephen KING

1.

Le trajet n'en finissait pas.

D'abord les Invalides, la traversée de la Seine, la remontée des Champs-Élysées et la porte Maillot. Puis le périph, l'autoroute, le stade de France et la nationale qui serpentait entre La Courneuve, Saint-Denis et Stains.

Même sous le soleil, la banlieue paraissait triste, comme si la couleur du ciel avait changé, se voilant progressivement, se diluant pour perdre son éclat et se mettre au diapason des HLM et des bâtiments sans âme qui se succédaient le long d'artères dont les noms chantaient une ode au communisme révolu : Romain-Rolland, Henri-Barbusse, Paul-Eluard, Jean-Ferrat...

La circulation exaspérait Caradec. Malgré la ligne blanche, il doubla une fourgonnette qui se traînait. Mal lui en prit : un énorme 4 × 4 noir, lancé à toute allure, arriva en face de nous, la gueule ouverte, rageuse, défoncée, débordante d'écume chromée. Le mastodonte manqua de nous percuter. L'ancien flic se rabattit au dernier moment en jetant une bordée d'injures.

À présent, Marc était convaincu de la nécessité de retrouver Anna. Je le voyais frémir de colère, frustré et impatient, aussi déconcerté que moi par les ramifications inattendues que prenait notre quête. Nous avions profité du voyage pour compléter notre échange d'informations. Toutes fructueuses qu'elles avaient été, nos investigations n'avaient réussi qu'à esquisser le portrait d'une jeune femme évanescente dont ni lui ni moi ne savions plus si elle était victime ou coupable.

« Les flics n'auraient pas fait mieux », avait-il affirmé en me félicitant d'avoir localisé le portable. Je sentais qu'il croyait en cette nouvelle piste. Il conduisait vite, les yeux fixés sur la route, regrettant de ne pas avoir, « comme au bon vieux temps », sa sirène ou son gyrophare sous la main.

L'écran du GPS égrenait les kilomètres nous séparant de notre destination. Le front collé à la vitre, je regardais les dalles de béton, les pré-fabriqués, les façades décrépies, les bâtiments publics tout juste sortis de terre, mais déjà fatigués et tagués. Après le divorce de mes parents, j'avais quitté la Côte d'Azur pour suivre ma mère en banlieue parisienne et j'avais passé mon adolescence dans le même type de décors suintant la désespérance. Chaque fois que j'y remettais les pieds, j'éprouvais cette sale impression de ne jamais en être vraiment parti.

Vert. Orange puis rouge. Caradec ignora la flamme rubescente du feu de signalisation pour s'insérer dans un rond-point et attraper une voie sans issue dont le point terminal était un monumental cube de quatre étages en béton armé. Le bâtiment de BoxPopuli, « votre spécialiste du garde-meuble ».

Le flic gara le Range Rover sur un parking presque désert : une longue bande d'asphalte qui s'étirait devant un champ de fougères brûlées par le soleil.

— C'est quoi le plan ? demandai-je en descendant de la voiture.

— Le plan, c'est ça, répondit-il en se penchant vers la boîte à gants pour en sortir son Glock 19 en polymères.

Caradec n'avait pas plus rendu son arme de service que son insigne. Je détestais viscéralement les armes à feu et, même à ce moment précis, je n'étais pas prêt à renier mes principes.

— Sérieusement, Marc.

Il claqua sa portière et fit quelques pas sur le bitume bouillant.

— Crois-en mon expérience, dans ce genre de situation, le meilleur plan, c'est de ne pas en avoir.

Il glissa son semi-automatique dans sa ceinture et se dirigea d'un pas décidé en direction du blockhaus.

2.

Ballet des diables et des transpalettes. Odeur persistante de carton brûlé. Chorégraphie des chariots élévateurs et des conteneurs sur roulettes. Le rez-de-chaussée s'ouvrait sur une zone de manutention prolongée par des quais de déchargement encombrés de véhicules.

Caradec toqua contre la paroi vitrée d'un

bureau au pied de la rampe en béton qui desservait les étages.

— C'est la police ! lança-t-il en agitant sa carte tricolore.

— Là, vous m'en bouchez un coin ! Je vous ai appelés il y a même pas dix minutes ! s'exclama un petit homme volubile assis derrière une table métallique.

Marc tourna la tête vers moi. Son regard disait : « Je ne comprends rien, mais laisse-moi faire. »

— Patrick Ayache, se présenta l'employé en venant à notre rencontre. Je suis le responsable du site.

Ayache avait un accent pied-noir à couper au couteau. Une silhouette trapue, un visage carré et jovial auréolé de cheveux drus. Sa chemise Façonnable était largement ouverte sur une chaîne en or. Si j'en avais fait un personnage de roman, on aurait crié à la caricature.

Je laissai donc Marc prendre les choses en main :

— Expliquez-nous ce qui s'est passé.

D'un signe de la main, Ayache nous invita à le suivre en empruntant une coursive réservée au personnel qui permettait d'accéder à une batterie d'ascenseurs. Il s'écarta pour nous laisser entrer, appuya sur le bouton du dernier étage avant de s'exclamer :

— C'est la première fois que je vois ça !

Alors que la cabine se mettait en branle, je distinguai à travers la vitre des rangées de box en bois et des conteneurs plombés qui s'étendaient à perte de vue.

— C'est le bruit qui nous a alertés, poursuivit-il. On aurait dit un carambolage : une série de chocs surpuissants dans un fracas de tôle écrasée, comme si l'autoroute passait sur notre tête !

L'ascenseur s'ouvrit sur un palier carrelé.

— Ici, c'est l'étage de self-stockage, expliqua Ayache en nous entraînant dans son sillage. Les clients peuvent louer des box de la taille d'un grand garage et sont autorisés à y accéder à n'importe quel moment.

Le gérant marchait aussi vite qu'il parlait. Ses pas grinçaient sur le revêtement plastifié et nous avions presque du mal à le suivre. Les allées succédaient aux allées. Toutes les mêmes. L'horreur désespérante d'un parking sans fin.

— Voilà, c'est ici, annonça-t-il enfin en désignant un grand box dont la porte défoncée donnait l'impression d'avoir été perforée.

Un Black aux cheveux gris montait la garde

devant l'entrée. Polo blanc, blouson kaki, casquette Kangol.

— Lui, c'est Pape, nous présenta Ayache.

Devançant Caradec, je m'approchai pour examiner les dégâts.

Il ne restait plus grand-chose des deux battants. Ils avaient giclé de leurs gonds. Même les doubles barres de renfort n'avaient rien pu faire pour contrer l'assaut. La surface en acier galvanisé était tordue, pliée, arrachée. Suspendues aux griffes de métal, les chaînes rompues de deux cadenas pendaient dans le vide.

— C'est un tank qui a fait ça ?

— Vous ne croyez pas si bien dire ! s'exclama Pape. Un 4 × 4 a forcé l'entrée de l'entrepôt il y a vingt minutes. Il est monté jusqu'ici par la rampe d'accès et il a foncé sur la porte jusqu'à ce qu'elle cède. Comme une véritable voiture-bélier.

— Les caméras de surveillance ont tout capté, assura Ayache. Je vous montrerai les films.

J'enjambai la brèche pour pénétrer dans le box. Vingt mètres carrés éclairés d'une lumière crue. Vide. À l'exception de robustes rayonnages métalliques soudés au sol et de deux bombes aérosols jetées à terre. L'une était blanche, l'autre noire. Elles ressemblaient à des bouteilles Thermos auxquelles on aurait greffé un bouchon propulseur. Enroulés autour d'un montant en acier, des cordages, des restes de chatterton, un serre-flex récemment tranché.

Quelqu'un avait été séquestré ici.

Anna avait été séquestrée ici.

— Tu sens cette odeur ? me demanda Marc.

Je hochai la tête. C'était effectivement l'une des premières choses qui m'avaient marqué. Un parfum puissant aux effluves changeants flottait dans la pièce. L'odeur était difficile à cerner : entre le café fraîchement torréfié et la terre après la pluie.

Le flic s'agenouilla pour examiner les deux aérosols.

— Tu sais ce que c'est ?

— Je te présente Ebony & Ivory, dit-il d'un air soucieux.

— Noir et blanc. Comme le titre de la chanson de Paul McCartney et de Stevie Wonder ?

Il approuva de la tête.

— C'est une fabrication artisanale à base de détergents utilisés dans les hôpitaux. Un mélange qui efface complètement les traces ADN présentes sur une scène de crime. Un truc de pro. Le kit du parfait fantôme.

— Pourquoi deux sprays ?

Il désigna la bombe noire.

— Ebony contient un détergent ultrapuissant qui va détruire quatre-vingt-dix-neuf pour cent des traces ADN.

Puis il pointa le spray blanc.

— Quant à Ivory, c'est un produit masquant capable de changer la structure des un pour cent restants. En gros, tu as devant toi la recette miracle permettant de dire à toutes les polices scientifiques du monde d'aller se faire foutre.

Je sortis du box pour revenir vers Ayache.

— Qui loue cet emplacement ?

Le gérant ouvrit les mains en signe d'incompréhension.

— Personne, justement. Il est vide depuis huit mois !

— Qu'y avait-il d'autre dans le garage ? demanda Caradec en nous rejoignant.

— Rien, s'empressa de répondre Pape.

Le flic prit une profonde respiration. L'air à la fois las et tracassé, il s'approcha de Patrick Ayache et ouvrit la bouche comme pour le menacer, mais à la place il lui posa la main sur l'épaule. En quelques secondes, la poigne de Caradec avait quitté la clavicule du pied-noir pour remonter le long de son cou. Son pouce s'enfonçait dans le larynx tandis que son index se refermait sur sa vertèbre cervicale. Asphyxié par les mâchoires de la pince, Ayache n'en menait pas large. J'hésitai à intervenir, affolé par cette violence soudaine. Caradec y allait au bluff alors que visiblement les deux types disaient la vérité. Du moins c'est ce que je croyais jusqu'à ce qu'Ayache lève la main en signe de capitulation. Le flic desserra sa prise, juste de quoi lui permettre de reprendre sa respiration. Puis, dans une tentative pathétique pour sauver la face, Ayache articula :

— Je vous assure qu'il n'y avait rien d'autre que les deux objets que j'ai gardés au PC sécurité.

3.

Le « PC sécurité » version Ayache était une petite pièce tapissée d'une dizaine d'écrans sur lesquels défilaient les images en noir et blanc du système de vidéosurveillance.

Assis derrière son bureau, le responsable du site ouvrit l'un des tiroirs.

— On les a trouvés coincés sous l'étagère, précisa-t-il en posant sur la table ses deux trophées.

Le premier était le téléphone portable d'Anna. Je le reconnus sans hésitation grâce au sticker de la Croix-Rouge collé sur la coque. Ayache poussa la déférence jusqu'à me prêter son propre chargeur, mais impossible de le rallumer. L'écran était fracassé. Pas le genre de dommages que l'on encourt en laissant tomber son cellulaire. Quelqu'un avait dû s'acharner à coups de talon pour le pulvériser de cette manière.

Le second objet avait plus de valeur. Il s'agissait d'une pochette en lézard brillant ornée de cristaux de quartz roses. L'un des premiers cadeaux que j'avais offerts à Anna et qu'elle portait la veille au soir, lors de notre sortie au restaurant. Je fouillai le sac rapidement : portefeuille, porte-clés, paquet de Kleenex, stylo, lunettes de soleil. Rien de remarquable.

— Voici les vidéos ! Vous allez voir le carnage !

Ayache avait repris du poil de la bête et ne tenait plus en place sur son siège. Comme s'il jouait dans une série américaine, il venait lui-même de s'introniser grand prêtre des images, jonglant avec les écrans, maîtrisant les ralentis, les avances rapides et les retours en arrière.

— Cesse tes gesticulations et balance ton film, s'énerva Marc.

Dès la première image, la stupeur nous saisit : un félin body-buildé prêt à bondir. Une silhouette musclée, bardée de vitres teintées, qui se prolongeait par une double calandre chromée.

Nous échangeâmes un regard rageur : c'était le 4 × 4 qui avait failli nous percuter !

Sur les premières images de vidéosurveillance, on le voyait forcer la barrière d'entrée de l'entrepôt avant d'emprunter la rampe qui desservait les niveaux supérieurs. On le retrouvait ensuite au dernier étage.

— Stop ! s'exclama Caradec.

Ayache s'exécuta. En observant attentivement l'énorme SUV, je reconnus le modèle : un X6 BMW, au croisement d'un tout-terrain et d'un coupé. Lorsqu'il avait eu son deuxième enfant, un de mes amis, auteur de polars, en avait fait l'acquisition et m'en avait vanté les « mérites » : au moins deux tonnes, cinq mètres de long, plus d'un mètre cinquante de hauteur. Le spécimen que je voyais sur l'écran était plus menaçant encore avec son pare-chocs renforcé, ses vitres fumées, ses plaques d'immatriculation masquées.

Marc appuya lui-même sur une touche pour remettre l'image en mouvement.

Le conducteur du 4 × 4 savait exactement pourquoi il était là. Sans hésitation, il fila jusqu'à la dernière rangée, fit demi-tour et immobilisa le véhicule sous l'emplacement de la caméra. On distinguait seulement le capot de la voiture, et les dizaines de box en enfilade. Puis... on ne vit plus rien.

— Le fils de pute, il a déplacé l'appareil ! siffla Caradec entre ses dents.

La poisse. Le type – mais rien ne dit qu'il ne s'agissait pas d'une femme ni qu'il n'y ait pas eu plusieurs personnes dans la voiture – avait manifestement tourné la caméra de surveillance en direction du mur. Sur l'écran, il n'y avait plus désormais qu'une neige sale et grisâtre.

De rage, Caradec abattit son poing sur la table, mais Ayache, tel un magicien, avait plus d'un tour dans son sac.

— Montre-lui ton téléphone, Pape !

Le Black avait déjà son appareil en main. Un large sourire éclairait son visage.

— *Moi*, j'ai pu tout filmer ! Le vieux Pape, il est autrement plus malin que...

— File-moi ça ! cria Marc en lui arrachant le portable des mains.

Il manipula le cellulaire et lança le film.

Première déception : l'image était sombre, saturée, granuleuse. Courageux, mais pas téméraire, Pape s'était tenu à distance des opérations. On devinait plus qu'on ne voyait précisément la scène, mais l'essentiel était là. Brutal, violent, affolant. Dans un vacarme d'enfer, le 4 × 4 pilonnait le box jusqu'à le défoncer. Puis un homme cagoulé jaillissait du véhicule et s'introduisait dans le garage. Lorsqu'il en ressortait, moins d'une minute plus tard, il portait Anna pliée en deux, sur son épaule.

Preuve que l'homme n'était pas un chevalier blanc venu la délivrer, Anna criait et se débattait. Le type ouvrait le coffre et la projetait sans ménagement à l'intérieur. Après un bref passage dans l'habitacle, il ressortait en tenant les deux bombes spray et se dépêchait de retourner dans le garage pour y faire son ménage. La vidéo s'arrêtait au moment où la voiture redémarrait en trombe et repartait vers la sortie de l'entrepôt.

Espérant y repérer un indice, Marc relança le film dans la foulée en montant le son du téléphone au maximum.

Le calvaire recommença : la voiture folle, la destruction du box et Anna, prisonnière de cet inconnu.

Juste avant qu'il ne la jette dans le coffre, je tendis l'oreille plus attentivement. C'était moi qu'Anna appelait.

Elle hurlait mon prénom.

— Raphaël ! Aide-moi, Raphaël ! Aide-moi !

4.

Portières qui claquent. Marche arrière. Passage d'une vitesse.

Caradec accéléra brutalement, abandonnant quelques traînées de gomme sur le goudron. Plaqué sur mon siège par la violence du démarrage, je bouclai ma ceinture en regardant s'éloigner, dans le rétroviseur, l'image saccadée du cube de béton.

J'étais rongé par l'inquiétude pour Anna, fiévreux comme jamais. La voir m'appeler au secours ainsi m'avait secoué, je pouvais à peine imaginer ce qu'elle devait ressentir. J'espérais de toutes mes forces que, dans sa terreur, elle me croyait capable de la retrouver. Alors que Marc fonçait pour rejoindre la nationale, j'essayai de mettre de l'ordre dans mon esprit. Pendant un moment, la stupeur avait pris le pas sur toute réflexion. J'étais complètement paumé : depuis ce matin, nous avions appris beaucoup de choses, mais je ne parvenais pas à relier entre eux les événements ni à leur donner le moindre sens.

Je me concentrai. De quoi étais-je absolument certain ? De pas grand-chose, même si, à première vue, certains faits n'étaient guère contestables. Après notre dispute, Anna avait bien pris son avion, hier soir, à l'aéroport de Nice, pour rentrer à Paris. Elle était arrivée à Orly vers 1 heure du matin. Comme l'attestait la présence de son sac dans son appartement, elle s'était probablement rendue en taxi jusqu'à Montrouge. Et après ? Une conviction plus qu'une certitude : elle avait contacté quelqu'un pour le prévenir qu'elle m'avait montré la photo des trois cadavres. Qui et pourquoi ? Je n'en avais pas la moindre idée. Mais à partir de là, tout avait basculé. Anna avait reçu une visite à son appartement. S'était ensuivie une conversation qui avait dégénéré en dispute. On l'avait enlevée et séquestrée quelques heures dans le garde-meuble de la banlieue nord. Jusqu'à ce qu'un autre inconnu défonce le box avec son bolide non pas pour la libérer, mais pour la garder en captivité.

Je me frottai les paupières et baissai la fenêtre pour prendre un peu d'air. Je naviguais en eaux troubles. Mon scénario n'était pas forcément inexact, mais il manquait trop de pièces au puzzle.

— Tu vas devoir prendre rapidement une décision.

La voix de Marc me sortit de mes pensées. Il avait allumé une cigarette et conduisait pied au plancher.

— À quoi tu penses ?

— Veux-tu ou non prévenir la police ?

— Après ce qu'on vient de voir, c'est difficile de ne pas le faire, non ?

Il tira une longue bouffée de sa clope en plissant les yeux.

— C'est à toi que revient cette décision.

— Je te sens réticent.

— Pas du tout, mais il faut que tu sois bien conscient d'une chose : la police, c'est comme le sparadrap du capitaine Haddock. Une fois que tu seras dans l'engrenage, tu ne pourras plus en sortir. Les flics enquêteront. Ta vie et celle d'Anna seront fouillées. Tout sera déballé. Tout sera sur la place publique. Tu ne contrôleras plus rien et tu ne pourras plus jamais revenir en arrière.

— Concrètement, qu'est-ce qui va se passer si on décide d'aller voir les flics ?

Marc sortit de sa poche le téléphone de Pape.

— Avec cette vidéo, on leur a déjà mâché une partie du travail. À présent qu'on a une preuve concrète qu'Anna est en danger, le procureur ne pourra pas faire autrement que de considérer qu'il s'agit d'une disparition inquiétante, voire d'un enlèvement.

— Qu'est-ce que la police peut faire de plus que nous ?

Caradec jeta son mégot par la fenêtre et prit le temps de la réflexion.

— En premier lieu, ils essaieront d'exploiter la ligne téléphonique d'Anna pour voir l'historique de ses appels.

— Quoi d'autre ?

— Ils tenteront de remonter la piste d'Ebony & Ivory, mais ça ne les mènera pas loin. Puis ils sortiront les listings pour voir à qui appartient le 4 × 4. Les plaques sont masquées, mais comme ce n'est pas un modèle courant, ils parviendront plutôt facilement...

— ... à s'apercevoir que c'est une bagnole volée.

Il hocha la tête.

— T'as tout compris.

— C'est tout ?

— Pour l'instant, je ne vois rien d'autre.

Je respirai un grand coup. Quelque chose me retenait d'aller trouver les flics : le soin pris par Anna pour camoufler son identité pendant toutes ces années. Qu'une fille de seize ans ait un tel besoin de se cacher me semblait stupéfiant. Avant de griller sa couverture, il fallait que je sache qui elle était vraiment.

— Si je décide de continuer l'enquête, je peux compter sur ton aide ?

— Oui, je suis ton homme, mais tu dois être conscient du danger et bien peser tous les risques.

— Que va-t-il se passer avec les flics de Seine-Saint-Denis qu'Ayache a appelés ?

Caradec balaya mes craintes :

— Ils n'étaient pas très pressés d'arriver, ceux-là. Crois-moi, ils ne feront pas de zèle. Jusqu'à preuve du contraire, il ne s'agit que d'un garage fracturé, rien de plus. Sans la vidéo, les deux guignols ne seront pas crédibles. Il n'y a plus d'empreintes sur la scène et nous avons récupéré les seuls objets qui auraient pu leur permettre de remonter jusqu'à Anna : son téléphone et sa pochette. À propos, tu es certain qu'il n'y a rien d'exploitable dans ce sac ?

Par acquit de conscience, je vérifiai une nouvelle fois le contenu de l'étui en lézard. Portefeuille, mouchoirs en papier, porte-clés, lunettes de soleil, Stabilo.

Non. Je bloquai sur ce dernier objet. Le bâtonnet en plastique coiffé d'un capuchon que j'avais pris dans un premier temps pour un feutre était en réalité… un test de grossesse. Je regardai dans la fenêtre de résultat pour découvrir deux petites bandes bleues parallèles.

L'émotion me saisit à la gorge. Mon corps fut transpercé de mille flèches glacées qui me paralysèrent. Autour de moi, la réalité se dilua, le sang pulsa et bourdonna dans mes oreilles. J'essayai d'avaler ma salive, mais fus incapable de déglutir.

Le test était positif.

Tu es enceinte.

Je fermai les yeux. Comme des éclats d'obus, des centaines d'instantanés explosèrent dans ma tête : des images de notre dernière soirée avant qu'elle ne dégénère en dispute. Avec acuité, je revis tes expressions, ton rayonnement, la lumière sur ton visage. J'entendis ton rire et décodai les inflexions de ta voix. Ton regard, tes paroles, chacun de tes gestes prenait à présent un sens nouveau. Tu avais prévu de me l'annoncer hier soir. J'en étais certain. Avant que je ne gâche tout, tu avais prévu de m'annoncer que tu portais notre bébé.

J'ouvris les yeux. Mon enquête venait de changer de nature. Je ne recherchais plus seulement la femme que j'aimais, mais également *notre enfant* !

Le soufflement rauque dans mes oreilles se dissipa. Lorsque je me tournai vers Caradec, il était au téléphone. Sous le coup de l'émotion, je n'avais même pas entendu la sonnerie.

Comme le périph bouchonnait, il avait rejoint les Maréchaux au niveau de la porte d'Asnières et se faufilait à présent rue de Tocqueville pour éviter les embouteillages du boulevard Malesherbes.

Le portable coincé entre l'oreille et l'épaule, il semblait lui aussi bouleversé.

— Bordel de merde ! Vasseur ! tu es absolument certain de ce que tu me dis ?

Je n'entendis pas la réponse de son interlocuteur.

— OK, marmonna le flic avant de raccrocher.

Il resta sans voix quelques secondes. Son teint était livide. Son visage s'était décomposé. Jamais je ne l'avais vu comme ça.

— C'était qui ? demandai-je.

— Jean-Christophe Vasseur, le flic de la Crim à qui j'ai envoyé la photo des empreintes d'Anna.

— Alors ?

— Les empreintes ont matché. Anna est bien fichée au FAED.

La chair de poule couvrit mes avant-bras.

— Quelle est sa véritable identité ?

Le flic s'alluma une autre cigarette.

— Anna s'appelle en réalité Claire Carlyle.

Un silence. Ce nom me disait vaguement quelque chose. J'avais déjà dû l'entendre, il y a longtemps, mais je ne me souvenais plus des circonstances.

— Elle est accusée de quoi ?

Caradec secoua la tête en exhalant la fumée.

— De rien, justement. Claire Carlyle est censée être morte depuis des années.

Il me regarda et lut l'incompréhension sur mon visage.

— Claire Carlyle est l'une des victimes de Heinz Kieffer, précisa-t-il.

Mon sang se figea et j'eus l'impression de tomber dans un abîme de terreur.

Deuxième jour

L'affaire Claire Carlyle

7

L'affaire Claire Carlyle

C'était pendant l'horreur d'une pro-
fonde nuit.

Jean RACINE

1.
Le jour se levait.

Une lumière rose colorait les jouets que mon
fils avait éparpillés aux quatre coins du salon.
Cheval à bascule, puzzles, arbre magique, piles
de livres, petit train en bois…

Un peu après 6 heures, la nuit avait cédé la
place à un ciel bleu cobalt, foncé et limpide.
Passage d'Enfer, les oiseaux s'étaient remis à
chanter et, sur mon balcon, l'odeur de rose des
géraniums s'était intensifiée. En me levant pour
éteindre les lampes, j'avais écrasé une tortue en
plastique qui s'était mise à beugler une comptine

et il m'avait fallu presque une minute pour la faire taire. Heureusement, quand Théo dormait, un feu d'artifice ne l'aurait pas tiré de ses rêves. Après avoir entrebâillé sa porte pour l'entendre dès qu'il se réveillerait, j'avais ouvert la fenêtre pour guetter l'apparition du soleil et j'étais resté ainsi, accoudé à la balustrade, espérant trouver un peu de réconfort dans la lumière de l'aube.

Où es-tu, Anna ? Ou plutôt dois-je à présent t'appeler Claire...

Les teintes froides s'étaient décantées, tirant sur le violet avant de se réchauffer en une clarté irréelle, recouvrant d'un voile orangé les lattes de chêne du parquet. Mais le réconfort attendu n'était pas venu.

Je refermai la fenêtre et récupérai plusieurs feuilles dans le bac de mon imprimante. Puis je les épinglai sur le panneau de liège que j'utilisais d'ordinaire pour classer la documentation lors de l'écriture de mes romans.

J'avais passé la nuit à écumer le Net. Sur les sites de presse en ligne et dans les librairies numériques, j'avais parcouru des centaines d'articles, téléchargé plusieurs livres, imprimé quantité de photos. J'avais aussi visionné tous les programmes de faits divers qui avaient consacré une émission à l'affaire (*L'Heure du crime*,

Faites entrer l'accusé, On the Case with Paula Zahn…).

Je comprends maintenant pourquoi tu as souhaité cacher ton passé.

Si je voulais avoir une chance de te retrouver, il fallait que j'assimile en un temps limité le « dossier » de plusieurs centaines de pages concernant ta disparition.

À présent, il n'était plus question de prévenir la police. Je me fichais pas mal de savoir si tu étais une victime innocente ou une coupable machiavélique. Ces notions n'avaient plus de place. Tu étais simplement la femme que j'aimais et qui portait notre enfant et, à ce titre, je voulais préserver ton secret aussi longtemps que je le pourrais. Comme tu avais réussi à le faire pendant presque dix ans.

J'attrapai ma Thermos à côté de l'ordinateur et en vidai le fond dans ma tasse, terminant ainsi le troisième litre de café de la nuit. Puis je m'assis dans le fauteuil Lounge qui faisait face au panneau de liège.

Je regardai avec du recul les dizaines de photos que j'avais punaisées. La première, en haut à gauche, était la copie de l'avis de recherche diffusé dans les heures qui avaient suivi ta disparition :

**Disparition inquiétante
de personne mineure.**
Claire, 14 ans
Disparue à Libourne depuis le 28 mai 2005
Taille 1 mètre 60 ; métisse, yeux verts,
cheveux courts et noirs, anglophone.
Jean bleu, tee-shirt blanc, sac de sport jaune.
Si vous possédez la moindre information,
contactez : La gendarmerie de Libourne
L'hôtel de police – commissariat de Bordeaux

Cette photo me désarçonne. C'est toi et c'est une autre. Tu es censée avoir quatorze ans, mais on t'en donne facilement seize ou dix-sept. Je reconnais ta peau ambrée, ton visage lumineux, tes traits réguliers. Mais le reste m'est étranger : une fausse assurance, un regard provocant d'ado un peu sauvage, des cheveux courts ondulés coupés au carré, des lèvres nacrées de fille qui joue à la femme.

Qui es-tu, Claire Carlyle ?

Je fermai les yeux. J'étais au-delà de l'épuisement, mais je n'avais pas l'intention de me reposer. Au contraire. Dans ma tête, je déroulai le film de tout ce que je venais d'apprendre ces dernières heures. Le film de ce que les médias à l'époque avaient appelé l'« affaire Claire Carlyle ».

2.

Le samedi 28 mai 2005, Claire Carlyle, une jeune New-Yorkaise de quatorze ans en séjour linguistique en Aquitaine, passe l'après-midi à Bordeaux avec un groupe de cinq copines. Les filles déjeunent d'une salade place de la Bourse, se baladent sur les quais, grignotent des canelés chez Baillardran et font du shopping quartier Saint-Pierre.

À 18 h 05, Claire prend un TER à la gare Saint-Jean pour retourner à Libourne où réside la famille Larivière chez qui elle loge pour la durée du séjour. Elle est accompagnée d'Olivia Mendelshon, une autre élève américaine qui fréquente la même école. Le train entre à quai à 18 h 34 et une caméra de surveillance prend des images très nettes des deux filles au moment où elles quittent la gare cinq minutes plus tard.

Claire et Olivia font quelques pas ensemble, avenue Gallieni. Puis, alors que leurs chemins viennent juste de se séparer, Olivia entend un cri, se retourne et aperçoit furtivement un homme, « d'environ trente ans, aux cheveux blonds », en train de pousser son amie dans une camionnette grise. Avant de repartir en trombe. Et de disparaître.

Olivia Mendelshon eut la présence d'esprit de relever le numéro d'immatriculation de la fourgonnette et de contacter immédiatement la gendarmerie. Bien que le plan alerte-enlèvement n'existât pas à l'époque (il sera testé pour la première fois six mois plus tard pour retrouver une petite fille de six ans dans le Maine-et-Loire), des barrages furent mis en place sans délai sur la plupart des axes routiers. Un appel à témoins et un signalement du ravisseur présumé furent rapidement et massivement diffusés – un portrait-robot établi selon les indications d'Olivia, qui montrait un homme au visage creusé, coupe au bol, yeux fous enfoncés dans les orbites.

Les barrages filtrants ne permirent pas d'arrêter le suspect. Un utilitaire Peugeot Expert gris dont l'immatriculation correspondait à la référence fournie par Olivia fut retrouvé le lendemain, incendié, dans une forêt entre Angoulême et Périgueux. Le véhicule avait été déclaré volé la veille. Des hélicoptères survolèrent la forêt. On délimita une zone de recherche assez vaste que l'on passa au peigne fin en faisant de nombreuses battues avec des chiens. Les techniciens de la police scientifique dépêchés sur place réussirent à relever certaines empreintes et traces génétiques. Au sol, on trouva également des marques de pneus à côté de la carcasse carbonisée. Sans doute celles d'une voiture dans laquelle on avait transféré Claire. On en prit des moulages, mais la pluie tombée dans la nuit avait détrempé le sol, rendant aléatoire toute chance d'identification.

3.

L'enlèvement de Claire était-il un acte prémédité ou obéissait-il à la pulsion d'un détraqué de passage ?

Confiée à la brigade criminelle de Bordeaux, l'enquête s'avéra compliquée. Ni les prélèvements génétiques ni les empreintes digitales ne permirent d'identifier le suspect. Assistés de traducteurs, les enquêteurs se livrèrent à des interrogatoires poussés des élèves et des professeurs. Tous appartenaient à la Mother of Mercy High School, une institution catholique pour filles de l'Upper East Side qui était jumelée avec le lycée Saint-François-de-Sales de Bordeaux. On interrogea la famille d'accueil – M. et Mme Larivière – sans en apprendre grand-chose. On surveilla les délinquants sexuels de la région, on recensa les appels téléphoniques passés au moment des faits à proximité de la borne relais la plus proche de la gare. Comme pour chaque enquête média-tisée, le commissariat reçut des dizaines d'appels fantaisistes et de lettres anonymes sans intérêt. Mais après un mois, il fallut se résoudre à la gla-çante vérité : l'enquête n'avait pas avancé d'un pouce. Comme si elle n'avait jamais vraiment commencé...

4.

En théorie, la disparition de Claire Carlyle avait tout pour affoler les médias. Pourtant, la machine ne s'était pas emballée autant que dans d'autres affaires comparables. Sans que je me l'explique vraiment, quelque chose avait freiné la vague de compassion que méritait le drame. Était-ce la nationalité américaine de Claire ? le fait que, sur les photos, elle paraisse plus âgée que ce qu'elle était vraiment ? l'actualité chargée à cette date ?

J'avais retrouvé les journaux de l'époque. En presse nationale, le lendemain de la disparition de Claire, les gros titres étaient réservés à la politique intérieure. La victoire du « non » au référendum sur la Constitution européenne avait été vécue comme un séisme, fragilisant à la fois le président Chirac et son opposition, provoquant le départ du Premier ministre et la formation d'un nouveau gouvernement.

La première dépêche AFP à évoquer l'« affaire Carlyle » multipliait les imprécisions. Dieu sait pourquoi, le rédacteur y affirmait que la famille de Claire était originaire de Brooklyn, alors qu'elle vivait depuis longtemps à Harlem. Ensuite, une deuxième dépêche avait rectifié l'erreur, mais c'était trop tard : l'information erronée s'était transmise comme un virus, se dupliquant article après article, transformant Claire Carlyle en « la fille de Brooklyn ».

Les premiers jours, l'affaire eut un écho médiatique presque plus important aux États-Unis qu'en France. Le *New York Times* y avait consacré un article sérieux et très factuel, mais qui ne m'avait pas appris grand-chose. Le *New York Post*, roi des tabloïds, s'était repu de l'affaire pendant presque une semaine. Avec son sens bien connu de la rigueur et de la nuance, le quotidien avait avancé les hypothèses les plus folles, se livrant à un *french bashing* en règle, dissuadant ses lecteurs de partir en vacances en France, s'ils ne voulaient pas que leur enfant y soit enlevé, violé et torturé. Puis, du jour au lendemain, le journal s'était lassé, se délectant d'autres scandales (le procès de Michael Jackson), d'autres ragots (les fiançailles de Tom Cruise) et d'autres drames (dans le New Jersey, trois jeunes enfants venaient d'être retrouvés asphyxiés dans le coffre d'une voiture).

En France, le meilleur article que j'avais lu provenait de la presse régionale. Il était signé Marlène Delatour, une journaliste du quotidien *Sud-Ouest* qui avait consacré une double page à la famille Carlyle. Elle y brossait un portrait de Claire correspondant bien à ce que j'avais imaginé de son adolescence. Une jeune fille élevée sans père, timide et studieuse, passionnée par les livres et par ses études, qui désirait plus que tout devenir avocate. En dépit de ses origines modestes, cette excellente élève s'était battue pour obtenir une bourse et intégrer, avec une année d'avance, l'un des lycées les plus sélectifs de New York.

L'article avait été écrit à l'occasion de la venue en France de la mère de Claire. Le 13 juin 2005, voyant que l'enquête piétinait, Joyce Carlyle avait quitté Harlem pour se rendre à Bordeaux. Sur le site de l'INA, j'avais pu visionner quelques images de l'appel qu'elle avait lancé dans les médias, repris notamment au journal de 20 heures de France 2, dans lequel elle suppliait celui qui avait enlevé sa fille de ne pas lui faire de mal et de la libérer. Sur les images, elle ressemblait à l'ancienne sprinteuse américaine Marion Jones : chignon tressé, visage allongé, nez à la fois pointu et épaté, dents laiteuses et regard d'ébène. Mais une Marion Jones aux paupières bouffies et aux traits ravagés par le chagrin et les nuits d'insomnie.

Une mère perdue et déboussolée, dans un pays qui n'était pas le sien, et qui devait se demander par quelle ironie du sort sa fille, après avoir vécu en sécurité quatorze ans à East Harlem, avait pu se retrouver en danger mortel au fin fond de la province française.

5.

Pendant plus de deux ans, l'enquête resta donc au point mort avant d'être relancée de façon spectaculaire et de connaître un épilogue particulièrement sordide.

Le 26 octobre 2007, à l'aube, un incendie se déclara dans une maison isolée au milieu d'une forêt près de Saverne, à la frontière de la Lorraine et de l'Alsace. Franck Muselier, un gendarme de la région, en route pour prendre son service, aperçut de la fumée depuis la route et fut le premier à donner l'alerte.

Lorsque les pompiers arrivèrent, il était trop tard. Les flammes avaient ravagé la maison. Dès que le feu fut maîtrisé, les secours s'aventurèrent dans le brasier et découvrirent avec surprise l'architecture originale de la maison. D'apparence très classique, c'était en fait une construction moderne, semi-enterrée. Une forteresse compacte en forme d'hélice, structurée autour d'un escalier en colimaçon gigantesque qui plongeait dans le sol pour desservir une série de pièces toujours plus profondes.

Des cellules.

Des oubliettes.

Au rez-de-chaussée, on trouva le cadavre d'un homme ayant ingurgité une dose massive de somnifères et d'anxiolytiques. L'identification ultérieure mettrait en évidence qu'il s'agissait du propriétaire de la maison : Heinz Kieffer, un architecte allemand de trente-sept ans, installé dans la région depuis quatre ans.

Dans trois des « chambres », menotté à la lourde tuyauterie, le corps d'une adolescente. Il fallut plusieurs jours pour que la denture et l'ADN permettent de mettre des noms sur les victimes.

Louise Gauthier, âgée de quatorze ans lors de sa disparition survenue le 21 décembre 2004 alors qu'elle était en vacances chez ses grands-parents près de Saint-Brieuc dans les Côtes-d'Armor.

Camille Masson, âgée de seize ans lorsqu'elle avait disparu, le 29 novembre 2006, en rentrant chez elle à pied, après un cours de sport, dans une bourgade entre Saint-Chamond et Saint-Étienne.

Chloé Deschanel, enfin, âgée de quinze ans le jour du drame, qui s'était volatilisée le 6 avril 2007 en se rendant au conservatoire municipal de Saint-Avertin dans la banlieue de Tours.

Trois adolescentes enlevées par Kieffer sur une période de deux ans et demi, dans trois régions de France éloignées les unes des autres. Trois proies vulnérables qu'il avait arrachées à leur vie de collégiennes et de lycéennes pour se constituer son harem macabre. Trois disparitions qui, à l'époque des faits, n'avaient même pas été formellement caractérisées comme des enlèvements. Louise Gauthier s'était disputée avec ses grands-parents, Camille Masson était une spécialiste des fugues et les parents de Chloé Deschanel avaient tardé à signaler la disparition de leur fille, compromettant l'efficacité de l'enquête. Pour ne rien arranger, à cause de la dispersion géographique, aucun des flics qui avaient travaillé sur ces dossiers ne semblait avoir fait le lien entre les trois affaires…

Ces dix dernières années, de nombreux ouvrages avaient tenté de « comprendre » la psychologie de Heinz Kieffer – si tant est qu'il y ait quelque chose à comprendre d'un esprit où la monstruosité humaine atteint de tels sommets. Surnommé le « Dutroux allemand », le prédateur était resté une énigme, résistant aux analyses des policiers, des psychiatres et des journalistes. Kieffer n'avait pas d'antécédents criminels, n'apparaissait dans aucun des fichiers de police, n'avait jamais été signalé pour comportement douteux.

Jusqu'à la fin de l'année 2001, il avait travaillé à Munich dans un cabinet d'architecture réputé. Les gens qui avaient croisé sa route ne gardaient pas un mauvais souvenir de lui, mais la plupart ne s'en souvenaient tout simplement pas. Heinz Kieffer était un solitaire, un être transparent et impénétrable. Un véritable *M. Cellophane*.

On ne savait pas avec certitude ce que « faisait » Kieffer avec ses proies. Les trois corps carbonisés étaient en trop mauvais état pour que leur autopsie puisse révéler des traces de sévices sexuels ou de torture. La nature de l'incendie, en revanche, ne faisait aucun doute. L'intérieur de la maison avait été aspergé d'essence. Comme celui de leur bourreau, les corps des adolescentes étaient bourrés de somnifères et d'anxiolytiques. Pour une raison inconnue, Kieffer avait semble-t-il choisi de se suicider en emportant avec lui ses trois captives.

Certains criminologues qui s'étaient penchés sur son cas avaient sollicité le conseil d'architectes. En étudiant précisément les plans et la configuration du « palais de l'horreur » et de ses murs insonorisés, ces derniers étaient parvenus à la conclusion qu'il était très possible qu'aucune des filles n'eût été au courant de l'existence des deux autres. Bien qu'elle soit sujette à caution, c'est cette version qu'avait retenue la presse. Et elle était désespérante et glaçante d'horreur.

6.

La découverte des trois corps eut un écho médiatique important. Elle mettait la police et la justice en posture délicate, renvoyant les enquêteurs et les juges d'instruction à leurs manquements. Trois jeunes Françaises étaient mortes, tuées par le diable, après avoir enduré des mois et des années de détention et de sévices. La faute à qui ? À tout le monde ? À personne ? Les autorités commencèrent à se renvoyer la balle.

L'analyse de la scène de crime dura deux jours entiers. Dans les canalisations de la maison ainsi que dans le pick-up de Kieffer, on trouva des cheveux ainsi que d'autres traces fraîches d'ADN qui n'appartenaient ni au criminel ni à ses trois victimes. Les résultats tombèrent une dizaine de jours plus tard : il y avait deux empreintes génétiques, dont l'une restait inconnue. L'autre était celle de la jeune Claire Carlyle.

À peine cette information révélée, on établit qu'au moment de l'enlèvement de Claire, Heinz Kieffer rendait visite à sa mère qui vivait dans une maison de soins à Ribérac, en Dordogne, à soixante kilomètres à peine de Libourne.

On délimita un périmètre assez large autour de la bâtisse. À nouveau, on dragua les étangs, on fit venir des pelleteuses, on mobilisa des hélicos pour survoler la forêt et on fit appel à toutes les bonnes volontés pour organiser de vastes battues.

Et le temps passa.

Et l'espoir même de voir réapparaître un corps s'envola.

Si on ne retrouva jamais le cadavre de l'adolescente, il ne fit de doute pour personne que Claire Carlyle était morte. Quelques jours ou quelques heures avant de mettre fin à ses jours et d'organiser son carnage, Kieffer l'avait emmenée dans un endroit reculé, l'avait tuée et s'était débarrassé du corps.

Le dossier resta néanmoins ouvert pendant deux ans sans qu'aucun élément nouveau fût apporté par les enquêteurs. Puis, à la fin de l'année 2009, le juge chargé de l'instruction signa l'avis de décès de Claire Carlyle.

Et plus personne n'entendit jamais parler de « la fille de Brooklyn ».

La traite des Captives

8

La danse des spectres

*La vérité est comme le soleil. Elle
laisse tout voir mais ne se laisse
pas regarder.*

Victor HUGO

1.
— Debout, là-dedans !

La voix de Caradec me fit tressaillir. J'ouvris
les yeux en sursautant. J'étais en nage, mon cœur
battait la chamade et un goût de cendre se répandait dans ma bouche.

— Comment tu es entré, putain ?

— J'ai toujours le double de tes clés.

Un pain de campagne sous un bras, un sac de
courses sous l'autre, il revenait visiblement de
l'épicerie-boulangerie du coin de la rue. J'avais
du sable sous les paupières et un début de nausée.

Deux nuits blanches d'affilée, c'était plus que ce que mon corps pouvait supporter. J'écrasai deux bâillements coup sur coup avant de me lever péniblement de mon fauteuil pour rejoindre Marc dans la cuisine.

Un coup d'œil à l'horloge murale : presque 8 heures. *Merde*. La fatigue m'était tombée dessus par surprise et m'avait emporté pendant plus d'une heure.

— J'ai une mauvaise nouvelle, annonça Marc en allumant la cafetière.

Pour la première fois depuis son irruption, je le regardai dans les yeux. Sa mine sombre ne laissait rien augurer de bon.

— Comment les choses pourraient-elles être pires ?

— Il s'agit de Clotilde Blondel.

— La proviseure du lycée ?

Il acquiesça de la tête.

— Je reviens à l'instant de Sainte-Cécile.

Je n'en croyais pas mes oreilles.

— Tu y es allé sans moi ?

— Je suis venu te chercher il y a une heure, s'agaça-t-il. Mais tu dormais comme une souche, alors, j'ai décidé de m'y rendre seul. J'ai passé la nuit à réfléchir : Blondel est l'une de nos seules pistes. Si j'ai bien compris ce que tu m'as raconté, elle en sait beaucoup plus que ce qu'elle t'a déjà dit. Je pensais qu'après avoir vu la vidéo de l'agression de sa protégée, elle prendrait peur et se mettrait à table.

Avant de poursuivre, il tassa le café moulu dans le porte-filtre.

— Mais lorsque je suis arrivé rue de Grenelle, il y avait pléthore de flics devant le portail du lycée. J'en ai reconnu certains : des mecs de la 3e DPJ. Toute la bande de Ludovic Cassagne. J'ai fait profil bas pour qu'ils ne me repèrent pas et je suis resté planqué dans ma caisse jusqu'à ce qu'ils partent.

J'eus un mauvais pressentiment.

— Qu'est-ce que les policiers foutaient à Sainte-Cécile ?

— C'est le proviseur adjoint qui les a appelés : le corps de Clotilde Blondel a été retrouvé inanimé dans la cour de l'école.

J'émergeai brutalement de ma léthargie, sans être certain d'avoir tout compris.

— J'ai pu interroger le jardinier, poursuivit Marc en mettant à griller des tranches de pain. C'est lui qui a découvert Blondel en prenant son service à 6 heures ce matin. Les flics pensent que quelqu'un a balancé la directrice à travers la vitre de son bureau. Une chute de trois étages.

— Elle est… morte ?

Marc eut une moue dubitative.

— D'après ce que m'a dit le type, elle respirait encore lorsqu'il l'a trouvée, mais elle était dans un état critique.

Il sortit un calepin de la poche de son jean et chaussa ses lunettes pour déchiffrer ses notes :

— Les secours l'ont transférée en urgence à l'hôpital Cochin.

Je pris mon téléphone. Je ne connaissais personne à Cochin, mais j'avais un cousin, Alexandre Lèques, qui était responsable du pôle cardiologie de l'hôpital Necker. Je lui laissai un message sur son répondeur en lui demandant d'activer ses réseaux et de me tenir au courant de l'évolution de l'état de santé de Clotilde Blondel.

Puis je m'effondrai sur la banquette, gagné par la panique, écrasé par la culpabilité. Tout cela était ma faute. En poussant Anna dans ses retranchements, je l'avais forcée à me révéler une vérité qui ne devait pas l'être. Sans le vouloir, j'avais libéré les fantômes tragiques du passé, qui se déchaînaient à présent dans un torrent de violence.

2.

— Bi'eron, papa ! Bi'eron !

Encore ensommeillé, Théo émergea de sa chambre en trottinant devant moi et me précéda jusqu'au salon. Le sourire aux lèvres, il attrapa le biberon que je venais de lui préparer avant de s'installer dans sa nacelle.

Les yeux brillants, fixes et grands ouverts, il suçait la tétine avec avidité, comme si sa vie en dépendait. Je regardai son beau visage – ses boucles blondes, son nez retroussé, son regard aigue-marine, aussi pur que limpide – en essayant d'y puiser des forces et de l'espoir.

Sa tasse de café à la main, Marc déambulait devant mon panneau de liège.

— C'est cette photo qu'elle t'a montrée, n'est-ce pas ? devina-t-il en pointant une impression en couleurs punaisée au mur.

J'approuvai de la tête. La photo représentait les corps carbonisés des trois adolescentes enlevées par Kieffer. À présent, je pouvais mettre un nom sur ces victimes : Louise Gauthier, Camille Masson, Chloé Deschanel.

— Où l'as-tu retrouvée ? demanda-t-il sans quitter l'image des yeux.

— Dans un numéro hors série de la presse

régionale : un « Spécial fait divers » coédité par *La Voix du Nord* et *Le Républicain lorrain*. Le cliché illustrait une double page sur Kieffer et son « repaire de l'horreur ». Étrange d'ailleurs que le rédacteur en chef ait laissé passer une illustration comme ça.

Marc prit une gorgée de café en soupirant. Il plissa les yeux et pendant cinq minutes survola les articles que j'avais accrochés dans l'ordre chronologique.

— Comment vois-tu les choses ?

Pensif, il ouvrit la vitre pour pouvoir fumer, posa sa tasse sur le rebord de la fenêtre et improvisa un scénario.

— Mai 2005 : Claire Carlyle est enlevée par Kieffer à la gare de Libourne. Il la ramène en bagnole jusqu'à sa tanière dans l'est de la France. Là, le pédophile a déjà une captive : la petite Louise, qu'il a capturée six mois plus tôt en Bretagne. Pendant des mois, les deux gamines vivent l'enfer. Kieffer continue d'étoffer son harem sordide : il enlève Camille Masson à la fin de l'année 2006 et Chloé Deschanel au printemps suivant.

— Jusqu'ici, on est d'accord.

— Octobre 2007 : Claire est prisonnière depuis deux ans et demi. Pour mieux abuser de ses captives, Kieffer les gave de somnifères et de tranquillisants. De plus en plus stressé, il commence à en prendre lui aussi. Un jour, Claire profite d'un relâchement de la vigilance de son geôlier pour se faire la belle. En s'apercevant de sa disparition, Kieffer panique. Il s'attend à voir débarquer les flics d'un instant à l'autre et, pour ne pas se faire prendre, préfère tuer ses captives avant de se suicider en mettant le feu à sa baraque et…

— Là, je ne te suis plus.

— Explique-toi.

Je me rapprochai de la fenêtre et m'assis sur le coin de la table.

— La maison de Kieffer était un vrai coffre-fort. Des cellules individuelles, des portes blindées, un système d'alarme avec verrouillage automatique. Je ne pense pas que Claire ait pu s'en évader comme ça !

Caradec balaya l'argument :

— On s'échappe de toutes les prisons.

— D'accord, concédai-je, admettons. Claire parvient à sortir de la maison.

Je me levai, attrapai un stylo et pointai sur le panneau un extrait de carte Michelin imprimé au format A3.

— Tu as vu où se situe la baraque ? En plein

milieu de la forêt de la Petite Pierre. À pied, il faudrait des heures pour rejoindre la première zone d'habitation. Même s'il s'était fait surprendre, Kieffer aurait eu tout le temps de rattraper la gamine.

— Claire lui a peut-être piqué sa voiture.

— Non, on a retrouvé son pick-up et sa moto devant sa maison. Et d'après tout ce que j'ai pu lire, Kieffer n'avait pas d'autre véhicule.

Caradec continua à réfléchir à voix haute :

— Alors qu'elle s'enfuyait, elle a rencontré quelqu'un sur la route qui l'aura prise en stop ?

— Tu plaisantes ? Avec le bruit médiatique qu'a fait l'affaire, la personne se serait signalée. Et si Claire s'est vraiment échappée, comment expliques-tu qu'elle n'ait pas donné l'alerte ? Ne serait-ce que pour sauver les autres filles ? Comment expliques-tu qu'elle ne se soit jamais manifestée ? Pourquoi refaire sa vie à Paris alors que sa mère, ses amis, son école se trouvent à New York ?

— Je ne l'explique pas, justement.

— Bon, pour les autres, elle ne savait pas forcément qu'elles étaient là, mais pour le fric ? Les 400 000 ou 500 000 euros en liquide que devait contenir le sac à la base ?

— Elle l'a piqué à Kieffer, hasarda Caradec.

172

Là encore, son hypothèse ne tenait pas.

— Les flics ont passé ses comptes au peigne fin : Heinz Kieffer s'était lourdement endetté pour financer la construction de sa maison. Il n'avait aucune économie. Il tapait même sa mère qui lui versait 500 euros tous les mois.

Marc écrasa sa cigarette dans les géraniums, sembla chasser une pensée découragée d'un geste agacé et s'anima de nouveau.

— Raphaël, pour retrouver Claire, il faut revenir aux fondamentaux. Posons-nous les bonnes questions ! Tu as bossé sur le dossier toute la nuit, à toi de me dire lesquelles encadrent notre enquête !

Je pris un marqueur et déchirai la feuille raturée de mon vieux *paperboard* pour disposer d'une zone vierge sur laquelle je listai plusieurs interrogations :

Qui a enfermé Claire dans ce box de banlieue ?
Qui l'en a fait sortir ?
Pourquoi la retient-on toujours prisonnière ?

Le flic choisit de rebondir sur la dernière question :

— On la retient prisonnière parce qu'elle s'apprêtait à te révéler la vérité. Anna s'apprêtait à t'avouer qu'elle était Claire Carlyle.

— Marc, tu m'as toujours dit que, dans une enquête, la seule question valable était celle du mobile.

— Et c'est vrai ! Dans le cas qui nous concerne, ça revient à se demander qui allait être gêné par la révélation de Claire. Qui subirait un préjudice si on apprenait soudain qu'Anna Becker était en réalité la petite Claire Carlyle, enlevée dix ans plus tôt par Heinz Kieffer ?

Pendant quelques instants, la question flotta dans l'air, mais aucun de nous deux ne s'en saisit et l'impression que nous avions eue d'avoir un peu avancé dans notre réflexion s'évapora. L'essentiel nous échappait encore.

3.

Assis sur un tabouret, son bavoir noué autour du cou, Théo dévorait sa tartine de miel. Installé près de lui, après avoir avalé une énième tasse de café, Marc élaborait déjà d'autres hypothèses et affirmait de nouvelles convictions :

— Il faut reprendre l'enquête sur Heinz Kieffer. Retourner sur les lieux du drame. Découvrir ce qui s'est passé dans la nuit qui a précédé l'incendie de la maison.

Pour ma part, je n'étais pas convaincu que ce

soit la meilleure chose à faire. Depuis quelques minutes, je commençais à avoir conscience d'une évidence : Marc voyait la situation comme un flic, tandis que, moi, je l'analysais comme un romancier.

— Tu te souviens de nos conversations sur l'écriture, Marc ? Lorsque tu m'as demandé comment je construisais mes personnages, je t'ai répondu que je ne me lançais jamais dans un roman sans connaître parfaitement le passé de mes héros.

— Tu fais une sorte de fiche biographique pour chaque personnage, c'est ça ?

— Oui, et c'est à cette occasion que je t'avais parlé du *Ghost*.

— Rappelle-moi ce que c'est, déjà.

— Le *Ghost*, le Fantôme, le Spectre : ce sont des noms que certains professeurs de dramaturgie emploient pour désigner un événement charnière, un bouleversement ancré dans le passé du personnage qui continue à le hanter aujourd'hui.

— Son talon d'Achille ?

— En quelque sorte. Un choc biographique, un refoulé, un secret qui explique sa personnalité, sa psychologie, son intériorité, ainsi qu'une bonne partie de ses actions.

Il me regarda essuyer la frimousse toute collante de Théo.

— Où veux-tu en venir au juste ?

— Il faut que je trouve le *Ghost* de Claire Carlyle.

— Tu le trouveras lorsque nous saurons ce qui s'est réellement passé dans la maison de Kieffer la nuit qui a précédé l'incendie.

— Pas nécessairement. Je crois qu'il y a autre chose. Une autre vérité qui expliquerait pourquoi, si elle a vraiment réussi à s'échapper, Claire Carlyle n'a pas donné l'alerte ni jamais cherché à revoir sa famille.

— Et où se trouve cette explication selon toi ?

— Là où naissent toutes les explications du monde : sur le territoire de l'enfance.

— À Harlem ? demanda-t-il en reprenant une gorgée de café.

— Parfaitement. Voilà ce que je te propose, Marc : tu continues l'enquête en France et je la poursuis aux États-Unis !

Comme un personnage de bande dessinée, Caradec manqua de s'étouffer et recracha son café. Lorsque sa quinte de toux cessa, il me regarda, incrédule.

— Tu n'es pas sérieux, j'espère.

4.

Au rond-point de la place d'Italie, notre voiture bifurqua boulevard Vincent-Auriol.

— Auto, papa ! Auto !

Assis sur mes genoux à l'arrière du taxi, Théo était le plus heureux des petits garçons. Les deux mains plaquées contre la vitre, il s'amusait du spectacle de la circulation parisienne. Quant à moi, le nez enfoui dans ses cheveux à l'odeur de blé, je puisais dans son enthousiasme un peu de l'optimisme dont j'avais grand besoin.

Nous étions en route vers l'aéroport. J'avais réussi à rallier Marc à ma cause. En quelques clics, j'avais réservé un billet d'avion pour New York, puis j'avais jeté des affaires pour Théo et moi dans une valise et booké une chambre d'hôtel.

Mon téléphone vibra. Je l'extirpai de ma poche juste à temps pour prendre l'appel. Le numéro sur l'écran était celui de mon cousin, cardiologue à l'hôpital Necker.

— Salut, Alexandre, merci de me rappeler.

— Salut, cousin, ça gaze ?

— Compliqué en ce moment. Et toi ? Sonia ? Les enfants ?

— Ça pousse vite. C'est Théo que j'entends barjaquer derrière toi ?

— Oui, on est dans un taxi.

— Embrasse-le pour moi. Écoute, j'ai pu avoir des nouvelles de ton amie, Clotilde Blondel.

— Qu'est-ce que ça donne ?

— Je suis désolé, mais son cas est très grave. Fracture de plusieurs côtes, d'une jambe et du bassin, luxation de la hanche, traumatisme crânien sévère. Quand j'ai appelé mon pote de Cochin, elle était encore sur le billard.

— Son pronostic vital est engagé ?

— Pour l'instant, c'est difficile à dire. Tu sais, dans ce genre de polytraumas, il y a des risques multiples.

— D'hématome au cerveau ?

— Oui, et de tout ce qui touche au système respiratoire : pneumothorax, hémothorax. Sans parler des éventuelles lésions rachidiennes.

Un double bip hachura notre conversation. Un numéro en 02.

— Excuse-moi, Alex, j'ai quelqu'un sur une autre ligne. Un truc important. Tu restes en veille et tu me tiens au courant de l'évolution de la situation ?

— Ça marche, cousin.

Je le remerciai et pris le nouvel appel. Comme

je l'espérais, il s'agissait de Marlène Delatour, la journaliste de *Sud-Ouest* qui avait enquêté sur l'affaire Carlyle. Cette nuit, après avoir lu son article, j'avais retrouvé sa trace sur Internet : elle avait changé d'employeur et travaillait à présent pour le journal *Ouest France*. Je lui avais envoyé un mail en lui expliquant que j'écrivais une sorte d'anthologie des crimes du XXIe siècle et que j'aurais voulu recueillir ses impressions et ses souvenirs sur l'affaire.

— Merci de m'appeler.

— On s'est croisés il y a quelques années. Je vous avais interviewé lors du salon Étonnants Voyageurs en 2011.

— Bien sûr, je m'en souviens, mentis-je.

— Alors, comme ça, vous arrêtez les romans pour écrire des essais ?

— Dans certains faits divers, l'horreur dépasse la fiction.

— Je vous l'accorde.

Je coinçai mon téléphone dans le creux de mon épaule. Ainsi, j'avais les mains libres pour maîtriser mon fils. Debout sur le siège, Théo gigotait pour apercevoir la rame qui entrait en gare sur le pont du métro aérien.

— Vous vous souvenez bien de l'affaire Carlyle ? demandai-je à Marlène.

— Ça, c'est certain. Pour vous dire la vérité, à l'époque, je m'étais pas mal identifiée à Claire. On avait des points communs : père inconnu, élevées toutes les deux par une mère célibataire, des origines populaires, l'école comme moyen d'ascension sociale... C'était un peu ma petite sœur américaine.

— Vous êtes certaine que Claire ne connaissait pas son père ?

— À mon avis, même la mère de Claire ne savait pas qui l'avait mise enceinte.

— Vous êtes sûre ?

J'entendis son soupir à l'autre bout du fil.

— Pratiquement. En tout cas, c'est ce que m'a laissé entendre Joyce Carlyle lorsque je l'ai interrogée sur le sujet. C'était lors de sa venue en France deux semaines après l'enlèvement de Claire, au moment où l'enquête s'enlisait. Je ne l'ai pas écrit dans l'article, mais j'ai appris qu'avant la naissance de sa fille Joyce avait connu des années de défonce. Crack, héroïne, crystal : elle avait touché à tout. Pendant deux ou trois ans, à la fin des années 1980, elle enchaînait les passes à 10 dollars pour payer sa came.

Cette révélation me ficha la nausée. Après une hésitation, je résistai à la tentation de révéler à mon interlocutrice que j'étais en route vers

New York. Marlène Delatour était une bonne journaliste. Si elle me sentait à ce point investi, elle allait flairer le scoop potentiel. Après m'être donné du mal pour tenir les flics à l'écart de mes problèmes, je n'allais pas me jeter dans la gueule du loup en me confiant à une journaliste.

J'essayai donc de prendre un ton dégagé pour demander :

— Vous avez eu d'autres contacts avec Joyce depuis ce temps-là ?

Marlène marqua un silence étonné avant de m'expliquer :

— J'aurais eu du mal : elle est morte deux semaines plus tard !

Je tombai des nues.

— Je n'ai lu ça nulle part.

— Moi-même, je ne l'ai su que bien après, à l'été 2010, alors que j'étais en vacances à New York. En visitant Harlem, j'ai eu envie d'aller jeter un coup d'œil à la maison dans laquelle Claire avait passé son enfance. Son adresse m'avait marquée : 6 Bilberry Street. La rue de la Myrtille... Ce n'est qu'une fois sur place, en discutant avec les commerçants du quartier, que j'ai appris que Joyce était décédée à la fin du mois de juin 2005. Seulement quatre semaines après l'enlèvement de sa fille.

Si elle était exacte, cette information changeait beaucoup de choses.

— De quoi est-elle morte ?

— À votre avis ? Overdose d'héroïne, chez elle. Elle était restée *clean* pendant quinze ans, mais le drame l'a fait replonger. Et après un sevrage aussi long, même des doses assez faibles peuvent vous tuer.

Le taxi avait traversé le pont de Bercy et roulait sur les quais. De l'autre côté de la Seine, le paysage défilait : la piscine Joséphine-Baker qui flottait sur le fleuve, les tours angulaires de la bibliothèque François-Mitterrand, les péniches paresseuses et les arches basses du pont de Tolbiac.

— Qu'est-ce que vous pouvez me dire d'autre sur l'affaire ?

— Là, comme ça, à brûle-pourpoint, je ne vois pas trop, mais je peux essayer de retrouver mes notes.

— Ce serait très…

Elle m'interrompit :

— Attendez, un truc me revient à l'esprit. Une rumeur persistante qui circulait au moment de l'enquête : Joyce aurait engagé un enquêteur privé pour mener ses propres recherches.

— D'où tenez-vous ça ?

— Je sortais avec un type à l'époque : Richard Angeli, un jeune flic de la brigade criminelle de Bordeaux. Entre nous, c'était un connard de première, mais il avait une ambition folle et me refilait parfois des tuyaux.

Je me contorsionnai pour sortir un stylo de ma poche et notai le nom du flic sur le seul papier que j'avais sous la main : *T'choupi fait des bêtises*, le livre préféré de mon fils que j'avais emporté pour l'occuper pendant le voyage.

— C'était quoi son job ?

— Il était procédurier dans le groupe qui enquêtait sur la disparition de Claire Carlyle. D'après ce qu'il me racontait, ses collègues et le juge étaient furax à la perspective de voir l'enquête parasitée par quelqu'un d'extérieur.

— C'était qui ? Un détective américain ?

— Je n'en sais rien. J'ai un peu gratté de ce côté-là, mais je n'ai jamais rien déterré de concret.

Un silence, puis :

— Raphaël, si vous apprenez un élément nouveau, vous me tiendrez au courant ?

— Bien sûr.

Je le devinai à sa voix, il n'avait fallu que quelques minutes pour que Marlène Delatour soit de nouveau contaminée par le virus « Claire Carlyle ».

À présent, le taxi avait dépassé la porte de Bercy et filait sur le périph. Mon fils s'était calmé. Il serrait dans ses bras son chien en peluche, le fidèle Fifi.

— Dans cette enquête, reprit la jeune femme, j'ai toujours eu l'impression que quelque chose nous échappait. La police, les journalistes, les juges : tout le monde s'est cassé les dents sur cette affaire. Même après la découverte des traces d'ADN chez Heinz Kieffer, l'histoire laissait un goût d'inachevé.

C'était la première fois que j'entendais quelqu'un contester la version officielle.

— Qu'est-ce que vous sous-entendez exactement ? Kieffer correspondait bien au portrait-robot.

— Un portrait-robot établi sur *un seul* témoignage, rappela-t-elle.

— Celui de la petite Olivia Mendelshon.

— Une gamine que les flics n'ont pu interroger que quelques heures puisque ses parents l'ont rapatriée à New York dès le lendemain.

— Là, je ne vous suis plus. Vous remettez en cause les conclusions de…

— Non, non, coupa-t-elle. Je n'ai pas de

théorie alternative, je n'ai pas d'autres preuves, mais j'ai toujours trouvé ça étrange : un seul témoin lors de l'enlèvement, puis plus tard des traces d'ADN, mais pas de corps. Tout ça ne vous semble pas un peu suspect ?

Ce fut à mon tour de soupirer :

— Vous, les journalistes, vous voyez le mal partout.

— Et vous, les écrivains, vous avez un problème avec la réalité.

9

La rue de la Myrtille

*Ce que l'homme appelle vérité,
c'est toujours sa vérité, c'est-à-dire
l'aspect sous lequel les choses lui
apparaissent.*

PROTAGORAS

1.

Dès que le taxi avait franchi le pont de
Brooklyn, j'avais retrouvé le foisonnement familier de Manhattan. Je n'y avais plus mis les pieds
depuis la naissance de Théo et je me rendais
compte à présent combien son ciel métallique
et ses pulsations magnétiques m'avaient manqué.

Je connaissais New York depuis mes dix-huit
ans. L'été du bac, sur une impulsion, j'avais
suivi à Manhattan une jeune Danoise dont
j'étais tombé amoureux. Trois semaines après

notre arrivée, Kirstine – qui travaillait comme jeune fille au pair dans l'Upper East Side – avait soudain décidé que notre idylle était terminée. Je n'avais pas vu le coup venir et j'en avais été meurtri, mais la fascination que j'avais éprouvée en découvrant la ville m'avait rapidement consolé de ce premier chagrin d'amour.

J'étais resté un an à Manhattan. Les premières semaines, j'avais trouvé un job dans un *diner* de Madison Avenue, puis j'avais enchaîné les petits boulots : vendeur de glaces, serveur dans un restaurant français, employé dans un vidéoclub, libraire dans un magasin de l'East Side. Ce fut l'une des périodes les plus riches de ma vie. J'avais rencontré à New York des gens qui m'avaient marqué pour toujours et j'y avais vécu des événements décisifs qui avaient conditionné en partie le reste de mon existence. Depuis, jusqu'à l'arrivée de Théo, j'y étais revenu au moins deux fois par an, avec un enthousiasme intact.

J'avais profité de la connexion Wi-Fi disponible dans l'avion pour échanger des mails avec le personnel de la conciergerie du Bridge Club, l'hôtel de TriBeCa dans lequel je descendais depuis dix ans et qui malgré son nom n'abritait aucune association de joueurs de cartes.

Ils m'avaient vanté leur service de nounous triées sur le volet et j'en avais embauché une pour s'occuper de mon fils pendant mes investigations. J'avais également loué une poussette et rédigé une liste de courses que l'hôtel se proposait de faire pour moi : deux paquets de couches 12-15 kg, des lingettes, du coton, du lait dermo-nettoyant, un stock de petits pots.

« On peut dire que votre fils ne manque pas de voix ! » m'avait lâché la responsable de cabine au moment du débarquement. Bel euphémisme : Théo avait été insupportable et m'avait fait honte. Fatigué, excité, il avait fait la foire pendant tout le vol, ne restant pas une seconde en place, importunant le personnel et les autres voyageurs de la *business class*. Il ne s'était endormi que dans le taxi qui nous menait au Bridge Club.

Arrivé à l'hôtel, je n'avais pas pris le temps de défaire mes bagages. J'avais changé et couché mon fils, avant de le laisser aux bons soins de Marieke, la nounou, une Allemande que ma grand-mère aurait jugée « trop jolie pour être honnête ».

Dix-sept heures. Plongeon dans le grand *rush* de la ville. La rue, le vacarme, l'effervescence. La lutte impitoyable pour attraper un taxi. À cette heure, le métro était plus rapide. Au niveau de

Chambers Street, je pris la ligne A en direction du nord et, moins d'une demi-heure plus tard, je montais l'escalier de la station de la 125e Rue.

Je ne connaissais pas beaucoup Harlem. Dans les années 1990, lors de mes premiers séjours à New York, le quartier était trop délabré et dangereux pour que quiconque de censé eût envie d'y passer des vacances. Comme tous les touristes, j'y avais mis un pied pour jouer à me faire peur, assister à une messe gospel et faire une photo des néons de l'Apollo Theater, mais rien de plus.

Je fis quelques pas sur le trottoir, curieux de voir comment le quartier avait évolué. Dans l'avion, j'avais lu un article qui expliquait que des promoteurs immobiliers venaient pompeusement de rebaptiser l'endroit « SOHA » (pour SOuth HArlem) en espérant que cet acronyme lui donnerait un côté neuf et moderne. De fait, l'endroit n'avait plus rien du coupe-gorge qu'il avait été autrefois et il correspondait presque à ce qu'en décrivaient les guides touristiques.

Sur la 125e – qui portait aussi le nom de Martin Luther King Boulevard –, je retrouvai tout ce que j'aimais à Manhattan. L'air électrique, le chant des sirènes, un tourbillon de couleurs, d'odeurs, d'accents. Les chariots métalliques des marchands de bretzels et de hot-dogs, les plots énormes, orange et blanc, d'où s'échappaient des panaches de fumée blanche, la logorrhée des vendeurs à la sauvette qui essaient de fourguer leurs breloques sous des parasols déglingués. Bref, cette impression unique et grisante d'un gigantesque foutoir très organisé.

Dès que l'on s'éloignait de cette grande artère, le quartier devenait beaucoup plus calme. Il me fallut quelques minutes pour me repérer et trouver la fameuse Bilberry Street : une ruelle atypique, coincée entre la 131e et la 132e Rue et perpendiculaire à Malcolm X Boulevard.

En cette fin d'après-midi d'été, une belle lumière rayonnait sur les trottoirs, brasillant aux fenêtres, tremblotant entre les feuilles des châtaigniers. Des deux côtés de la rue s'élevaient des maisons de brique rouge avec des porches en bois, sculptés et colorés, des galeries bordées de balustrades en fer forgé et des escaliers qui descendaient dans de petits jardins. C'était ça aussi la magie de New York, toutes ces fois où l'on se disait justement : « Je n'ai pas l'impression d'être à New York. »

Cet après-midi-là, tandis que je marchais vers l'enfance de Claire, je n'étais plus à Harlem. J'étais dans le Deep South, en Géorgie ou en

Caroline du Sud, du côté de Savannah ou de Charleston.

Sur les traces de la fille de Brooklyn.

2.

Moselle. Autoroute A 4.

Sortie 44 : Phalsbourg/Sarrebourg.

En patientant devant l'unique cabine de péage, Marc Caradec jeta un coup d'œil à sa vieille Speedmaster avant de se frotter les paupières. Sa gorge était sèche, ses pupilles dilatées. Il avait quitté Paris un peu après 11 heures, avalant plus de quatre cents kilomètres en quatre heures et demie, ne s'accordant qu'une seule pause pour refaire le plein dans une station-service au niveau de Verdun.

Le flic tendit une poignée de pièces de monnaie à l'employé de la SANEF et prit la départementale qui menait jusqu'à Phalsbourg.

Située à la lisière du parc naturel des Vosges, l'ancienne cité fortifiée était la dernière ville de Lorraine avant l'entrée sur le territoire alsacien. Marc gara son Range Rover sur la place d'Armes inondée de soleil. Il alluma une cigarette et mit sa main en visière pour se protéger de la réverbération. L'ancienne caserne en grès ocre, la statue de bronze monumentale d'un maréchal d'Empire, tout, dans les proportions hors normes de l'endroit, renvoyait à l'héritage guerrier de la ville. Une époque pas si lointaine de défilés militaires et de revues de troupes auxquels devaient se plier des gamins de vingt ans avant d'aller servir de chair à canon. Il pensa à son propre grand-père, « tué à l'ennemi » en décembre 1915, à la Main de Massiges en Champagne. Aujourd'hui, heureusement, la place était paisible. Pas de bruits de bottes ni de chants belliqueux, mais des gens souriants attablés aux terrasses, qui dégustaient des cappuccinos sous les marronniers.

Marc avait profité du long trajet depuis Paris pour aller à la pêche aux informations. Quelques coups de fil lui avaient suffi pour retrouver la trace de Franck Muselier, le gendarme qui avait donné l'alerte et était arrivé le premier sur les lieux de l'incendie de la maison de Heinz Kieffer. Le militaire commandait aujourd'hui la brigade de proximité de la gendarmerie de Phalsbourg. Marc avait contacté son secrétariat et obtenu facilement un rendez-vous. Son interlocutrice lui ayant signalé que la gendarmerie partageait ses locaux avec la mairie, il demanda son chemin à un employé de la voirie qui élaguait les arbres, puis traversa la place, dallée de pierres grises et de granit rose.

Il respirait à pleins poumons. Ça faisait long-temps qu'il n'avait pas mis les pieds hors de Paris et il appréciait que son enquête le mène loin de la capitale. Pendant un moment, il s'abandonna à la quiétude de l'endroit, s'offrant un voyage dans le temps vers la Troisième République : le drapeau tricolore qui claquait au vent sur le fronton de la mairie, les cloches de l'église qui sonnaient la demie, le brouhaha de la cour de récréation de l'école communale.

Les maisons qui entouraient la place renfor-çaient cette impression de « force tranquille » : des façades en grès, des poutres patinées, des toits très hauts, à double pente, recouverts de tuiles en terre cuite.

Caradec pénétra dans l'hôtel de ville, un ancien corps de garde qui abritait également un musée historique et un bureau de poste. À l'intérieur du bâtiment, il fut accueilli par une fraîcheur bien-venue. Sous la haute voûte, le rez-de-chaussée ressemblait à une église, avec ses statues de marbre et ses boiseries sombres. Après s'être renseigné, il apprit que les locaux qu'il cherchait se trouvaient au dernier étage. Il emprunta un escalier en chêne à la pente raide et arriva dans un couloir qui butait sur une porte en verre.

D'aménagement plus récent, l'endroit ne débordait pas d'activité. À part une jeune femme à l'accueil, la gendarmerie paraissait déserte.

— Je peux vous aider, monsieur ?

— Marc Caradec, j'ai rendez-vous avec Franck Muselier.

— Solveig Maréchal, se présenta-t-elle en lissant une mèche blonde derrière son oreille. C'est moi que vous avez eue au téléphone.

— Enchanté.

Elle décrocha son combiné.

— Je vais le prévenir de votre arrivée.

Caradec défit un bouton de sa chemise. Sous ces toits, il faisait une chaleur d'enfer. Tout l'étage était mansardé. Les murs, bardés de bois blond, donnaient l'impression de caraméliser au soleil.

— Le lieutenant-colonel va vous recevoir dans deux minutes. Vous voulez un peu d'eau ?

Il accepta volontiers. La gendarme lui servit un verre accompagné d'une sorte de bretzel sucré à base de pâte à chou qu'il dévora à pleines dents.

— Vous êtes flic, n'est-ce pas ?

— Parce que je mange comme un cochon ?

Solveig partit dans un fou rire. Elle attendit

qu'il ait terminé sa pâtisserie pour le conduire dans le bureau de son supérieur.

3.
New York.

Le numéro 6 de Bilberry Street – là où Claire avait passé toute son enfance et où sa mère était morte – était occupé par une maison couleur prune avec une porte blanche à double battant surmontée d'un fronton brisé.

Tandis que je scrutais la bâtisse depuis plusieurs minutes, une femme apparut sous la galerie. Chevelure rousse, visage très pâle constellé de taches de rousseur. Enceinte jusqu'aux yeux.

— Vous êtes le type de l'agence immobilière ? me demanda-t-elle avec un regard mauvais.

— Non, madame, pas du tout. Je m'appelle Raphaël Barthélémy.

— Ethel Faraday, dit-elle en me tendant la main à l'européenne. Vous avez un accent français, remarqua-t-elle. Vous venez de Paris ?

— Oui, j'ai pris l'avion ce matin.

— Moi, je suis anglaise, mais mes parents habitent en France depuis quelques années.

— Vraiment ?

— Oui, dans le Luberon, dans le village de Roussillon.

Nous échangeâmes quelques banalités sur la France et sur sa grossesse : c'était insupportable d'être enceinte par cette chaleur, ce n'était pas forcément une bonne idée de faire un troisième enfant à quarante-quatre ans, « d'ailleurs, je n'arrive pas à tenir debout, ça ne vous gêne pas si je m'assois ? Je viens de faire du thé glacé, vous en voulez ? ».

Visiblement, Ethel Faraday s'ennuyait et était prête à accepter n'importe quelle compagnie. C'est donc installé devant un verre, sous la galerie, que je lui avouai, du moins en partie, le but de ma visite :

— Je suis écrivain et je mène une enquête sur une jeune fille qui a passé son enfance dans votre maison.

— Vraiment ? s'étonna-t-elle. À quelle époque ?

— Dans les années 1990 et le début des années 2000.

Elle fronça les sourcils.

— Vous êtes certain que c'était ici ?

— Oui, je pense. Cette maison appartenait à Joyce Carlyle, n'est-ce pas ?

Ethel approuva de la tête.

— Mon mari et moi l'avons rachetée à ses sœurs.

— Ses sœurs ?

Ethel fit un signe de la main en direction de l'est.

— Angela et Gladys Carlyle. Elles vivent plus bas dans la rue, au numéro 299. Je les connais peu, pour ne pas dire pas du tout. Personnellement, je n'ai rien contre elles, mais ce ne sont pas les femmes les plus sympathiques du quartier.

— Quand leur avez-vous racheté la maison ?

Elle se mordit la lèvre inférieure tandis qu'elle réfléchissait :

— En 2007, à notre retour de San Francisco. J'étais enceinte de mon premier, justement.

— À cette date, vous saviez que quelqu'un était mort d'une overdose dans cette maison ?

Ethel haussa les épaules.

— Je l'ai appris par la suite, mais ça ne m'a fait ni chaud ni froid. Je ne crois pas à ces foutaises autour des malédictions ou des maisons hantées. Il faut bien mourir quelque part, non ?

Elle prit une gorgée de thé puis désigna les habitations qui l'entouraient.

— Et puis, entre nous, c'est Harlem, ici ! Vous voyez toutes ces jolies maisons convoitées par les gentilles petites familles bien proprettes et branchées ? Dans les années 1980, avant d'être rénovées, elles étaient à l'abandon, squattées par les dealers ou transformées en *crack house*. Je vous mets au défi d'en trouver une seule dans laquelle il n'y ait pas eu une mort violente.

— Vous saviez que Joyce Carlyle avait une fille ?

— Non, je l'ignorais.

— J'ai peine à le croire.

Elle s'étonna :

— Pourquoi vous mentirais-je ?

— Sérieusement, vous n'avez jamais entendu parler de cette adolescente du quartier qui en 2005 a été enlevée dans l'ouest de la France ?

Elle secoua la tête.

— En 2005, nous vivions en Californie, dans la Silicon Valley.

En quête de fraîcheur, elle posa son verre sur son front avant de continuer :

— Je voudrais être sûre de bien comprendre : vous me dites que la fille de l'ancienne propriétaire a été enlevée, c'est ça ?

— Oui, par un monstre absolu du nom de Heinz Kieffer.

— Elle s'appelait comment ?

— Claire. Claire Carlyle.

Alors que je n'attendais plus rien d'elle, le visage déjà pâlot d'Ethel Faraday se figea et prit une couleur de craie.

— Je...

Elle commença une phrase puis s'arrêta net. Pendant quelques secondes, son regard se troubla avant de se perdre dans le vague, remontant vers des souvenirs lointains.

— En y repensant, il s'est bien passé quelque chose, reprit-elle au bout d'un moment. Un coup de fil étrange, le jour de notre pendaison de crémaillère. C'était... le 25 octobre 2007. On avait choisi cette date pour inviter nos amis parce que c'était aussi l'anniversaire de mon mari qui fêtait ses trente ans.

Pour rassembler ses souvenirs, elle marqua une nouvelle pause qui me parut interminable. Je la relançai pour l'inciter à continuer :

— Donc, ce jour-là, vous avez reçu un coup de fil...

— Il devait être aux environs de 20 heures. La fête battait son plein. Il y avait de la musique et des éclats de voix. J'étais occupée dans la cuisine, en train de planter les bougies sur le gâteau, lorsque le téléphone mural a sonné. J'ai décroché et, avant même que j'aie pu prononcer la moindre phrase, j'ai entendu une voix qui hurlait : « Maman, c'est moi, c'est Claire ! Je me suis échappée, maman ! Je me suis échappée. »

À présent, c'était moi qui me figeais, électrocuté par un frisson. Il y avait six heures de décalage horaire entre la France et la côte Est des États-Unis. Si Ethel avait reçu un tel coup de fil vers 20 heures, ça voulait dire que Claire l'avait passé vers 2 heures du matin. Soit plusieurs heures avant l'incendie. Comme nous l'avions deviné avec Marc, Claire avait bien réussi à se libérer des griffes de Kieffer, mais, contrairement à ce que nous croyions, sa libération ne remontait pas à la matinée, mais à la veille. Ce qui changeait tout…

À présent, Ethel était lancée :

— J'ai demandé qui était à l'appareil et là, en entendant ma voix, je pense qu'elle a compris qu'il ne s'agissait pas de sa mère.

Quelque chose me chiffonnait.

— Mais comment Claire a-t-elle pu tomber sur vous après tout ce temps ? En déménageant, vous n'aviez pas gardé le numéro de l'ancienne propriétaire ?

— Si justement. La ligne n'avait jamais été fermée, seulement suspendue, et lorsqu'on a contacté AT&T, ils nous ont proposé cette solution. C'était courant à l'époque. Surtout, c'était moins cher que d'ouvrir une nouvelle ligne, et comme on tirait un peu le diable par la queue...

— Et après cet appel, vous n'avez pas prévenu la police ?

Ethel ouvrit des yeux ronds, agacée :

— Qu'est-ce que vous me chantez ! Pour quelle raison l'aurais-je fait ? Je ne connaissais rien à cette histoire et je n'ai pas compris qui était cette fille.

— Et que lui avez-vous répondu ?

— Je lui ai dit la vérité : je lui ai dit que Joyce Carlyle était morte.

4.

Haute stature, voix rocailleuse et visage adipeux, Franck Muselier vint à la rencontre de Marc et lui serra la main.

— Merci de me recevoir. Marc Caradec : je suis...

— Je sais qui vous êtes, capitaine ! coupa le gendarme en lui indiquant un siège. Un crack de la BRB : le gang des Salvadoriens, la bande de la banlieue sud, les fourgons blindés de la Dream Team. Votre notoriété vous précède.

— Si vous le dites.

— En tout cas, vous nous avez bien fait

rêver ! Ce n'est pas dans nos patelins qu'on a des affaires aussi bandantes.

Muselier tira un mouchoir en tissu de sa poche et s'épongea le front.

— Et en plus, on n'a même pas la clim !

Il demanda à Solveig de leur apporter deux verres d'eau et fixa son interlocuteur, un sourire placide sur le visage.

— Bon, qu'est-ce qui me vaut la visite de la BRB ?

Devant un gendarme, Caradec préféra éviter les bobards :

— Je vous préviens tout de suite pour qu'il n'y ait pas de malentendu : je suis à la retraite et je travaille pour mon compte.

Muselier haussa les épaules.

— Si je peux vous donner un coup de main, ça ne me pose pas de problème.

— Voilà, je m'intéresse à l'affaire Carlyle.

— Ça ne me dit rien, affirma-t-il en tirant sa chemise pour masquer sa bedaine.

Marc fronça les sourcils. Sa voix se fit plus ferme :

— Claire Carlyle, répéta-t-il. L'une des victimes de Heinz Kieffer. La petite dont on n'a jamais retrouvé le corps.

Le visage de Muselier s'éclaira, légèrement contrarié.

— D'accord, je comprends mieux. C'est à cause du jeune Boisseau, c'est ça ? C'est lui qui vous a engagé ?

— Pas du tout. Qui est ce Boisseau ?

— Laissez tomber, éluda le gendarme alors que Solveig refermait la porte du bureau après avoir déposé deux petites bouteilles.

Muselier ouvrit la sienne et but directement au goulot.

— Qu'est-ce que vous voulez savoir exactement sur Kieffer ? demanda-t-il, s'essuyant les lèvres du dos de la main. Vous êtes au courant que ce n'est pas moi qui ai mené l'enquête, n'est-ce pas ?

— Mais c'est bien vous qui êtes arrivé le premier sur les lieux de l'incendie. Je voudrais savoir par quelles circonstances.

Le gendarme eut un rire nerveux.

— J'aimerais vous dire que c'est grâce à mon flair, mais en réalité, tout n'est dû qu'au hasard. Si vous m'aviez prévenu du motif de vos recherches, je vous aurais retrouvé la déposition que j'avais faite à l'époque. Je pourrai vous la faxer si vous le souhaitez.

— Je veux bien. En attendant, vous pouvez toujours m'en rappeler l'essentiel.

Muselier se gratta derrière l'oreille et dans un effort presque surhumain se leva de son siège pour faire face à la carte murale accrochée derrière son bureau.

— Bon, vous connaissez un peu le coin ?

Sans attendre de réponse, il enchaîna :

— Ici, à Phalsbourg, on est à la frontière entre la Lorraine et l'Alsace, d'accord ?

Il attrapa une règle qui traînait sur son bureau et pointa une zone sur la carte : une représentation en relief de la région comme on en trouvait autrefois dans les écoles.

— J'habite côté Alsace, mais, à l'époque de l'affaire, je travaillais à la gendarmerie de Sarrebourg, en Moselle. Plus de trente bornes à se coltiner chaque matin.

— Pas pire que les transports en commun parisiens, nota Marc.

Muselier ignora la remarque.

— Ce jour-là, en me rendant à mon boulot, j'ai aperçu une colonne de fumée noire qui provenait de la forêt. Ça m'a intrigué et j'ai prévenu les secours. C'est tout.

— Il était quelle heure ?

— Aux alentours de 8 h 30.

Marc se rapprocha de la carte.

— Où se trouvait la maison de Kieffer ?

— Par là, affirma le gendarme en désignant une zone au milieu de la forêt.

— Donc, comme tous les matins, vous vous rendiez à la gendarmerie…

Caradec sortit un stylo de sa poche. Joignant le geste à la parole – mais sans décapuchonner le Bic –, il suivit sur la carte l'itinéraire emprunté par le gendarme.

— … et là, sur le coup de 8 h 30, vous avez aperçu de la fumée qui venait… d'ici.

— Oui, capitaine.

Marc resta courtois :

— J'ai déjà emprunté le col de Saverne. Honnêtement, je ne vois pas très bien comment on pourrait avoir la moindre visibilité sur cette partie-là de la forêt.

— Touché, répondit le gendarme. Comme je l'ai mentionné dans ma déposition, je ne circulais pas sur la route principale.

À nouveau, il pointa sa règle.

— J'étais sur une traverse de la D 133, à ce niveau.

— Et avec tout le respect que je vous dois, mon colonel, qu'est-ce que vous foutiez sur une route forestière aussi éloignée à cette heure si matinale ?

Muselier ne se départit pas de son sourire.

— Est-ce que vous aimez la chasse, capitaine ? Parce que moi, c'est mon grand plaisir, ma grande passion.

— Qu'est-ce qu'on chasse par ici ?

— Chevreuil, sanglier, cerf, lapin de garenne. Si vous avez de la chance, vous pouvez tomber sur des perdrix et des faisans. Bref, à cette date – c'était un vendredi matin d'octobre –, la chasse était déjà ouverte depuis quelques semaines, mais tous les week-ends précédents avaient été pourris.

Il retourna s'asseoir et poursuivit :

— Que de la flotte sans discontinuer ! Cette fois, enfin, la météo prévoyait deux jours de grand beau temps. J'appartiens au Cercle des chasseurs de Moselle et avec les copains, on avait prévu de profiter pleinement du week-end. J'étais donc sur cette route pour faire des repérages en prévision du lendemain. Vérifier l'état des sentiers et des clôtures, etc. J'aime observer le soleil qui se lève sur la forêt après la pluie, j'aime humer les odeurs de sous-bois.

Tu es gendarme, mec, pas garde-chasse, pensa Marc, mais il s'abstint de toute remarque. Huileux et tout en fausse rondeur, ce type n'était pas net, mais Marc ne trouvait pas l'angle pour lui rentrer dedans.

Il soupira discrètement et recentra la discussion :

— Donc, vous avez aperçu de la fumée depuis la route...

— Voilà. Et comme j'avais ma bagnole de service – une chouette Megane soit dit en passant –, j'ai pu prévenir par radio à la fois les collègues et les pompiers.

— Puis vous vous êtes rendu sur les lieux ?

— Oui, pour sécuriser l'arrivée des secours et être certain qu'aucun promeneur ou chasseur ne se trouvait dans les environs. Logique, non ?

— Ouais, vous avez fait votre boulot.

— C'est gentil à vous de le reconnaître.

Muselier sourit et nettoya ses Ray-Ban Aviator avec un pan de sa chemise. Caradec refusait de lâcher prise :

— Si vous me permettez encore une ou deux questions...

— Très vite, alors, répondit l'autre en consultant sa montre. Je dois rejoindre mes hommes au rond-point de l'A 4. Les agriculteurs ont installé un barrage filtrant depuis ce matin et...

Caradec le coupa :

— J'ai relu les articles de journaux de l'époque. On a relativement peu parlé du véhicule de Kieffer. Celui dans lequel on a retrouvé des traces génétiques de Claire Carlyle.

— Il n'y avait pas que les empreintes de cette fille, nota le militaire. Il y avait des traces de *toutes* les autres victimes. Et vous savez pourquoi ? Parce que c'est dans cette bagnole que ce malade transportait ses proies. Lorsque les TIC sont venus faire leurs relevés, j'ai pu observer ce putain de corbillard sous toutes les coutures. Kieffer y avait aménagé une sorte de cage, de coffre, comme un grand cercueil insonorisé.

Caradec fouilla dans sa poche pour en sortir un article de journal qu'il avait récupéré dans l'appartement de Raphaël.

— C'est la seule photo que j'aie pu retrouver, dit-il en la tendant au gendarme.

Muselier observa le cliché. En noir et blanc, au grain épais.

— C'est bien elle, un pick-up Nissan Navara.

— Et ça, c'est quoi, derrière ?

— C'est la moto de Kieffer. Une 125 type moto-cross. Elle était sanglée dans la benne du véhicule.

— Qu'est-ce qu'elle foutait là ?

— Comment voulez-vous que je le sache ?

— En tant que gendarme, vous devez bien avoir une explication.

Muselier secoua la tête.

— Je ne me suis jamais posé la question. Comme je vous l'ai expliqué, je n'ai pas été chargé de l'enquête. Dites, entre collègues, on pourrait se tutoyer, non ?

— Bien sûr, enchaîna Marc. Kieffer, tu le connaissais avant que l'affaire éclate ?

— Jamais rencontré, jamais entendu parler.

— Pourtant, tu chassais près de chez lui, non ?

— La forêt est immense, répondit Muselier en se levant et en attrapant sa veste. Bon, il faut vraiment que j'y aille, là.

— Une dernière question si tu permets, demanda Caradec en restant assis. Dix ans après les faits, comment peux-tu te souvenir de la marque de sa voiture ? La photo est complètement floue.

Le gendarme ne se démonta pas :

— Justement, à cause de l'affaire Boisseau ! Je pensais que c'était pour ça que tu étais venu m'interroger.

— Raconte-moi.

Après une hésitation, le gendarme se rassit. Quelque chose dans cette conversation l'amusait. Dans ce jeu du chat et de la souris, il avait l'impression d'être imbattable.

— La famille Boisseau-Desprès, tu connais ?

Marc secoua la tête.

— Ben, t'es pas le seul. Peu de gens les connaissent, même dans la région. Pourtant, on trouve leur nom dans la liste des cent cinquante plus gros patrimoines de France. Des gens très discrets, issus d'une vieille famille d'industriels nancéiens qui sont aujourd'hui à la tête d'un petit empire dans la distribution de matériel de BTP.

— Quel rapport avec mon affaire ?

Muselier tirait plaisir de l'impatience de son interlocuteur.

— Figure-toi qu'il y a six mois, je vois débarquer ici l'un des rejetons de la famille : Maxime Boisseau, un petit gars de vingt ans, fébrile, agité, mal dans sa peau. Il s'est assis sur le même siège que toi, me tenant un discours désordonné, m'expliquant qu'il suivait actuellement une psychanalyse et que c'était sa thérapeute qui lui avait conseillé de venir me voir pour qu'il soit enfin reconnu en tant que victime et…

Caradec s'impatienta :

— Tu me sors la version courte, s'il te plaît ?

— Faudrait savoir ce que tu veux à la fin ! Bref, j'ai écouté son histoire attentivement et voilà le topo : le 24 octobre 2007, le gamin, alors âgé de dix ans, prétend avoir été enlevé par un type en plein centre de Nancy.

— Le 24 octobre ? Deux jours avant l'incendie ?

— Tout juste ! Une opération éclair. À peine plus de vingt-quatre heures entre l'enlèvement et la remise de la rançon. Le gosse nous a dit qu'à l'époque il avait eu la présence d'esprit de retenir le numéro de la plaque d'immatriculation de son ravisseur. Neuf ans après, il nous la donne, on la rentre dans la bécane et devine quoi ?

— C'était la plaque du pick-up de Kieffer, avait compris Marc.

— Bingo ! Avoue que c'est dingue, non ? Au début, on pensait que le jeune fabulait, mais tu l'as dit toi-même : l'immat n'avait pas fuité dans la presse.

— Boisseau, qu'est-ce qu'il t'a dit d'autre ?

— D'après lui, son père a payé la rançon sans moufter et sans prévenir les flics. L'échange s'est fait dans une forêt du coin : 500 000 euros, remis à Kieffer dans un sac en toile jaune.

En entendant la référence au sac, Marc ressentit une décharge d'adrénaline, mais il demeura impassible. Il n'avait pas l'intention de faire le moindre cadeau au gendarme.

— Il t'a donné des détails sur sa détention ? Il a subi des sévices ?

— Non, il assure que Kieffer ne l'a pas

touché. Après, il s'embrouille un peu les pinceaux. Parfois, il affirme que Kieffer avait une complice, parfois, c'est moins clair.

Une complice ?

— Pourquoi il est venu te trouver, toi ?

— Pour la même raison que toi. Il a fait des recherches sur Internet et il est tombé sur mon nom qui revenait dans plusieurs articles.

— Et pourquoi les parents n'ont jamais porté plainte ?

— Pour que l'affaire ne s'ébruite pas. C'est justement ce que leur fils leur reproche ! Les Boisseau-Desprès considéraient avoir réglé eux-mêmes le problème et ils n'étaient pas à un demi-million près. Le silence est d'or : dans ce cas, l'expression prend tout son sens.

Solveig frappa à la porte et la poussa sans attendre qu'on lui dise d'entrer.

— Meyer cherche à vous joindre, mon colonel : un tracteur est en train de démonter la sculpture du rond-point de l'A 4.

— Merde, quels cons, ces bouseux ! explosa le gendarme en se levant.

Caradec l'imita.

— Tu peux me donner la déposition de Maxime Boisseau ?

— Je n'en ai pas pris. Sur le plan pénal, son

histoire n'a plus d'intérêt aujourd'hui. Après plusieurs cosaisies, tu sais comme moi qu'il y a eu extinction judiciaire. Qui veux-tu que l'on poursuive aujourd'hui ?

Caradec soupira.

— Tu sais où il crèche au moins ?

— Pas vraiment. Il est en conflit avec sa famille. Aux dernières nouvelles, il travaillait dans une grande librairie de Nancy : Le Hall du livre.

— Je connais.

Pendant que Muselier enfilait sa veste, Solveig confia à Marc :

— Je travaille pour le magazine de la Gendarmerie nationale. En ce moment, j'écris un article sur les grandes figures de la maison. Peut-être que je pourrais vous interviewer ?

— Je n'en ai pas franchement le temps.

— Juste une question, alors : quelle est la qualité principale pour devenir un grand flic ?

— Sans aucun doute, développer son propre détecteur de mensonge. C'est ça qui m'a été le plus utile dans mes enquêtes : je sais lorsque les gens me mentent.

— Et moi, je t'ai menti ? demanda Muselier.

— Oui, vous m'avez menti une fois, affirma Caradec en revenant au vouvoiement.

La tension monta d'un cran.

— Ah bon ? Tu ne manques pas de culot, toi ! Explique-moi quand je ne t'ai pas dit la vérité ?

— Ça, c'est justement ce qui me reste à trouver.

— C'est ça, reviens me voir à ce moment-là !

— Je n'y manquerai pas.

10

Deux sœurs vivaient en paix

> *Les innocents, ça n'existe pas. Par contre il existe différents degrés de responsabilité.*
>
> Stieg LARSSON

1.

La route qui mène de Phalsbourg à Nancy est un grand vide, intemporel et rassurant.

Au volant de son vieux 4 × 4, Caradec appréciait cette monotonie qu'il trouvait reposante : les pâturages, les troupeaux, les odeurs d'engrais, les champs qui succédaient aux champs et les tracteurs qui se traînaient sur l'asphalte et qu'il n'était jamais pressé de dépasser.

Sur son tableau de bord, les reflets kaléidoscopiques du soleil. Dans son autoradio, le jazz raffiné et minimaliste du trompettiste Kenny Wheeler.

Au gré de ses déplacements, le CD tournait en boucle dans sa voiture depuis dix ans. C'était le dernier cadeau que lui avait fait sa femme avant de partir.

Avant de mourir.

Pendant tout le trajet, Marc pensa à ce que lui avait raconté le gendarme. Il se repassait mentalement leur conversation comme s'il l'avait enregistrée. Il laissait décanter leurs échanges. Il les digérait. Il se félicita d'avoir suivi son instinct. Tout de suite, il avait eu l'intuition que Muselier était un témoin essentiel que les premiers enquêteurs avaient sous-estimé. Il savait que le gendarme lui avait menti, mais tout restait à faire pour le coincer.

Alors qu'il débarquait dans l'agglomération nancéienne, il hésita à laisser un message sur le répondeur de Raphaël. *Non, trop tôt.* Il préférait attendre d'avoir davantage d'éléments concrets.

Arrivé au centre-ville, il eut la tentation de se garer en warnings devant la librairie, mais il y renonça. Pas raisonnable de prendre le risque de se faire embarquer la voiture. Il trouva une place au parking Saint-Jean, près de la gare et du grand centre commercial, une construction mastoc, tout en béton, qui datait des années 1970.

Il quitta à pied ce quartier sans charme, défiguré par les travaux.

Gris, terne, morne, dévitalisé : il gardait de Nancy une image négative. C'est pourtant là, en 1978, qu'il avait rencontré celle qui allait devenir sa femme. À l'époque, jeune inspecteur (comme on disait alors) frais émoulu de Cannes-Écluse, Marc s'était rendu à reculons à une formation professionnelle d'une semaine, organisée sur le campus de lettres et de sciences humaines de la fac de Nancy. C'est là, dans un amphithéâtre, lors d'un changement de cours, qu'il avait croisé Élise. Étudiante en lettres classiques, elle avait vingt ans et vivait dans une chambre universitaire de la rue Notre-Dame-de-Lourdes.

Marc travaillait à Paris. Pendant deux ans, en attendant qu'Élise termine sa maîtrise, il avait fait la navette entre les deux villes. Il se souvenait de certains soirs où, sur un coup de tête, il quittait la capitale et partait la rejoindre, fonçant insouciant vers Nancy au volant de sa R8 Gordini. Il sentit ses yeux s'embuer. On ne vit ces trucs-là qu'une seule fois, mais, sur le moment, on prend rarement conscience de leur valeur. Et c'était l'un des drames de la vie.

Bordel. Il ne devait pas ouvrir les vannes des souvenirs. Il devait les endiguer, se battre contre eux au corps à corps, ne pas leur céder un pouce de terrain, sinon il était foutu.

Il cligna des paupières, mais l'image d'Élise s'incrusta devant ses yeux. Une vraie fille de l'Est. Un visage affirmé et mélancolique, des cheveux cendrés, des yeux de cristal. Au premier abord, une beauté froide, lointaine, presque inatteignable. Mais dans l'intimité elle savait être tout le contraire : drôle, attachante, enthousiaste.

C'est Élise qui l'avait initié à la littérature, à la peinture et à la musique classique. Exigeante, mais pas snob, elle avait toujours un livre à la main : un roman, un recueil de poésie, le catalogue d'une exposition. L'art, l'imaginaire et les chimères faisaient partie intégrante de son monde. En lui donnant accès à cette dimension sensible, Élise l'avait transformé. Grâce à elle, Caradec avait eu une révélation : le monde ne se limitait pas à la réalité sordide de ses enquêtes. Le monde était plus vaste, plus insaisissable, plus vertigineux.

Alors qu'il déambulait dans la ville, Marc sentait qu'il était en train de perdre le combat. Dans son portefeuille, il ouvrit le compartiment réservé à la monnaie et en tira une barrette de Lexomyl qu'il coupa en deux. Sa dernière cartouche. Un comprimé sous la langue. La chimie à la rescousse pour ne pas sombrer. Pour circonscrire la douleur de ne pas avoir été capable d'aimer Élise avec plus de force. Pour ne pas avoir été capable de la retenir.

Les effets du comprimé se firent sentir presque immédiatement. Les visions se firent moins agressives, la tension baissa d'un cran. Tandis que les images de sa femme s'étiolaient, les mots de Flaubert qu'elle affectionnait lui revinrent en mémoire : « Chacun de nous a dans le cœur une chambre royale. Je l'ai murée, mais elle n'est pas détruite. »

2.

En cet après-midi de fin d'été, le passé sordide de Bilberry Street paraissait si loin qu'on eût pu le croire inventé. Les feuilles bruissaient sous la brise qui chuchotait une chanson douce à l'oreille des passants. Comme un peintre impressionniste, le soleil déposait ses écailles d'or sur les palissades, peignant un tableau à la fois mélancolique et chaleureux, quelque part entre Norman Rockwell et Edward Hopper.

Au numéro 299, sur le perron de leur maison, deux femmes noires prenaient le frais en surveillant une petite fille et un préadolescent qui faisaient leurs devoirs sur une table de jardin.

— Vous cherchez quelque chose, monsieur ?

Celle qui m'avait apostrophé, la plus âgée, devait être Angela, la sœur aînée de Joyce Carlyle.

— Bonjour, mesdames, je m'appelle Raphaël Barthélémy, j'aurais souhaité vous poser quelques questions sur…

Elle se braqua tout de suite :

— Vous n'êtes pas journaliste, au moins ?

— Non, je suis écrivain.

C'est quelque chose qui me frappait tout le temps : à quel point la plupart des gens détestaient les journalistes alors qu'ils aimaient plutôt bien les romanciers.

— Des questions sur quoi ?

— Sur votre sœur, Joyce.

D'un geste vif et nerveux, elle balança une gifle dans l'air comme si elle chassait une guêpe.

— Joyce est morte depuis dix ans ! Qui êtes-vous pour vous croire autorisé à troubler sa mémoire ?

Angela avait une voix grave et ferme. Elle ressemblait à une actrice des films de blaxploitation. Look afro, cheveux nappy, crépus et bouffants. Une Pam Grier vêtue d'un tee-shirt coloré et d'un blouson en cuir sans manches.

— Je suis navré de raviver des souvenirs douloureux, mais j'ai peut-être des informations qui pourraient vous intéresser.

— Quelles informations ?

— À propos de votre nièce, Claire.

De la braise rougeoya dans ses yeux. Elle bondit de son rocking-chair pour m'insulter :

— Je n'aime pas ton chantage, blanc-bec ! Si tu as quelque chose à nous apprendre, dis-le-nous tout de suite, sinon, arrache ton boule !

Gladys, la plus jeune, vint à ma rescousse :

— Laisse-le parler, Angie, il a une bonne tête.

— Une bonne tête de parasite, oui ! cria-t-elle, et elle rentra dans la maison en emmenant les deux enfants, comme si elle cherchait à les mettre à l'abri.

Je discutai plusieurs minutes avec Gladys. Elle avait un style plus classique que sa sœur, qui la rapprochait de Claire : des cheveux longs et lisses, des traits fins, un visage subtilement maquillé. Avec sa robe blanche très échancrée qui ne laissait rien ignorer de ses jambes nues, elle me rappelait la pochette de *Four Seasons of Love*. L'album disco de Donna Summer figurait dans la discothèque de mes parents et avait émoustillé mes très jeunes années.

Affable et curieuse, elle accepta de me parler de sa sœur décédée. Sans se faire prier, elle me confirma ce que m'avait raconté Marlène Delatour, la journaliste de *Ouest France* : Joyce Carlyle était bien morte d'une overdose, moins d'un mois après l'enlèvement de Claire.

— Après toutes ces années d'abstinence, Joyce avait brutalement replongé ?

— Comment lui en vouloir ? Elle était dévastée par la disparition de sa fille.

— Mais, au moment de son overdose, il restait encore un espoir de retrouver Claire vivante.

— Le stress et le désarroi la consumaient. Vous avez des enfants, monsieur Barthélémy ?

Je lui montrai la photo de Théo sur mon téléphone.

— Il respire la joie de vivre ! s'exclama-t-elle. Il vous ressemble beaucoup.

C'était stupide, mais la remarque me faisait plaisir chaque fois. Comme je la remerciais, la porte de la maison s'ouvrit. Angela réapparut, un album sous le bras, et vint nous rejoindre. Elle s'était calmée et se mêla d'elle-même à la conversation qu'elle avait manifestement suivie de derrière sa fenêtre.

— Si vous voulez comprendre Joyce, vous devez toujours garder une vérité à l'esprit : notre sœur était une exaltée, une passionnée, une amoureuse. C'est un trait de caractère qui n'est pas le mien, mais que je respecte.

La phrase d'Anatole France résonna dans ma tête : « J'ai toujours préféré la folie des passions à la sagesse de l'indifférence. »

Pensive, Angela s'éventa avec l'album qu'elle avait rapporté.

— Plus jeune, Joyce s'était souvent brûlé les ailes, poursuivit-elle. Avec la naissance de Claire, elle s'était rangée. C'était une femme cultivée et une bonne mère, mais elle avait cette étincelle noire, cette pulsion autodestructrice que certaines personnes portent en elles. Une sorte de bête intérieure que vous pouvez parfois domestiquer pendant des années jusqu'à croire que vous l'avez terrassée. Mais la bête ne meurt jamais et l'étincelle n'attend que l'occasion de se rallumer.

— Vous n'avez rien vu venir ? J'imagine que, pendant cette période, elle devait être très entourée.

Elle me regarda avec une tristesse infinie dans les yeux.

— C'est moi qui ai retrouvé Joyce sur le sol

de la salle de bains avec une seringue plantée dans le bras. Et sans doute suis-je un peu responsable de sa mort.

3.

Nancy.

Traversant d'un trottoir à un autre, Caradec se faufilait parmi les passants. Sous le soleil, l'ancienne capitale des ducs de Lorraine semblait revitalisée par rapport aux souvenirs qu'il en avait gardé. Le beau temps changeait tout, donnant à la ville les vitamines qui lui manquaient les jours de pluie. Aujourd'hui, même les petits immeubles de la rue Claudion avaient des airs de cité du Midi. Désormais piétonne et traversée par le tramway, la rue Saint-Jean vibrait d'énergie.

Rue Saint-Dizier. Le Hall du livre. La grande librairie était fidèle à la mémoire que Marc en avait. Il se souvenait distinctement des pavés du rez-de-chaussée et des coursives qui couraient à chaque étage, donnant parfois l'impression d'être sur un bateau.

À peine entré, il interrogea un employé en train de remplir de dictionnaires de poche un présentoir criard.

— Je cherche Maxime Boisseau.

— Rayon polar, troisième étage.

Marc monta les marches deux par deux, mais, arrivé devant les tables de présentation des thrillers et des romans noirs, il ne trouva qu'une jeune libraire en train de faire partager à un lecteur son enthousiasme pour *Nécropolis*, le chef-d'œuvre d'Herbert Lieberman.

— Maxime ? À cause de la rentrée, il est allé donner un coup de main aux gars de la papeterie.

Caradec revint sur ses pas en bougonnant. *La rentrée scolaire...* Bon sang, il tombait mal. On était vendredi après-midi. Les cours venaient de se terminer et le rayon dédié aux fournitures était envahi par les écoliers et leurs parents.

Les deux vendeurs étaient débordés. Sur son gilet rouge, le plus jeune avait épinglé un badge qui renseignait sur son prénom.

— Maxime Boisseau ? Capitaine Caradec, brigade de répression du banditisme, j'ai quelques questions à vous poser.

— Oui, mais je... Enfin, pas ici, bredouilla-t-il.

Maxime Boisseau faisait beaucoup plus jeune que Marc ne l'avait imaginé. Il avait un beau visage torturé qui ne laissait rien ignorer de ses doutes et de sa vulnérabilité. Caradec pensa immédiatement à Montgomery Clift dans ses premiers rôles : *La Rivière rouge*, *Une place au soleil*...

— Tu peux prendre une pause, assura l'autre employé qui était aussi le responsable du rayon. Je vais rappeler Mélanie.

Maxime enleva son gilet aux couleurs du magasin et suivit Caradec qui jouait des coudes pour s'extraire de la cohue.

— Avec ce monde, je n'ai pas eu le temps de déjeuner, dit le libraire en arrivant sur le trottoir. Il y a un bar à sushis un peu plus haut, ça vous dit ?

— J'aurais préféré un bon steak, mais pourquoi pas.

Cinq minutes plus tard, les deux hommes étaient attablés côte à côte sur des tabourets. Le restaurant fonctionnait selon le principe du *kaiten* : des petites assiettes sous des cloches en plastique défilaient sur un tapis roulant. À cette heure-ci, il venait à peine d'ouvrir et était presque vide.

— J'ai déjà tout raconté au colonel Muselier, commença Boisseau en touillant son Vittel menthe avec sa paille.

Caradec annonça la couleur d'entrée :

— Oublie ce connard. Comme tu l'as compris, ce n'est pas lui qui t'aidera.

Même si ce langage de vérité sembla ne pas déplaire au jeune libraire, il prit la défense du gendarme :

— D'un autre côté, Muselier n'a pas tort : neuf ans après les faits, mon histoire n'a plus de sens.

Marc secoua la tête.

— Non seulement elle a du sens, mais elle pourrait nous aider pour une autre affaire.

— Vraiment ?

— Laisse-moi d'abord te poser des questions et je t'expliquerai le reste ensuite, d'accord ?

Le jeune homme acquiesça. Marc déroula les grandes lignes de l'histoire telle que la lui avait racontée le militaire.

— Donc, à l'époque, tu avais dix ans, c'est ça ?

— Dix ans et demi. Je venais d'entrer en sixième.

— Tu habitais où ?

— Chez mes parents, dans un hôtel particulier de la place de la Carrière.

— Dans la vieille ville, n'est-ce pas ? Près de la place Stanislas ?

Boisseau hocha la tête et poursuivit :

— Chaque mercredi après-midi, le chauffeur de la famille me conduisait au catéchisme.

— À quel endroit ?

— À la basilique Saint-Epvre. J'avais menti à mon père sur les horaires pour avoir plus de temps devant moi. Le chauffeur me laissait rue de Guise et une fois sur deux, au lieu d'aller voir les curés, je fonçais au parc Orly. Il y avait un animateur du BIJ qui donnait des cours de théâtre aux enfants. L'accès était libre. Pas d'inscription, pas d'embrouille. C'était drôlement bien.

Marc prit une gorgée de bière au goulot et attrapa un assortiment de sashimis. Maxime continua son histoire d'une voix tremblante :

— C'est sur le chemin du retour que le type m'a chopé. Je prenais toujours un raccourci en coupant par le CHRU. Je ne l'ai pas vu arriver et en quelques secondes je me suis retrouvé enfermé à l'arrière de son 4 × 4.

— Il savait qui tu étais ?

— C'était évident. C'est d'ailleurs la première chose qu'il m'a dite : « Tout se passera bien : ton père va te faire sortir de là très vite. » Il devait me pister depuis plusieurs semaines.

— Vous avez roulé pendant combien de temps ?

— Environ deux heures. Lorsqu'on est arrivés chez lui, au milieu d'une forêt, il pleuvait et il faisait presque nuit. Il m'a d'abord enfermé dans une cabane à outils près de la maison. Je pense que j'avais de la fièvre à cause du choc. Je délirais, je hurlais, sans pouvoir m'arrêter. Pour tout dire, je me chiais dessus, vous comprenez ? Au propre comme au figuré. Il m'a foutu deux ou trois baffes puis il a décidé de me faire entrer dans la maison. D'abord, il m'a bandé les yeux, puis il m'a fait descendre plein de marches. Il a ouvert une porte, puis une autre. Pour finir, il m'a confié à une fille. Elle avait une voix très douce et elle sentait bon. L'eau de violette du linge fraîchement repassé. Elle m'a dit de ne pas enlever mon bandeau et de ne pas m'inquiéter. Elle m'a lavé avec un gant de toilette et elle m'a même bercé pour que je m'endorme.

— Cette fille, tu connais son nom ?

Boisseau fit oui de la tête.

— Elle m'a dit qu'elle s'appelait Louise.

Caradec cligna des yeux.

Louise Gauthier, la première victime, âgée de quatorze ans lors de sa disparition à la fin de l'année 2004 lorsqu'elle était en vacances en Bretagne chez ses grands-parents.

À présent, Maxime avait des sanglots dans la voix.

— Dire que pendant toutes ces années, j'ai cru que cette fille était sa complice ! Ce n'est que récemment, en lisant des articles sur ce type, Heinz Kieffer, que j'ai deviné qui elle était ! C'était...

— Je sais qui c'était. Tu as été en contact avec d'autres filles pendant que tu étais là-bas ?

— Non, juste Louise. Rien ne m'a jamais laissé penser qu'il y ait eu d'autres filles dans la maison.

Immobile, les yeux dans le vague, Maxime demeura muet pendant presque une minute.

— Tes parents ont mis combien de temps pour réunir la rançon ? voulut savoir Caradec.

— Quelques heures à peine. Kieffer n'a pas commis la bêtise de réclamer une somme démentielle. Cinq cent mille euros en petites coupures et billets non marqués. Vous le savez sans doute : la fortune de ma famille est colossale. C'est un montant que mon père n'a pas eu de difficulté à rassembler.

— Où s'est déroulée la remise de rançon ?

— Dans la forêt de Laneuveville-aux-Bois, un bled près de Lunéville.

— Comment peux-tu te souvenir de tous ces détails ?

Boisseau expliqua :

— Le lendemain, au moment de quitter sa baraque, il m'a ligoté, mais, cette fois, je n'avais pas de bandeau et j'étais avec lui, à l'avant, sur le siège passager. À mi-chemin, il s'est arrêté dans une cabine téléphonique au bord de la route. Il a appelé mon père pour lui fixer le lieu de rendez-vous.

— Lui, Kieffer, il était comment à ce moment-là ?

— Vachement fébrile, putain. Très désordonné et complètement parano. C'était de la folie de me laisser devant. Même s'il n'empruntait que des petites routes, on aurait pu me repérer. Il s'était mis une cagoule, il parlait tout seul, il était survolté. Comme s'il avait pris des trucs.

— Des médocs ? De la dope ?

— Ouais, sans doute.

— Et à quel moment as-tu vu la plaque de la bagnole ?

— Dans la lueur des phares, lorsque je suis allé rejoindre mon père.

— C'était dans la forêt, donc ? Leurs deux voitures se faisaient face ?

— C'est ça, comme dans *Le Clan des Siciliens*.

233

Mon père a balancé la mallette pleine de fric, Kieffer a vérifié puis il m'a laissé repartir. Fin de l'histoire.

— Attends, attends. Quelle mallette ? Ton père a remis l'argent dans un sac, non ?

— Non, c'était une mallette d'homme d'affaires.

— Muselier m'a dit que tu lui avais parlé d'un sac en toile jaune.

Boisseau s'énerva :

— Je n'ai jamais dit ça ! C'était un attaché-case rigide, type Samsonite, comme mon père en possédait plusieurs. Après, Kieffer a peut-être transféré l'argent dans un sac. Ça ne m'étonnerait pas, remarquez. Il se méfiait de tout. Il pensait qu'on voulait le piéger avec un émetteur ou un truc comme ça.

Caradec baissa la tête et aperçut sur le comptoir les ongles de Boisseau, rongés jusqu'au sang. Le gamin était un écorché vif, sur le qui-vive. Son visage d'ange était déformé par le stress et la peur.

— Que s'est-il passé ensuite avec tes parents ?

— Rien, justement. Aucune discussion, aucun dialogue. Pour eux, tout cela était ma faute. Deux jours plus tard, ils m'ont envoyé en pension. D'abord en Suisse, puis aux États-Unis.

On n'a plus jamais reparlé de cet épisode et, avec le temps, j'ai moi-même fini par le refouler.

Marc fronça les sourcils.

— Tu veux dire que tu n'as jamais fait le lien entre ton histoire et celle des victimes de Kieffer ?

— Non. Je vivais à Chicago. J'étais loin de tout ça. Jusqu'à il y a six mois, je n'avais même jamais entendu parler de Kieffer.

— Quel a été le déclic ? Muselier a évoqué une psychothérapie.

— Oui, je voulais rester aux États-Unis et prendre des cours de théâtre à Broadway, mais j'ai dû rentrer en France après le bac. Pour des raisons de santé. Je n'allais vraiment pas bien. J'ai toujours eu tendance à avoir peur de tout, mais mes crises d'angoisse se multipliaient. Je souffrais de pulsions suicidaires, de délires para-noïaques et d'hallucinations. J'étais aux portes de la folie. On m'a hospitalisé pendant six mois dans un centre spécialisé de Sarreguemines. J'ai repris pied peu à peu, d'abord avec l'aide des médocs, puis grâce à un psy.

— Et lors des séances, le souvenir de l'enlè-vement revenait souvent sur le tapis…

— Oui, et c'est devenu pire lorsque j'ai pris conscience que mon ravisseur était Kieffer et qu'il avait foutu le feu à sa baraque quelques heures après. J'aurais pu sauver ces filles, vous comprenez !

— Ça se discute, jugea Marc.

Boisseau se mit à crier :

— J'avais le numéro de la plaque, bordel ! Si on était allés trouver les flics, ils seraient remontés jusqu'à lui avant qu'il ne fasse son carnage.

Marc le prit par l'épaule pour le calmer.

— C'est tes parents qui en sont responsables. Pas toi.

— Ces connards ! Pour que leur nom ne se retrouve pas à la rubrique des faits divers, ils ont préféré laisser un prédateur en liberté. Ça me rend fou !

— Tu leur en as parlé ?

— Je ne leur parle plus depuis que j'ai compris ce qu'ils ont fait. Je refuserai tout héritage. Je ne veux rien leur devoir. Ce sont mes grands-parents qui ont payé pour mes soins.

Marc soupira.

— Tu n'es responsable de rien dans ce merdier, tu avais dix ans !

— Ça n'excuse pas.

— Si, ça excuse tout ! Beaucoup de gens ont des choses plus ou moins graves à se reprocher dans cette affaire, mais, crois-moi, tu n'en fais pas partie.

Maxime prit sa tête entre ses mains. Il n'avait pas touché à ses sushis. Caradec soupira. Ce gamin lui plaisait : entier, sensible, vulnérable, honnête. Il avait vraiment envie de l'aider.

— Écoute-moi, je sais que c'est plus facile à dire qu'à faire, mais il faut que tu trouves un moyen de laisser ça derrière toi, OK ? Qu'est-ce que tu fous encore ici d'ailleurs ?

— Où ça ?

— À Nancy. Barre-toi de là, tu as de trop mauvais souvenirs associés à cette ville et à cette région. Accepte le fric de tes parents, pars à New York, paie-toi tes cours de théâtre. On n'a qu'une vie, et elle passe vite.

— Je ne peux pas faire ça.

— Pourquoi ?

— Je vous l'ai dit, je suis malade. J'ai des problèmes psychiatriques. Le psy qui me suit est ici et…

— Attends ! coupa le flic en levant la main.

Sur le rebord du comptoir, il attrapa une carte de visite du restaurant sur laquelle il griffonna un nom suivi d'un numéro de téléphone avant de la tendre à Boisseau.

237

— Esther Haziel, déchiffra le jeune homme. Qui est-ce ?

— Une ancienne psychiatre de Sainte-Anne. Franco-américaine. Elle travaille à Manhattan aujourd'hui, en cabinet et dans un hôpital. Si tu as un problème là-bas, dis-lui que tu viens de ma part.

— Vous la connaissez d'où ?

— J'ai moi aussi eu besoin d'aide. La dépression, les hallucinations, les crises, la peur des autres et de soi-même, les portes de l'enfer, comme tu disais, je suis passé par là.

Maxime resta interdit.

— On ne l'imaginerait pas en vous voyant. Et maintenant, vous êtes guéri ?

Caradec secoua la tête.

— Non, ces trucs-là, on n'en guérit jamais vraiment. Ça, c'est la mauvaise nouvelle.

— Et la bonne ?

— La bonne, c'est qu'on peut apprendre à vivre avec.

4.

Bilberry Street.

Angela Carlyle posa un vieil album à la couverture en tissu sur la table du perron – ce livre de souvenirs que fabriquaient les gens autrefois, au lieu de stocker des centaines de photos sur leur téléphone et de les oublier.

Le manipulant avec tendresse, Gladys et Angela commencèrent à le feuilleter sous mes yeux. À présent, les vannes de la nostalgie étaient ouvertes. À travers les images, Joyce revivait un peu. Ça leur faisait du mal, ça leur faisait du bien.

Les années défilaient : 1988, 1989, 1990... et les clichés ne reflétaient pas ce à quoi je m'attendais. En ce temps-là, Joyce n'était pas le zombie drogué que m'avait décrit Marlène Delatour. C'était une jeune femme épanouie, joyeuse, superbe. L'ancienne rédactrice de *Sud-Ouest* s'était-elle mélangé les pinceaux ? Ou s'était-elle laissée aller à quelques raccourcis dont sa profession était familière ? Devant les sœurs, j'avançais prudemment, préférant pour l'instant ne pas aborder le sujet de la prosti-tution :

— Une journaliste française m'a appris qu'à la naissance de Claire, Joyce était empêtrée dans une dépendance au crack et à l'héroïne.

— C'est faux ! s'insurgea Angela. Joyce n'a jamais touché au crack. Elle a eu des problèmes avec l'héroïne, c'est vrai, mais c'était bien avant ! Claire est née en 1990. À l'époque, la dope était loin derrière Joyce. Elle était retournée vivre chez nos parents, à Philadelphie, elle avait trouvé un job dans une bibliothèque et était même bénévole dans un centre d'action sociale de la ville.

Mentalement, je pris note de l'information tout en regardant d'autres photos : des images de Claire, petite fille, avec sa mère, ses tantes et sa grand-mère. L'émotion me prit à la gorge. C'était troublant et poignant de voir la femme que j'aimais à l'âge de six ou sept ans. Je pensais à la vie qui s'ébauchait dans son ventre. Peut-être une petite fille qui lui ressemblerait. Si je parvenais à la retrouver.

Là encore, on était loin des clichés misérabilistes ressassés par la presse. Les sœurs Carlyle étaient des femmes cultivées et plutôt à l'aise financièrement. Leur mère, Yvonne, était juriste et avait travaillé toute sa vie au cabinet du maire de Philadelphie.

— Il n'y a pas d'images de votre père ? m'étonnai-je.

— C'est difficile de prendre une photo d'un fantôme, répondit Gladys.

— Un courant d'air, plutôt, rectifia Angela. Un courant d'air avec le zizi en bandoulière.

Les sœurs partirent dans un fou rire involontaire et je ne pus m'empêcher de sourire moi aussi.

— Et Claire ? Qui est son père ?

— Nous ne savons pas, assura Gladys en haussant les épaules.

— Joyce n'en parlait jamais et nous n'avons jamais cherché à le découvrir.

— J'ai du mal à vous croire. Enfant, votre nièce a bien dû poser la question plusieurs fois !

Angela fronça les sourcils. Elle rapprocha son visage du mien en grondant :

— Vous voyez des hommes dans cet album ?

— Non.

— Vous voyez des hommes dans cette maison ?

— Non, justement.

— Il n'y en a pas, il n'y en a jamais eu et il n'y en aura jamais. Nous sommes comme ça, nous, les Carlyle. Nous vivons sans hommes. Nous sommes des Amazones.

— Je ne suis pas certain que l'analogie soit la plus judicieuse.

— Pourquoi ?

— Dans la mythologie grecque, on raconte qu'elles brisaient les membres de leurs enfants mâles. Ou qu'elles leur crevaient les yeux pour les utiliser comme esclaves.

— Vous voyez très bien ce que je veux dire. On n'attend rien des hommes, blanc-bec. C'est notre philosophie, que ça te plaise ou pas.

— Tous les hommes ne sont pas à mettre dans le même panier.

— Si, si, justement, tous les hommes sont pareils : malhonnêtes, volages, lâches, menteurs, frimeurs. Vous n'êtes pas fiables. Vous vous croyez guerriers, mais vous n'êtes que de pauvres marionnettes gouvernées par vos pulsions. Vous vous croyez virils, mais vous n'êtes que des chasseurs de pacotille.

À mon tour, je me piquai au jeu de la conversation et je leur racontai mon expérience avec Natalie, qui m'avait abandonné un mois après avoir mis au monde notre bébé. Mais ce n'était pas suffisant pour obtenir leur miséricorde.

— C'est juste l'exception qui confirme la règle, décréta Angela.

Le soleil déclinait. La chaleur avait reflué. Ma bonne tête jouait toujours en ma faveur puisque, sans qu'elles sachent encore qui j'étais vraiment, les sœurs s'étaient laissées aller aux confidences. Angela avait baissé sa garde. Bien qu'elle prétende le contraire, je sentais qu'elle n'avait pas été insensible à mon histoire.

Elle referma l'album. Pendant un moment, des nuages s'accumulèrent devant le soleil avant de s'effilocher.

— Pourquoi disiez-vous tout à l'heure que vous vous sentiez un peu responsable de la mort de Joyce ?

— Nous avons tous notre part de responsabilité, affirma Gladys.

Angela soupira.

— La vérité, c'est que nous n'étions même pas là le week-end où c'est arrivé. Nous étions chez notre mère à Philadelphie. Joyce n'a pas voulu nous accompagner. Je me doutais qu'elle avait replongé, même si elle prétendait le contraire.

Gladys tint à nuancer les faits :

— Nous avons fait un aller-retour rapide, car notre mère venait d'être opérée de la hanche et ne pouvait pas se déplacer. Elle aussi était morte d'inquiétude à propos de l'enlèvement de Claire et, honnêtement, je ne sais pas si notre présence ici aurait changé quoi que ce soit.

— Comment se sont déroulées les choses exactement ?

Angela reprit la parole :

— C'est moi qui ai retrouvé le corps de Joyce, dans sa salle de bains, le dimanche soir en rentrant. Elle avait une seringue dans le bras. Visiblement, elle avait chuté, s'était fracassé le crâne contre le lavabo.

— Il n'y a pas eu d'enquête ?

— Si, bien sûr, assura Gladys. Et comme il s'agissait d'une mort violente, le Medical Examiner a réclamé une autopsie.

Angela ajouta :

— La police avait appuyé la demande en raison d'un fait troublant : un appel téléphonique anonyme qui avait signalé une agression à l'adresse de Joyce le jour de sa mort.

Comme une onde, une vague de chair de poule se propagea de mes pieds à ma tête. Je connaissais cette sensation. Il y a toujours un moment dans l'écriture d'un roman où vos personnages vous surprennent. Soit ils commencent à vouloir faire des choses auxquelles vous ne les prédestiniez pas, soit ils vous balancent une révélation capitale au milieu d'un dialogue que vos doigts ont laissé filer sur le clavier. Dans ces cas-là, vous pouvez toujours enfoncer la touche « Delete » et faire comme si tout ça n'avait pas existé. Mais le plus souvent, vous ne choisissez pas cette option, car cet imprévu est aussi le moment le plus excitant de l'écriture. Celui qui a fait basculer votre histoire dans l'inconnu. Et c'est exactement l'impression que me faisait la révélation d'Angela.

— Les enquêteurs ont analysé les derniers appels passés sur le téléphone de Joyce. Ils ont arrêté et mis en garde à vue son dealer, une petite frappe du quartier. Le type a reconnu avoir livré à Joyce une grosse dose pour un week-end de défonce, mais il avait un alibi solide pour l'après-midi du décès et il a été relâché.

Je me fis solennel :

— Quelqu'un avait-il le moindre mobile pour assassiner votre sœur ?

Gladys eut un soupir triste.

— Je ne pense pas, mais, lorsque vous êtes dans la dope, vous vous retrouvez malgré vous à fréquenter la lie de l'humanité.

Angela prit le relais :

— De toute façon, les résultats de l'autopsie ont confirmé l'overdose. Sa blessure à la tête, elle se l'était faite elle-même en chutant contre le bord du lavabo.

— Et l'appel anonyme ?

— C'était courant dans le quartier à l'époque. Un jeu entre les jeunes pour faire enrager les flics.

— Vous ne trouvez pas que ça fait beaucoup de coïncidences tout de même ?

— Si, bien sûr, c'est pour ça que nous avons engagé un avocat pour nous faire communiquer certaines pièces de l'enquête.

— Et alors ?

Tout à coup, un voile passa dans les yeux d'Angela. Comme si elle regrettait d'en avoir trop dit. Comme si elle prenait conscience qu'elle ne savait rien de moi. Comme si elle se souvenait soudain de ce que je lui avais dit une demi-heure plus tôt : « J'ai peut-être des informations sur votre nièce. »

— À quelles informations faisiez-vous allusion tout à l'heure ? Qu'est-ce que vous croyez nous apprendre sur Claire ?

Je savais que ce moment arriverait et qu'il ne se passerait pas bien. Mon téléphone était encore sur la table. Parmi mes photos, j'en cherchai une en particulier. Un cliché de Claire et de moi : un selfie qui datait de l'avant-veille avant d'aller au restaurant, pris à l'arrache sur le port d'Antibes avec le fort Carré en arrière-plan.

Je tendis l'appareil à Angela.

Bien sûr, on fait dire n'importe quoi à une photo, mais je crois que celle-ci ne mentait pas.

— Claire est vivante, déclarai-je simplement.

Elle prit le temps de regarder la photo avant de balancer de toutes ses forces mon téléphone sur le trottoir.

— Dégagez de chez moi ! Vous êtes un imposteur ! hurla-t-elle avant d'éclater en sanglots.

11

Les femmes qui n'aimaient pas les hommes

Le sang sur la neige, très propre,
rouge et blanc, c'était très beau.

Jean GIONO

1.

— Stop papa ! Théo tout seul ! Théo tout
seul !

Assis sur sa chaise haute, mon fils m'arracha
des mains la cuillère en plastique pour terminer
lui-même sa purée au jambon. Après avoir vérifié que son bavoir était bien attaché, je m'emparai de ma caïpirinha à défaut d'un seau de
pop-corn et, comme au spectacle, je le regardai
commettre son carnage. Ses gestes manquaient
encore d'assurance. Le nez, le menton, les cheveux, le sol, la chaise : j'avais l'impression que

la purée atterrissait partout sauf dans sa bouche. Mais cela semblait le mettre en joie et me faisait rire moi aussi.

Un parfum d'Italie flottait dans l'air. Nous étions sous les arcades du patio du Bridge Club. Un havre de verdure et de sérénité en plein New York. Une échappée bucolique et hors du temps qui justifiait à elle seule le prix exorbitant de l'hôtel.

— Patout…, dit Théo.

— Eh oui, mon grand : tu en as mis partout. Pas de quoi te vanter. Tu veux un yaourt maintenant ?

— Non, on descend !

— Je n'ai pas entendu le « s'il te plaît ».

— Te plaît, papa, on descend.

Bah, il mangerait son yaourt plus tard. Je le débarbouillai avec sa serviette, exercice difficile, Théo tournant la tête dans tous les sens pour m'échapper. Puis je lui ôtai son bavoir, le soulevai de sa chaise et le laissai gambader dans ce cadre idyllique, au milieu des palmiers, des plantes exotiques et du lierre du diable qui ruisselait sur les murs.

Au centre du patio, la statue d'un ange fatigué, sculptée dans le marbre, et une impressionnante fontaine à deux niveaux entourée de haies et de fleurs. Je regardai mon fils se faufiler entre les buissons soigneusement taillés qui formaient des motifs géométriques rappelant un labyrinthe. L'image du *Shining* de Kubrick traversa mon esprit et me fit frissonner.

— Ne t'éloigne pas trop, Théo, d'accord ?

Il se retourna et m'adressa un adorable sourire suivi d'un petit signe de la main.

Je m'emparai de mon téléphone et constatai les dégâts après le traitement que lui avait fait subir Angela. L'écran vitré était craquelé, mais la coque avait suffisamment protégé l'appareil pour qu'il continue à fonctionner. Je le connectai au Wi-Fi de l'établissement et, pendant dix minutes, j'essayais en vain de retrouver la trace d'Olivia Mendelshon, l'amie de Claire, le seul témoin de son enlèvement. Je doutais que, plus de dix ans après, elle pût m'apprendre quelque chose de décisif, mais c'était l'une des rares pistes qui me restaient. Mon moral n'était pas flambant. Je ne cessais de penser à Claire, enlevée pour la deuxième fois de sa vie.

Une serveuse se pencha vers moi.

— Il y a quelqu'un qui vous cherche, monsieur Barthélémy.

Je me tournai vers l'entrée située près du bar à cocktails. C'était Gladys, la plus jeune des sœurs Carlyle. Elle avait troqué sa robe blanche contre un perfecto en cuir, une combinaison colorée en imprimé psychédélique et une paire de talons vertigineux. Je l'observai tandis qu'elle s'avançait, féline, se coulant avec grâce entre les lanternes marocaines qui balisaient le passage dallé de terre cuite au milieu de la pelouse.

J'étais soulagé de la voir. Avant de quitter leur maison, j'avais griffonné l'adresse de l'hôtel sur ma carte de visite que j'avais coincée sous un verre, sur la table du perron.

— Bonsoir, Gladys, merci d'être venue.

Elle prit place sur le siège en rotin devant moi, mais demeura silencieuse.

— Je comprends très bien la réaction de votre sœur.

— Angela pense que vous êtes un imposteur qui cherche à nous soutirer de l'argent.

— Je ne veux pas d'argent.

— Je sais. J'ai tapé votre nom sur Internet. Je crois que vous gagnez bien votre vie.

La serveuse s'approcha. Gladys lui commanda un thé vert à la menthe.

— Remontrez-moi la photo, réclama-t-elle.

Je lui tendis mon téléphone et fis défiler plusieurs clichés de Claire. Elle les regarda, hypnotisée, jusqu'à ce que les larmes lui montent aux yeux.

— Si vous ne voulez pas d'argent, qu'est-ce que vous voulez, alors ?

— Votre aide, pour retrouver la femme que j'aime.

Tout en gardant un œil sur Théo, fasciné par le chat tigré de l'hôtel, il me fallut un bon quart d'heure pour lui expliquer ma quête en détail. Depuis ma rencontre avec Claire et notre dispute dans le sud de la France jusqu'à l'enchaînement des circonstances qui m'avaient conduit à New York. J'omis simplement la grossesse de Claire pour ne pas trop charger la barque.

Suspendue à mes lèvres, elle écouta mon récit, mi-incrédule, mi-fascinée. Gladys était une fille intelligente. Elle prit le temps de la réflexion avant de remarquer :

— Si ce que vous me dites est vrai, je ne vois pas pourquoi vous n'avez pas prévenu la police.

— Parce que Claire n'aurait pas voulu que je le fasse.

— Comment pouvez-vous en être sûr ?

— Réfléchissez. Depuis presque dix ans, elle a cherché à éviter la police ! Je veux respecter le secret qu'elle a pris tant de soin à cacher.

— En risquant sa vie ? s'exclama-t-elle.

Je n'avais pas de réponse à cette question. J'avais fait un choix que j'estimais être le moins pire. À présent, j'étais déterminé à l'assumer jusqu'au bout.

— Je fais tout mon possible pour la retrouver, expliquai-je.

Ici, à Harlem ?

— Je pense qu'une partie de l'explication de sa disparition est à chercher ici, oui. Dans son passé.

— Mais vous êtes romancier, vous n'êtes pas enquêteur.

Je m'abstins de lui dire que dans ma tête, ce n'était pas très différent. Au lieu de ça, j'essayai de la rassurer.

— Marc Caradec, un de mes amis, un flic réputé, continue à mener des investigations en France.

Je cherchai mon fils du regard. Il était en train d'essayer d'escalader une jarre en terre cuite deux fois plus haute que lui.

— Fais attention, Théo.

Cause toujours, papa...

Gladys ferma les yeux pour mieux réfléchir. Le clapotis apaisant de la fontaine me rappelait les CD relaxants que passait mon acuponcteur dans sa salle d'attente.

— Au fond de moi, j'ai toujours gardé un mince espoir que Claire soit vivante, confia-t-elle. J'avais vingt-quatre ans lorsque ma nièce a été enlevée et je me souviens que, pendant les semaines qui ont suivi, j'ai...

Gladys chercha ses mots.

— ... j'ai souvent éprouvé la sensation d'être épiée. Ça ne reposait sur rien de concret, mais c'était bien réel.

Je la laissai poursuivre.

— Même quand on a retrouvé son ADN chez ce pédophile, j'ai pensé qu'il manquait plusieurs pièces du puzzle.

C'était frappant : cette même sensation revenait chez tous ceux qui étaient concernés de près par l'enquête.

— Vous ne savez vraiment pas qui est le père de Claire ?

— Non, et je pense que cela n'a pas d'importance. Joyce avait des amants, mais elle ne s'attachait pas. Vous l'avez bien compris : dans la famille, nous sommes des femmes libres, au sens noble du terme.

— Cette haine des hommes, justement : ça vient d'où ?

— Ce n'est pas de la haine. Simplement une volonté de ne pas être victime.

— Victime de quoi ?

— Vous êtes quelqu'un de cultivé, Raphaël. Ce n'est pas à moi de vous expliquer que, dans toutes les sociétés humaines et à toutes les époques, s'exerce une domination des hommes sur les femmes. Une prétendue supériorité tellement ancrée dans les esprits qu'elle apparaît comme naturelle et évidente. Et si vous ajoutez à cela que nous sommes des femmes noires…

— Mais tous les hommes ne sont pas comme ça.

Elle me regarda comme si je ne comprenais rien à rien.

— Ce n'est pas une question individuelle, s'agaça-t-elle. C'est une question de reproduction sociale, une question de… Bon, laissez tomber : j'espère que vous êtes meilleur enquêteur que sociologue.

Elle prit une gorgée de thé avant d'ouvrir son joli sac en python rouge vif.

— Je ne sais pas exactement ce que vous cherchez ici, mais je vous ai photocopié ça, annonça-t-elle en sortant une pochette cartonnée.

Je feuilletai les premières pages. C'étaient les pièces judiciaires qu'avait autrefois obtenues Angela grâce à l'avocat qu'elle avait engagé.

— Tout le dossier de police n'y figure pas,

mais vous avez un regard neuf. Il est possible que vous découvriez un détail qui nous a échappé.

Gladys me jaugea un instant du regard, puis se décida. Elle avait autre chose pour moi.

— Et quitte à enquêter, vous pourriez faire un tour là-bas, conseilla-t-elle en me tendant une clé qui pendait à un anneau publicitaire.

— De quoi s'agit-il ?

— D'un garde-meuble dans lequel est conservée une partie des affaires de Joyce et de sa fille. Allez-y. Vous y trouverez peut-être quelque chose.

— Qu'est-ce qui vous fait croire ça ?

— Quelques semaines après la mort de Joyce, nous avons loué un espace dans ce local pour y entreposer certaines de ses affaires. Le jour où nous nous sommes rendues sur place, le box que nous avions réservé n'était finalement pas disponible à cause des locataires précédents qui avaient tardé à déménager. Moyennant une ristourne, le propriétaire nous a proposé un autre local de façon transitoire.

Elle parlait tellement vite que j'avais du mal à la suivre, mais la chute de son histoire s'avérait intéressante.

— Et devinez quoi ? Le lendemain, le box qui

devait nous être attribué a entièrement brûlé. Ça fait beaucoup de hasards, non ?

— Qu'est-ce qu'on aurait cherché à faire disparaître ?

— Ça, c'est à vous de le trouver, monsieur le romancier.

Je la regardai sans rien dire encore quelques secondes. Ça me faisait du bien parce que, par certaines expressions du visage, elle me rappelait Claire.

Elle me rappelle combien tu me manques.

— Merci de me faire confiance.

Gladys eut une moue dubitative avant de me fixer droit dans les yeux.

— Je vous fais confiance parce que je ne peux pas faire autrement, même si je ne suis toujours pas certaine que la fille dont vous me parlez soit vraiment Claire. Mais je vous préviens : il a fallu des années pour qu'Angela et moi fassions le deuil de notre sœur. Aujourd'hui, nous avons toutes les deux des enfants et je ne laisserai pas un vendeur d'espoir briser notre foyer.

— Je ne vends rien, me défendis-je.

— Vous êtes romancier. Vous vendez de belles histoires.

— On voit bien que vous n'avez pas lu mes livres.

— Si Claire est vivante, retrouvez-la, c'est tout ce que je vous demande.

2.

La pluie tombait depuis que Marc avait quitté Nancy.

Rebelote. À nouveau une heure et demie de route vers l'est, mais un trajet moins agréable que dans l'après-midi à cause des poids lourds en grand nombre et de la chaussée glissante.

Le flic retourna à la gendarmerie de Phalsbourg. Comme il le redoutait, Muselier était absent, mais Solveig faisait des heures sup, connectée à Facebook, derrière l'écran de son ordinateur.

— Alors, capitaine, vous avez décidé de passer la nuit dans notre belle région ?

Caradec n'était pas d'humeur à plaisanter :

— Où se trouve Muselier ?

— Il est rentré chez lui, j'imagine.

— C'est où exactement ?

La gendarme prit une feuille dans le bac de l'imprimante pour lui dessiner un plan rapide à main levée.

— Le colonel habite ici, expliqua-t-elle en pointant une croix avec son stylo. À Kirschatt, un lieu-dit un peu paumé entre Steinbourg et Hattmatt.

Accoudé au comptoir d'accueil, le flic se massa les tempes pour chasser un début de migraine. Tous ces noms presque jumeaux, à consonance alsacienne, commençaient à lui taper sur le système.

Il mit le plan dans sa poche, remercia Solveig et reprit la route sous la flotte. Le temps qu'il parcoure les trente kilomètres, il faisait presque nuit. Dans l'obscurité, son voyant d'huile s'alluma. *La guigne !* Ça faisait des mois que son Range avait une petite fuite, mais il avait pris soin de faire une « révision maison » avant de quitter Paris. Il croisa les doigts pour que ça ne s'aggrave pas. Au bout de quelques kilomètres, le voyant s'éteignit. Fausse alerte. Sa voiture était à son image : fatiguée, déglinguée, capable d'être victime de coups de mou, mais finalement increvable.

Suivant les indications de Solveig, il quitta la D 6 pour emprunter un chemin de terre étroit qui s'enfonçait dans la forêt. Au moment où il croyait s'être trompé, le passage déboucha soudain sur une petite clairière au centre de laquelle se trouvait une ferme alsacienne à colombages.

Une ancienne maison paysanne, plus proche de la ruine que d'un article dans *Art & Décoration*.

La pluie avait cessé. Caradec se gara et fit quelques pas sur le sol boueux. Assis devant l'entrée sur une chaise basse, dans la lumière d'une ampoule à nu, Franck Muselier était en train de vider un pack de bière.

— Je t'attendais, capitaine. Je savais que tu reviendrais, assura-t-il en lui lançant une canette.

Marc l'attrapa au vol.

— Viens t'asseoir, proposa-t-il en désignant une Adirondack en cèdre qu'il avait installée à côté de lui.

Caradec préféra rester debout et alluma une cigarette. Le gendarme partit dans un éclat de rire.

— Le sac jaune, bien sûr ! C'est là que j'ai merdé, comme un bleu.

Marc ne cilla pas. Comme dans une garde à vue, Muselier était mûr. Plus la peine de multiplier les questions, il suffisait d'écouter les réponses. Petit à petit, le gendarme se mit à table.

— Il faut que tu m'imagines à l'époque. Je n'étais pas ce sac à vin que tu as devant toi. J'étais marié, j'avais un fils. J'étais un bon flic avec de l'ambition. File-moi une cigarette, s'il te plaît !

Marc lui tendit son paquet et son briquet. Muselier enflamma le bout d'une clope, aspira une longue taffe et s'en gargarisa avant de recracher la fumée.

— Tu veux savoir ce qui est vraiment arrivé ce fameux soir, n'est-ce pas ? Ce drôle de jeudi 25 octobre 2007, j'avais passé la soirée à Metz, dans l'appartement de ma maîtresse, Julie, une vendeuse des Galeries Lafayette. Tu connais l'expression : « Suis-moi, je te fuis, fuis-moi, je te suis. » Elle résumait bien notre couple. Encore une fois, nous nous étions disputés. Cette fois, nous avions forcé sur l'alcool et la coke. J'avais repris ma voiture vers minuit. J'étais soûl et complètement défoncé. Le début de ma chute.

Il tira longuement sur sa cigarette et prit une gorgée de bière avant de poursuivre :

— Je roulais déjà depuis presque une heure lorsque c'est arrivé. J'étais tellement rond que je m'étais trompé de route et je cherchais un moyen pour récupérer la départementale. C'est alors qu'elle a surgi devant ma voiture, déboulant de je ne sais où, et qu'elle s'est figée, telle une biche, dans la lumière de mes phares.

— Claire Carlyle, devina Marc.

— Je n'ai su que bien plus tard comment elle s'appelait. Elle était diaphane, simplement vêtue d'un bas de pyjama et d'un tee-shirt. C'était terrible et en même temps c'était beau. J'ai enfoncé le frein de toutes mes forces, mais je l'ai percutée et elle s'est écroulée sur le sol.

Il marqua une pause pour essuyer son nez qui coulait avec sa manche comme quand on est enfant.

— Je ne savais pas quoi faire. Je suis sorti de la bagnole et je me suis penché sur elle. C'était une gamine, une jolie métisse, très maigre. Elle devait avoir quinze ou seize ans. Un sac de toile jaune était sur le sol à côté d'elle. Au début, j'ai cru l'avoir tuée, mais, en approchant mon visage du sien, j'ai compris qu'elle respirait. Elle avait quelques écorchures, mais ne présentait pas de blessures apparentes.

— Qu'est-ce que tu as fait ?

— Je te mentirais en te disant que je n'ai pas songé à fuir. Si j'appelais les pompiers ou une ambulance, la gendarmerie allait débarquer. On allait me faire souffler dans le ballon et j'aurais droit au test salivaire. Un gendarme avec deux grammes d'alcool et le nez bourré de poudre, ça la fout mal. Il aurait aussi fallu que je me justifie auprès de ma femme à qui j'avais dit que je travaillais tard.

— Donc ?

— J'ai paniqué. J'ai pris la petite dans mes bras et je l'ai allongée sur le siège arrière. J'ai ramassé son sac et j'ai repris la route vers Saverne sans être certain de ce que j'allais décider. En chemin, j'ai eu la curiosité de fouiller dans son sac pour voir si elle avait des papiers d'identité et là… Putain ! je n'avais jamais vu autant de fric de ma vie. Des dizaines de liasses. Des centaines de milliers d'euros.

— La rançon du petit Boisseau…

Muselier acquiesça.

— J'étais sidéré. Tout ça n'avait aucun sens. Que faisait cette jeune fille avec une telle somme d'argent ? Je préférais ne même pas y penser. J'avais plus urgent à régler. Et c'est drôle, tu vois, parce que, chemin faisant, j'avais repris espoir. Je pensais encore que je pourrais changer les choses. Ma belle-sœur était infirmière au CHU de Saverne. J'ai hésité à l'appeler. Finalement, j'ai choisi une autre solution : pour éviter que l'on me repère, j'ai déposé la gamine et son sac à l'arrière de l'hôpital, au niveau de la blanchisserie. Puis je suis reparti. J'ai roulé quelques kilomètres avant d'appeler l'hosto en numéro masqué pour les prévenir de la présence d'un blessé et j'ai immédiatement raccroché.

Le gendarme téta sa canette comme on remet

du carburant dans un moteur. Son visage bouffi suait à grosses gouttes. Sa chemise bleu ciel réglementaire était déboutonnée jusqu'au nombril, laissant dépasser les poils d'une toison grisâtre.

— Le lendemain, à la première heure, je me suis précipité à l'hôpital. En prétextant une enquête bidon sur des vols de médicaments qui avaient lieu depuis plusieurs mois dans les réserves de certaines pharmacies de la région, j'ai pu poser des questions au personnel et j'ai vite compris que la fille n'était pas là. J'ai interrogé ma belle-sœur sous le sceau du secret. Elle m'a confirmé que l'accueil avait bien reçu mon coup de fil de la veille, mais que les infirmiers n'avaient trouvé personne à l'endroit indiqué. Je ne voulais pas le croire : la gamine avait dû reprendre ses esprits et s'était fait la malle ! Heureusement, ils avaient pensé que c'était un appel fantaisiste comme ils en recevaient parfois et il ne fut jamais ni consigné ni signalé à personne.

La pluie avait repris. Les feuillages bruissaient. Avec l'obscurité, la forêt tout autour devenait oppressante et inquiétante. Une ceinture de fortifications végétales, denses, mais déloyales, incapables d'empêcher un ennemi éventuel de se faufiler jusqu'à la bâtisse. De grosses gouttes tombaient sur le visage et les épaules de Caradec, mais, pressé de connaître la suite du récit, il semblait ne pas s'en rendre compte.

— J'étais dépassé par la tournure des événements. Inquiet, je suis retourné sur la route où j'avais renversé la fille et c'est là que j'ai aperçu la colonne de fumée qui montait de la forêt.

Le gendarme semblait revivre ces moments de manière fiévreuse et frénétique :

— Dès qu'on a su ce qui s'était passé dans cette baraque, j'ai compris que la petite était une victime de Kieffer qui était parvenue à s'échapper ! À cause de la lenteur des analyses ADN, il a fallu attendre presque deux semaines pour qu'on connaisse son nom : Claire Carlyle. Tout le monde la croyait morte, mais moi je savais que ce n'était pas le cas ! Je me suis toujours demandé ce qu'elle était devenue et comment elle avait réussi à passer entre les mailles du filet. Je ne comprenais pas pourquoi personne n'évoquait jamais la quantité astronomique de cash que Kieffer détenait chez lui et qu'elle lui avait manifestement piquée. La réponse m'a finalement été apportée sur un plateau par Maxime Boisseau… neuf ans plus tard.

Impassible, le visage fermé, Caradec enchaîna avec une question :

— À part l'argent, est-ce qu'il y avait autre chose dans le sac ?

— Hein ?

— Réfléchis.

Muselier peinait à reprendre ses esprits.

— Euh... oui, une carte téléphonique et un... une sorte de gros cahier cartonné à la couverture bleue.

— Tu as lu ce qu'il y avait à l'intérieur ?

— Non, j'avais autre chose à foutre, figure-toi !

Il pleuvait de plus en plus. Considérant qu'il en avait assez appris, Caradec remonta son col et tourna les talons.

Muselier le suivit jusqu'à sa voiture, le pas traînant dans la boue, implorant :

— Est-ce qu'elle est encore vivante ? Cette fille ! Je suis sûr que tu le sais, capitaine. Tu peux me le dire à moi, hein ? Entre flics.

Marc grimpa dans le Range Rover sans un regard pour son collègue.

— Cette histoire, ça m'a flingué ! cria-t-il au moment où Marc allumait le moteur. Si j'avais prévenu les secours lorsque je l'ai renversée, on l'aurait interrogée et on aurait sauvé les autres filles ! Putain ! je ne pouvais pas savoir !

Le 4 × 4 était déjà loin, mais le gendarme continuait à apostropher Caradec :

— Je ne pouvais pas savoir ! hurla-t-il.

Les yeux noyés de larmes et injectés de sang.

3.

La nuit et les moustiques avaient beau nous avoir chassés du patio, nous n'avions pas perdu au change. Le salon du Bridge Club était un cocon douillet à l'éclairage tamisé, riche de boiseries et de tapis anciens, qui invitait à prendre place dans l'un des profonds canapés. Chaque fois que je me retrouvais dans cette pièce, décorée de bibelots aussi insolites qu'éclectiques, j'avais l'impression d'être l'hôte d'un explorateur anglais de retour d'une expédition. Quelque part entre le Centaur Club, cher à Blake et Mortimer, et la bibliothèque de Henry Higgins dans *My Fair Lady*.

Théo s'était rapproché de la cheminée et venait de se saisir d'un tisonnier.

— Non, non, pose ça, chéri ! Ce n'est pas pour les enfants !

J'intervins avant qu'il ne se blesse et le soulevai

pour l'asseoir à côté de moi pendant que je potassais le dossier que m'avait remis Gladys. Je l'avais déjà parcouru, mais j'avais été rebuté par la forme : des photocopies de photocopies en noir et blanc. Des pages presque illisibles truffées de termes techniques en anglais.

J'allai directement à l'élément qui avait éveillé ma curiosité : la retranscription de l'appel au 911, le numéro d'urgence. Le 25 juin 2005, à 3 heures de l'après-midi, une voix de femme avait signalé une « agression violente » au 6 Bilberry Street, la maison de Joyce. « On est en train de la tuer ! Faites vite ! » avait supplié la voix. Je cherchai dans la liasse de feuilles celle qui correspondait au compte rendu de l'autopsie de Joyce. Sa mort avait été estimée à 4 heures de l'après-midi avec une marge d'erreur d'au moins deux heures.

— On descend, papa ! Te plaît !

Théo m'avait laissé environ deux minutes trente de répit – soit une éternité. Je le libérai et repris ma lecture.

Une voiture de police avait été envoyée chez Joyce. À 15 h 10, deux patrouilleurs, les officiers Powell et Gomez, étaient intervenus sur les lieux. Visiblement, la maison était vide. Ils avaient inspecté les abords sans rien relever de suspect. À travers les vitres, ils avaient regardé à l'intérieur du salon, de la cuisine, de la salle de bains et de la chambre du rez-de-chaussée sans rien noter d'inquiétant. Aucune trace d'effraction, d'agression, ni de sang. Ils avaient conclu à un canular. Un appel malveillant comme les flics en recevaient des dizaines à l'époque, particulièrement à Harlem. Misc en place par le maire Rudolph Giuliani et poursuivie par son successeur, la politique de « tolérance zéro » entraînait alors son lot de dérives : contrôles au faciès, excès de zèle, politique du chiffre, dont les Noirs et les Latinos étaient les premières victimes. Un embryon de ce qui devait se passer plus tard à Fergusson. Exaspérés par ce harcèlement policier, certains habitants du quartier avaient choisi à leur tour de compliquer la tâche des forces de l'ordre en passant des appels farfelus. Ces comportements n'avaient pas duré, mais ils avaient atteint leur apogée cet été-là.

Néanmoins, l'appel avait été tracé. Il provenait d'une cabine téléphonique du Lower East Side, située à l'angle du Bowery et de Bond Street. Donc à une bonne quinzaine de kilomètres de Harlem…

Qu'en déduire ? Que l'appel était un canular ? Si ce n'était pas le cas, cela signifiait que la femme qui avait appelé le 911 n'était en aucun cas un témoin visuel de la prétendue attaque de Joyce. Comment était-elle alors au courant de l'agression ? Peut-être parce que Joyce l'avait prévenue par téléphone. Mais dans ce cas pourquoi Joyce n'avait-elle pas appelé le 911 *elle-même* ? Et pourquoi les flics dépêchés sur les lieux n'avaient-ils rien remarqué ? Le serpent se mordait la queue. À l'évidence, quelqu'un ne disait pas la vérité. Voire mentait dans les grandes largeurs.

Je levai la tête. Mon fils était en train de réciter son numéro de charme à une jolie rousse qui dégustait son martini près de la cheminée. Elle me fit un signe engageant de la main, je lui adressai un sourire poli en pensant à T., mon ami écrivain, divorcé, macho, qui prétendait que son fils de deux ans était un véritable « aimant à gonzesses » et qui l'emmenait toujours lorsqu'il voulait draguer.

Je me replongeai dans mon dossier. La flic qui à l'époque avait été chargée de l'enquête sur la mort de Joyce était une femme d'origine coréenne : la détective May Soo-yun. Elle avait demandé une analyse détaillée des relevés téléphoniques fixe et mobile de Joyce. Les fadettes montraient que, dans la matinée précédant sa mort, Joyce avait contacté un certain

Marvin Thomas, vingt-sept ans, déjà plusieurs fois condamné pour des affaires de revente de stupéfiants et de vol avec violence. Le dealer apparaissait à trois reprises dans les numéros composés par Joyce les deux dernières semaines de sa vie. May Soo-yun avait ordonné son arrestation dès le lundi qui avait suivi.

Sur le papier, Marvin Thomas était un coupable idéal : un casier judiciaire bien fourni et des antécédents connus de violence. En garde à vue, il avait confirmé avoir vendu d'importantes quantités d'héroïne à Joyce Carlyle, mais il avait été mis hors de cause concernant une éventuelle agression. Thomas avait un alibi en béton : à l'heure de la mort de Joyce, il se trouvait avec deux comparses dans le New Jersey, à Atlantic City. Plusieurs caméras de surveillance avaient filmé sa dégaine batailleuse dans un hôtel, dans un Spa et dans un casino. Il avait été remis en liberté.

Par la suite, le rapport définitif d'autopsie avait validé la thèse de l'overdose et, en l'absence d'éléments contradictoires, le lieutenant Soo-yun avait proposé le classement de l'affaire.

Je me massai les paupières. Je ne tenais plus debout et j'étais frustré. J'avais appris beaucoup de choses, mais elles ne faisaient pas avancer ma quête. Que faire à présent ? Me lancer à la recherche du dealer ? Essayer d'obtenir des témoignages plus précis des officiers Powell et Gomez ? Contacter May Soo-yun ? Aucune de ses pistes ne me paraissait en être vraiment une. L'affaire avait onze ans. Elle avait été classée rapidement. Il y avait peu de chances que les protagonistes de l'époque s'en souviennent avec précision. Sans compter que je manquais de temps et que je n'avais aucunement mes entrées dans le maquis du NYPD.

— Titine, papa !

Mon fils avait terminé de rouler les mécaniques et rentrait au bercail en se frottant les yeux. Alors que je fouillais mes poches à la recherche de la tétine magique, je sentis la clé du garde-meuble que m'avait confiée Gladys.

Il était déjà tard, mais nous étions dans la ville qui ne dormait jamais et le porte-clés spécifiait : « Coogan's Bluff Self Storage – Open 24/7 ».

Le problème, c'est que j'avais donné congé à la belle Marieke et que je n'avais plus de nounou sous la main. Je me penchai donc vers Théo et lui murmurai à l'oreille :

— Tu sais quoi, mon grand ? On va aller faire une petite balade tous les deux.

12

Harlem Nocturne

La mort viendra et elle aura tes yeux.

Cesare PAVESE

1.

Subitement gelé, Franck Muselier abandonna ses canettes de bière sur les tomettes posées à même le sol et rentra à l'intérieur.

Son salon était à son image : usé, décrépit, pathétique. Une pièce basse de plafond, en désordre, bardée de boiseries qui s'écaillaient et ornée de trophées de chasse qui prenaient la poussière : une tête de sanglier empaillée, des bois de cerf, une gelinotte des bois naturalisée.

Il alluma une flambée dans la cheminée et avala une lampée de riesling, mais ce n'était pas suffisant pour se réchauffer et oublier l'histoire de Claire Carlyle. Dans sa réserve personnelle, il ne restait qu'un peu de shit et deux ou trois cachets. Pas ce dont il avait besoin ce soir. Il envoya un SMS à son fournisseur, Laurent Escaut, un petit branleur de lycéen qui se faisait appeler Escobar.

C'était une réalité dont on ne parlait pas quotidiennement au journal télévisé, mais en milieu rural aussi la dope était partout. Parmi les affaires que traitait Muselier (cambriolages, agressions, règlements de comptes…), la drogue n'était jamais très loin. Même dans des bleds pittoresques et fleuris de trois cents habitants, on trouvait de la poudre blanche derrière les pétales des roses.

OK pour deux grammes, répondit le dealer presque dans la minute. En l'attendant, Franck se laissa tomber sur son canapé. Il se faisait pitié, mais la pitié n'était pas suffisante pour impulser le moindre changement dans sa vie. Du combat que se livraient en lui la volonté et la pesanteur, c'était toujours cette dernière qui sortait vainqueur. Le gendarme déboutonna sa chemise, se massa les cervicales. Il respirait mal, il avait froid. Il aurait eu besoin de la chaleur et de l'odeur réconfortante de son chien, mais le vieux Mistoufle était mort au printemps dernier.

La ligne de démarcation. Coupable ou non coupable ? Comme il n'arrivait pas à statuer sur son sort, il s'imagina en train de défendre sa cause devant un tribunal imaginaire. Les faits, rien que les faits : neuf ans plus tôt, il avait renversé une gamine qui n'avait rien à foutre sur cette route en pleine nuit. Il l'avait conduite jusqu'à l'hôpital et il avait prévenu. Certes, il était bourré, camé jusqu'au trognon, mais il avait fait l'essentiel. Après, si la gamine avait préféré fuir, eh bien, elle était aussi coupable que lui !

Il entendit le bruit d'une bagnole qui arrivait.

Escobar n'avait pas traîné.

Muselier, esclave de la coke, se mit debout d'un bond.

Il ouvrit la porte et sortit sur la terrasse, distinguant une silhouette à travers la pluie. Quelqu'un avançait dans sa direction, mais ce n'était pas Escobar.

Lorsque l'ombre se fit plus précise, le gendarme constata qu'une arme était pointée sur lui.

Stupéfait, il ouvrit la bouche, mais fut incapable de prononcer le moindre mot.

La ligne de démarcation. Coupable ou non coupable ? Visiblement, un autre avait décidé pour lui. Il baissa la tête en signe de soumission.

Finalement, c'est peut-être aussi bien comme ça, pensa Franck avant que sa boîte crânienne n'explose.

2.

Harlem. Neuf heures du soir.

Le taxi nous laissa au niveau de la station de métro d'Edgecombe Avenue. Coogan's Bluff Self Storage, le garde-meuble que m'avait indiqué Gladys, se situait dans l'enceinte des Polo Grounds Towers, un ensemble de HLM de brique. Des hautes tours en forme de croix qui donnaient l'impression de se dupliquer à l'infini sur une large zone triangulaire coincée entre le fleuve, Harlem River Drive et la 155e Rue.

L'air était chaud et humide, le quartier peu éclairé. De nombreux locataires s'étaient pourtant regroupés dehors, assis en bandes sur les murets et les pelouses.

L'atmosphère était électrique, mais pas très différente de certains coins de l'Essonne où j'avais passé mon adolescence. Sauf que tout le monde ici était noir. Je me dis que j'étais dans un film de Spike Lee. Du temps où Spike Lee faisait encore de bons films.

Dans la tiédeur de la nuit, j'avais déplié la poussette et installé Théo à l'intérieur. Pour amuser mon fils, je conduisais la voiturette avec un bruit de Formule 1. Les gens nous regardaient avec curiosité, mais nous laissaient en paix.

Au bout de plusieurs minutes de vadrouille, j'arrivai tout essoufflé devant le bâtiment que je cherchais. J'entrai dans le local et me présentai. À cette heure-ci, le responsable était un étudiant un peu hautain qui tapotait sur son MacBook. Sa grande silhouette dégingandée flottait dans un sweat-shirt de l'université Columbia. Son visage sévère était constellé de boutons d'acné et tassé par une coupe en brosse afro et une paire de lunettes *oversized* dont les montures pourtant épaisses laissaient déborder ses sourcils fournis.

— Ce n'est pas vraiment un endroit pour les bébés, dit-il en photocopiant ma carte d'identité. Il devrait être au lit, non ?

— Il est en vacances. Il n'y a pas de halte-garderie demain.

Il me lança un sale regard qui semblait

demander : « Tu te fous de moi, mec ? » Et tel était bien le cas.

Malgré cette discrète passe d'armes, il me montra sur un plan l'emplacement du box.

Je le remerciai et, à nouveau, je parcourus le hangar en imitant le bruit d'une voiture de course.

— Auto papa ! Pus vite papa ! Pus vite ! me lançait Théo pour m'encourager.

En arrivant devant le garage, je simulai un dérapage avant d'immobiliser le bolide. Puis je libérai mon fils de la poussette et soulevai le rideau de fer.

Bien entendu, il y avait de la poussière, mais moins que je l'avais imaginé. Je pris Théo dans mes bras (qui lui-même portait Fifi, son doudou, dans les siens), allumai l'ampoule et pénétrai à l'intérieur.

La mémoire du passé.

Il fallait que je garde à l'esprit le contexte dans lequel avaient été rassemblées toutes ces choses. Angela et Gladys avaient entreposé ces affaires à la mort de Joyce, en 2005. Deux ans avant qu'on recueille l'ADN de Claire chez Heinz Kieffer. À cette époque, les sœurs avaient sans doute encore un mince espoir qu'on retrouve la jeune fille et que les biens de sa mère lui reviennent un jour.

Le box était spacieux, mais désordonné. Je progressai dans le capharnaüm avec mon fils, comme si je l'emmenais explorer la caverne d'Ali Baba. Toujours partant pour l'aventure, Théo s'extasiait devant tout ce qu'il avait sous les yeux : des meubles en bois peint, un vélo, une patinette, des habits, des ustensiles de cuisine.

— On descend, papa, te plaît !

Je le posai sur le sol pour le laisser jouer. Il en serait quitte pour un grand décrassage en rentrant à l'hôtel.

Je me mis au boulot sérieusement. Il y avait peut-être ici quelque chose de suffisamment compromettant ou de dangereux pour que quelqu'un ait pris le risque d'y mettre le feu.

Des DVD, des CD, des journaux, des livres. Beaucoup d'essais et de romans, et pas n'importe lesquels : *Une histoire populaire des États-Unis* de Howard Zinn, *La Fabrication du consentement* de Noam Chomsky, *La Jungle* d'Upton Sinclair, *Le Peuple d'en bas* de Jack London, *No Logo* de Naomi Klein. Des biographies aussi : Lucy Stone, Anne Braden, Bill Clinton, Malcolm X, les Neuf de Little

Rock, César Chávez. Je trouvai même un exemplaire en anglais de *La Domination masculine* de Pierre Bourdieu. Comme ses sœurs, Joyce Carlyle était une femme cultivée aux sensibilités féministes et proches de l'extrême gauche, ce qui n'était pas si courant aux États-Unis.

Je trouvai aussi des habits de fillette qui devaient appartenir à Claire, ainsi que ses livres de classe. Un peu ému, je feuilletai ses cahiers d'écolière remplis d'une calligraphie appliquée. Parmi d'autres devoirs, je m'arrêtai sur une dissertation qu'elle avait composée : *Pourquoi je veux devenir avocate*. Une argumentation généreuse qui citait aussi bien Ralph Nader qu'Atticus Finch (c'était en 2005, bien avant que l'Amérique ne découvre quel salaud il était vraiment). En parcourant ces lignes, un souvenir me revint : Marlène Delatour m'avait affirmé que Claire voulait devenir avocate. Au moment de sa disparition, cela semblait déjà un projet professionnel mûri et bien établi. Qu'est-ce qui l'avait finalement décidée à devenir médecin ? Sa détention sans doute. Une volonté d'aider les autres de façon peut-être plus concrète. Je mis néanmoins l'information dans un coin de ma tête et poursuivis mes recherches.

Au bout de trois quarts d'heure, Théo était

épuisé. Après s'être traîné partout, il était sale comme un peigne. J'inclinai la nacelle et le couchai dans sa poussette. Puis le père indigne que j'étais aggrava son cas en lui diffusant un dessin animé sur son iPhone ébréché pour l'aider à s'endormir.

J'y passerais peut-être la nuit, mais il était hors de question que je quitte cet endroit bredouille. Il y avait de quoi faire. De la paperasse en pagaille : factures, relevés bancaires, fiches de paie, etc. Heureusement, Joyce était ordonnée et avait pris soin de classer toutes ses archives dans des dossiers cartonnés.

Alors que mon fils dormait du sommeil du juste, je m'assis en tailleur et commençai à tout éplucher. Pas grand-chose de marquant. Depuis des années, Joyce travaillait comme documentaliste dans un collège des environs. Sa mère, qui était la véritable propriétaire de la maison, la lui louait pour une bouchée de pain. Elle dépensait peu, n'avait pas d'autres sources de revenus que son métier. Quelque chose retint mon attention au milieu de cette paperasserie : une série d'articles qu'elle avait découpés dans le *New York Herald* et qu'elle conservait dans une pochette en plastique. Je parcourus les titres : « Le surendettement des classes moyennes », « Les inégalités atteignent des records en Amérique », « L'accès à l'avortement toujours plus ardu », « La moitié des membres du Congrès sont millionnaires », « Wall Street contre Main Street ». Quel était le point commun de ces articles en dehors de leur caractère « progressiste » ? Après les avoir lus en diagonale, je n'en trouvai aucun.

Je me mis debout pour m'étirer. Difficile de ne pas se décourager. Peut-être Marc avait-il trouvé quelque chose de son côté ? J'essayai de l'appeler, mais il n'y avait pas de réseau dans le sous-sol.

Je me replongeai dans les dossiers de Joyce. Un mode d'emploi pour monter une armoire Ikea, des notices de fonctionnement et des bons de garantie : four, téléphone portable, lave-linge, machine à café… Stop. Je revins en arrière. La notice qui avait retenu mon attention était celle d'un téléphone prépayé. Le ticket de caisse qui était resté agrafé portait comme date le 30 mai 2005. Deux jours après l'enlèvement de Claire !

Je me remis debout, au comble de l'excitation. Dans les éléments de l'enquête que m'avait confiés Gladys, j'avais bien noté que les policiers avaient scruté les relevés téléphoniques de la ligne fixe et du portable « officiel » de

Joyce. Mais cette dernière possédait manifestement un autre téléphone. Un modèle sans abonnement, à carte prépayée, beaucoup plus compliqué à tracer. Le plus troublant n'était pas tant l'existence de ce téléphone que le fait que Joyce en avait fait l'acquisition quelques dizaines d'heures après l'enlèvement de Claire. Les hypothèses se bousculèrent dans ma tête, mais j'essayai de ne pas m'emballer. Galvanisé, je me remis au travail. La chance appelle la chance.

Les habits.

Un épisode important de mon adolescence s'était joué à cause d'un costume. Ma mère, qui redoutait que mon père la trompe, avait mis au point un système élaboré de surveillance (je vous parle d'un temps préhistorique, avant Internet, Facebook, les logiciels mouchards et les sites de rencontre). Mon père était très prudent, mais il avait suffi d'une fois. Il suffit toujours d'une fois. Une note d'hôtel oubliée dans la poche d'un costume. Ma mère était tombée dessus en emportant le complet au pressing. Comme elle ne supportait pas de vivre dans le mensonge, elle avait quitté son mari, renoncé à la maison accueillante et à la vie douce que nous avions à Antibes. Elle était retournée à Paris

– ou plutôt en banlieue parisienne. Et moi, je l'avais suivie. Contraint et forcé, j'avais quitté mes amis, la quiétude du vieux collège Roustan, la possibilité d'aller voir la mer tous les jours, les balades dans la pinède ou sur les remparts. Je l'avais suivie dans le gris et le béton de l'Essonne. Une part de moi l'admirait pour ce choix ; l'autre la détestait.

J'appliquai le même traitement aux habits de Joyce et fis les poches à toutes ses robes, tous ses blousons, vestes, chemisiers et pantalons. J'y trouvai un ticket de métro, un stylo, de la monnaie, des tickets de courses, des bons de réduction, un tampon, un tube d'aspirine, une carte de visite…

Une carte de visite qui ne portait qu'un nom et un numéro de téléphone. Je l'observai avec attention :

Florence Gallo
(212) 132 – 5278

Ce nom m'était familier. À coup sûr, je l'avais vu ou on m'en avait parlé récemment. Je tombais d'épuisement. Des fourmis couraient dans mes membres, la poussière me piquait les yeux, mais mon cœur battait fort. C'était une sensation agréable. Celle de savoir que l'on a mis le doigt sur quelque chose d'important et d'être persuadé que l'on finira par trouver quoi. Je comprenais la passion de Caradec pour son ancien métier.

L'air s'était rafraîchi. Je couvris mon fils avec ma veste et je quittai les lieux en calant sous la poussette le maximum de pochettes cartonnées pour pouvoir encore les étudier à l'hôtel. Je demeurai un moment dans le hall du garde-meuble – sous le regard toujours aussi peu bienveillant de l'étudiant boutonneux – pour commander un VTC sur l'application de mon téléphone. En l'attendant, je tentai à nouveau de joindre Marc, mais mon appel sonna dans le vide. Dans la foulée, j'essayai d'appeler cette Florence Gallo : « Le numéro de votre correspondant n'est plus attribué. » Puis un SMS sur mon téléphone me prévint que ma voiture était arrivée. Je quittai l'enceinte des Grounds Towers et rejoignis la berline. Aimable, le chauffeur m'aida à plier la poussette et à la charger avec les dossiers cartonnés dans le coffre.

Je m'installai à l'arrière avec Théo dans les bras en prenant garde à ne pas le réveiller. Intérieur cuir, musique classique, bouteille d'eau. La voiture roulait dans la nuit. Spanish Harlem. Upper East Side. Central Park. À mon tour, j'avais fermé les yeux. Je sentais le souffle précieux de mon fils dans mon cou. Alors que je commençais à me laisser aller à une douce somnolence, une image traversa mon esprit et je lançai soudain au chauffeur :

— Stop ! Arrêtez la voiture, s'il vous plaît !

Il mit son clignotant et se gara en double file en allumant ses feux de détresse.

— Pouvez-vous déverrouiller le coffre ?

Je sortis en me contorsionnant. Mon fils ouvrit un œil inquiet :

— Fifi, il est là ?

— Hé, oui, bien sûr qu'il est là, répondis-je en attrapant le chien en peluche. Fais-lui un gros câlin.

Je fouillai dans le coffre et, avec ma seule main libre, je saisis la pochette contenant les articles de journaux. Je savais à présent qui était Florence Gallo : c'était la journaliste qui avait signé tous les articles du *New York Herald* découpés par Joyce. Je regardai les dates des papiers : ils avaient tous été écrits entre le 14 et le 20 juin 2005. Une période correspondant à la semaine qui avait suivi la venue de Joyce en France. Je me remémorai les images du journal télévisé où je l'avais vue si abattue. Une hypothèse folle traversa mon esprit : et si l'affaire

Claire Carlyle n'était qu'une suite tragique de l'affaire Joyce Carlyle ? Si la malédiction des Carlyle avait pour origine non pas l'enlèvement de Claire, mais un autre événement plus ancien, lié directement à sa mère ? En tout cas, une chose était certaine : à la manière de poupées gigognes, mes investigations recouvraient une enquête à plusieurs tiroirs.

Je remontai en voiture avec mon fils. J'avais appris beaucoup de choses cette nuit. D'abord que Joyce s'était procuré un téléphone intraçable, deux jours seulement après l'enlèvement de sa fille. Puis que, dans la semaine qui avait suivi son retour de Gironde, elle était entrée en contact avec une journaliste d'investigation, sans doute pour lui confier quelque chose d'important.

Quelques jours plus tard, elle était morte.

Le véhicule se remit en route. Un frisson me parcourut l'échine.

Je n'en avais pas la moindre preuve, mais j'avais à présent la conviction que Joyce Carlyle avait été assassinée.

3.

L'autoroute ayant le pouvoir de le faire som-
noler comme un mauvais film, Caradec avait
choisi d'emprunter les chemins de traverse pour
rentrer à Paris. Il s'arrêta dans une station-
service à la sortie de Vitry-le-François. Son
voyant d'huile s'était rallumé depuis quelques
kilomètres. La station allait fermer, mais le
« petit jeune » qui était en train d'arrêter les
pompes accepta de lui faire un plein. Marc lui
tendit un billet.

— Rajoute-moi de l'huile et laisse le bidon
dans le coffre.

Dans le magasin, il acheta le dernier sandwich disponible. Pain nordique industriel et
saumon bourré de toxiques. Il sortit le déguster
à l'extérieur tout en vérifiant son portable. Il
découvrit un SMS de Malika Ferchichi, l'aide
médico-psychologique du foyer Sainte-Barbe.
Un message aussi surprenant que laconique :

Si vous voulez m'inviter à dîner...
J'ai du temps en fin de semaine. M.F.

Immédiatement, le souvenir de l'odeur enté-
tante du corps de la jeune femme revint flot-
ter dans son esprit. Des effluves de mandarine,

de poire et de muguet. Une lueur dans la nuit de son âme.

Troublé par la pulsion de vie qu'il sentait monter en lui, il garda sa réponse en réserve et composa le numéro de Raphaël. Répondeur. Message : « J'ai du nouveau. Du lourd ! Rappelle-moi pour me dire si tu as trouvé quelque chose de ton côté. »

Café, cigarette, plaisanterie avec le garagiste alors que la pluie recommençait à tomber.

Caradec se réfugia dans le Range Rover, mit le contact et vérifia les voyants du tableau de bord. Il démarra, marqua le stop à la sortie de la station et en profita pour allumer une nouvelle cigarette. Là, alors qu'il rêvassait encore au message de Malika, une vision le cueillit à froid.

Putain de bordel de merde !

La voiture qui venait de passer devant lui à toute vitesse était un X6 BMW noir. Caradec avait reconnu les vitres teintées et la double calandre chromée. Il aurait mis ses attributs à couper que c'était la voiture qui avait enlevé Claire !

Traversant la route pour s'y engager en sens inverse, Caradec prit le 4 × 4 en chasse. Il ne pouvait pas s'agir d'une coïncidence. Que faisait le SUV dans ce coin perdu ? Il parvint à le rejoindre, mais resta à bonne distance, espérant glaner d'autres informations. Pas question de se faire repérer.

Branchant la ventilation, il essuya le pare-brise embué avec sa manche. Il tombait à présent une pluie lourde et obstinée fouettée par le vent.

Juste après un virage dangereux, le X6 tourna sans mettre de clignotant pour s'enfoncer sur une route de campagne qui ne portait aucun panneau indicateur. Caradec le suivit sans hésiter.

Plus il avançait, plus l'état de la chaussée se détériorait. On n'y voyait pas à dix mètres. L'accès était étroit, cerné par les broussailles et les rochers. Même si le 4 × 4 ouvrait la piste devant lui, Marc progressait difficilement. Ce n'est que lorsqu'il s'aperçut qu'il aurait du mal à faire demi-tour qu'il comprit qu'il avait été piégé.

De fait, le X6 pila brutalement.

Armée d'un fusil à pompe, une silhouette en manteau sombre jaillit du véhicule et avança vers Caradec. Dans la lumière des phares, Marc reconnut son visage. *Bon sang !*

Il retint sa respiration. Dans sa tête, les traits de

quatre femmes se mélangeaient : Élise, sa fille, Malika, Claire.

Face à lui, son assaillant épaula son fusil et le mit en joue.

Non, c'était trop con. Il ne pouvait pas mourir maintenant.

Pas si près du but.

Pas avant d'avoir résolu l'affaire Claire Carlyle.

Une détonation claqua, secoua la voiture et fit exploser le pare-brise du Range Rover.

13

Dans le regard des autres

Un malheur [...] c'est une fange glacée, une boue noire, une escarre de douleur qui nous oblige à faire un choix : nous y soumettre ou la surmonter.

Boris CYRULNIK

1.

Je m'appelle Claire Carlyle.

Je dois avoir quinze ou seize ans. Tout dépend en fait du nombre de jours pendant lesquels je suis restée enfermée dans cette prison. Deux cents ? trois cents ? six cents ? Impossible de le savoir vraiment.

De ma cellule, je ne vois pas la lumière du jour. Je n'ai accès à aucune horloge, à aucun journal ni poste de télévision. La plupart du temps, je vis dans un brouillard d'anxiolytiques. Tout à l'heure, d'ailleurs, avant de partir – je pense qu'il s'apprêtait à sortir parce qu'il portait une grosse veste doublée et une écharpe… –, il est venu me faire une injection dans le bras. Avant, il me donnait des cachets, mais il a fini par s'apercevoir que je ne les avalais qu'une fois sur deux.

La piqûre m'a fait mal parce qu'il était nerveux et agité. Il transpirait, il jurait, il clignait des paupières sans arrêt. Il avait le visage creusé et les yeux fous. J'ai poussé un cri à cause de la douleur, ce qui m'a immédiatement valu une gifle et un coup de poing dans le thorax. Excédé, il m'a traitée de « sale petite pute », puis il a retiré l'aiguille et a quitté la pièce en claquant la porte. Comme il ne m'avait pas enchaînée, je me suis recroquevillée dans un coin de ma cellule, sous ma couverture sale.

Il fait un froid de chien. J'ai mal aux os, la morve au nez, la tête en feu. Malgré le système d'insonorisation, il me semble entendre la pluie, mais c'est impossible, alors peut-être que la pluie ne tombe que dans mon crâne. Allongée au sol, j'attends que le sommeil m'emporte, mais il ne vient pas facilement. La faute à une chanson qui joue dans ma tête. *Freedom*, un air d'Aretha Franklin. J'ai vraiment essayé de la faire taire, en vain. Quelque chose cloche, je ne sais pas quoi, et il me faut encore une éternité pour comprendre : il a oublié de verrouiller la porte !

Je me lève d'un bond. Depuis que je suis prisonnière, un tel oubli ne lui est arrivé que deux fois. La première, ça n'a servi à rien. D'une part parce que j'étais menottée, d'autre part parce qu'il s'en est rendu compte presque immédiatement. La deuxième fois, j'ai pu sortir dans le couloir et remonter un escalier en béton ciré qui menait à une porte protégée par un code d'accès. J'ai rebroussé chemin parce qu'il était encore dans la maison et que j'avais peur qu'il m'entende. Mais là, il était sur le point de partir !

J'ouvre la porte, je longe le couloir et je monte les marches au pas de course. Je place mon oreille contre la porte. Il n'est pas là, j'en suis certaine. Je regarde le boîtier qui luit dans l'obscurité, invitant à taper le code. Mon cœur se déchaîne dans ma poitrine. Il faut que je trouve ! En regardant la taille du petit écran rectangulaire et les nombres qui s'affichent lorsqu'on presse les touches, je conclus que la clé d'entrée ne doit pas dépasser quatre chiffres. Comme le code pin d'un portable. Je tape des suites au hasard : 0000#, 6666#, 9999#, etc. Puis je me dis que quatre chiffres, c'est parfait pour une date. Je me souviens de ce qu'il m'a affirmé un jour : « Notre rencontre a été le plus beau jour de ma vie. » Ça m'avait donné envie de gerber. Ce qu'il appelle notre rencontre est le jour où il m'a enlevée, le 28 mai 2005. Sans y croire tout à fait, je tape 0528#, puis je me souviens qu'en Europe continentale les dates s'écrivent en mettant les jours avant les mois. 2805#.

Mauvaise pioche.

Pas surprenant. Le plus beau jour d'un psychopathe de ce calibre ne peut être qu'un jour qui se réfère entièrement à lui. Un jour qui lui soit consacré. Et si, comme un petit garçon, il avait tout simplement choisi son anniversaire ? Un souvenir. Un soir, quelques semaines après mon enlèvement, il a débarqué dans ma chambre avec un gâteau : une forêt-noire, sèche et cramée, nappée d'une crème écœurante. Il m'a forcée à la manger jusqu'à me faire vomir. Puis il a ouvert sa braguette et m'a réclamé son « cadeau d'anniversaire ». Pendant que j'étais à genoux, j'ai aperçu la date sur le cadran de sa montre. Le 13 juillet. Puis j'ai vomi à nouveau.

Je tape les quatre chiffres : 1307, puis je valide #. Et la porte s'ouvre. Cette fois, mon cœur menace de lâcher. Je n'ose y croire. Je m'avance dans une pièce sombre, sans prendre le risque d'allumer une lumière. Tous les volets sont fermés. Toutes les fenêtres sont closes. Il n'y a aucun bruit à part celui de la pluie qui s'abat sur le toit et les vitres. Je n'essaie même pas de hurler. Je n'ai aucune idée d'où je me trouve. Une habitation isolée bien sûr (à de très rares reprises, il m'a permis de faire quelques pas dans une sorte de pâturage clôturé derrière la bâtisse), mais dans quel endroit de France ? Et à proximité de quelle ville ?

Je n'ai même pas le temps d'explorer la maison que déjà j'entends un bruit de moteur. Étrangement, je suis très calme à présent, même si j'ai bien conscience que cette chance ne se représentera jamais. Les médicaments engour-dissent mon corps et mon esprit, mais je ne vais pas m'écrouler. Du moins, pas encore. L'adrénaline et la peur contrebalancent les effets de l'anxiolytique. J'ai repéré un objet. Le premier que j'aie aperçu en découvrant la pièce : une lampe en bronze qui pèse son poids. J'enlève l'abat-jour et j'arrache le fil électrique. Je me poste derrière la porte alors que je l'entends arri-ver. Mes sens sont décuplés, je le devine en train de courir, mais j'entends aussi le bruit du moteur qui continue à tourner. Pourquoi ? Parce qu'il a paniqué. Il a dû réaliser qu'il avait oublié de verrouiller la porte. Et je sais que c'est un peureux. Un inquiet. Un sans-couilles.

La porte s'ouvre. Je suis posée. Je n'ai plus peur. J'attends ce moment depuis si longtemps. Je sais parfaitement que je n'ai droit qu'à un coup. *Quitte ou double.* J'ai les mains moites, mais je tiens fermement le pied de lampe au-dessus de mes épaules. De toutes mes forces, je le lui abats sur le crâne au moment précis où il relève la tête. Devant mes yeux, le mouvement se décompose comme au ralenti. Je vois d'abord sa surprise qui crispe son visage, puis le pied tranchant de la lampe qui vient lui fendre l'arête du nez, déformant ses traits dans un cri de douleur. Il chancelle, glisse et perd l'équilibre. Je lâche mon arme qui soudain pèse à nouveau une tonne et j'enjambe son corps.

2.

Je suis dehors.

La nuit, la pluie, l'ivresse. La peur.

Je cours devant moi sans me poser de questions. Je suis pieds nus – depuis tout ce temps, jamais il n'a daigné me donner la moindre paire de chaussures –, seulement vêtue d'un bas de survêtement étriqué et d'un vieux tee-shirt à manches longues.

La terre. La boue. La silhouette du pick-up au milieu du chemin, phares allumés. Je fais l'erreur de me retourner. Kieffer est sur mes talons. Mon sang se glace. J'ouvre la portière, la referme, mets une éternité à trouver le système de verrouillage centralisé. Un rideau de pluie dégouline sur le pare-brise. Un coup. Kieffer tambourine contre la vitre, le visage déformé par la haine, les yeux fous. J'essaie de faire abstraction de cette pression. Je regarde le tableau de bord, la boîte de vitesses. Je n'ai jamais conduit de ma vie, mais d'après ce que je crois comprendre, c'est une bagnole automatique. À New York, j'ai déjà vu des femmes chaussées de Jimmy Choo avec des talons de douze centimètres et des ongles parfaitement manucurés au volant d'énormes Porsche Cayenne. Je ne suis pas plus bête que...

Le choc me fait hurler. La vitre vient de voler en éclats. Mon cœur lâche. Kieffer est allé chercher une barre de fer. Il la lève pour assener un nouveau coup. Je m'avance sur le siège et appuie sur la pédale. Le pick-up se met en mouvement. Un coup d'essuie-glace. Je suis sur un chemin forestier. Autour de moi, les ténèbres. Des buissons inquiétants, un ciel sale, la silhouette noire d'arbres menaçants. Je suis prudente. Surtout ne pas me planter maintenant. Au bout de cent mètres, la route boueuse devient légèrement plus large. À droite ou à gauche ? Je prends la direction qui descend et j'accélère encore. Quelques virages bien négociés et je reprends confiance. J'allume le plafonnier et je découvre un sac sur le siège passager. *Mon sac en toile jaune !* Celui que je portais le jour de mon enlèvement. Je n'ai pas le temps de m'interroger sur la raison de sa présence ici, car j'entends un bruit de moteur derrière moi. Je tire le rétro dans le bon angle pour apercevoir Kieffer sur sa moto, lancé à mes trousses. J'accélère, j'essaie de mettre de la distance entre lui et moi, mais il se rapproche inexorablement. Le sol est glissant. J'accélère encore. Un autre virage. Cette fois, la voiture quitte la route et heurte un rocher. Je tente une marche arrière, mais le pick-up s'est enlisé.

La terreur gicle dans mes veines. Je prends le sac et je sors de la voiture. Mes pieds s'enfoncent dans la gadoue. La moto est à quelques mètres et va me rattraper. Je ne peux pas rester sur le chemin principal. Alors je coupe par la forêt. Je cours. Je cours. Les branchages me lacèrent le visage, les ronces me déchirent la peau, les pierres écorchent mes pieds, mais cela me fait du bien. Je cours. Pendant quelques secondes, je suis libre, je suis vivante et il n'y a rien de meilleur au monde. Je cours. Je fais corps avec la nature qui m'entoure. Je suis la pluie qui me trempe, je suis la forêt qui me protège et qui m'avale, je suis le sang qui pulse dans mon cœur. Je cours. Je suis l'effort qui m'épuise, le gibier blessé qui refuse l'hallali.

Soudain, le sol se dérobe et je dégringole sur plusieurs mètres, serrant toujours le sac contre ma poitrine. J'atterris sur une route goudronnée, sans aucun éclairage. Je n'ai pas le temps de reprendre mon souffle que déjà j'entends le bruit de la moto qui a retrouvé ma trace. Je fais volte-face pour partir dans la direction opposée. Un virage. Puis soudain deux phares aveuglants, le hurlement d'un klaxon qu'on écrase. Une collision.

Un grand trou noir.

Je ne cours plus.

3.

Crissement de pneus.

Bruit de moteur qui faiblit.

J'ouvre les yeux.

La nuit encore ; émaillée de halos jaunâtres

autour des lampadaires. Je suis allongée dans le recoin d'un parking en plein air. J'ai le dos en compote, une migraine qui m'étourdit, une douleur au niveau des hanches. Je saigne à la tête. Mon sac en toile est posé à côté de moi.

Mais qu'est-ce que je fous là ?

Des larmes coulent sur mes joues. Peut-être que je rêve. Peut-être que je suis morte. Je pousse sur les bras pour me relever. Non, la mort ne peut pas ressembler à ça.

Je ramasse « mon » sac et l'ouvre pour en détailler le contenu. Je pense avoir des hallucinations, car, à l'intérieur, il y a des liasses et des liasses de billets. Des milliers d'euros, sans doute plusieurs dizaines de milliers. Tout est tellement confus dans ma tête que je ne me pose même pas la question de savoir pourquoi l'autre malade transportait une telle somme d'argent dans son pick-up. Dans l'une des poches latérales, je trouve également un épais cahier bleu cartonné ainsi qu'une carte de téléphone et, à cet instant précis, ce sésame me paraît avoir plus de valeur que les milliers d'euros. Je fais quelques pas sur le goudron. Je suis au milieu d'une construction en forme de U. Le premier bâtiment est assez ancien, en brique brune, avec un toit d'ardoises.

L'autre est moderne, un parfait parallélépipède de béton et de verre.

Un bruit de moteur, un gyrophare bleu qui clignote, une ambulance qui déboule dans le parking. J'ai la peur au ventre. À tout instant, je m'attends à voir surgir Kieffer. Il faut que je quitte cet endroit. Mais pour aller où ? En me faufilant entre les voitures, je remarque un panneau lumineux : « Centre hospitalier de Saverne ». *A priori*, je me trouve devant un hôpital. Mais qui m'a amenée ici ? Pourquoi dans cette arrière-cour ? Combien de temps s'est écoulé depuis que j'ai perdu connaissance ?

Un moment, j'hésite à entrer dans le hall, mais j'y renonce. Il faut que j'appelle ma mère. Je n'ai confiance qu'en elle. Elle saura me guider et me dire quoi faire.

Je quitte l'enceinte et poursuis mon chemin sur une route à deux voies bordée de pavillons. Un panneau indique que le centre-ville est proche. Je marche. La pluie a cessé et à présent l'air est presque doux. Je ne sais toujours pas quelle heure il est ni quel jour nous sommes. En passant devant une habitation, je remarque le petit porche qui surmonte une porte d'entrée devant laquelle tous les membres d'une famille ont laissé sécher leurs impers et leurs chaussures pleines de boue.

J'escalade la clôture et m'empare d'un coupe-vent et de la paire de baskets qui doit appartenir à la mère de famille. *Presque ma taille*, je pense en les enfilant et en coinçant sous le paillasson deux billets de cinquante euros que j'ai piochés dans le sac.

Je marche. J'ai le tournis. Je n'arrive toujours pas à croire que je suis libre. Je pense que je vais me réveiller d'un instant à l'autre. Je marche. Comme une somnambule. Cette fois, les médicaments me cassent les jambes et embrument mon esprit. Je marche. Et bientôt, j'arrive à Saverne, place de la Gare. Son horloge marque 1 h 55 du matin. Plus loin, un panneau prévient : « Strasbourg 54 km ». Donc, je suis dans l'est de la France. Ça n'évoque absolument rien pour moi. On m'aurait dit que je me trouvais à Lausanne ou à Brest que je n'aurais pas cillé davantage. Tout me paraît tellement irréel.

La place est déserte à l'exception de deux SDF qui dorment devant des vitrines de magasin. À l'entrée de la gare, il y a une cabine téléphonique. J'entre à l'intérieur, mais je ne ferme pas la porte. Une odeur d'urine, poisseuse et asphyxiante, contamine le « sarcophage ». Mes mains tremblent au moment d'introduire la carte de téléphone dans la fente. Je vérifie qu'il reste des unités et essaie de déchiffrer l'affiche plastifiée qui présente les instructions pour téléphoner à l'étranger. Je lis, mais je ne comprends rien, car le mode d'emploi est recouvert de graffitis tous plus cons les uns que les autres : « C'est ça la France ! », « Nelly aime sucer des vieilles bites », « Le gewurztraminer vaincra », « Anne-Marie a le choix dans la date / Anne-Marie a le doigt dans la chatte », « Je suis un poète ».

Au bout de cinq minutes et après plusieurs manipulations, je finis par obtenir une tonalité. Six sonneries s'égrènent avec une lenteur désespérante quand enfin ma mère décroche. C'est là ma véritable libération :

— *Maman, c'est moi, c'est Claire ! Je me suis échappée, maman ! Je me suis échappée.*

Mais, à l'autre bout du fil, ce n'est pas ma mère. C'est une dame qui m'explique tranquillement que ma mère est morte il y a déjà deux ans.

D'abord, j'ai l'impression que l'information ne m'atteint pas, que mon cerveau la refuse. Mes oreilles bourdonnent et me font très mal, comme si on m'enfonçait des clous dans les tympans. Puis l'odeur d'urine me monte à la tête. Je m'agenouille pour vomir. Mais je n'en ai même pas la force. Et, à nouveau, je sombre dans un grand trou noir.

4.

Il était 6 heures du matin lorsque j'ai repris connaissance. Comme un zombie, je suis entrée dans la gare et j'ai trouvé une place dans un train pour Paris.

Je me suis effondrée sur mon siège, le visage collé à la vitre, et à nouveau je me suis assoupie jusqu'à ce qu'un contrôleur me tire de mon sommeil. Comme je n'avais pas mon « titre de transport », j'ai payé l'amende et le prix du billet en liquide. Le type a encaissé mon argent sans tiquer. Je crois que lui-même n'était pas bien réveillé. Puis je me suis rendormie aussitôt. Un mauvais sommeil peuplé de songes incertains. Je me souviens seulement qu'un peu après Reims le train s'est arrêté au milieu de nulle part et qu'il est resté immobilisé pendant plus d'une heure et demie. Dans le wagon, les gens râlaient. Leurs invectives me faisaient penser aux graffitis vulgaires de la cabine téléphonique : « Pays de merde », « Pas un mec pour nous expliquer ce qui se passe », « Encore une de leurs putains de grèves », « Vivement qu'on les privatise »...

Puis le train a fini par repartir et, à cause du retard, n'est arrivé qu'à 10 h 30 à Paris.

Et maintenant ?...

Pendant toute la seconde moitié du trajet, je n'ai cessé de penser à Candice Chamberlain.

Candice était une jeune fille très gentille et très jolie qui habitait à cent mètres de chez moi à Harlem. Elle était plus âgée que moi, mais on se parlait souvent quand on rentrait du collège. C'était une bonne élève, une fille bien qui voulait s'en sortir. Elle m'avait prêté des livres, donné des conseils judicieux et mise en garde contre pas mal d'illusions.

Un jour, pourtant, un peu après son seizième anniversaire, elle a suivi une bande de garçons qui habitaient dans les Baumer Appartments, un complexe d'HLM situé au-delà de la 150e Rue. Je ne sais pas pourquoi elle, d'ordinaire si réservée et si prudente, s'est laissé embarquer dans cette galère, ni comment les choses se sont déroulées précisément. Tout ce que je sais, c'est que les types l'ont gardée enfermée dans un local à poubelles désaffecté au sous-sol de l'un des bâtiments. Tout ce que je sais, c'est qu'ils l'ont violée à tour de rôle pendant des jours, et qu'il a fallu deux semaines aux flics pour la retrouver et la libérer.

Après quelques jours d'hospitalisation, Candice est revenue habiter chez ses parents, sur la 134e Rue, près de l'église épiscopale. À partir de ce moment-là, les médias se sont déchaînés. Nuit et jour, des reporters, des photographes et des paparazzis ont fait le siège de la maison des Chamberlain. Chaque matin, en allant à l'école, je voyais les journalistes et les caméramans qui tournaient des images pour illustrer leurs interventions en direct pour les chaînes locales et nationales.

Plusieurs fois, le père de Candice a demandé aux médias de respecter la douleur de sa fille et de foutre le camp, mais personne ne l'a écouté. Candice était noire, l'un des violeurs était blanc. Les communautés et les hommes politiques essayaient d'instrumentaliser un drame qui, à mon avis, relevait plus de la barbarie que d'un quelconque problème racial.

J'avais onze ou douze ans à l'époque et cet épisode m'avait traumatisée. Que foutaient tous ces adultes devant cette maison ? Ces gens-là avaient fait des études. Qu'attendaient-ils, groupés en meute, pressés devant cette clôture ? Qu'attendaient-ils, en fouillant dans les poubelles du passé, espérant tomber sur le témoignage d'un voisin, d'une voisine, d'un ami d'enfance qu'ils charcuteraient, sortiraient de son contexte, tritureraient à l'infini, se délectant de cette huile nauséabonde qu'ils rajoutaient eux-mêmes sur le feu ? « C'est le principe de la liberté d'informer », m'a répondu l'une des reporters à qui j'ai posé la question un soir en rentrant du collège. Mais informer de quoi ? Une jeune fille avait vécu l'innommable et sa famille souffrait avec elle. Fallait-il en rajouter dans l'agression et le voyeurisme ? Fallait-il vraiment produire ces images n'ayant d'autre fin que d'alimenter des conversations de bistrot et de faire frémir une audience pour vendre des encarts publicitaires débiles ?

Et ce qui devait arriver arriva. Un matin, Mme Chamberlain découvrit le corps de sa fille allongé dans la baignoire remplie d'une eau couleur de sang. Candice s'était tranché les poignets pendant la nuit. Autant que je sache, mon amie n'a pas laissé de lettre pour expliquer son geste, mais j'ai toujours pensé qu'elle avait basculé en prenant conscience qu'elle n'aurait plus jamais une vie normale. Dans le regard des autres, elle serait toujours la fille qui s'est fait violer dans les poubelles des Baumer Appartments.

Fou de douleur, son père, Darius Chamberlain, s'était emparé de son fusil et était sorti sur la terrasse. Très calme, il avait chargé son arme et pris tout son temps avant de tirer plusieurs fois dans le tas, blessant grièvement la journaliste qui m'avait fait la leçon sur « le principe de la liberté d'informer » et tuant un caméraman qui avait lui-même deux enfants.

Depuis ce jour-là, je n'ai plus aucune illusion. Chez l'autre taré de Kieffer, il y avait des livres. C'est la seule distraction qu'il m'a autorisée : une petite bibliothèque qu'il avait installée dans ma cellule sur des étagères. De vieux livres de philosophie et de psychologie ayant appartenu à sa mère. Pendant deux ans, à part un peu d'écriture sur des cahiers que Kieffer confisquait dès qu'ils étaient pleins, je n'ai pas eu d'autre passe-temps que la lecture. J'ai lu et relu certains livres au point d'en connaître certains passages par cœur. « L'homme n'est point cet être débonnaire, au cœur assoiffé d'amour », écrit Freud dans *Malaise dans la civilisation*. Oui, l'homme est son pire prédateur. L'homme est en guerre contre lui-même. Au plus profond de lui, l'homme est habité par la violence, l'agressivité, la pulsion de mort, la volonté de dominer son semblable et de l'asservir en l'humiliant.

5.

Gare de l'Est. Les escalators sont en panne. En grimpant les marches des escaliers, j'ai du mal à résister à la foule qui me piétine et m'emporte comme une vague. Alors que je me sens défaillir, je trouve refuge dans le café impersonnel d'une chaîne de restauration. Comme l'endroit est bondé, je suis obligée de m'asseoir au comptoir. J'ai des gargouillis dans le ventre. J'avale un chocolat et deux croissants. Des larmes coulent sur mes joues, mais j'essaie de les retenir pour ne pas me faire remarquer par le serveur. Déjà que je suis habillée n'importe comment.

Et maintenant ?

Je ne veux pas finir comme Candice, mais je sais que moi non plus je ne pourrai plus jamais avoir une vie normale. Dans le regard des autres, je serai toujours la fille qui a été détenue et violée pendant plus de deux ans par un psychopathe. Ça sera mon étiquette. Indélébile. Je serai cette bête de foire obligée de répondre aux questions. Qu'est-ce que le monstre vous faisait ? Combien de fois ? Comment ? La police voudra savoir. La justice voudra savoir. Les journalistes voudront savoir. Je répondrai, mais chaque réponse entraînera une autre question. Ils en demanderont toujours plus. Encore. Que je déballe tout. Encore et encore.

Peut-être qu'un jour je tomberai amoureuse. Je rencontrerai un homme qui m'aimera, qui me fera rire et qui respectera aussi bien mon indépendance que mon besoin d'être protégée. Ça me plaît de penser ça. D'imaginer notre rencontre, comme dans un film. Ça arrivera quand je m'y attendrai le moins. Enfin, c'est comme ça que je le projette dans ma tête. Et viendra un moment où il apprendra qui je suis. La fille enlevée par Kieffer. Une étiquette qui masque toutes les autres. Et peut-être qu'après ça il m'aimera encore, mais plus comme avant. Avec plus de compassion et plus de pitié. Mais je n'en veux pas de cette pitié. Je ne veux pas être cette fille dans le regard des autres.

Je tremble. J'ai froid. Déjà, je ne ressens plus mon évasion comme une victoire et une libération. Je suis forte. Je peux me relever de tout. J'ai enduré deux ans d'enfer. Je ne veux pas redevenir une bête apeurée. Après avoir été la proie d'un psychopathe, il n'est pas question que je troque un enfer contre un autre.

Mes yeux se ferment. Je suis épuisée. Le contrecoup physique et psychologique des dernières heures que je viens de vivre. Assise sur mon tabouret, je lutte pour ne pas m'écrouler. Je revois l'image de ma mère et des larmes se remettent à couler. Je ne connais pas les circonstances de sa mort, mais je sais déjà que, dans un sens, c'est moi qui l'ai tuée.

Le temps s'est dilaté. Je n'ai plus de repères. Dans ma tête, certaines choses sont limpides, d'autres totalement confuses.

Soudain, sur l'écran de télévision accroché dans un coin du café, j'aperçois des images qui me semblent surréalistes. Une véritable hallucination. Je me frotte les paupières et je tends l'oreille pour écouter le présentateur de la chaîne d'infos :

« Découverte macabre en Alsace où un important incendie s'est déclaré tôt ce matin dans une habitation de la forêt de la Petite Pierre à proximité de la ville de Saverne.

« Alertés par un gendarme, les pompiers se sont déployés efficacement pour venir à bout des flammes qui commençaient à s'étendre aux zones boisées environnantes. L'enquête devra déterminer les causes de l'incendie, car, après cette intervention, les soldats du feu ont découvert au moins quatre corps dans cette maison qui appartenait à Heinz Kieffer, un architecte allemand qui… »

Mon cœur se déchire. Une boule se forme dans ma gorge et bloque ma respiration.

Fuir.

Je pose un billet sur le comptoir et me lève sans attendre ma monnaie. J'attrape mon sac et je quitte le café.

Claire Carlyle n'existe plus.

Désormais, je suis quelqu'un d'autre.

Troisième jour,
le matin

L'affaire Joyce Carlyle

14

Angel Falls

*Celui qui craint les eaux, qu'il
demeure au rivage.*

Pierre DE MARBEUF

1.

La nuit avait été courte.

Fragmenté, anxieux, chahuté, mon sommeil
ne s'était pas prolongé au-delà de 6 heures
du matin. Une fois levé, après une douche qui
m'avait redonné un peu de tonus, j'avais refermé
la porte coulissante séparant la chambre – dans
laquelle mon fils continuait à dormir – d'un petit
salon avec un bow-window qui dominait les eaux
encore sombres de l'Hudson. Là, je m'étais
préparé un expresso avant d'allumer mon ordinateur portable et de consulter mon téléphone.
Caradec avait cherché à me joindre, et m'avait

laissé un message. J'essayai de le rappeler, mais tombai sur son répondeur. *Merde*. Pourquoi Marc ne répondait-il pas ? J'étais davantage contrarié que véritablement inquiet. Caradec n'était pas un accro du portable. Tel que je le connaissais, il était même capable d'avoir oublié son chargeur à Paris en partant enquêter dans l'est de la France.

J'avalai d'un trait le reste de mon café avec un Doliprane. J'avais des bourdonnements dans les oreilles, comme si les dizaines de questions qui m'avaient tourmenté dans mon sommeil rebondissaient contre les parois de mon crâne.

Assis devant mon écran dans la lumière du petit matin, j'espérais qu'Internet m'aiderait à défricher le terrain. Google. Première recherche : « May Soo-yun », la détective du NYPD qui avait mené l'enquête sur la mort de Joyce. En quelques clics, je compris que la flic n'en était plus une. May avait quitté la police au début des années 2010. Elle travaillait à présent comme porte-parole du Transparency Project, une puissante organisation à but non lucratif connue pour son programme d'aide juridique destiné à soutenir les victimes d'erreurs judiciaires.

Sur le site Web de Transparency, je trouvai facilement son adresse mail et lui envoyai un courriel lui demandant un rendez-vous. Pour rafraîchir la mémoire de l'ex-flic, je lui rappelai en quelques mots les grandes lignes de l'affaire Joyce Carlyle dont elle s'était occupée neuf ans plus tôt. Je n'escomptais pas une réponse rapide – le plus probable était même qu'elle ne me réponde pas –, mais il était de mon devoir de commencer par là.

Deuxième recherche : « *New York Herald* », le journal pour lequel travaillait Florence Gallo, la journaliste qu'avait vraisemblablement contactée Joyce quelques jours après l'enlèvement de Claire. Et deuxième surprise : le quotidien n'existait plus. Victime de la crise de la presse, le *New York Herald* avait disparu des kiosques en 2009. Après avoir connu son âge d'or dans les années 1970, le journal avait commencé à accumuler des dettes. Malgré plusieurs restructurations, il n'avait pas survécu aux difficultés du marché publicitaire et la crise financière avait fini par avoir sa peau.

En y regardant de plus près, le site Web du quotidien était néanmoins toujours en service, permettant de fureter dans les archives, mais ne proposant plus de nouveaux articles. Alan Bridges, l'ancien rédacteur en chef, ainsi qu'une petite partie des journalistes avaient depuis fondé un site d'infos *pure player*. Financé par abonnements, le #WinterSun était une sorte de Mediapart américain, spécialisé dans le journalisme politique d'investigation. En y réfléchissant mieux, je me souvins d'avoir déjà entendu parler d'Alan Bridges et de son site lorsque, dans le sillage de l'affaire Snowden, le #WinterSun avait publié des documents fournis par d'autres lanceurs d'alerte concernant la surveillance électronique de masse orchestrée par la NSA.

Je tapai « Florence Gallo » dans le moteur de recherche du *Herald* pour voir quelles enquêtes elle avait menées depuis les articles réunis par Joyce.

Le résultat le plus récent me glaça.

La journaliste était morte.

2.

Ce n'est pas croyable...

Je me tortillai sur ma chaise. Les archives en ligne du *Herald* faisaient remonter l'annonce du décès de Florence sous la forme d'un texte court paru dans l'édition du 27 juin 2005 :

C'est avec un profond chagrin que nous vous faisons part du décès brutal de notre amie et consœur Florence Gallo des suites d'un accident de base jump.

Florence avait vingt-neuf ans. Elle vivait par et pour son métier. Nous n'oublierons jamais son enthousiasme, sa bonne humeur, son caractère bien trempé, son intuition et sa détermination qui faisaient d'elle une femme et une journaliste exceptionnelle.

Tous les membres de notre rédaction sont submergés de douleur. Nous adressons toutes nos condoléances à sa famille et à ceux à qui elle était chère.

L'article était illustré d'une photo étonnante. Blondeur solaire et jeunesse triomphante, cuissardes et short de cuir, Florence prenait la pose sur sa moto. Un décalque presque parfait de la Brigitte Bardot de la fin des années 1960, période Harley Davidson et Roger Vivier.

Moi aussi, j'étais sous le choc. Alors que je pensais avoir enfin trouvé quelqu'un qui pourrait m'aider de manière décisive, voilà que j'apprenais sa mort.

Je me refis un café pendant que, dans mon esprit, les interrogations se bousculaient. Je me rassis devant l'écran et ouvris en même temps plusieurs fenêtres dans le navigateur, pour pouvoir mener des recherches en parallèle. Je savais que l'information était là, à portée de clic.

Première étape, je collectai suffisamment de renseignements pour esquisser une biographie de la journaliste. De nationalité suisse, Florence était tombée très tôt dans la marmite de l'info. Son père était reporter sportif au *Matin* et sa mère avait longtemps animé une émission culturelle sur les ondes de la RTS. Elle avait fait ses études secondaires à Genève, puis, à dix-neuf ans, elle avait enchaîné les stages dans différentes rédactions, dont celle de *24 heures*, le quotidien du Canton de Vaud. En parallèle, elle avait poursuivi des études au CRFJ, le Centre romand de formation des journalistes. En 2002, elle avait travaillé un an à Londres pour la chaîne économique Bloomberg TV, puis elle avait traversé l'Atlantique et s'était installée à New York, où elle avait d'abord rédigé des articles pour *France-Amérique*, le journal francophone des États-Unis, avant d'intégrer la rédaction du *New York Herald* en 2004.

Deuxième fenêtre. Google images. Toutes les photos de Florence disponibles en ligne montraient une jolie fille, sportive, saine, toujours en mouvement, toujours le sourire aux lèvres. Une beauté accessible, sans arrogance, qui inspirait la sympathie. Une jeune femme un peu à l'image des articles qu'elle écrivait. J'en téléchargeai plusieurs dizaines : beaucoup de portraits, des sujets de fond et des enquêtes sur la vie politique, les questions sociales, les problèmes de société. Pas de gras, le mot juste. Sa prose était fluide et équilibrée. Bienveillante sans être complaisante. Sans concession, mais sans cynisme. Mis bout à bout, ses papiers brossaient le portrait d'un New York multiforme, complexe, kaléidoscopique. Une société américaine parfois déboussolée et en souffrance, mais traversée par une énergie et un regard tournés vers l'avenir. Surtout, il était indéniable que Florence avait le goût des autres. Elle avait de l'empathie pour les sujets de ses articles comme certains romanciers peuvent en éprouver pour leurs personnages.

À la lecture de ses textes, j'essayai de deviner le lien qui l'unissait à Joyce. Comment les deux femmes s'étaient-elles connues ? Était-ce Florence qui avait contacté Joyce ou l'inverse ? Mon intuition me guidait vers la deuxième hypothèse. Après l'enlèvement de sa fille, voyant que les chances de la retrouver vivante s'amenuisaient, Joyce avait décidé de solliciter l'aide de la presse. Avec quelle idée précise derrière la tête ? Je l'ignorais encore, mais j'étais prêt à parier qu'elle s'était tout simplement tournée vers quelqu'un dont elle appréciait les articles.

Nouvelle page Web. J'avais gardé pour la fin ce qui m'avait pourtant immédiatement sauté aux yeux. La vérité la plus perturbante : la date de la mort de Florence, tellement rapprochée de celle de Joyce que j'avais du mal à croire que cela ait pu être un hasard. Je me mis en quête de renseignements plus détaillés, tout en redoutant ce que j'allais découvrir. À présent, il ne s'agissait plus seulement d'enquêter sur la disparition ou l'enlèvement de la femme que j'aimais. Il s'agissait peut-être de découvrir la vérité sur une série d'homicides restés impunis : Joyce, Florence, d'autres pourquoi pas…

Dans le tréfonds du Web, je dénichai un article un peu plus exhaustif sur la mort de Florence Gallo. Une brève parue dans un journal local de Virginie, le *Lafayette Tribune* :

FAITS DIVERS
Une jeune femme a été retrouvée morte, hier matin, dimanche 26 juin, dans le secteur de Silver River Bridge Park (West Virginia).
Selon la direction du parc, la victime – Mlle Florence Gallo, une journaliste new-yorkaise – a vraisemblablement raté son saut de base jump, une pratique extrême du parachutisme

qui consiste à sauter d'un point fixe et non d'un avion.

L'alerte a été donnée par des randonneurs qui ont trouvé le corps de la sportive près des berges de la rivière. Florence Gallo connaissait bien la région et était une base jumpeuse aguerrie. Par le passé, elle avait déjà effectué plusieurs sauts depuis la structure en acier du pont, notamment lors des démonstrations de base jump organisées pendant les festivités du « Bridge Day ».

Il s'agissait cette fois d'un saut sans témoins qui s'est déroulé en dehors des créneaux autorisés pour pratiquer cette activité. L'enquête a été confiée au bureau du shérif du comté de Fayette. La piste de l'accident est pour l'instant privilégiée. Selon les premières constatations, la voile du parachute de Mlle Gallo ne s'est pas ouverte pour une raison qui reste à déterminer.

Je regardai quelques photos du pont. Le Silver River Bridge était un *spot* célèbre dans le milieu des sports extrêmes. Située dans les Appalaches, l'impressionnante structure d'acier surplombait le cours d'eau de plus de trois cents mètres. Le fait que l'on puisse s'y balancer en parachute me collait des frissons.

Pendant longtemps, le pont avait été l'une des fiertés de la région avant d'être fermé à la circulation au milieu des années 1990 après plusieurs alertes de sécurité. Malgré ça, il était toujours entretenu et restait ouvert aux promeneurs et aux visiteurs du Silver River Park. Depuis le tablier du pont, le base jump était autorisé, mais strictement encadré et avec des précautions drastiques que n'avait visiblement pas respectées Florence Gallo.

Je cherchai dans les archives du journal pour savoir si l'enquête avait connu des suites, mais je ne trouvai rien. Nouvelle page du moteur de recherche, direction le site Web du #WinterSun. En remplissant un formulaire, il était possible d'envoyer un mail au rédacteur en chef, Alan Bridges. Je n'en attendais rien de particulier, mais, là encore, je tentai ma chance, sollicitant un rendez-vous pour évoquer les souvenirs qu'il gardait de Florence Gallo.

Le message venait juste de partir lorsque mon portable sonna. Alexandre. Il était à présent 9 h 30 à New York, soit 15 h 30 en France.

— Salut, Alex.

— Salut, cousin. Je profite de ma pause pour te rappeler.

— C'est gentil. Les nouvelles sont bonnes ?

Un soupir s'échappa à l'autre bout du fil.

— Non, malheureusement. Il s'est passé ce

qu'on craignait. À la fin de la nuit dernière, on a diagnostiqué un hématome à Clotilde Blondel.

— Merde...

— On l'a opérée en urgence, l'épanchement sanguin était profond et mal localisé. L'opération en elle-même ne s'est pas mal déroulée, mais ton amie était en détresse respiratoire. Pour l'instant, elle est toujours dans le coma.

— Tu restes aux aguets ?

— Compte sur moi.

À peine venais-je de raccrocher que je découvris deux e-mails arrivés presque en même temps dans ma boîte aux lettres. May Soo-yun et Alan Bridges semblaient s'être donné le mot : contre toute attente, ils se tenaient à ma disposition et acceptaient de me recevoir quand je le souhaitais. Je calai avec eux les deux rendez-vous à la suite dans la journée tout en m'interrogeant sur la rapidité, et la sincérité, de leurs réponses. *A priori*, aucun de ces deux personnages publics n'avait de raison véritable de m'aider. La seule explication était qu'ils cherchaient à savoir ce que, *moi*, je connaissais de cette affaire...

Neuf heures trente. Manifestement, mon fils avait terminé sa grasse matinée. De l'autre côté de la porte de séparation, j'entendais ses babillements avec bonheur et amusement. Théo s'essayait à une version yaourt assez convaincante de *Get Back* des Beatles, sa chanson préférée depuis deux semaines. J'ouvris les deux battants pour lui voler quelques sourires pendant que j'appelais l'accueil et réservais une nounou. Décidément en grande forme, Théo enchaîna avec une reprise de son cru de *Papaoutai*. Dans la demi-heure qui suivit, je ne m'occupai que de lui : bain, toilette complète au savon de Marseille, couche, body, habits propres qui sentaient la lavande.

— Bicuit ! Bicuit !

Aussitôt sur ses deux pieds, cet estomac sur pattes lorgnait déjà une boîte d'Oreo qu'il avait repérée dans une panière à côté du minibar.

— Non, non, pas de biscuit maintenant. C'est l'heure de ton biberon. Allez, zou ! On va le prendre en bas.

— Allez, zou ! répéta-t-il.

Je pris un sac avec toutes nos affaires et, avant de fermer la porte, je repassai mentalement ma liste des choses à ne surtout pas oublier. *Fifi : check ! Biberon : check ! Bavoir : check ! Livre de T'choupi : check ! Petite voiture : check ! Couches de rechange : check ! Lingettes : check ! Mouchoirs en papier : check ! Crayons Crayola : check ! Cahier de coloriage : check !*

Rassuré, je sortis dans le couloir. Nous venions juste de prendre l'ascenseur lorsque... « Papa, titine. » Flûte, j'avais encore oublié cette putain de tétine.

— Tu ne pouvais pas le dire avant, non ?

Vexation. Larmes de crocodile pour faire bonne figure. Refus de mon côté de faire pénitence :

— Allez, arrête ton cinéma, mauvais acteur !

Retour dans la chambre, cinq minutes pour trouver la tétine (sous le lit, recouverte de poussière), lavage de tétine, alerte odeur suspecte, vérification, confirmation du carnage, profond soupir, nouveau changement de couche, faim qui monte, psychodrame, culpabilité, négociations en tout genre. Perte de temps phénoménale. Ascenseur *again*. Profiter du miroir pour se recoiffer. Moi puis lui. Un sourire et tout va bien. Lui et moi.

Il était 10 heures passées lorsque la cabine arriva dans le hall. Au même instant, de l'autre côté du vestibule, la lourde porte d'entrée de l'hôtel s'ouvrit sur une masse imposante. Le visage de Théo s'illumina.

— Ma'c ! Ma'c ! cria-t-il en pointant du doigt un client au milieu du lobby.

Je me retournai et fronçai les sourcils. Je n'en

croyais pas mes yeux, mais j'étais drôlement soulagé : Marc Caradec était venu me rejoindre à
New York !

3.

Il pleuvait des trombes. J'étais seul, dans
ma voiture, au milieu des hautes herbes de ce
chemin qui se refermaient sur moi. Armée d'un
fusil à pompe, une silhouette sombre a jailli du
4 × 4 devant moi et s'est avancée sous la pluie.

Installés à une table dans le patio de l'hôtel,
Caradec et moi discutions depuis une demi-
heure. Nous avions échangé toutes nos informations. Une fois encore, elles se recoupaient
et s'enrichissaient de façon inattendue, apportant
sur le passé de Claire et de sa mère des éclairages
complémentaires de plus en plus dramatiques.

— L'homme a braqué son arme sur moi,
continua Marc. Dans la lueur des phares, j'ai
vu distinctement à quoi il ressemblait. Un physique atypique, une carcasse ramassée et trapue,
des cheveux longs couleur rouille et une barbe
épaisse. Il était à trois mètres de moi, le doigt
sur la détente.

Alors que j'étais suspendu à ses lèvres, Caradec
s'arrêta pour essuyer la bouche de Théo. Dans

sa chaise haute, mon fils donnait l'impression de suivre attentivement notre conversation en dévorant une tartine de ricotta.

— Il a tiré et mon pare-brise a explosé, poursuivit Marc. J'ai senti le souffle de la balle à quelques millimètres de ma tempe.

— Et ensuite ?

Rencogné sur mon siège, j'étais abasourdi par les proportions que prenait notre enquête.

Caradec haussa les épaules en avalant une gorgée de son cappuccino.

— Qu'est-ce que tu crois : je ne l'ai pas laissé tirer une seconde fois. La peur m'avait fait plonger sous le volant. Avec le choc, la boîte à gants s'était ouverte et mon calibre avait glissé sur le plancher. Je m'en suis saisi et j'ai fait feu. C'était lui ou moi, et cette fois la chance était de mon côté.

Alors que des frissons m'électrisaient l'échine, Marc ne donnait pas l'impression d'être affecté outre mesure par son aventure. Cependant, je le connaissais suffisamment pour savoir que derrière sa posture de marbre se cachait un homme sensible et tourmenté qui avait conscience de la fragilité de l'existence.

— T'soupi ! T'soupi !

Le visage plein de ricotta, Théo réclamait son exemplaire de *T'choupi fait des bêtises*.

Je cherchai dans le sac et lui tendis le livre. Ce que Caradec m'avoua ensuite me laissa pantois :

— Ce type ne m'était pas inconnu, poursuivit-il. C'était un flic. Je l'ai déjà croisé il y a longtemps. À l'époque, il travaillait à la brigade des mineurs où tout le monde le surnommait « le Bûcheron », mais son véritable nom, c'était Stéphane Lacoste.

Ma gorge se noua. Je n'arrivais pas à croire que Caradec avait tué un homme. J'étais abasourdi et horrifié par ce que j'avais déclenché. Et dire que tout ça avait commencé par une simple dispute. Une dispute que j'avais provoquée. Seulement parce que j'étais jaloux. Seulement parce que j'étais suspicieux par rapport au passé de la femme que j'allais épouser.

Marc me ramena à la réalité :

— J'ai fouillé la voiture et le bonhomme, mais je n'ai rien trouvé. Aucune trace de Claire. Aucun indice. Lacoste devait se méfier, car il n'avait même pas de portable.

— Putain ! les flics vont remonter jusqu'à toi, Marc.

Il secoua la tête.

— Non, je ne pense pas. D'abord, ils ne

récupéreront pas la balle que j'ai tirée. Surtout, j'ai installé le cadavre de Lacoste sur le siège conducteur et j'ai fait un joli barbecue avec la voiture. Cette caisse est volée, j'en suis certain. Et tout ce qu'on retrouvera de Stéphane Lacoste sera une carcasse carbonisée. Avant de l'identifier, il faudra obtenir un relevé dentaire, ça prendra un temps fou.

— Et la tienne, de voiture ?

— Tu as raison, c'est le point le plus délicat. Je ne pouvais pas rouler longtemps avec mon pare-brise éclaté. J'ai parcouru prudemment dix kilomètres jusqu'à Châlons-en-Champagne. Là, j'ai piqué une bagnole, à l'ancienne, en frottant les câbles. C'était une ruine, tu me diras : une Supercinq de 1994. Tu savais qu'il en roulait encore ? Elle doit être cotée à 200 euros à *L'Argus*…

— Mais on va retrouver ton Range Rover.

— Ne t'inquiète pas : j'ai demandé à un copain garagiste de venir le récupérer. À l'heure qu'il est, mon vieux tacot se refait une beauté à Paris.

Je fermai les yeux pour me concentrer. Il fallait que je parvienne à reconnecter certains fils.

— Ce policier, Stéphane Lacoste, à ton avis, comment est-il lié à la disparition de Claire ?

Marc sortit son carnet de sa poche et le feuilleta.

— Ça, je t'avoue que je n'en sais rien. À l'aéroport, j'ai passé plusieurs coups de fil pour y voir plus clair sur le parcours de Lacoste. Il a fait ses premières armes à la BRI d'Orléans avant de passer par la BPM et la PJ de Versailles. On le retrouve toujours dans le sillage d'un autre flic, le capitaine Richard Angeli. D'après l'un de mes anciens collègues, Angeli a essayé d'emmener Lacoste avec lui à la BRI du 36, mais l'autre a échoué aux épreuves d'entrée.

Je m'agitai dans mon fauteuil.

— Attends ! Je connais ce nom, Richard Angeli ! Je l'ai entendu très récemment.

Je fouillai dans ma mémoire, mais mon cerveau moulina à vide.

— À quelle occasion ?

— Je ne sais plus justement. Ça va me revenir. Toi, ça ne te dit rien ?

— Non, je ne l'ai jamais croisé. Mais d'après ce que j'ai compris, le type a connu une carrière éclair. À peine quarante ans et des états de service élogieux. Ça doit être un bon flic. On ne devient pas capitaine à l'antigang par hasard. Surtout à son…

D'un bond, je me levai de ma chaise et, sous

le coup de l'excitation, arrachai son livre des mains de mon fils.

Surpris, Théo éclata en sanglots et trouva refuge dans les bras de Marc. Fébrile, je tournai les pages jusqu'à retrouver les notes que j'y avais griffonnées dans le taxi sur la route de l'aéroport.

— Je sais qui est Richard Angeli ! dis-je en montrant le livre à Caradec. C'était le petit ami de Marlène Delatour. Le jeune flic de la brigade criminelle de Bordeaux qui avait travaillé sur l'affaire Carlyle en 2005.

Caradec encaissa l'information puis émit une hypothèse.

— Et si c'était lui ?

— Lui ?

— Le détective qu'avait engagé Joyce en secret. Quoi de mieux qu'un flic français qui travaille sur l'affaire pour avoir accès à toutes les informations et mener des investigations complémentaires ?

Le scénario n'était pas absurde. J'essayai d'imaginer Joyce recrutant dans le plus grand secret ce jeune flic prometteur. Mais grâce à quel intermédiaire ? Et alors que l'enquête n'avait rien donné à l'époque, pourquoi retrouvait-on aujourd'hui l'ombre d'Angeli et de son lieutenant, Stéphane Lacoste ?

— *Hello, Theo, how are you, adorable young boy ?*

Je levai la tête. Marieke, la baby-sitter de mon fils, venait de débarquer dans le patio. Toujours aussi apprêtée, elle était vêtue d'une robe moulante en wax et en dentelle qui pouvait laisser penser qu'en cette période de *fashion week* elle venait précipitamment de quitter un podium de défilé de mode.

Théo n'avait pas été long à retrouver sa bonne humeur. Un sourire coquin aux lèvres, il faisait le joli cœur devant la belle Allemande.

Je regardai ma montre et me levai. Il était temps de me rendre à mon rendez-vous avec Alan Bridges.

15

L'affaire Joyce Carlyle

Aimez-moi plus qu'avant, puisque j'ai de la peine.

George SAND

1.

Le siège du #WinterSun occupait un étage entier du Flatiron Building, le célèbre immeuble new-yorkais reconnaissable à sa forme triangulaire rappelant celle d'un fer à repasser. Dans le soleil de la fin de matinée, les ornements en colonnes de la façade de calcaire donnaient au bâtiment des airs de temple grec.

À l'intérieur, les bureaux du #WinterSun ressemblaient à ceux d'une start-up ayant levé suffisamment d'argent pour s'offrir les services d'un décorateur à la mode. Toutes les cloisons avaient disparu au profit d'un espace de travail ouvert, organisé autour de zones de réunion informelles. Un parquet nervuré, presque blanc, courait entre les tables en bois, les tabourets, les canapés bas et les chaises Eames multicolores.

Au milieu de la pièce, derrière un comptoir, officiait un *barista* qui préparait des cappuccinos mousseux. Plus loin, des employés s'affrontaient autour d'une table de ping-pong et d'un baby-foot. Leur moyenne d'âge ne devait pas dépasser vingt-cinq ans. Certains donnaient même l'impression d'être des élèves s'apprêtant à passer leur bac. Côté style, il y en avait pour tous les goûts. Du *hipster* barbu au clone de Zuckerberg pour les garçons, tandis qu'on naviguait chez les filles entre l'uniforme perfecto-robe-printanièrechinée-dans-une-friperie-de-Williamsburg et des looks plus sophistiqués rappelant les Polaroid affichés par certaines blogueuses de mode.

Cellulaire greffé à la paume de leur main, ordinateur portable sur les genoux, tout ce joli monde pianotait en piochant des graines germées et des chips de kale dans de larges saladiers disposés sur des tables. C'était quelque chose qui ne cessait de m'étonner : à quel point, souvent, la réalité dépassait les caricatures.

— Excusez mon retard, c'est la course depuis trois jours !

Alan Bridges nous accueillit dans un français presque parfait.

Je le saluai à mon tour et lui présentai Caradec comme un ancien policier d'élite qui m'aidait dans mon enquête.

— J'aime beaucoup la France, affirma-t-il en nous serrant la main. À l'âge de vingt ans, j'ai passé une année d'études à Aix-en-Provence. C'était il y a une éternité. Giscard venait d'être élu président, vous imaginez !

La petite soixantaine fringante, le rédacteur en chef du #WinterSun était vêtu d'une chemise blanche, d'un pantalon de toile claire, d'une veste de tweed légère et de sneakers en cuir. Avec sa grande silhouette, sa voix chaude et son charisme indéniable, Alan Bridges ressemblait à son homonyme, l'acteur Jeff Bridges. C'était assez cocasse puisque j'avais lu sur Internet que son véritable nom était Alan Kowalkowski et qu'il avait pris ce pseudonyme à dix-sept ans lorsqu'il écrivait pour le journal de sa fac.

— Suivez-moi, proposa-t-il en nous entraînant dans le seul espace cloisonné de l'étage.

Depuis que je venais à New York et que je passais devant le Flatiron, je m'étais toujours demandé à quoi ressemblait l'intérieur de cet improbable gratte-ciel, et je n'étais pas déçu. Situé dans une pièce triangulaire tout en longueur, le bureau de Bridges offrait une vue spectaculaire sur Broadway, la 5ᵉ Avenue et Madison Square Park.

— Asseyez-vous, invita-t-il. Un dernier coup de fil et je suis à vous. L'actualité s'est un peu emballée à cause de la convention.

Il était impossible de ne pas l'avoir remarqué. Prévue initialement à Minneapolis, la convention primaire républicaine avait été en catastrophe délocalisée à New York en raison d'un fort risque d'ouragan dans le Minnesota. Elle s'était ouverte deux jours plus tôt au Madison Square Garden et devait se clore ce soir par le discours de Tad Copeland qui venait de remporter la course à l'investiture du parti.

Sur trois écrans plats fixés aux murs, branchés en sourdine sur des chaînes d'infos, on pouvait voir des images des différents ténors du parti : Jeb Bush, Carly Fiorina, Ted Cruz, Chris Christie, Tad Copeland.

En jetant un coup d'œil sur la table de travail de Bridges – en fait, une vieille porte patinée en bois massif posée sur deux tréteaux de chantier –, j'aperçus une photocopie de ma propre notice Wikipédia que le journaliste avait apparemment annotée avec sérieux.

Pendant que Bridges essayait d'obtenir une interview exclusive du candidat républicain, je pris la liberté de faire quelques pas dans la pièce.

Entre inspiration bouddhiste et taoïste, le bureau était original. Dépouillement, humilité, mise en valeur des imperfections et de l'usure du temps : on sentait que les principes du *wabi-sabi* avaient guidé celui qui l'avait conçu.

Posé sur une étagère rustique, un cadre minimaliste affichait un cliché de Bridges et de Florence Gallo main dans la main à Battery Park. C'était la seule photo de toute la pièce. Soudain, l'évidence me sauta aux yeux : Florence et Bridges avaient été amants ! C'est uniquement pour cette raison que le rédacteur en chef me recevait. Comme en témoignait la photo, Florence était l'amour fauché, l'absente à laquelle il pensait peut-être encore tous les jours.

Le genre d'image poignante qui me rappelait combien, pendant longtemps, j'avais détesté les appareils photo, ces machines cruelles à créer de la nostalgie. Leurs milliers de déclics trompeurs figeaient dans l'instant une spontanéité déjà évaporée. Pis, tels des fusils à double détente, ils n'atteignaient souvent leur cible que des années plus tard, mais touchaient toujours le cœur. Car, dans nombre d'existences, rien n'est plus fort que le passé, l'innocence perdue et les amours enfouies. Rien ne nous remue plus les tripes que le souvenir des occasions manquées et le parfum du bonheur qu'on a laissé filer.

C'était aussi pour cette raison que j'avais adoré devenir père. Avoir un enfant est un antidote à cette nostalgie et à cette fraîcheur fanée. Avoir un enfant vous oblige à vous délester d'un passé trop lourd, seule condition pour vous projeter vers demain. Avoir un enfant signifie que son avenir devient plus important que votre passé. Avoir un enfant, c'est être certain que le passé ne triomphera plus jamais sur l'avenir.

2.

— Je suis à vous, nous dit Bridges en raccrochant. J'ai lu votre mail avec intérêt, monsieur Barthélémy, mais je n'ai pas bien compris pourquoi vous vous intéressiez à Florence Gallo.

Pour gagner du temps, je décidai de ne pas tourner autour du pot.

— N'avez-vous jamais pensé que l'accident de Florence avait pu être une mise en scène ?

Alors que le journaliste fronçait les sourcils, Caradec enfonça le clou :

— N'avez-vous jamais pensé que Florence avait pu être *assassinée* ?

Stupéfait, Bridges secoua la tête.

— Pas un instant cela ne m'a effleuré l'esprit, affirma-t-il, catégorique. Que je sache, l'enquête a validé sans ambiguïté la thèse de l'accident. Florence allait souvent sauter là-bas lorsqu'elle avait le *blues* et qu'elle voulait se vider la tête. Sa voiture a été retrouvée dans le parc, à quelques mètres du pont.

— Son parachute qui ne s'ouvre pas, c'est la faute à la malchance ?

— Arrêtez vos conneries. Je ne suis pas spécialiste du base jump, mais c'est le genre d'accident qui arrive dans ce type d'activité. Et puis, si vous souhaitez tuer quelqu'un, il y a des moyens plus évidents que de le balancer d'un pont dans un coin paumé de Virginie, non ?

— Qui aurait pu lui en vouloir ?

— Au point de la tuer ? Personne à ma connaissance.

— Vous souvenez-vous sur quoi travaillait Florence au moment de sa mort ?

— Pas vraiment, mais rien d'explosif.

— Ce n'était pas une chasseuse de scoops ?

— Pas à proprement parler. Disons plutôt que les scoops venaient à elle. Parce qu'elle alliait force de persuasion et compréhension. Florence était quelqu'un de rare. Une fille géniale, vraiment. Intelligente, indépendante, douée d'une véritable empathie, et pour qui l'éthique n'était pas un mot creux. Elle avait une élégance rare dans ce métier : un truc un peu *old school*, un peu décalé.

Il garda le silence pendant quelques secondes puis lança un regard vers la photo. Ses yeux brillaient. Lorsqu'il se rendit compte que nous avions saisi son trouble, il préféra ne pas cacher ses sentiments.

— Je vais être très clair avec vous, et ce n'est d'ailleurs un secret pour personne. À l'époque, Florence et moi, nous nous fréquentions. Et nous nous aimions.

Il soupira puis s'affaissa. En dix secondes, il avait pris dix ans.

— C'était une période compliquée pour moi, reprit-il. Avec Carrie, ma femme, nous avions déjà un enfant de quatre ans et elle était enceinte de huit mois. Traitez-moi de salaud ou de tout ce que vous voudrez, mais c'est comme ça.

Oui, j'aimais Florence, oui, j'envisageais de quitter mon épouse enceinte pour elle. Parce qu'elle était la femme que j'attendais depuis toujours. La bonne personne qui débarquait enfin dans ma vie. Malheureusement pas au meilleur moment...

En écoutant parler Bridges, j'éprouvai pour lui une sympathie immédiate. Après un bref abattement, une flamme s'était rallumée dans l'œil du journaliste. Le souvenir de Florence devait être si vivace qu'il n'avait pas fallu gratter longtemps pour le réveiller.

— Monsieur Barthélémy, pourquoi vous intéressez-vous à Florence ? demanda-t-il de nouveau.

Alors que j'allais répondre, Caradec me lança un regard d'avertissement qui me stoppa net. Et il n'avait pas tort. Bridges était un vieux briscard du journalisme disposant d'une armée d'enquêteurs. Un mot de trop et le secret de Claire serait grillé. Je pris donc le temps de réfléchir à la formulation de ma réponse avant de la prononcer :

— Nous avons des raisons sérieuses de penser que la mort de Florence Gallo a été provoquée.

Alan Bridges soupira.

— Messieurs, je crois qu'on a assez joué. Dans ce métier, c'est information contre information. Je vous ai donné les miennes. À présent, c'est votre tour. Qu'avez-vous dans votre musette ?

— Je peux vous dire sur quoi enquêtait Florence au moment de sa mort.

Presque malgré lui, le rédacteur en chef serra les poings si fort qu'il s'en enfonça les ongles dans la chair. Cette info l'intéressait et il avait du mal à le cacher. Marc avait senti que le rapport de force pouvait basculer en notre faveur.

— Vous savez, Alan, nous sommes dans le même camp, assura-t-il. Celui de la recherche de la vérité.

— Mais de quelle vérité parlez-vous, bon sang ?

— Nous allons y venir, mais, avant ça, permettez-moi une dernière question. Vous avez dit tout à l'heure que Florence avait l'habitude d'aller sauter en parachute lorsqu'elle avait le moral en berne.

— C'est exact.

— Qu'est-ce qui vous laisse croire que, ce week-end-là, elle était déprimée ?

Nouveau soupir. Cette fois, les souvenirs

n'étaient pas seulement pénibles, ils étaient douloureux.

— L'avant-veille de la mort de Florence – c'était un vendredi –, ma femme a découvert notre liaison. En début d'après-midi, Carrie a débarqué au journal, enceinte jusqu'aux yeux, folle de rage. Elle m'a hurlé dessus devant tous les employés. Elle disait que je l'avais humiliée et qu'elle allait s'ouvrir les veines, là, devant moi. Lorsqu'elle a aperçu Florence, elle s'est jetée sur elle puis elle a saccagé son bureau, renversant tout ce qu'elle pouvait, fracassant son ordinateur contre le mur. Avec une telle violence qu'elle en a eu un malaise et qu'il a fallu la conduire à l'hôpital où elle a accouché prématurément.

Ce récit me laissa pantois. Chaque vie connaît un jour ce type de séisme : ce moment où les sentiments deviennent des allumettes craquées au milieu d'une forêt desséchée. Le prélude à un incendie capable de ravager toutes nos fondations et de nous entraîner vers l'abîme. Ou la renaissance.

— La dernière fois que vous avez parlé à Florence, c'était quand ?

Caradec ne perdait pas le fil. Il était à l'aise

dans l'interrogatoire et avait pris la mesure de Bridges.

— Elle m'a laissé un message sur mon répondeur, le lendemain. Un message que je n'ai trouvé que le soir.

— Et qui disait quoi ?

Le rédacteur en chef réfléchit quelques secondes.

— « Je viens de t'envoyer un mail, Alan. Fais une copie de la pièce jointe. Tu ne vas pas en croire tes oreilles. Rappelle-moi. »

Marc me regarda. On tenait quelque chose, c'était certain. Bridges continua :

— Comme je vous l'ai dit, ce samedi après-midi, j'étais à la clinique où ma femme venait d'accoucher. Vous imaginez l'état dans lequel nous étions. J'ai quand même regardé dans ma boîte aux lettres, mais je n'ai pas trouvé le mail de Florence. Rien sur ma boîte personnelle, rien sur ma boîte pro. Rien dans mes spams. Son message même était ambigu : je ne savais pas s'il concernait notre histoire intime ou le boulot.

— Il a dû vous intriguer quand même ?

— Bien sûr. Dans la soirée, je me suis éclipsé de l'hôpital pour me rendre dans l'appartement de Florence dans le Lower East Side, mais elle était absente. J'ai regardé dans l'impasse derrière l'immeuble où elle avait l'habitude de garer sa voiture. Sa petite Lexus n'était pas là.

Une journaliste à la chevelure rousse toqua contre la porte vitrée et entra dans le bureau.

— Tad Copeland accepte l'interview ! s'écria-t-elle en montrant à Bridges l'écran de l'ordinateur qu'elle tenait dans les mains. On a l'exclusivité de sa première intervention : juste vous et lui, demain matin, sur un terrain de basket près de Columbus Park. C'est bien, mais vous n'avez pas peur que ça donne l'impression de lui servir la soupe ?

— Compte sur moi pour lui poser les bonnes questions, Cross, répondit le rédacteur en chef.

Bridges attendit que son employée ait quitté la pièce pour replonger dans son passé.

— L'annonce de la mort de Florence a été un tsunami. J'ai fini par divorcer et ma femme a engagé une guérilla pour me piquer jusqu'à ma dernière chemise et faire en sorte que je ne puisse voir mes enfants qu'occasionnellement. Et au boulot, c'était l'enfer : je n'étais plus journaliste. Mon job, ç'a été de virer des gens jusqu'à un dépôt de bilan prévisible en 2009. Une des périodes les plus noires de ma vie.

Caradec s'accrocha à l'idée qu'il avait en tête :

— Vous n'avez pas cherché le mail de Florence par d'autres moyens ?

— Pendant un moment, je n'ai plus pensé à ce message. Puis je suis allé jeter un coup d'œil sur la messagerie professionnelle de Florence, mais je n'ai rien trouvé non plus. À cette époque, le journal a été victime d'un piratage informatique généralisé. Ma propre boîte mail personnelle a subi des intrusions. C'était une vraie pagaille.

— Et ça ne vous a pas mis la puce à l'oreille ?

— Honnêtement, les menaces, les piratages, ça nous arrivait tout le temps. Le *New York Herald* était un journal progressiste. On était dans les deux dernières années du mandat de George W. Bush. On a passé notre vie à pilonner les Faucons et à dénoncer les mensonges de cette administration. Alors...

— Ce piratage, vous pensez vraiment que ça venait de la sphère politique ?

— Pas nécessairement. Des ennemis, on en avait à la pelle : les associations pro-armes, les anti-IVG, les anti-mariage gay, les anti-immigration, les libertariens... Bref, une bonne moitié des États-Unis d'Amérique.

— Et sur l'ordinateur de Florence, il n'y avait rien ?

— Justement, je ne savais pas quel ordinateur elle avait utilisé puisque ma femme avait détruit le sien.

— Généralement, Florence vous écrivait sur quelle boîte mail ?

— Étant donné notre relation, elle avait pris l'habitude de m'écrire sur mon adresse personnelle. Elle est toujours active, d'ailleurs.

Il sortit une carte de visite de la poche de son veston et, à côté de ses coordonnées professionnelles, nota au stylo une autre adresse : alan.kowalkowski@att.net.

— Bridges n'est pas mon vrai nom, mais ça sonnait mieux lorsque j'ai commencé à écrire. Et puis, ça plaisait aux filles...

Les yeux dans le vague, il traîna deux secondes du côté de sa jeunesse perdue, puis revint à la réalité.

— Bon, à vous à présent ! Sur quoi travaillait Florence au moment de sa mort ?

Cette fois, ce fut moi qui pris la parole :

— Quelques jours avant son accident, Florence était entrée en contact avec une femme, Joyce Carlyle.

Il griffonna le nom sur un bloc-notes posé devant lui. Je continuai :

— Une femme dont la fille avait été enlevée

par un prédateur sexuel en France, ça ne vous dit rien ?

Il secoua la tête tandis qu'une certaine déception se peignait sur les traits du journaliste.

— Rien dont je me souvienne en tout cas. Mais je ne vois pas très bien en quoi ce fait divers sordide peut avoir un rapport avec...

— Joyce Carlyle est morte quelques heures avant Florence, le coupai-je.

Son visage s'éclaira.

— Morte de quoi ?

— Officiellement d'une overdose, mais je pense qu'elle a été assassinée.

— Qu'est-ce qui vous fait penser ça ?

— Je vous le dirai lorsque j'en saurai plus.

Bridges croisa les mains et se frotta les paupières avec les pouces.

— Je vais enquêter sur cette Joyce Carlyle.

Il se leva et désigna la ruche bourdonnante derrière la vitre de son bureau.

— Les petits gamins que vous voyez là, ils n'ont pas la tête de l'emploi, mais ce sont les meilleurs *muckrackers*[1] que je connaisse. S'il y

---

1. Le terme *muckracker* (« fouille-merde ») est connu pour avoir été utilisé par Theodore Roosevelt pour désigner les journalistes qui les premiers dénoncèrent les méthodes mafieuses des grands trusts cherchant à corrompre certains politiciens.

a quelque chose à trouver sur cette femme, ils le trouveront.

Je sortis de ma poche les clés que m'avait remises Gladys.

— Si vous avez le temps, allez donc jeter un coup d'œil là-bas.

— Qu'est-ce que ça ouvre ? demanda-t-il en attrapant le trousseau.

— Un garde-meuble dans lequel les sœurs de Joyce ont entreposé ses affaires.

— On passera y faire un tour, promit-il.

Tandis qu'il nous raccompagnait jusqu'à l'ascenseur, je ressentis une impression d'inachevé. La même sensation que j'éprouvais parfois à la fin de l'écriture d'un chapitre. Un bon chapitre doit contenir un début, un milieu et une fin. Ici, il me semblait que j'étais passé à côté de mon sujet. À côté de l'essentiel. Qu'est-ce que j'aurais dû voir ? Quelle question n'avais-je pas posée ?

Bridges-Kowalkowski nous serra la main et, alors que les portes de l'ascenseur se refermaient, j'appuyai fermement la main pour les bloquer.

— Florence habitait où ? demandai-je à Alan.

Le rédacteur en chef se retourna.

— Je vous l'ai déjà dit, dans le Lower East Side.

— Mais à quelle adresse ?

— Un petit immeuble, à l'angle du Bowery et de Bond Street.

Je lançai un coup d'œil fiévreux à Caradec. C'était précisément l'endroit d'où avait été passé le coup de fil signalant l'agression de Joyce !

3.

En quittant le Flatiron, nous avions marché vers le sud, sur les trottoirs ensoleillés de Broadway et de University Place, jusqu'à arriver à Greenwich Village. Manhattan débordait de toutes parts. La convention républicaine avait drainé un monde fou : des journalistes, des représentants, des militants, des supporters. Ce n'était pas le cas ici, mais, autour du Madison Square Garden, plusieurs rues avaient été fermées à la circulation ou strictement réservées aux autobus chargés de transporter les participants à la convention de leurs hôtels jusqu'au lieu de l'événement.

Pourtant, traditionnellement, New York était tout sauf un bastion républicain. Je me trouvais à Manhattan, à l'automne 2004, pour les repérages d'un roman. Je me souvenais de l'atmosphère détestable qui y régnait alors parce que les amis de G.W. Bush avaient choisi la ville comme théâtre de leur convention, espérant ainsi raviver l'émotion des attentats terroristes du 11-Septembre. À l'époque, New York haïssait les républicains. Emmenés notamment par Michael Moore, des centaines de milliers de manifestants anti-Bush avaient envahi la ville pour protester contre les mensonges et la guerre illégitime menée en Irak par leur président. Manhattan semblait en état de siège. Les manifestations avaient dégénéré en d'innombrables affrontements donnant lieu à des centaines d'arrestations. Les images des républicains, cloîtrés dans un Madison Square Garden barricadé par des blocs de ciment et protégé par des milliers de policiers, avaient fait le tour du monde. Ça n'avait pas empêché Bush d'être réélu, mais le Old Party n'en était pas ressorti grandi.

Douze ans plus tard, de l'eau avait coulé sous les ponts. En ce samedi après-midi, malgré le déploiement massif des forces de l'ordre, l'ambiance était étonnamment bon enfant. Il faut dire que, pour une fois, les républicains avaient choisi un candidat jeune et modéré qu'on aurait cru tout droit sorti d'une série télé de Shonda Rhimes. Tad Copeland, le gouverneur de Pennsylvanie, était dans les sondages au coude à coude avec Hillary Clinton.

Pro-avortement, écologiste, favorable au contrôle des armes et défenseur des droits des homosexuels, Copeland désorientait, voire horripilait une bonne partie de son propre camp. Mais au terme d'un affrontement sans merci lors des primaires, il avait créé la surprise en battant sur le fil Donald Trump et Ted Cruz, les extrémistes conservateurs du Parti républicain.

À présent, la dynamique de la campagne était du côté du « Barack Obama blanc », surnom que lui avait attribué la presse. De même que le président en exercice, Copeland avait commencé sa carrière comme travailleur social avant d'être professeur de droit constitutionnel à l'université de Philadelphie. Provenant d'un milieu populaire et portant beau sa petite cinquantaine, Copeland ringardisait et siphonnait une partie des voix de la candidate démocrate, plus âgée et perçue comme étant issue d'une dynastie politique.

Je regardai ma montre. Nous étions très en avance à notre prochain rendez-vous et, depuis un moment, je constatais que Caradec traînait la jambe.

— Une assiette d'huîtres, ça te dit ?

— C'est pas de refus, répondit Marc. Je commence à fatiguer un peu. Le contrecoup du décalage horaire...

— ... et sans doute aussi le choc émotionnel d'avoir descendu Lacoste.

Il me regarda sans sourciller.

— Ne compte pas sur moi pour pleurer ce type.

Je levai la tête pour me repérer.

— Suis-moi !

Je connaissais une adresse dans le coin. Un comptoir à coquillages à l'angle de Cornelia Street et de Bleecker dans lequel m'avait emmené plusieurs fois mon ami Arthur Costello, un écrivain new-yorkais publié en France par le même éditeur que moi.

Caradec m'emboîta le pas et se laissa conduire jusqu'à une petite rue étroite aux immeubles de brique ocre, bordée d'arbres colorés.

— *Hello guys, join us anywhere at the bar !*

Chaque fois que je poussais la porte de l'Oyster Bar, j'étais soulagé de ne pas y croiser de touristes.

— C'est sympa ici, jugea Marc en s'asseyant

sur l'un des tabourets disposés autour du comptoir.

— Je savais que ça te plairait.

À l'Oyster Bar, le temps s'était figé quelque part au début des années 1960. On était dans un restaurant d'un port de pêche de Nouvelle-Angleterre dans lequel la serveuse vous appelait « *darling* » en vous donnant vos crackers pour l'apéritif. Où le poste de radio diffusait des chansons de Ritchie Valens, de Johnny Mathis et de Chubby Checker. Où le patron portait son crayon à papier coincé derrière l'oreille. Où les fraises avaient le goût de fraises. Où on ignorait jusqu'à l'existence d'Internet et de Kim Kardashian.

Nous commandâmes un plateau de « Spéciales » et une bouteille de sancerre blanc. L'heure était grave, mais cela ne nous empêcha pas de trinquer et, tandis que nous levions nos verres, un sentiment puissant de gratitude m'envahit. Depuis que je le connaissais, Caradec avait toujours été là pour moi et pour mon fils. Et aujourd'hui encore, il n'avait pas hésité à prendre l'avion et à me suivre jusqu'à New York. À cause de moi, il avait failli se faire dézinguer et s'était retrouvé dans une position qui l'avait forcé à abattre un homme.

Autant avoir la lucidité de le reconnaître : à part Claire et lui, je n'avais personne dans la vie. Je n'avais jamais rien eu en commun avec ma sœur ; ma mère qui habitait désormais en Espagne avait dû venir voir son petit-fils deux fois depuis sa naissance ; quant à mon père, il vivait toujours dans le sud de la France, mais il avait refait sa vie une nouvelle fois avec une fille de vingt-cinq ans. Officiellement, je n'étais fâché avec personne, mais nos rapports étaient distants, voire inexistants. Triste famille.

— Merci d'être là, Marc. Je suis vraiment désolé de t'avoir entraîné dans cette galère.

Nos regards se trouvèrent. Clin d'œil, complicité, pudeur.

— Ne t'en fais pas. On va la tirer d'affaire, ta Claire Carlyle.

— Tu dis ça pour me réconforter.

— Non, je le pense. Nos investigations progressent. On fait une belle équipe.

— Vraiment ?

— Ouais, t'es pas trop mauvais comme enquêteur.

Notre visite chez Alan Bridges avait remis du carburant dans nos moteurs. Nous avions glané de nouveaux éléments, mais j'avais toujours

l'impression de me trouver devant une gigantesque pelote de laine qu'il fallait démêler.

Marc chaussa ses lunettes et sortit de sa poche
un plan qu'il avait dû récupérer dans le hall
de l'hôtel.

— Bon, montre-moi où se sont produits les
faits le jour de la mort de Joyce.

Sur mes indications, il marqua d'une croix
l'habitation de Joyce à Harlem, puis celle de
Florence Gallo dans le Lower East Side, quinze
kilomètres plus bas.

— Ton scénario ? me demanda-t-il en se res-
servant du vin.

Je réfléchis à voix haute :

— « Tu ne vas pas en croire tes oreilles » :
voilà ce que Florence a lancé à Alan juste après
lui avoir envoyé le mail qu'il prétend ne jamais
avoir reçu.

— Hum.

— Elle n'a pas dit : « Tu ne vas jamais le
croire », ou : « Tu ne vas pas en croire tes
yeux. » Elle lui a dit « tes oreilles ». Donc, pour
moi, c'est évident : elle lui a envoyé un fichier
sonore.

— On est d'accord, mais quel fichier ?

— Une conversation qu'elle venait d'enregistrer avec son téléphone.

Caradec eut une moue dubitative : peut-être bien que oui, peut-être bien que non. Mais je ne me laissai pas contaminer par son scepticisme.

— Tu veux un scénario, alors en voici un. Pour commencer, Florence n'a pas enregistré Joyce à son insu.

— Qu'est-ce qui te permet de l'affirmer ?

— D'abord, ce n'est pas son genre, puis j'ai toujours pensé que c'est Joyce qui, la première, est allée trouver Florence pour lui raconter son histoire.

— Donc, tu crois qu'elles étaient de mèche pour enregistrer une troisième personne ?

— Oui, quelqu'un à qui Joyce avait donné rendez-vous dans sa maison. Voilà le plan : Joyce appâte sa proie pour la faire parler tandis qu'elle déclenche un appel sur son téléphone à carte prépayée. À l'autre bout du fil, Florence écoute et enregistre la conversation. Quand soudain...

— ... la conversation dégénère en dispute, enchaîna Marc en se prenant au jeu. Peut-être que l'autre personne s'aperçoit qu'on l'enregistre. En tout cas, elle se montre violente et commence à frapper Joyce qui se met à hurler.

— Là, Florence panique. Elle descend dans la cabine téléphonique en bas de chez elle pour signaler l'agression. Exactement ce que mentionnent les documents que m'avait remis Gladys.

Alors qu'on nous apportait notre plateau d'huîtres, je sortis les photocopies de ma serviette et les tendis à Marc. Il eut de nouveau besoin de ses lunettes pour parcourir la retranscription de l'appel au 911.

Date : samedi 25 juin 2005. Heure : 3 heures de l'après-midi.

« Je vous appelle pour vous signaler une agression violente, au 6 Bilberry Street, dans la maison de Joyce Carlyle. Dépêchez-vous ! On est en train de la tuer ! »

Jusqu'ici tout s'emboîtait à merveille. Sauf que les flics s'étaient effectivement rendus sur place, six minutes plus tard, et qu'ils n'avaient rien remarqué de suspect. Je jetai un coup d'œil par-dessus l'épaule de Marc pour entourer au stylo le passage qui indiquait que les deux officiers avaient eu un accès visuel dégagé à tout l'intérieur de la maison, y compris la salle de bains, et qu'ils n'avaient relevé aucune trace d'effraction, de bagarre ni de sang.

— C'est pourtant là qu'a été découvert le corps de Joyce..., murmura Caradec.

— Oui, le lendemain. Sa sœur Angela l'a

trouvée au pied du lavabo. Elle m'a affirmé elle-même qu'il y avait du sang partout dans la pièce.

— C'est troublant, admit Marc. Et ça fiche en l'air notre bel échafaudage.

Je soupirai et serrai les dents. Puis, de rage, j'abattis ma main sur le comptoir.

16

Cold case

Tempus tantum nostrum est.
Le temps seul nous appartient.

Sénèque

1.

Les éclats n'avaient pas leur place à l'Oyster Bar, et quelques habitués me lancèrent un regard réprobateur. Je tentai de maîtriser mon exaspération.

— Ces deux patrouilleurs, Powell et Gomez, ils ont menti, c'est certain !

— Je ne parierais pas forcément là-dessus, répondit Marc en étalant un peu de beurre sur un morceau de pain de seigle.

— Explique-moi.

Il haussa les épaules.

— Pourquoi les flics mentiraient-ils ? Dans quel but ?

— Ils ne se sont peut-être jamais rendus sur les lieux. À l'époque, il y avait de nombreux appels fantaisistes qui...

Il leva la main pour m'interrompre :

— Le message laissé par Florence était suffisamment crédible pour être pris au sérieux. Cette procédure d'intervention en cas d'agression violente est très codifiée et personne ne se serait risqué à ignorer un tel appel à l'aide. Et même dans le cas où ils auraient bâclé leur inspection, les deux flics auraient plutôt affirmé que les rideaux étaient tirés. C'était beaucoup moins risqué pour eux que cette déclaration qui les engage.

À moitié convaincu, je soupesai ces arguments avant de demander :

— Donc, quelle est ton explication ?

— Je n'en ai malheureusement aucune, répondit le flic en finissant son pain.

Puis Marc dégusta ses coquillages tout en continuant la lecture des extraits du rapport de police que m'avait remis Gladys. Son anglais était convenable, mais il me sollicitait souvent pour des termes techniques ou des tournures de phrases ambiguës.

À deux reprises, il revint sur un détail qui m'avait échappé ou plutôt dont je ne voyais pas la pertinence. Isaac Landis, le gérant d'un magasin de spiritueux situé au 2E 132e Rue, avait affirmé avoir vendu une bouteille de vodka à Joyce Carlyle ce fameux samedi 25 juin, à 14 h 45. Je pris la parole :

— On sait donc avec certitude que Joyce était bien dans le quartier et qu'elle était encore vivante à cette heure-là, mais à part ça ?

D'un geste de la main, Caradec me demanda de placer le magasin en question sur le plan. Il était distinct d'à peu près sept cents mètres du 6, Bilberry Street, la maison de la mère de Claire.

— J'ai du mal à me représenter les lieux, avoua-t-il en sortant de sa réflexion. Tu sais que je n'ai jamais mis les pieds à Harlem ?

— Vraiment ? La dernière fois que tu es venu à New York, c'était quand ?

Il siffla entre ses dents.

— C'était avec Élise et la petite, lors des vacances de Pâques en 2001, quelques mois avant les attentats.

Je lui tendis mon téléphone sur lequel j'avais stocké toutes les photos du quartier que j'avais prises l'après-midi de la veille en allant à la rencontre d'Ethel Faraday et des deux sœurs Carlyle.

Il les regarda méthodiquement, zoomant grâce à l'écran tactile et posant de nombreuses questions.

— Et ça, c'est où ?

Il pointa un panneau surmontant une échoppe. « Discount Wine and Liquor – Since 1971 ».

— À l'intersection de Lenox et de Bilberry Street.

— Donc tout près de la maison de Joyce, n'est-ce pas ?

— Oui, à vingt mètres.

Les yeux de Caradec brillaient. Il était certain de tenir quelque chose, même si je ne voyais pas trop quoi. Il posa la main sur mon avant-bras.

— Si Joyce avait envie d'un petit remontant, pourquoi parcourir presque un kilomètre à pied pour acheter sa bibine alors qu'elle avait un magasin de spiritueux devant sa porte ?

Cet élément me paraissait anecdotique.

— La boutique était peut-être fermée, hasardai-je.

Il leva les yeux au ciel.

— Un samedi après-midi ? Tu rigoles ! On est aux États-Unis, pas en France. Ils n'ont pas attendu la loi Macron pour ouvrir leurs magasins le week-end !

— Mouais.

Je n'étais toujours pas convaincu, mais Caradec n'en démordait pas.

Alors que je fixais le plan déplié sur le comptoir, une confidence que m'avait faite Angela Carlyle me revint en mémoire. Ce fameux week-end, avec Gladys, elles étaient en déplacement à Philadelphie pour rendre visite à leur mère. Donc leur maison était vide. Un frisson d'excitation me parcourut l'échine.

— J'ai trouvé ! annonçai-je à Marc.

Devant son air étonné, je développai mon propos : pour une raison que j'ignorais encore, Joyce avait préféré recevoir son visiteur *chez ses sœurs* plutôt que chez elle, mais elle n'avait pas jugé utile d'en informer Florence. Cela expliquait tout : qu'elle soit en apparence allée acheter de la vodka si loin et surtout que les flics n'aient rien trouvé de suspect chez Joyce. Tout simplement parce que la journaliste leur avait donné sans le savoir une adresse erronée !

Emporté par mon exaltation, j'eus un mouvement brusque et renversai mon verre sur le comptoir.

— Quel maladroit je fais !

Le pied du verre s'était brisé sous le choc. L'alcool avait éclaboussé mes vêtements, dessinant une tache au milieu de la chemise.

J'humectai une serviette, mais j'empestais le sancerre.

— Je reviens, dis-je en descendant de mon tabouret.

Je traversai la salle pour aller jusqu'aux toilettes, mais, comme elles étaient occupées, je patientai devant la porte. À ce moment-là, mon téléphone sonna. C'était Marieke. Elle m'appelait, affolée, parce que Théo s'était fait une bosse en tombant.

— Je préfère vous prévenir ! lança-t-elle en me refilant la patate chaude.

En arrière-fond, j'entendais geindre Théo. Je demandai à lui parler et, en quelques secondes, je compris que le petit homme n'avait rien de grave.

— Comédien, va !

Ce Machiavel des bacs à sable tentait seulement une gentille manœuvre pour se faire plaindre et voler des bisous à sa nounou. Déjà, la douleur était oubliée, et tandis que Théo me racontait par le menu ce qu'il avait mangé, j'observais de loin Caradec. Il fallait reconnaître au flic cette qualité : il avait le pouvoir d'inspirer confiance aux gens. À cet instant, comme s'il était pote avec lui depuis toujours, il discutait gaiement avec notre voisin de table, un étudiant en art portant d'épaisses lunettes en écaille qui avait crayonné sur son carnet pendant tout son repas. Je plissai les yeux. Marc venait de lui emprunter son téléphone. Il m'avait prévenu que son vieux Nokia ne fonctionnait pas aux États-Unis. Le flic n'appelait personne. Il surfait sur Internet. *Pour chercher quoi ?*

La porte des toilettes s'ouvrit. Je m'y engouffrai et essayai de réparer les dégâts à coups de savon liquide, d'eau tiède et d'air chaud pulsé par le séchoir électrique. Lorsque je ressortis, je sentais le vétiver de Java et j'avais un peu moins l'air d'un ivrogne imbibé de vinasse.

Mais Marc n'était plus assis au comptoir.

— Où est l'homme qui m'accompagnait ? demandai-je à l'étudiant.

— Je ne savais pas que vous étiez en couple.

Petit con, va !

— Où est-il ?

— Il vient de partir, répondit le binoclard.

— Quoi ?

Le jeune désigna la grande baie vitrée de l'Oyster Bar. J'étais sidéré.

— Il a laissé ça pour vous, me dit l'autre en enfilant son blouson.

Il remonta sa fermeture Éclair et me tendit notre plan de New York au dos duquel Caradec avait griffonné quelques phrases d'une écriture compacte :

Raph,
Pardonne-moi de t'abandonner, mais je dois vérifier quelque chose. Peut-être absurde. Si c'est un cul-de-sac, autant que j'y aille seul.
Poursuis l'enquête de ton côté. Tu as trouvé ta méthode : enquête comme tu écris. Continue à traquer le fantôme, le *Ghost* de tous les Carlyle.
Je crois que tu avais raison : toutes les vérités du monde prennent toujours racine sur les terres de l'enfance.
Je te donne des nouvelles dès que j'en ai.
Embrasse mon copain Théo pour moi.
Marc

C'était à peine croyable. Avant que l'étudiant s'en aille, je le rattrapai par la manche.

— Pourquoi voulait-il utiliser votre téléphone ?

Le gamin sortit son portable de sa poche.

— Regardez vous-même.

Je lançai le navigateur qui s'ouvrit sur le site des White Pages. Les pages blanches. L'annuaire téléphonique américain.

Marc avait cherché un numéro ou une adresse. Mais le site n'avait pas gardé sa requête en mémoire.

Je rendis l'appareil à son propriétaire et restai un instant groggy, malheureux comme un enfant, avec le sentiment d'avoir été abandonné.

Pourquoi tous les gens qui comptaient dans ma vie finissaient-ils par s'éloigner de moi ?

2.

L'ex-détective May Soo-yun m'avait donné rendez-vous dans les locaux du Transparency Project situés au sein d'une fac de droit, la Manhattan University School of Law, dans le quartier de Washington Square.

Le bureau dans lequel un assistant me demanda de patienter, une pièce aux murs de verre, surplombait la salle de lecture de l'université. En ce début d'après-midi, la bibliothèque était pleine à craquer. Les cours avaient repris la semaine précédente et, derrière leurs livres et leurs écrans d'ordinateur, les étudiants travaillaient dans une atmosphère à la fois studieuse et détendue.

Devant ce cadre propice à l'étude, je repensai à la fac pourrie dans laquelle j'avais passé ma maîtrise : amphis bondés, cours soporifiques, profs politisés et je-m'enfoutistes, bâtiments des années 1970 aussi moches que décrépis, absence d'émulation, ambiance plombée par le chômage et les perspectives bouchées. Certes, la situation n'était pas comparable. Les étudiants inscrits ici payaient leur enseignement au prix fort, mais sans doute en avaient-ils au moins pour leur argent. C'est l'une des choses qui me révoltaient le plus en France : comment, depuis des décennics, la société pouvait-elle se satisfaire d'un système éducatif aussi figé, aussi peu stimulant et au bout du compte aussi inégalitaire derrière les discours de façade ?

Chassant ces pensées moroses que je savais en partie provoquées par la défection de Caradec, je profitai de ce moment pour parcourir sur l'écran de mon téléphone toute la documentation que j'avais téléchargée lors de mes recherches matinales.

Fondée au début des années 1990 par Ethan et Joan Dixon, un couple d'avocats fervents militants contre la peine de mort, le Transparency Project venait en aide aux possibles victimes d'erreurs judiciaires.

Pour mener ses propres contre-enquêtes, l'organisation avait dès l'origine noué des partenariats avec plusieurs universités de droit du pays. Sous la houlette d'avocats confirmés, des étudiants avaient donc commencé à rouvrir d'anciennes affaires criminelles dans lesquelles des individus, souvent défavorisés, avaient vu leur vie brisée à cause d'enquêtes bâclées et de procès expédiés par des tribunaux surchargés.

Au fil des années, la banalisation des tests ADN, y compris dans le cas d'affaires ayant déjà été jugées, avait mis au jour un nombre effrayant d'erreurs judiciaires. L'opinion publique américaine avait alors découvert que sa justice n'était pas seulement inéquitable, mais qu'elle était aussi devenue une machine à condamner en masse des innocents. Ainsi, ce n'étaient pas des dizaines, mais des centaines, voire des milliers de citoyens qui, sur la base parfois d'un seul témoignage, s'étaient retrouvés emprisonnés à vie ou expédiés dans le couloir de la mort.

L'ADN n'était certes pas le Graal, mais, grâce à des organisations comme Transparency, de nombreuses personnes injustement condamnées dormaient désormais chez elles et plus entre les quatre murs d'une cellule.

— Bonjour, monsieur Barthélémy.

May Soo-yun referma la porte derrière elle. Âgée d'une quarantaine d'années, elle avait une démarche rigide et altière qui contrastait avec sa tenue décontractée : jean clair, veste en velours couleur canard brodée de l'écusson de la fac, paire d'Adidas Superstar usée. Ses cheveux d'un noir éclatant étaient la première chose que l'on remarquait chez elle. Entortillés autour d'une baguette turquoise, ils formaient un chignon qui lui conférait une sorte de distinction patricienne.

— Merci d'avoir accepté de me recevoir rapidement.

Elle prit place devant moi et posa sur le bureau une pile de dossiers qu'elle transportait sous le bras ainsi qu'un de mes romans traduit en coréen.

— Il appartient à ma belle-sœur, expliqua-t-elle en me le tendant. Vos livres sont très populaires en Corée. Elle serait ravie que vous le lui dédicaciez. Elle s'appelle Lee Hyo-jung.

Tandis que je m'acquittais de cette tâche, elle me confia :

— Je me souviens très bien de l'affaire Carlyle pour la bonne raison que c'est l'une des dernières dont je me sois occupée avant de quitter la police.

— Justement, pourquoi être passée de l'autre côté de la barrière ? demandai-je en lui rendant le roman.

Un sourcil frémit sur son beau visage très maquillé.

— De l'autre côté de la barrière ? Votre expression est à la fois juste et erronée. Fondamentalement, je fais le même métier : j'enquête, je

378

décortique des comptes rendus d'interrogatoire, je revisite des scènes de crime, je retrouve des témoins...

— Sauf que vous cherchez à faire sortir des gens de prison au lieu de les y enfermer.

— Je cherche toujours à faire en sorte que justice soit rendue.

Je sentais que May Soo-yun était sur ses gardes et qu'elle avançait des formules toutes faites pour se protéger. Avant d'entrer dans le vif du sujet, je pris mon expression la plus avenante et essayai de lui poser une autre question sur son travail, mais elle me fit comprendre que son temps était précieux :

— Que voulez-vous savoir sur l'affaire Carlyle ?

Je lui montrai le dossier que m'avait remis Gladys.

— Comment avez-vous eu ça ? s'exclama-t-elle en tournant les pages.

— De la manière la plus honnête qui soit. C'est un dossier que la famille de la victime a obtenu suite à un cafouillage de l'enquête.

— Il n'y a pas eu de cafouillage de l'enquête, répondit-elle, touchée dans sa susceptibilité.

— Vous avez raison, disons alors un cafouillage entre des informations communiquées au

911 et la constatation des premiers policiers arrivés sur place.

— Oui, je me souviens de cet épisode.

Ses yeux étaient devenus noirs. Elle survolait le dossier, cherchant manifestement des pièces qui ne s'y trouvaient pas.

— Seuls des extraits ont été communiqués à la famille, précisai-je.

— C'est ce que je vois.

Je pris dix minutes pour lui expliquer mes récentes découvertes : l'achat par Joyce d'un téléphone portable prépayé quelques jours avant sa mort, son lien avec la journaliste Florence Gallo dont l'appartement se situait à l'endroit d'où avait été passé l'appel de détresse. Enfin, je lui fis part de mon hypothèse selon laquelle Joyce avait été tuée dans la maison de ses sœurs avant que son corps ne soit rapatrié dans sa salle de bains.

L'ancienne flic resta silencieuse pendant tout mon exposé, mais, au fur et à mesure que j'avançais mes pions, je la voyais se décomposer comme si elle allait tomber à la renverse.

— Si ce que vous me dites est vrai, cela signifie que le dossier a été classé trop rapidement, mais, à l'époque, nous n'avions pas toutes ces informations, reconnut-elle lorsque j'eus terminé.

Elle plissa les yeux et me prit à témoin :

— Le coroner lui-même a conclu à une overdose tristement banale, malgré cet appel troublant.

Son visage était blanc comme un linge. À nouveau, elle baissa la tête et fixa les feuilles étalées devant elle. J'eus alors une intuition :

— Madame, y avait-il autre chose d'important dans le dossier ? Quelque chose qui ne figure pas ici ?

May Soo-yun regarda par la fenêtre. Les yeux dans le vague, elle s'interrogea :

— Pourquoi vous intéressez-vous à cette enquête vieille de plus de dix ans ?

— Ça, je ne peux pas vous le dire.

— Alors, je ne peux pas vous aider.

Pris d'un accès de colère, j'avançai mon visage à quelques centimètres du sien et j'élevai la voix :

— Non seulement vous allez m'aider, mais vous allez le faire tout de suite ! Parce que *vous* avez gravement merdé il y a dix ans ! Et parce que vos beaux discours sur la justice ne peuvent pas se contenter d'être des incantations !

3.

Effrayée, May Soo-yun recula et me regarda comme si j'étais un psychopathe. Au moins, à présent, la glace était rompue. Pendant quelques secondes, elle ferma les yeux et je fus bien en peine de savoir ce qui allait suivre. Allait-elle sortir un hwando de son sac pour me trancher la tête ? Au lieu de ça, elle finit par me faire remarquer :

— Votre théorie ne nous dit toujours pas qui a assassiné Joyce.

— C'est pour ça que j'ai besoin de vous.

— Quel est votre suspect ? Une des sœurs de Joyce ?

— Je n'en sais rien. Je voudrais juste découvrir s'il y avait quelque chose d'utile dans le reste du dossier.

— Rien qui soit exploitable devant un tribunal, assura-t-elle.

— Vous ne répondez pas à ma question.

— Je vais vous raconter une histoire, monsieur Barthélémy. Vous qui êtes écrivain, elle devrait vous intéresser.

Il y avait un distributeur de boissons dans la pièce, elle se leva, sortit de la monnaie de la poche de son jean et prit une canette de thé matcha.

— À la base, j'ai une formation scientifique, raconta-t-elle en s'adossant à la machine. Mais j'ai toujours voulu me confronter au terrain et à la vie des gens dans ce qu'elle a de plus concret. Après mon Ph.D. en biologie, j'ai donc passé mon concours d'entrée au New York City Police Department. Au début, j'aimais ce métier et j'y réussissais plutôt bien, mais tout s'est déréglé en 2004.

Elle but une gorgée de thé vert et poursuivit :

— À l'époque, j'étais affectée au 52ᵉ *precint*, celui de Bedford Park dans le Bronx. À quelques jours d'intervalle, j'ai enquêté sur deux affaires qui se ressemblaient comme deux gouttes d'eau. Un homme qui s'introduisait chez ses victimes, des jeunes femmes, les violait et les torturait avant de les achever. Deux affaires aussi atroces que sordides, mais en apparence faciles à résoudre puisque le tueur avait abandonné quantité de traces génétiques : chewing-gum, mégots, poils, ongles. Cerise sur le gâteau, le type était fiché au CODIS, la base de données de profils génétiques du FBI.

— Donc, vous avez coffré l'assassin ?

Elle hocha la tête.

— Oui, dès qu'on a eu les premiers résultats des analyses. Il s'appelait Eugene Jackson. Un jeune Noir de vingt-deux ans, étudiant dans une école de design. Homo, timide, visiblement intelligent. Il s'était retrouvé dans le fichier après une condamnation pour exhibitionnisme trois ans plus tôt. Un pari avec des potes qui avait dégénéré, avait-il plaidé à l'époque. Un truc pas très méchant, mais pour lequel il avait été condamné à un suivi psychiatrique. Pendant son interrogatoire, Eugene a nié les viols et les meurtres, mais ses alibis étaient flous et, surtout, son ADN l'enfonçait. C'était un gamin fragile. Dans la semaine qui a suivi son incarcération à Rikers, il s'est fait massacrer par ses codétenus. Transféré à l'hôpital de la prison, il s'est pendu avant même la tenue de son procès.

Long silence. May soupira et revint s'asseoir en face de moi. À voir son visage défait, je devinai que le plus pénible restait à venir. Certains souvenirs sont comme un cancer : une rémission n'est pas toujours une guérison.

— Un an plus tard, j'avais quitté le Bronx, mais il y a eu d'autres affaires de ce type. Des jeunes femmes violées et torturées avant d'être exécutées. Chaque fois, l'assassin était fiché et nous faisait cadeau de ses traces génétiques.

L'enquêteur qui m'avait succédé a trouvé ça un peu trop facile et il avait raison. Le diable qui se cachait derrière ces monstruosités s'appelait André de Valatte.

— Je n'en ai jamais entendu parler.

— Les criminologues et la presse l'ont surnommé « le voleur d'ADN ». C'était un infirmier canadien qui travaillait dans une structure médicale dans laquelle étaient suivis des délinquants sexuels. Notamment ceux dont il collectait méthodiquement les traces génétiques afin de les déposer sur les lieux des crimes qu'il perpétrait. André de Valatte est un tueur en série unique en son genre. Ses véritables victimes, ce n'étaient pas seulement les malheureuses jeunes femmes qu'il tuait, mais aussi les hommes qu'il faisait accuser à sa place et dont il brisait la vie. C'était ça son vrai trip.

J'étais scotché par le récit de l'ancienne flic. Cette histoire était digne d'un scénario de polar, mais je ne voyais pas en quoi elle avait un rapport avec l'assassinat de Joyce.

— C'est à cause de moi qu'Eugene s'est suicidé, se lamenta l'Asiatique. Ça fait douze ans que j'ai sa mort sur la conscience et il m'est insupportable de savoir que je suis tombée dans le piège tendu par Valatte.

— Qu'est-ce que vous essayez de me dire, May ?

— Que l'ADN est la meilleure et la pire des choses. Et que, contrairement à ce que l'on croit, ce n'est pas une preuve en soi.

— En quoi cela concerne-t-il Joyce ?

— Il y avait une trace d'ADN sur la scène de crime, m'avoua-t-elle en accrochant mon regard.

Un instant, le temps se figea. Nous y étions enfin.

— Une trace autre que celle de Joyce ou de ses sœurs ?

— Oui.

— Une trace de qui alors ?

— Je ne sais pas.

— Comment ça, vous ne savez pas ? Pourquoi vous ne l'avez pas exploitée à l'époque ?

— Parce que je sortais tout juste de l'affaire Valatte. J'étais dans une position fragile et aucun tribunal ne m'aurait suivie sur cette unique preuve.

— Pourquoi ?

Quelque chose m'échappait. May Soo-yun louvoyait et ne me disait pas tout.

— Pour le comprendre, il faudrait que vous lisiez vous-même le dossier complet de l'enquête.

— Comment puis-je l'obtenir ?

— Vous ne pouvez pas. Et de toute façon, dix ans après, tous les scellés ont été détruits.

— Les scellés peut-être, mais le dossier existe encore quelque part dans les archives du NYPD, n'est-ce pas ?

Elle approuva de la tête.

— Aidez-moi à le récupérer. J'ai lu des articles sur Transparency. Je sais qu'au sein même de la police, y compris parmi de hauts gradés, vous avez des indicateurs anonymes qui vous renseignent sur certaines dérives.

Elle secoua la tête.

— Vous ne savez pas ce que vous dites.

J'y allai un peu au bluff :

— Des flics qui vous aident parce qu'ils ont honte d'appartenir à une institution en laquelle les citoyens n'ont plus confiance. Une institution brutale et excessive avec les faibles. Une institution qui, pour faire du chiffre, cible toujours les mêmes communautés. Une institution qui a du sang sur les mains, mais qui bénéficie pourtant d'une impunité presque totale. Une institution qui...

Elle interrompit mon anaphore :

— D'accord ! Arrêtez ! Je vais essayer de contacter quelqu'un qui vous trouvera le dossier.

— Merci.

— Ne me remerciez pas et ne vous faites surtout pas une fausse joie. Quand vous comprendrez pourquoi je n'ai rien pu faire à l'époque, vous réaliserez que vous avez perdu votre temps et vous n'en éprouverez que de l'aigreur.

17

Florence Gallo

Et toi mon cœur pourquoi bats-tu ?
Comme un guetteur mélancolique
J'observe la nuit et la mort.

Guillaume APOLLINAIRE

1.
Samedi 25 juin 2005
Je m'appelle Florence Gallo.

J'ai vingt-neuf ans et je suis journaliste.

Dans huit heures, je serai morte, mais je ne le sais pas encore.

Pour l'instant, je suis assise sur la cuvette des toilettes, en train d'essayer d'uriner sur un test de grossesse. Quelques gouttes qui mettent un temps fou à venir tellement je suis anxieuse.

Lorsque enfin j'ai terminé, je me lève

et je pose le bâtonnet de plastique sur le rebord du lavabo. Dans trois minutes, je saurai.

Je sors de la salle de bains, prends mon mal en patience ainsi qu'une bouteille d'eau dans le frigo. Je fais quelques pas dans le petit salon, respire profondément pour me calmer. Je m'assois sur le rebord de la fenêtre et offre mon visage au soleil. C'est un beau samedi de début d'été. Coiffée d'un ciel bleu vif et parcourue d'une brise légère, la ville vibre d'une énergie positive. Je regarde les New-Yorkais affairés qui déambulent sur le trottoir. J'entends surtout des cris d'enfants en train de jouer qui montent depuis la rue et cela me met en joie comme si j'écoutais du Mozart.

J'ai envie d'être enceinte. J'ai envie d'avoir un bébé, même si je ne sais pas comment Alan réagira. Une part de moi est folle de bonheur. Je suis amoureuse. Enfin ! J'ai rencontré l'homme que j'attendais. Je vis intensément chacun des moments que nous partageons et je suis prête à tout pour que notre histoire continue. Mais cette euphorie est teintée d'une culpabilité qui me casse les ailes. Je déteste ce que je suis : sa « maîtresse ». Une femme qui, en conscience, est venue tourner autour du mari d'une autre. Jamais je n'aurais pensé me retrouver à jouer un rôle qui me renvoie avec douleur à ma propre histoire. J'avais six ans lorsque mon père a quitté la maison pour refaire sa vie avec l'une de ses collègues. Plus jeune, plus fraîche que ma mère. J'ai détesté cette femme comme je déteste aujourd'hui cette impression que je vole son bonheur à une autre.

Le carillon du téléphone fait refluer d'un coup ces souvenirs. Une sonnerie joyeuse que je ne reconnais pas tout de suite. Et pour cause : c'est celle que j'ai attribuée à l'appareil prépayé de Joyce Carlyle dont je n'attendais pas qu'il sonne avant une bonne heure.

Je décroche, mais je n'ai pas le temps de prononcer le moindre mot.

— Florence ? C'est Joyce. *Il* a changé l'heure du rendez-vous !

— Comment ça ? mais...

— Il arrive ! Je ne peux pas vous parler !

Comme je la sens affolée à l'autre bout du fil, je tente de la calmer :

— Suivez exactement le plan que nous avons élaboré ensemble, Joyce. Fixez l'appareil sous la table de la salle à manger avec du ruban adhésif, d'accord ?

— Je... Je vais essayer.

— Non, Joyce, n'essayez pas, faites-le !

Panique à bord. Moi non plus, je n'ai rien préparé. Je ferme la fenêtre pour ne plus entendre le bruit de la rue, branche le haut-parleur du téléphone. Je m'installe sur le comptoir de ma kitchenette et ouvre le capot de l'ordinateur que m'a prêté mon petit frère. Edgar est à New York depuis trois semaines. Après trois ans d'études à Ferrandi, il a été embauché au Café Boulud et squatte mon appartement en attendant de recevoir sa première paie.

Mes gestes sont maladroits : je n'ai jamais supporté les PC, mais Carrie, la femme d'Alan, a fracassé mon Mac hier après-midi en le balançant contre le mur de mon bureau. J'ouvre une application et branche le micro de l'ordinateur pour enregistrer la conversation.

Pendant une minute, rien ne se passe. Je pense même que la communication a été perdue avant d'entendre une voix masculine, déterminée, agacée. Les minutes qui suivent sont électriques. Je suis sidérée par ce que j'entends. Puis la conversation dérape. L'argumentation fait place à la menace, aux cris, aux larmes. Et soudainement, je comprends que l'irrémédiable est en train de se produire. La vie qui sort des rails, la mort qui éclabousse. J'entends le hurlement déchirant de Joyce. Joyce qui appelle au secours. Joyce qui *m*'appelle au secours.

Mes mains sont moites. Ma gorge se noue.

Un moment, je reste pétrifiée, comme si j'avais du coton dans les jambes. Puis je bondis hors de l'appartement. Je dévale l'escalier. Le trottoir. La foule. Le sang qui bat dans mes veines. La cabine téléphonique en face du Starbucks. Passage piéton. Bousculade. Mes mains qui tremblent en composant le 911, puis ma voix qui lance d'un trait : « Je vous appelle pour vous signaler une agression violente, au 6 Bilberry Street, dans la maison de Joyce Carlyle. Dépêchez-vous ! On est en train de la tuer ! »

2.

Je ne contrôle plus mon cœur. Il cogne comme s'il cherchait à quitter mon corps en me transperçant la poitrine.

Ascenseur en panne. L'escalier. Je remonte dans mon appartement, je colle le portable prépayé à mon oreille, mais il n'y a plus personne à l'autre bout du fil. Je tente de contacter Joyce, mais mon appel sonne dans le vide.

Merde. Que s'est-il passé ?

Je tremble. Je ne sais pas quoi faire. Me rendre

sur place ? Non, pas encore. Soudain, je prends conscience que je n'ai pas peur uniquement pour Joyce, mais aussi pour moi. L'impression que le danger est partout. Je connais bien cette sensation. Une intuition, un sixième sens qui fait souvent la différence dans mon métier. J'attrape « mon » ordinateur et redescends sur le Bowery. Ne pas rester seule. Utiliser la foule comme bouclier.

J'entre dans le Starbucks, commande un café. Je trouve une place dans la salle, ouvre l'écran de l'ordinateur. Mon casque d'iPod sur les oreilles, je réécoute l'enregistrement. Effroi. Affolement. En quelques manipulations, je le compresse et le transforme en fichier mp3.

Gorgée de macchiato. Sur la facturette de mon café, je trouve le code Wi-Fi de l'établissement. Internet. Logiciel de courrier. *Merde.* Bien entendu, c'est le client de messagerie de mon frère qui s'ouvre et mes contacts ne sont pas enregistrés sur ce logiciel. Tant pis. Mes doigts courent sur le clavier. J'importe l'enregistrement pour le mettre en pièce jointe et, à toute vitesse, je tape l'adresse d'Alan : alan.kowalkowsky@att.net.

Ça y est, le mail est parti. Je reprends ma respiration puis j'appelle Alan sur son portable.

Trois sonneries. *Décroche, s'il te plaît !* Répondeur. Je lui laisse un message : « Je viens de t'envoyer un mail, Alan. Fais une copie de la pièce jointe. Tu ne vas pas en croire tes oreilles. Rappelle-moi. Je t'aime. »

Je ne peux pas rester ici. Je vais récupérer ma voiture, garée dans une impasse derrière l'ancien CBGB, et je vais conduire jusqu'à Harlem pour vérifier par moi-même ce qui s'est passé. Je remonte dans l'appartement pour prendre mes clés. Dans le couloir, de loin, je crois apercevoir une adolescente devant ma porte. Petite taille, un jean droit foncé, une chemise à carreaux Vichy, des Converse roses, un sac à dos en toile et un blouson Levis cintré comme celui que j'avais au lycée. Lorsqu'elle se retourne, je réalise que c'est une adulte et qu'elle a mon âge. Un visage lisse dont toute la beauté disparaît sous une frange brune et derrière des lunettes de vue Wayfarer.

Cette femme, je la connais et je l'admire. Elle s'appelle Zorah Zorkin. J'ai lu ses livres, j'ai écouté ses conférences, j'ai essayé à dix reprises de l'interviewer, mais elle a toujours décliné mes propositions. Et aujourd'hui, je sais de quoi elle est venue me parler.

Ou, du moins, je crois le savoir. Mais je me

trompe. Zorkin n'est pas venue pour parler. Elle s'avance vers moi d'un pas lent et plus elle approche, plus je suis hypnotisée par ses yeux de serpent dont je ne saurais dire s'ils sont verts ou marron. À présent, elle est à moins de deux mètres de moi et tout ce que je trouve à lui murmurer, c'est :

— Vous avez fait vite.

Elle plonge la main dans la poche de son blouson pour en sortir un pistolet à impulsions électriques qu'elle pointe sur moi avant de me dire :

— Vous êtes vraiment très jolie.

Cette situation est tellement surréaliste qu'elle me laisse pantoise. Mon cerveau n'arrive pas à considérer que tout cela est réel. Pourtant, Zorah Zorkin presse la détente de son arme et les deux dards du Taser se plantent dans mon cou, libérant une décharge foudroyante qui me fait m'écrouler au sol et ouvre un grand trou noir.

3.

Lorsque je reprends connaissance, j'ai l'esprit embrumé, corseté dans une gangue tissée de fils hypnotiques. Fiévreuse, j'ai la nausée et je tremble. Ma bouche est pâteuse et ma langue a doublé de volume. J'esquisse quelques mouvements. Ma colonne vertébrale craque comme si elle était en miettes.

J'ai les bras entravés derrière le dos, les poignets menottés, les pieds retenus ensemble par un serre-flex. Plusieurs tours de ruban adhésif en tissu ultra-résistant s'enfoncent dans ma bouche.

J'essaie d'avaler ma salive malgré le bâillon. La panique m'envahit totalement.

Je suis à l'arrière d'un véritable mastodonte – une Cadillac Escalade aux vitres teintées – qui, du haut de ses deux mètres, domine la route et donne l'impression de survoler l'asphalte. La banquette est séparée de l'habitacle avant par une cloison de Plexiglas. Pour une raison que j'ignore encore, je porte ma combinaison de base jumpeuse. Tout y est : mon casque, le harnais intégral qui m'enserre les cuisses et les épaules, le sac contenant la voile, pliée à l'intérieur.

Derrière la plaque transparente, je distingue la silhouette épaisse du chauffeur : une carrure de militaire, la nuque rasée, les cheveux gris, coupés en brosse. À ses côtés, Zorah Zorkin a les yeux fixés sur l'écran de son téléphone. Protégée par mon casque, je tape de toutes mes forces avec ma tête contre la cloison. Zorkin me jette un bref coup d'œil, me regardant sans me voir avant de replonger dans son cellulaire. En plissant les yeux, j'aperçois la pendulette fixée au tableau de bord. Il est plus de 10 heures du soir.

La situation m'échappe. Quel est le sens de tout ça ? Comment les choses ont-elles pu se précipiter ainsi ?

Je me déplace en rampant pour regarder le paysage qui défile derrière la vitre arrière. La nuit. Une route isolée. Des sapins à perte de vue dont les pointes, secouées par le vent, se détachent dans un ciel d'encre.

Au fil des kilomètres, je commence à deviner où nous nous trouvons. Si nous roulons depuis six ou sept heures, nous avons dû traverser la Pennsylvanie, le Maryland et la Virginie de l'Ouest. Nous sommes dans les Appalaches, près de Silver River Bridge.

Brièvement, je reprends espoir lorsque j'aperçois une autre voiture derrière nous. Je tape contre la vitre arrière pour attirer son attention puis, en y regardant de plus près, je reconnais ma petite Lexus rouge métallisé et je réalise qu'elle nous suit.

Là, soudain, je comprends quel est leur plan et je me mets à pleurer.

4.

J'avais vu juste : depuis vingt minutes, avec ma propre voiture dans son sillage, l'énorme 4 × 4 grimpe les pistes escarpées du Silver River Park. Les deux véhicules se garent bientôt l'un à côté de l'autre sur le promontoire désert qui domine la vallée et permet de descendre vers la rampe d'accès du vieux pont.

Une fois le contact coupé, tout s'enchaîne très vite : le militaire – que Zorah appelle Blunt – ouvre la portière latérale du SUV et m'attrape par la taille avec une force surhumaine pour me hisser sur son épaule et me conduire sur le pont. Aux aguets, Zorah Zorkin marche à quelques mètres derrière nous. J'essaie de hurler, mais, dès que j'ouvre la bouche, le chatterton me taillade la commissure des lèvres. De toute façon, ça ne servirait à rien. *Dans l'espace, personne ne vous entend crier.* À cette heure-ci, c'est un peu la même chose au Silver River Park.

Jusqu'au dernier moment, je refuse de croire en l'inéluctable. Peut-être veulent-ils seulement me faire peur. Mais on ne parcourt pas six cents kilomètres pour faire peur à quelqu'un.

Comment ont-ils pu avoir cette idée ? Comment ont-ils su ? Pour ce lieu, pour ce sport ? Facile. Ils ont simplement fouillé mon appartement, trouvé mon équipement, mes photos et mes cartes annotées.

Arrivé au milieu de la structure d'acier, Blunt me balance au sol. Je me relève et essaie de m'enfuir, mais, à cause de mes liens, je m'écroule presque aussitôt.

Je me redresse. J'entends la rivière d'argent qui coule trois cents mètres plus bas. La nuit est splendide, très claire. Un ciel dégagé, un froid sec, une lune presque pleine, lourde, immense.

Zorah Zorkin me fait face sur le pont. Elle a enfoncé ses mains dans les poches d'une veste Barbour en coton enduit et porte une casquette de base-ball de la NYU, l'université dans laquelle elle a fait ses études.

Je lis dans son regard une détermination sans faille. Pour elle, à cet instant, je ne suis pas un être humain. Seulement un problème qu'il faut régler au plus vite.

Je suffoque, je transpire, je me pisse dessus. Une vision d'horreur cannibalise mon esprit. Mon sang se fige. Ce que je vis est de l'ordre de l'impensable, au-delà de la panique. Mon corps est raide, presque paralysé. Alors que le chatterton vient de céder, je jette mes dernières forces pour me traîner devant elle. Je hurle. Je me prosterne, je la supplie, je l'implore.

Mais son indifférence est glaçante.

— On y va, lance Blunt en se penchant vers moi et en tranchant le filin de l'extracteur du parachute.

Je ne peux rien faire. C'est une masse taillée dans la roche. Un colosse qui lui aussi est pressé d'en finir.

Et c'est là que l'impensable se produit. Avant de laisser le bourreau faire son office, une lueur s'allume dans les yeux de Zorah.

— Je ne sais pas si vous êtes au courant, me dit-elle. Si ce n'est pas le cas, j'ai pensé que vous aimeriez savoir.

Je ne comprends pas à quoi elle fait allusion jusqu'à ce que, joignant le geste à la parole, elle sorte quelque chose de sa poche. Mon test de grossesse.

— Il est positif. Vous êtes enceinte, Florence, félicitations.

Pendant quelques secondes, je reste figée, interdite. Je n'appartiens plus au monde. Je suis déjà ailleurs.

Puis, presque dans un seul mouvement, Blunt coupe mes liens, m'attrape par les jambes, me soulève et me fait passer par-dessus la rambarde.

5.

Je tombe.

Et je ne pense même pas à crier.

D'abord, la terreur m'empêche de penser.

Puis les quelques secondes que dure la chute se dilatent.

Et, peu à peu, je me fais plus légère.

La peur se transforme en nostalgie. Je ne revois pas ma vie en accéléré. Je repense juste à tout ce que j'aimais : la clarté du ciel, le réconfort de la lumière, la force du vent.

Je pense surtout à mon bébé.

Le bébé que je porte dans le ventre et qui va mourir avec moi.

Pour ne pas pleurer, je me dis qu'il faut que je lui trouve un prénom.

Le sol se rapproche, désormais, je ne fais qu'un avec le ciel, les montagnes, les sapins. Je n'ai jamais cru en Dieu, pourtant, à cet instant, j'ai l'impression que Dieu est partout. Ou plutôt que la nature est Dieu.

Une demi-seconde avant l'impact, j'ai une révélation.

Mon bébé est une fille.

Elle s'appellera Rebecca.

Je ne sais pas encore où je vais, mais j'y vais avec elle.

Et ça me fait moins peur.

Troisième jour,
l'après-midi

Les dragons dans la nuit

18

La route de l'Ouest

On n'aime jamais qu'un fantôme.

Paul VALÉRY

1.

Le soleil. La poussière. L'asphalte.

La chaleur de la fin d'été. John Coltrane dans l'autoradio.

Fenêtre ouverte, bras replié sur la portière, cheveux en bataille, Marc Caradec taillait la route.

Le paysage défilait derrière sa paire de lunettes teintées. Des fermes d'élevage, des pâturages, des tracteurs et des silos à grain. Le paysage d'une Amérique rurale, figée dans le temps. Des champs à perte de vue. Aplats monotones aux couleurs de blé, de maïs, de soja, de tabac.

C'était la première fois que Marc mettait les

pieds dans le Midwest. Immédiatement, il avait pensé aux cours de géographie qu'il faisait réviser à sa fille lorsqu'elle était au collège. Ces cartes coloriées aux crayons de couleur qui délimitaient les grands espaces agricoles américains : Corn Belt, Fruit Belt, Wheat Belt, Dairy Belt... Des devoirs chiants, complètement abstraits lorsqu'on a quatorze ans et qu'on n'a jamais beaucoup voyagé, mais qui prenaient pour lui aujourd'hui une réalité saisissante.

Caradec déplia le bras pour éviter une crampe et regarda sa montre. Un peu plus de 17 heures. Quatre heures s'étaient écoulées depuis qu'il avait abandonné Raphaël au bar à huîtres. Sur une intuition, il avait foncé à JFK et acheté un billet d'avion pour l'Ohio. Moins de deux heures de vol plus tard, il atterrissait à Columbus. À l'aéroport, il avait loué une Dodge. Pour les premiers kilomètres, il avait essayé de faire fonctionner son GPS, puis y avait renoncé. Il avait mis le cap sur le nord-ouest, se contentant de suivre les panneaux indicateurs en direction de Fort Wayne.

Il n'avait pas dormi la nuit dernière et très peu les deux précédentes. Avec le décalage horaire et les anxiolytiques, il aurait dû tomber comme une masse, mais c'était le contraire qui arrivait :

il débordait d'énergie. L'adrénaline qui courait dans son organisme le maintenait dans un état d'exaltation où tous ses sens étaient en alerte. Pour le meilleur et pour le pire.

Le meilleur, c'était une acuité dans le raisonnement. Ses pensées fusaient, couraient, s'accéléraient, se bousculaient dans sa tête dans un chaos fécond qui jusqu'à présent lui avait fait prendre les bonnes décisions. La face plus sombre, c'était une forme d'hypersensibilité. Les souvenirs étaient en embuscade : Élise, la petite, l'irréversibilité atroce de certains événements.

Parfois, une larme tiède le prenait par surprise et coulait sur sa joue. Les fantômes rôdaient et seuls les médicaments les tenaient à distance. Il songea à cette phrase d'Aragon : « Être homme, c'est pouvoir infiniment tomber. » Lui, ça faisait presque douze ans qu'il tombait. Ces derniers jours, la douleur s'était réveillée. Elle finirait par gagner, il le savait. Viendrait un jour où elle lâcherait ses chiens qui dévoreraient tout. Ce jour était proche, mais ce n'était pas encore aujourd'hui.

Marc prit une longue respiration. À cet instant, sur cette route solitaire, il se sentait doué de clairvoyance. Il avait même l'impression de marcher sur l'eau. Depuis qu'il avait descendu ce flic, cet abruti de Stéphane Lacoste, il était porté par quelque chose qui le dépassait. Lorsque la balle l'avait frôlé, sa peur s'était évanouie d'un coup. Il se remémora la suite de la scène, déroulant les images au ralenti. Il avait saisi son arme, s'était redressé et avait fait feu. Il avait ôté la vie avec une sorte de limpidité et de grâce. Comme si ce n'était pas vraiment lui qui tirait.

L'évidence lui avait crevé les yeux.

Il allait retrouver Claire parce que c'était sa mission.

Il allait retrouver Claire parce que c'était dans l'*ordre des choses*.

Dans une enquête de police, l'ordre des choses, c'est ce moment particulier où ce n'est plus vous qui cherchez la vérité, mais la vérité qui vous cherche.

Plus de dix ans après son commencement, l'affaire Carlyle révélait ses ramifications tentaculaires et inattendues. Une gigantesque cascade de dominos qui enjambait les rives de l'Atlantique. Dans sa tête, Marc entendait le bruit des pièces rectangulaires qui tombaient les unes après les autres : Clotilde Blondel, Franck Muselier, Maxime Boisseau, Heinz Kieffer, Joyce Carlyle, Florence Gallo, Alan Bridges…

La disparition ou la mort d'un enfant n'affecte

jamais qu'une seule famille. Elle embrase tout sur son passage, elle consume tout, elle casse les êtres, elle brouille les responsabilités, renvoyant chacun à ses défaillances et à ses cauchemars.

Marc arriva à un embranchement, mais n'appuya même pas sur la pédale de frein. Il prit à droite sans regarder ni carte ni panneau. Il n'était pas certain de savoir où ça allait le mener, mais il était certain d'une chose : le train était lancé. Dans un alignement de planètes, la vérité reprenait brutalement ses droits. Elle refaisait surface, elle giclait, éclaboussait avec toute la force que certains avaient mise pour la cacher. Le processus était inéluctable et dévastateur.

Et lui, Marc Caradec, était un simple instrument de la vérité.

2.

Après mon rendez-vous avec May Soo-yun, j'étais repassé à l'hôtel pour voir mon fils. J'avais lutté pied à pied avec lui pour l'obliger à faire une sieste. Et j'avais perdu. Comme souvent, le combat s'était fini devant l'écran d'ordinateur à regarder un vieux Louis de Funès. Sur le coup de 15 heures, il avait fini par s'endormir devant

Le Grand Restaurant et, malgré moi, je m'étais laissé glisser avec lui dans les bras de Morphée.

C'est le carillon léger d'un SMS qui me réveilla. J'ouvris les yeux, en sueur. Théo gazouillait à l'autre bout du lit, couché sur le dos, les pieds en l'air, en train de jouer avec Fifi, son chien en peluche. Je regardai ma montre : il était 18 heures passées.

— Bordel de merde ! criai-je en bondissant du lit.

— Bodel de mede, répéta mon fils en rigolant.

J'inspirai à fond pour ne pas éclater de rire.

— Non, Théo ! C'est un très gros mot, tu ne dois pas dire ça !

Pendant que mon fils, hilare, hésitait manifestement à répéter sa trouvaille, je regardai mon téléphone. Je venais de recevoir un message de May Soo-yun : Vous avez un rendez-vous dans 20 minutes. Perlman's Knish Bakery.

Sans passer par la réception, j'appelai Marieke depuis le téléphone fixe de la chambre. La jeune baby-sitter était en train de prendre un verre avec ses copines chez Raoul's, un bistrot de Soho. Tout en commandant un VTC sur mon portable, je négociai avec elle pour qu'elle consente à garder Théo le reste de la soirée. Elle pouvait être là dans un quart d'heure, mais, en bonne capitaliste, elle profita de sa position pour m'imposer des tarifs déraisonnables que je fus bien forcé d'accepter.

J'arrivai donc à mon rendez-vous avec une petite demi-heure de retard. La Perlman's Knish Bakery était une échoppe d'Essex Street située à deux pas du 7e *precint*, le commissariat du Lower East Side.

La boutique était vide, à l'exception d'un couple de Japonais qui jouaient à se prendre en photo devant le comptoir. Derrière un grand présentoir de verre, un vieil homme vendait des spécialités culinaires juives. Dans le fond du magasin, on avait installé quelques tables en Formica encadrées de banquettes en Skaï rouge.

M'étonnant de l'absence de May, je m'assis à la place la plus proche de l'entrée et commandai une bouteille d'eau. Sur la table, le client précédent avait laissé le *New York Times* du jour. J'étais nerveux et furieux de m'être endormi. Machinalement, je feuilletai le quotidien en gardant un œil sur l'entrée. Il faisait lourd. Un vieux ventilateur brassait de l'air tiédasse saturé d'odeurs d'ail, de persil et d'oignons frits. Mon téléphone vibra. Cette fois, c'était un SMS d'Alan :

Venez me voir tout de suite, AB.

Que se passe-t-il ? lui demandai-je dans la foulée.

J'ai du nouveau sur Joyce Carlyle.

Dites-moi, Alan.

Pas au téléphone.

J'arrive dès que je peux, promis-je.

Alors que je pianotais sur mon écran, un homme poussa la porte de la Bakery. Mon âge, silhouette compacte, cheveux corbeau, barbe de trois jours. L'air épuisé, il avait dénoué sa cravate et retroussé les manches de sa chemise. Dès qu'il m'aperçut, il traversa le restaurant d'un pas décidé et s'assit en face de moi.

— *Détective* Baresi, se présenta-t-il. Je suis l'ancien coéquipier de May. C'est moi qui ai travaillé avec elle sur la mort de Joyce Carlyle.

— Raphaël Barthélémy.

Le flic s'épongea le front avec une serviette en papier.

— May m'a demandé de vous rencontrer. Je vous préviens, je n'ai pas beaucoup de temps. Avec la convention républicaine, on bosse comme des tarés depuis trois jours.

Baresi devait être un habitué des lieux, car le propriétaire lui apporta immédiatement de quoi se restaurer.

— Les knishes sortent juste du four, Ignazio,

assura le patron en posant devant le flic un plateau contenant des beignets de pommes de terre, du coleslaw et des cornichons.

Une question me brûlait les lèvres :

— Vous avez pu retrouver le dossier de l'affaire ?

Baresi se servit un verre d'eau en secouant la tête.

— Ce dossier remonte à dix ans. S'il existe encore, il se trouve dans les archives du 52e *precint*. Concrètement, ça veut dire qu'il est stocké dans des entrepôts à Brooklyn ou au Queens. Je ne sais pas ce que May vous a promis, mais on ne peut pas sortir un vieux dossier en claquant des doigts. Il faut des autorisations. C'est compliqué et, surtout, ça prend des semaines.

Je ravalai ma déception.

— Elle m'a dit qu'il y avait une trace génétique sur la scène de crime.

Baresi fit la grimace.

— Elle est allée un peu vite en besogne. La scène de crime était parfaitement *clean*, justement. La seule chose qu'on a retrouvée, c'était un moustique.

— Un moustique ?

Je pensais qu'il faisait allusion à un terme d'argot policier, mais il s'agissait bien d'un insecte.

— Ouais… Un moustique écrasé, gorgé de sang, sur le carrelage de la salle de bains de la victime. Comme toujours, May a voulu faire la maligne. Elle s'est dit que le meurtrier avait peut-être été piqué par le diptère et que, si c'était le cas, son ADN se trouvait encore dans le corps du moustique. Dès lors, elle s'est mis en tête de le faire analyser.

— Vous étiez contre ?

Baresi avala l'une de ses boulettes de pommes de terre.

— Bien entendu, car, même en ayant beaucoup de chance, est-ce que ça prouverait le crime ? Absolument pas. Et ça ne tiendrait pas une seconde devant un tribunal. Donc, ça ne servait à rien. À l'époque, May, c'était « Madame-tout-pour-ma-gueule » : une ambition démesurée, malsaine. Elle espérait qu'on parle d'elle en tentant quelque chose qui n'avait jamais été fait à New York.

Baresi prit le temps de mastiquer plusieurs knishes avant de continuer :

— Les techniciens se sont occupés malgré tout du moustique. Ils ont réussi à récolter un échantillon de sang qu'on a transmis au labo. Là, les gars sont parvenus à extraire de l'ADN et à établir un profil génétique.

— Et ensuite ?

Le flic haussa les épaules.

— Ensuite, c'est la procédure classique. Celle que vous voyez dans les séries télé : le labo a enregistré le nouveau profil dans les bases de données et l'a comparé avec les profils qui y figuraient déjà.

— Qu'est-ce que ça a donné ?

— Rien. *Nada*, assura Baresi en me tendant une feuille de papier. Voici la copie du rapport du labo. J'ai retrouvé leur mail sur le serveur. Comme vous pouvez le voir : aucune concordance avec un profil déjà enregistré.

Il croqua dans un cornichon et remarqua, la bouche pleine :

— De toute façon, le labo a mis tellement de temps à nous faire parvenir ses résultats que, dans l'intervalle, on avait déjà classé le dossier.

Je regardai le rapport. Le profil génétique se présentait sous la forme d'une sorte de code-barres ou d'un histogramme offrant une présentation synthétique de treize segments d'ADN, les treize *loci* nécessaires pour identifier un individu avec fiabilité. C'était frustrant : l'assassin était sans doute là, devant mes yeux, mais je n'avais aucun moyen de connaître son identité.

— Combien y avait-il de personnes fichées à l'époque ?

Baresi haussa les épaules.

— Dans le CODIS ? Au milieu des années 2000 ? Je ne sais pas exactement. Peut-être deux millions.

— Combien y en a-t-il aujourd'hui ?

— Plus de dix millions. Mais je vous vois venir : il n'est pas question d'effectuer une nouvelle recherche.

— Pourquoi ?

Exaspéré, le policier pointa vers moi un doigt accusateur :

— Je vais vous dire le fond de ma pensée. Dans la police, on est constamment en sous-effectif. Notre boulot, c'est de traiter les crimes et les délits *au moment* où ils sont commis. Pas dix ans après. Une affaire qui traîne est une affaire malsaine. Pour moi, les *cold cases* sont une sorte de coquetterie pour intellectuels et je n'ai aucun respect pour les collègues qui s'y complaisent.

Je tombais des nues.

— Je connais beaucoup de flics et je suis à peu près certain que personne ne pense comme vous.

Baresi soupira et éleva le ton en se montrant grossier :

— Votre affaire, elle pue la merde, OK ? Alors, laissez tomber ! Vous n'avez pas autre chose à foutre que de pleurer sur la mort d'une junkie ?

J'allais m'énerver à mon tour lorsque je compris : le flic ne pensait pas un mot de ce qu'il disait. S'il essayait de me dissuader d'enquêter, c'était parce qu'il connaissait l'identité de l'assassin.

3.

Le soleil commençait à décliner sur les plantations du Midwest. Sa lumière dorée inondait les cannes de maïs, se faufilait entre les plants de soja, prenant à revers et à contre-jour les silhouettes massives de hangars à grain et de fermes laitières.

Au volant de son monospace, Marc Caradec filait toujours vers l'ouest.

Beaucoup percevaient les paysages de l'Ohio comme exaspérants de monotonie. Lui, au contraire, se coulait avec un certain contentement dans ces couleurs flamboyantes, goûtant les mille variations de lumière, et la foule de détails qui se succédaient au fil de la route : le profil surréaliste d'une moissonneuse-batteuse rouillée, un troupeau de vaches ruminant avec placidité, une enfilade d'éoliennes tournoyant dans un ciel safrané.

Les panneaux s'enchaînaient, aux noms tout droit sortis de westerns : Wapakoneta, Rockford, Huntington, Coldwater… L'endroit qu'il cherchait se situait peu avant Fort Wayne, à la limite de l'Ohio et de l'Indiana. Encore quelques kilomètres et il saurait s'il avait eu une intuition géniale ou s'il n'avait fait que perdre un temps précieux.

Un General Store se profila à l'horizon. Marc jeta un coup d'œil à la jauge. Il n'était pas encore à sec, mais il décida de se débarrasser maintenant de la corvée d'essence.

Clignotant. Vitesses qui rétrogradent. Nuage de poussière. Il se gara devant l'unique pompe, non loin d'un pick-up antique échappé des pages d'un roman de Jim Harrison.

— Le plein, monsieur ?

Un gamin avait surgi derrière lui. Vêtu d'une salopette trop grande et d'une casquette des Reds de Cincinnati, il avait une bouille souriante. Treize ans à tout casser, mais ici ce n'était apparemment pas un problème de faire travailler les gosses.

— *Yes, please*, répondit-il en lui tendant les clés du SUV.

Marc poussa la porte du *diner* accolé au « magasin général » et fit quelques pas sur le parquet défoncé recouvert de sciure. Les particules de poussière qui dansaient dans les rayons du soleil se dissipaient sur son passage. Le flic balaya la pièce du regard. En ce début de soirée, le restaurant en préfabriqué était plongé dans une sorte de demi-sommeil. Derrière le comptoir, quelques habitués vidaient des pintes de bière en s'injectant du cholestérol directement dans les veines sous forme de hamburgers au bacon, de *BBQ ribs* et de *fish and chips* baignant dans leur graisse. Dans un coin du plafond, un téléviseur fatigué retransmettait en direct le déroulement de la convention républicaine, mais le son était coupé et personne n'y prêtait attention. D'un poste de radio posé sur une étagère s'élevait un vieux tube de Van Morrison.

Marc grimpa sur un tabouret et commanda une Bud qu'il dégusta tout en relisant ses notes. Sur le papier, l'hypothèse qu'il avait choisi de privilégier ne valait pas tripette, mais il s'y accrochait de toutes ses forces. S'il se souvenait bien de ses cours de latin, le concept d'intuition dérivait d'un terme signifiant « image réfléchie par un miroir ».

L'image. Les images. C'est bien à cela qu'il avait prêté attention : le film qu'il avait vu défiler dans son esprit en essayant de se mettre à la place de Florence Gallo. C'était une méthode que lui avait enseignée au début de sa carrière un vieux flic de la BRB adepte de yoga, de sophrologie et d'hypnose. Essayer d'entrer littéralement en *empathie* avec une victime. Se mettre intuitivement à sa place, ressentir la même chose, pendant un bref moment *devenir elle*.

Marc était sceptique sur la capacité à établir une sorte de connexion mentale avec la victime, mais il était convaincu que la déduction et la rationalité ne prenaient leur pleine mesure que si cllcs intégraient des paramètres psychologiques. De ce point de vue, la conversation qu'ils avaient eue avec Alan Bridges – de son vrai nom Alan Kowalkowski – avait été particulièrement éclairante. Elle lui avait donné de la matière pour « entrer dans la tête » de Florence.

Raphaël avait raison. Florence avait bien envoyé à Alan un fichier audio par mail : une conversation qu'elle venait d'enregistrer avec son téléphone entre Joyce Carlyle et son assassin. Elle l'avait fait juste après avoir appelé le numéro d'urgence pour signaler l'agression de la mère de Claire. Elle l'avait fait sous le coup de l'émotion, dans un état de stress maximal. Et surtout, elle l'avait fait sur un ordinateur qui ne lui appartenait pas puisque la femme d'Alan avait vandalisé son bureau et son matériel le jour précédent. Un ordinateur auquel elle n'était pas habituée et une messagerie dans laquelle elle n'avait pas ses contacts.

En fermant les yeux, Marc pouvait presque voir Florence : l'urgence, la peur, la transpiration, ses doigts qui couraient sur le clavier au moment de rentrer l'adresse d'Alan. Entre deux pages de son carnet, Marc avait retrouvé la carte de visite que le rédacteur en chef du #WinterSun leur avait remise et sur laquelle il avait calligraphié son adresse personnelle : alan.kowalkowski@att.net.

Sauf que ce n'était pas exactement cette adresse que Florence avait entrée dans la précipitation. Telle était l'hypothèse de Marc : Florence avait tapé alan.kowalkowsky@att.net.

Un *y* à la place du *i*. Kowalkowsky à la place de Kowalkowski. Pourquoi ? Parce que c'était sans doute la première orthographe qui lui était venue à l'esprit. D'abord, l'erreur était fréquente sur ce type de terminaison. Et puis elle vivait à New York depuis longtemps et les Américains avaient tendance à préférer le *y* pour certains noms d'origine russe. Les

Américains écrivaient Tchaikovsky, Dostoyevsky, Stanislavsky là où les francophones optaient pour Tchaïkovski, Dostoïevski et Stanislavski. Sauf que Kowalkowski était sans doute un nom d'origine polonaise. Pas russe.

4.

— Vous savez qui est l'assassin de Joyce ?

La Perlman's Knish Bakery était plongée dans la moiteur, le silence et les odeurs d'oignon, de menthe et de ciboulette.

— Non, me répondit le flic, visage impassible.

Je reformulai ma question :

— *Détective* Baresi, vous n'avez pas attendu que je vous le demande pour consulter le fichier, n'est-ce pas ?

Il soupira.

— C'est pour ça que j'étais en retard, admit-il. May m'a raconté votre histoire et je dois bien avouer qu'elle m'a troublé.

Il détourna les yeux et laissa le silence s'installer. Je ne tenais plus en place sur ma chaise. J'allais enfin savoir.

— Tout le travail avait été fait il y a dix ans par le labo, expliqua-t-il en agitant devant mes yeux le document où était codifié le profil

génétique. Je n'avais qu'à me connecter au serveur du CODIS et à entrer les données.

— Et cette fois ça a matché ! devinai-je.

Un nouveau SMS d'Alan s'afficha sur mon
écran, mais je l'ignorai. Baresi sortit de la poche
de sa chemise une feuille pliée en quatre.

— Voici notre suspect.

Je dépliai la feuille pour découvrir la photo
d'un homme au visage large et carré. Une coupe
en brosse surmontait sa tête de bouledogue. Il
me rappela vaguement Ernest Borgnine dans *Les
Douze Salopards*.

— Il s'appelle Blunt Liebowitz, précisa Baresi.
Né le 13 avril 1964 à Astoria dans le Queens.
Il s'engage dans l'armée de terre en 1986 et y
restera jusqu'en 2002 sans jamais dépasser le
grade de lieutenant. Il participe notamment à la
première guerre en Irak et aux opérations amé-
ricaines en Somalie.

— Et depuis son départ de l'armée ?

— Je n'ai pas creusé, mais, lorsqu'il s'est fait
arrêter il y a quatre ans, il a mentionné être à
la tête d'une petite entreprise de sécurité privée.

— Son nom n'est jamais apparu dans l'enquête sur Joyce Carlyle.

— Non, ni de près ni de loin.

— Pourquoi est-il dans le fichier ?

— Une peccadille. La police de la route l'a arrêté à Los Angeles en 2012 pour conduite en état d'ivresse. Le ton est monté et Liebowitz a menacé l'agent qui le contrôlait. Il a passé une nuit en cellule, mais est ressorti libre du commissariat.

— Pas d'autre condamnation ?

— Aucune à ma connaissance.

Baresi posa un billet sur la table et s'essuya la bouche avant de se lever et de me mettre en garde :

— Écoutez-moi bien. Vous avez sans doute vos raisons pour ressortir cette vieille enquête du placard, mais je ne veux pas les connaître. Je vous ai donné des infos parce que je dois un service à May. À présent, cette affaire ne me concerne plus. Démerdez-vous tout seul et n'essayez pas de me recontacter, compris ?

Sans attendre ma réponse, il fit volte-face et traversa la salle. Je l'interpellai :

— Ça ne vous intéresse donc pas de connaître la vérité ?

Il me répondit sans se retourner :

— Je la connais déjà la vérité. Et si vous n'étiez pas aveugle, vous auriez compris qu'elle est devant vos yeux !

Tandis qu'il passait la porte, je méditai un

instant sur ses paroles. Qu'entendait-il exactement par : « La vérité est devant vos yeux » ?

Je baissai la tête, relisant attentivement toutes les informations qu'il m'avait fournies à propos de ce Blunt Liebowitz. J'enrageais d'être pris pour un imbécile par ce type aussi suffisant que désagréable.

Puis, soudain, mon regard se posa sur le journal plié sur ma table. Et je compris.

Comme tous les autres journaux, le *New York Times* consacrait sa une à la convention républicaine. Sur la photo qui occupait la plus grande partie de la première page, on voyait Tad Copeland, le candidat du parti, en train de fendre la foule avec son épouse. À l'arrière-plan sur le cliché, muni d'une oreillette, on apercevait celui qui devait être le garde du corps de Copeland.

Il s'agissait de Blunt Liebowitz.

19

Biopic

Wikipédia
[Extrait]

TAD COPELAND

Pour les articles homonymes, voir Copeland (homonymie). Thaddeus David « Tad » Copeland, né le 20 mars 1960 à Lancaster, Pennsylvanie, est un homme politique américain, membre du Parti républicain. Il est maire de Philadelphie de 2000 à 2004 et gouverneur de Pennsylvanie depuis janvier 2005.

Études et carrière professionnelle

Issu d'une famille modeste (son père est garagiste et sa mère assistante sociale), Tad Copeland est diplômé en droit de la Temple Law School de Philadelphie en 1985.

Après ses études, il travaille pour le célèbre cabinet d'avocats Wise & Ivory. C'est là qu'il rencontre sa future épouse, Carolyn Ivory, la fille de Daniel Ivory, l'un des cofondateurs du cabinet. Après son mariage en 1988, Tad Copeland quitte le cabinet de son beau-père et devient professeur de droit constitutionnel, d'abord à la Cornell Law School d'Ithaca, puis à Philadelphie à la prestigieuse université de Pennsylvanie.

Parallèlement à son activité de professeur, il crée Take Back Your (TBY), une organisation à but non lucratif œuvrant à faire avancer la cause des minorités dans le quartier Northeast de Philadelphie. Copeland mène des actions remarquées dans le domaine de l'éducation, du logement et de la lutte contre la toxicomanie. Il convainc notamment la municipalité d'engager un vaste programme d'information pour lutter contre les grossesses précoces des adolescentes et pour inciter les jeunes à s'inscrire sur les listes électorales.

Mairie de Philadelphie

En 1995, il est élu au conseil municipal de Philadelphie, représentant du Northeast, devenant l'un des rares républicains au sein de cette structure majoritairement démocrate.

Très populaire dans certains quartiers, il parvient à

nouer des alliances qui, à la surprise générale, lui permettent d'être élu maire de Philadelphie en 2000. Son premier mandat est marqué par un rééquilibrage des finances, une baisse des taxes municipales et une modernisation du fonctionnement des établissements scolaires de la ville.

Copeland noue des partenariats entre la municipalité et le secteur privé pour lancer un vaste plan de réhabilitation du centre-ville. Sur le modèle expérimenté à New York de « tolérance zéro », il réforme la police de sa ville pour y combattre la criminalité de façon spectaculaire.

Il est aussi à l'origine du projet de Rail Park, une coulée verte et écologique de plus de cinq kilomètres aménagée sur les vestiges d'une ancienne ligne de chemin de fer.

Tentative d'assassinat

En 2003, alors qu'il est en campagne pour solliciter un nouveau mandat, Copeland est victime d'une tentative d'assassinat en quittant son QG. Un déséquilibré de cinquante-trois ans, Hamid Kumar, ouvre le feu, tirant plusieurs balles dans sa direction. Deux d'entre elles atteignent le maire. L'une lui perfore le poumon, l'autre, l'abdomen. Conduit à l'hôpital dans un état grave, Copeland mettra plusieurs mois à se remettre de ses blessures, qui l'empêcheront de briguer un second mandat, mais lui apporteront le soutien de l'opinion. Déjà partisan du contrôle des armes à feu, Copeland voit ses convictions renforcées par cet événement.

Gouverneur de Pennsylvanie

En novembre 2004, porté par sa popularité, il détrône le gouverneur démocrate sortant pour être élu gouverneur de Pennsylvanie. Il entre en fonction en janvier 2005 et se positionne sur un programme de stabilité fiscale. Certaines dépenses sont coupées pour être redéployées au bénéfice de l'éducation, des maisons de retraite et surtout de la mise en place d'une réforme de l'assurance maladie permettant aux résidents de Pennsylvanie de bénéficier de l'une des rares et des plus performantes couvertures maladie universelles des États-Unis.

Il est facilement réélu en novembre 2008 et 2012. Ses mandats suivants prolongent et sculptent son image de réformateur et d'homme politique pragmatique. Copeland se pose aussi en défenseur de l'environnement, faisant voter une série de textes pour accentuer la protection du patrimoine naturel de l'État.

En décembre 2014, il est classé comme le sixième gouverneur le plus populaire du pays avec un taux d'approbation dépassant les 65 %.

Ambitions présidentielles

Malgré sa popularité locale, Copeland ne s'impose jamais comme un candidat naturel pour représenter le Parti républicain aux élections présidentielles.

Pro-avortement, favorable au mariage homosexuel et à un contrôle plus strict des armes à feu, la ligne politique qu'il défend apparaît comme trop modérée pour obtenir l'aval de la base de son parti.

Certains analystes politiques font néanmoins remarquer que sa popularité auprès d'un électorat traditionnellement peu acquis aux républicains – les Latinos, les femmes et les jeunes – en ferait un bon candidat de second tour dans la perspective des prochaines élections présidentielles.

Entre 2014 et 2015, dans tous les sondages concernant les candidats potentiels à la primaire de son parti, Copeland ne récolte jamais plus de 3 % des intentions de vote.

Ces résultats ne l'empêchent pas de continuer à nourrir des ambitions puisque, le 1er septembre 2015, il se lance officiellement dans la course présidentielle pour 2016.

[...]

Vie privée

Son épouse, Carolyn Ivory, appartient à une vieille
famille démocrate de Pennsylvanie. Après avoir été
avocate, elle est première assistante du procureur
fédéral du district ouest de Pennsylvanie.

Mariés depuis le 3 mai 1988, ils ont un fils, Peter,
étudiant en médecine à l'université Johns-Hopkins,
et une fille, Natasha, étudiante au Royal College of
Art de Londres.

20

Alan et
les *muckrackers*

*Tout homme a trois vies. L'une
publique, l'autre privée et la troisième secrète.*

Gabriel García Márquez

1.

Midwest

Avant de quitter le *diner* et de reprendre la
route, Marc Caradec régla son plein d'essence
et réclama une autre bière. À la radio, Van
Morrison avait laissé la place à Bob Dylan qui
chantait *Sara*, l'une de ses compositions préfé-
rées. Il se souvenait d'avoir acheté le 33 tours
à l'époque : milieu des années 1970, album
Desire, juste avant que le chanteur ne divorce
d'avec sa femme, la fameuse Sara de la chanson.

Dans ce titre, Dylan convoquait les souvenirs, figeant des moments nostalgiques dans ses paroles poétiques : une dune, le ciel, des enfants qui jouaient sur la plage, une femme aimée qu'il comparait à un « joyau éclatant ». La fin de la chanson était plus crépusculaire : la tentative de réconciliation avait échoué. Sur la plage déserte ne restait plus qu'un bateau dévoré par la rouille.

L'histoire de sa vie.

L'histoire de toutes les vies.

— Vous ne voulez pas goûter au plat du jour ? dit la serveuse en posant devant Marc la bouteille de bière qu'il avait commandée.

C'était une « jeune femme » plus très jeune que les habitués appelaient Ginger. Elle avait des cheveux courts, teints en rouge, et des bras tatoués comme ceux d'un *biker*.

— Qu'est-ce que vous proposez ? demanda-t-il pour la forme.

— Poitrine de poulet aux herbes et *mash potatoes* à l'ail.

— Je vais passer mon tour, merci.

— Très sexy votre accent, vous venez d'où ? se renseigna-t-elle.

— Paris.

— J'ai une copine qui s'y trouvait en voyage

de noces pendant les attentats, s'exclama-t-elle. Ça craint...

Caradec n'entra pas dans cette discussion. Chaque fois qu'on évoquait le sujet devant lui, il avait envie de citer la phrase d'Hemingway : « Paris valait toujours la peine, et vous receviez toujours quelque chose en retour de ce que vous lui donniez. »

— Qu'est-ce qui vous amène à Fort Wayne, Indiana ? poursuivit Ginger en voyant qu'il n'embrayait pas.

— Une vieille enquête. Je suis flic.

— Et vous enquêtez sur quoi ?

— Je cherche à retrouver un homme. Un dénommé Alan Kowalkowsky. Je pense qu'il doit vivre dans une ferme un peu plus loin.

Ginger hocha la tête.

— Ouais, je connais cet enfoiré d'Alan. On était à l'école ensemble. Qu'est-ce que vous lui voulez ?

— Juste lui poser quelques questions.

— Vous aurez du mal.

— Pourquoi donc ?

— Parce qu'il est mort depuis dix ans, lâcha-t-elle, flegmatique.

Marc accusa le coup. Il voulut relancer Ginger

pour en savoir plus, mais la serveuse était happée par d'autres clients.

Merde.

La nouvelle de cette mort compliquait sa théorie, mais ne l'invalidait pas. Marc pensait toujours que le mail envoyé par Florence Gallo avait atterri sur une boîte de messagerie existante. S'il ne connaissait pas grand-chose en informatique, il avait des réserves de bon sens. Dans le bar à huîtres, il avait eu l'idée de consulter l'annuaire téléphonique en ligne et quelque chose l'avait frappé. Hors liste rouge, sur toute l'étendue du territoire américain, il existait des centaines de Kowalkowski, mais seulement quatre Kowalkowsky. Et l'un d'eux s'appelait Alan et habitait ici, à la frontière de l'Ohio et de l'Indiana !

Depuis qu'il avait fait cette découverte, une rengaine tenace s'était incrustée dans son esprit : et si c'était cet homme qui avait reçu le message de Florence ? Une semblable mésaventure lui était arrivée, à lui, deux ans plus tôt. Un matin, il avait trouvé sur sa messagerie des photos impudiques accompagnées d'un texte plutôt salace adressé par une jeune femme prénommée Marie à son presque homonyme, un certain Marc Karadec qui vivait à Toulouse et avait le même fournisseur d'accès que lui.

Une gorgée de bière fraîche pour éclaircir ses idées. Et une nouvelle interrogation : si cet Alan Kowalkowsky était décédé, comment expliquer que sa ligne soit toujours référencée ?

Marc fit un signe pour appeler Ginger, mais elle préférait s'attarder avec un jeunot qui louchait sur son décolleté. Marc soupira et sortit un billet de vingt dollars qu'il agita dans sa direction.

— Si tu crois que tu peux m'acheter, lâcha Ginger en accourant pour empocher l'argent.

Caradec fut saisi d'un début de vertige. Il cligna des yeux et prit une longue respiration. Soudain, tout l'écœurait dans ce lieu : l'odeur de friture, la vulgarité ambiante, la médiocrité de ces gens enkystés à ce comptoir qui semblait être leur seul horizon.

— Parle-moi d'Alan, demanda-t-il. C'était un fermier ?

— Oui, il avait une petite exploitation qu'il gérait avec sa femme, Helen.

— Tu sais de quoi il est mort ?

— Il s'est suicidé. Un truc horrible. Je n'ai pas envie de parler de ça.

Marc plissa les yeux pour déchiffrer la phrase

tatouée sur le bas du cou de la serveuse : « *We live with the scars we choose.* » Pas totalement faux, mais pas si simple. Puis il sortit un autre billet que Ginger glissa immédiatement dans la poche de son jean.

— Alan n'avait qu'une passion dans la vie : la chasse au cerf qu'il pratiquait dès qu'il en avait l'occasion. Le plus souvent, il demandait à son fils de l'accompagner, même si celui-ci n'aimait pas trop ça. Son gamin s'appelait Tim. C'était un gosse formidable. Le genre à vous faire regretter de ne pas avoir d'enfants.

Le regard de Ginger se perdit quelques secondes dans le vague avant de revenir à son histoire.

— Un matin, il y a dix ans, Tim a refusé de suivre son père, mais, encore une fois, Alan a fortement insisté. Il disait que, grâce à la chasse, son fils allait devenir un homme. Ce genre de conneries, vous voyez...

Marc acquiesça de la tête.

— Leur dispute s'est prolongée en forêt jusqu'à un point de non-retour. Cette fois, Tim a tenu tête à son père et lui a balancé ses quatre vérités. Alors que son fils rebroussait chemin pour rejoindre la ferme familiale, Alan a continué à pister l'animal qu'il traquait depuis plusieurs heures. À un moment, il a cru entendre le cerf dans un fourré et il a tiré à l'aveugle. Vous devinez la suite.

Saisi par une vision d'horreur, Marc bredouilla :

— Il avait... touché son fils ?

— Ouais. La flèche de l'arbalète a traversé la poitrine du gamin au niveau du cœur. Tim est mort presque sur le coup. Il avait quatorze ans. Alan ne l'a pas supporté. Il s'est tiré un coup de fusil le lendemain de l'enterrement de son fils.

Marc soupira bruyamment.

— Sale histoire, putain. Et sa femme ?

— Helen ? Elle habite toujours dans la ferme. Avant le drame, c'était déjà une fille étrange, solitaire, intello. Depuis, elle est devenue complètement givrée. Elle a laissé l'exploitation dépérir, elle vit dans la crasse, elle se bitture du matin au soir...

— Comment gagne-t-elle sa vie ?

Ginger cracha son chewing-gum dans la poubelle.

— Vous voulez la vérité ?

— Au point où on en est...

— Pendant quelques années, elle a fait des passes. Pour les gars de la région qui voulaient tirer leur coup, le passage chez la veuve Kowalkowsky était une solution pratique.

Marc regarda la porte. C'en était trop. Il fallait qu'il quitte cet endroit.

— Si vous voulez mon avis, continua Ginger, elle ne doit plus travailler beaucoup. Même les mecs en manque de baise ne sont pas prêts à se taper des mortes.

2.

New York

Alan Bridges était contrarié.

— Qu'est-ce que vous foutiez, Raphaël ? Ça fait plus d'une heure que je vous attends !

— Je suis désolé. Je vous expliquerai.

Au dernier étage du Flatiron, le bureau d'Alan s'était transformé en QG de crise : on avait punaisé de vieilles photos sur un panneau de liège, consigné des dates sur un tableau Velleda, déballé des cartons débordant de livres. Sur le mur, trois écrans amovibles étaient reliés par Wi-Fi aux ordinateurs portables de deux jeunes journalistes du #Winter Sun. Alan me présenta plus formellement ses assistants, que j'avais déjà croisés le matin :

— Christopher Harris et Erika Cross. Tout le monde ici les appelle Chris & Cross.

Cross était une belle rouquine dont les cheveux ondulaient sur les épaules, Chris, un gringalet mutique au look androgyne et au regard fuyant. Derrière le mur de verre, l'équipe de *muckrackers* s'était déplumée, la plupart des journalistes ayant rejoint le Madison Square Garden pour couvrir la fin de la convention républicaine.

Alan prit un ton grave :

— J'étais sceptique sur ce que vous m'avez raconté, mais j'avais tort.

Il désigna les cartons posés au sol.

— On a suivi vos conseils : on est allés fouiller le garde-meuble de Joyce Carlyle et quelque chose de très étrange a retenu notre attention.

Il prit un ouvrage posé sur son bureau et me le tendit. Intitulé *The Unusual Candidate*, c'était une biographie de Tad Copeland.

— Parue fin 1999, pendant la première campagne électorale de Copeland au poste de maire de Philadelphie, expliqua-t-il. Le bouquin a été publié à compte d'auteur avec un tirage modeste de cinq cents exemplaires. C'est le genre de livre politique hagiographique sans intérêt qui se vend généralement à la permanence des candidats et lors de leurs meetings.

Je lus le nom de l'auteur :

— Pepe Lombardi ?

— Un ancien journaliste et photographe du *Philadelphia Investigator*, une feuille de chou locale. Le type a suivi Copeland depuis ses débuts en politique alors qu'il n'était encore qu'un simple conseiller municipal.

Je feuilletai le livre, puis l'ouvris à une page du cahier photo central marquée d'un Post-it.

— Vous la reconnaissez ?

Les deux clichés dataient de la fin des années 1980 (respectivement décembre 1988 et mars 1989 si on en croyait la légende). Ils mettaient en scène Joyce et Tad dans les bureaux de Take Back Your Philadelphia, l'organisation qu'avait créée Copeland avant d'apparaître sur la scène politique. À cette époque, la mère de Claire était splendide, jeune, pétillante. Un corps élancé, des traits fins et réguliers, des dents blanches, de grands yeux verts en amande. La ressemblance avec Claire était flagrante.

Les deux photos traduisaient une complicité évidente, mais je me méfiais des photos.

— On a fait notre enquête, reprit Alan. Joyce a travaillé pour TBY pendant presque un an, d'abord comme bénévole puis comme salariée.

— Qu'est-ce que vous en concluez ?

— Vous êtes aveugle ou quoi ? Il se la tapait ou il avait l'intention de se la taper, me lança Cross dans un élan aux accents assez peu féminins. Ça me rappelle les photos de Clinton et Lewinsky. Leur accolade sentait le sexe à dix lieues à la ronde.

— Ce ne sont que des photos, rétorquai-je. On leur fait dire n'importe quoi, vous le savez bien.

— Attendez la suite, poursuivit la rousse. On a retrouvé la trace de Pepe Lombardi dans une maison de retraite du Maine. Il est âgé de quatre-vingt-dix ans aujourd'hui, mais il a toujours les idées bien en place. Je l'ai appelé il y a une heure. Il m'a raconté qu'en 1999, dix jours après la sortie du livre, Zorah Zorkin, la directrice de campagne de Copeland, lui a racheté l'intégralité de son stock ainsi que tous les négatifs de ses photos.

— Sous quel prétexte ?

Alan reprit la parole :

— Officiellement, le candidat avait tellement aimé le livre qu'il souhaitait la parution d'une nouvelle édition avec une préface qu'il aurait lui-même rédigée.

— Et le livre n'est jamais ressorti, devinai-je.

— Si, justement ! Il a même été réédité

plusieurs fois, mais, dans les nouvelles éditions, les deux photos de Joyce avaient disparu.

Je me fis l'avocat du diable :

— Il peut y avoir mille raisons à cela. Vous l'avez dit vous-même : si ces clichés sont équivoques, il n'est pas anormal que l'homme politique ait cherché à les faire disparaître d'une biographie. D'autant qu'il était marié.

— Sauf que ça ne s'est pas arrêté là, assura Alan en se retournant vers Chris & Cross.

La rousse flamboyante expliqua :

— On a un peu fouillé dans les arcanes du Web, notamment sur les sites de vente de livres d'occasion. Chaque fois qu'un exemplaire de l'édition originale refait surface, par exemple sur Amazon ou sur eBay, il est presque instantanément racheté pour une grosse somme.

— Par qui ?

Elle haussa les épaules.

— Difficile de le savoir avec certitude, mais pas très compliqué à deviner.

Pour la première fois, Chris, l'androgyne timide, sollicita la parole :

— Il y a autre chose. À l'époque, certaines médiathèques ou bibliothèques municipales de Pennsylvanie avaient acquis la biographie. J'ai réussi à en contacter quelques-unes. On trouve bien la trace du livre sur leurs catalogues en ligne, mais, concrètement, le bouquin n'est jamais sur les rayons. Soit il a été perdu, soit il a été emprunté et jamais rendu.

D'un geste de la tête, Alan demanda à ses assistants de nous laisser. Il attendit que nous fussions seuls pour me parler franchement :

— Bon, on ne va pas tourner autour du pot, Raphaël. Si Copeland s'est donné tant de mal pour faire disparaître ces photos, c'est que non seulement il a eu une aventure avec Joyce Carlyle, mais surtout qu'il est le père de Claire. Tout concorde : les dates de sa liaison supposée avec Joyce, le fait que la petite soit métisse...

— J'y ai pensé, bien sûr, c'est une possibilité.

— Ce qui me surprend, en revanche, c'est que vous m'assuriez que Florence enquêtait sur Joyce et Copeland peu de temps avant sa mort.

— Pourquoi ?

— Florence et moi pensions la même chose à propos de la vie privée des hommes politiques : elle ne nous intéressait pas. Nous considérions que le journalisme actuel était justement en train de crever à cause de ce voyeurisme hypocrite. Je me fous de savoir que le prochain président des États-Unis a peut-être eu une aventure extraconjugale il y a plus de vingt ans. Ça ne le disqualifie pas à mes yeux pour diriger le pays.

— Attendez, Alan, vous n'y êtes pas : je pense que c'est Joyce elle-même qui, à l'époque, avait l'intention de révéler que Copeland, le nouveau gouverneur de Pennsylvanie, était le père de sa fille.

— Si elle voulait de la publicité, pourquoi avoir attendu si longtemps ?

— Parce que sa fille venait d'être enlevée et que l'enquête piétinait. C'est en tout cas ce que j'aurais fait à sa place : médiatiser l'affaire à outrance dans l'espoir que l'on retrouve ma fille.

Le silence se fit dans la pièce.

— Qu'est-ce que vous êtes en train d'essayer de me dire, Raphaël ?

— Que Tad Copeland a sans doute tué, ou fait tuer, son ancienne maîtresse.

21

La saison du chagrin

Ce soir, ma robe encore en est tout embaumée...
Respires-en sur moi l'odorant souvenir.

Marceline DESBORDES-VALMORE

1.

Midwest

Le soleil tirait ses derniers feux lorsque Caradec arriva chez la veuve Kowalkowsky.

Le bâtiment principal était une maison trapue qui s'élevait sur deux étages. Une ferme typique du Midwest comme il en avait vu des centaines en remontant de Columbus jusqu'à Fort Wayne. Mais ce que Marc n'avait pas vu ailleurs et qui faisait la singularité de la propriété, c'était la grange. Un hangar à grain à la façade cramoisie et au toit blanc en forme d'ogive dont la silhouette imposante se détachait dans le ciel embrasé.

Marc s'avança vers la maison, les yeux fixés sur le porche à la peinture écaillée qui se prolongeait tout le long de la façade. Il grimpa les quatre marches qui menaient à l'entrée. Sans doute à cause de la chaleur, la porte était ouverte sur une moustiquaire qui battait dans le vent tiède. Marc écarta le rideau de gaze et annonça sa présence :

— Madame Kowalkowsky !

Il tambourina contre la vitre et, après avoir attendu une minute, il se décida à pénétrer dans la maison.

L'entrée donnait directement dans le salon, une pièce qui respirait l'abandon : murs décrépis, papier peint décollé, tapis élimé, meubles rafistolés.

Recroquevillée sur un canapé en tissu vert amande, une femme dormait. À ses pieds, le cadavre d'une demi-flasque de gin bon marché.

Marc soupira et s'approcha d'Helen Kowalkowsky. À cause de sa position, il ne parvenait pas à voir son visage. Mais peu importait son visage. Cette femme, c'était lui. Une déclinaison de lui : un être brisé par le chagrin qui n'arrivait plus à émerger du plus profond de la nuit.

— Madame Kowalkowsky, chuchota-t-il en lui secouant doucement l'épaule.

Il fallut plusieurs minutes à la propriétaire des lieux pour se réveiller. Elle le fit avec lassitude, sans sursaut ni stupeur. Elle était ailleurs. Sur un territoire que rien ne pouvait atteindre.

— Je suis désolé de vous déranger, madame.

— Qui êtes-vous ? demanda-t-elle en essayant de se mettre debout. Je vous préviens, il n'y a rien à voler ici, même pas ma vie.

— Je suis le contraire d'un voleur. Je suis policier.

— Vous venez m'arrêter ?

— Non, madame. Pourquoi viendrais-je vous arrêter ?

Helen Kowalkowsky chancela et retomba dans son canapé. Dire qu'elle n'était pas dans son état normal était un euphémisme. Ivre sans doute. Peut-être même un peu stone. Malgré son apparence actuelle – elle n'avait plus que la peau sur les os, son visage était décharné et marqué de cernes grisâtres –, on devinait la jolie fille qu'elle avait été autrefois : une silhouette longiligne, des cheveux cendrés, des yeux clairs.

— Je vais vous préparer du thé, ça vous fera du bien, d'accord ? proposa Caradec.

Pas de réponse. Le flic était décontenancé par son face-à-face avec ce spectre. Mais comme il se méfiait du réveil des fantômes et ne voulait pas se laisser surprendre, il vérifia qu'il n'y avait pas d'armes visibles dans le salon avant de passer dans la cuisine.

C'était une pièce aux vitres tachetées qui donnaient sur un champ envahi d'herbes hautes. La vaisselle s'accumulait dans l'évier. Le frigo était presque vide à l'exception d'une boîte d'œufs et du compartiment congélateur qui était garni de flasques de gin. Sur la table, des tubes de médicaments : Valium, somnifères et compagnie. Marc soupira. Il était en terrain connu. Depuis longtemps, lui-même arpentait ce *no man's land* – le véritable enfer sur terre – où transitaient ceux qui ne supportaient plus la vie, mais qui, pour des raisons diverses, n'étaient pas résolus à la quitter tout à fait.

Il mit de l'eau à chauffer et prépara une infusion avec ce qu'il avait sous la main : du citron, du miel, de la cannelle.

Lorsque Marc revint dans le salon, Helen était toujours assise sur le canapé. Marc lui tendit la tasse de citron chaud. Il ouvrit la bouche puis

se ravisa. Expliquer à cette femme ce qu'il faisait chez elle lui apparut pour l'instant comme
une tâche insurmontable. Helen avait trempé
ses lèvres dans la tasse et buvait l'infusion par
gorgées minuscules. Les yeux vides, le dos
voûté, entre accablement et lassitude, elle était
à l'image de la maison : fanée, figée, desséchée.
Caradec pensa aux modèles torturés du peintre
Egon Schiele, à leurs visages maladifs, à leur
couleur de peau jaunâtre qui en faisait des êtres
plus morts que vivants.

Mal à l'aise dans la maison assombrie, Marc
ouvrit les stores et aéra le salon. Puis il jeta un
œil à la bibliothèque, repérant des livres qu'il
avait lui-même aimés et qu'il ne s'attendait pas
forcément à trouver là, dans une ferme du fin
fond de l'Ohio : Pat Conroy, James Lee Burke,
John Irving, Edith Wharton, Louise Erdrich.
Même un exemplaire des *Calligrammes* de
Guillaume Apollinaire publié par les Presses
universitaires de Californie !

— C'est mon poète préféré, dit-il en s'empa-
rant de l'ouvrage.

À cette évocation, le visage d'Helen sembla
s'animer. Dans son anglais aléatoire, Caradec
continua à la mettre en confiance, lui racon-
tant Apollinaire, les poèmes à Lou, la Grande

Guerre, son propre grand-père mort au combat, la grippe espagnole, sa femme Élise qui était spécialiste de cette période, leur rencontre, comment elle l'avait initié et éveillé à l'art.

Lorsqu'il eut terminé, le soleil s'était couché, la pièce était plongée dans l'obscurité. Et le miracle se produisit. Helen lui abandonna à son tour quelques bribes de son histoire : celle d'une bonne élève trop souvent obligée de rater les cours pour aider ses parents, celle d'une étudiante prometteuse, mariée trop jeune à la mauvaise personne, celle d'une épouse au quotidien pénible, mais illuminé par la naissance de son fils, Tim, son seul bonheur dans la vie avec les livres. Puis le gouffre lors de la mort de Tim et les années de ténèbres qui s'étaient ensuivies.

Avant d'avoir les deux pieds dans la tombe, les gens ne sont jamais tout à fait morts, pensa Marc en la regardant. Bien sûr, c'était toujours plus facile de se confesser à un inconnu, mais Helen parlait comme elle n'avait plus parlé à personne depuis longtemps. Lorsque le silence s'installa, elle se recoiffa avec ses longs doigts telle une princesse un lendemain de cuite. Caradec en profita pour reprendre la parole :

— Si je suis ici, c'est pour les besoins d'une enquête.

— Je me doutais bien que vous n'étiez pas venu de Paris juste pour mes beaux yeux, remarqua Helen.

— C'est une histoire à la fois très simple et très compliquée, répondit Caradec. Une histoire qui depuis dix ans a détruit la vie de plusieurs personnes et dont indirectement vous avez peut-être la clé.

— Dites-m'en plus, réclama-t-elle.

Caradec entreprit de raconter leur quête, à Raphaël et à lui, depuis la disparition de Claire. La métamorphose d'Helen était progressive, mais bien réelle. Ses yeux s'étaient rallumés, ses épaules, redressées. Tout cela ne durerait pas, ils le savaient tous les deux. Dès demain, elle replongerait dans un fleuve de gin et de vodka et se noierait dans les brumes médicamenteuses. Mais ce soir, elle avait de nouveau l'esprit clair et affûté. Suffisamment en tout cas pour être capable d'entendre toute l'histoire de « la fille de Brooklyn » et d'en digérer les circonvolutions. Suffisamment pour que, teintée de malice, la seule question qu'elle pose après le récit de Marc soit :

— Donc, si je comprends bien, vous avez fait

mille kilomètres depuis New York parce que vous cherchez un message envoyé par erreur sur la boîte mail de mon mari, il y a onze ans ?

— C'est ça, le 25 juin 2005 plus précisément, répondit Caradec, mais j'ai bien conscience qu'en énonçant les choses comme ça, cela peut paraître absurde.

Un bref instant, Helen Kowalkowsky sembla retomber dans la torpeur avant de se ressaisir et de mettre de l'ordre dans ses pensées.

— Depuis notre installation ici, en 1990, nous avons une ligne téléphonique au nom d'Alan. Je l'ai conservée à sa mort, ce qui explique que vous soyez remonté jusqu'à moi grâce aux pages blanches. C'est la même chose concernant Internet : nous avions pris un abonnement au nom de mon mari, mais c'était surtout pour faire plaisir à notre fils. Alan n'y connaissait rien en informatique. C'est Tim qui utilisait le mail et la connexion.

Marc reprit espoir. La vérité était là : dans cette maison. Il le sentait, il le savait.

— Si Tim avait reçu un mail étrange, il vous en aurait parlé ?

— Non, parce que cela m'aurait inquiétée et qu'il cherchait toujours à me préserver.

— Il en aurait parlé à son père ?

Lourd silence.

— Généralement, Tim évitait de parler à son père.

— Ce compte, il est toujours valide ?

Helen secoua la tête.

— Je n'ai plus de connexion Internet depuis la mort de mon fils. Ça fait donc presque dix ans que cette adresse n'existe plus.

Cette fois, Marc accusa le coup. Les doutes s'insinuèrent dans son esprit.

Son *intuition* lui avait joué des tours. Il repensa à l'étymologie du mot : un simple reflet dans une glace. Une affabulation. Une chimère. Une construction de l'esprit.

Un instant, il se sentit vaciller avant de reprendre pied.

— Helen, est-ce que vous avez gardé l'ordinateur de votre fils ?

2.

New York

Le visage fermé, Alan réfléchissait en silence.

— Directement ou indirectement, c'est Tad Copeland qui a assassiné Joyce Carlyle, répétai-je.

— C'est absurde, balaya le rédacteur en chef.

On ne peut pas balancer des énormités comme ça sans preuves. C'est irresponsable ! Copeland est peut-être républicain, mais c'est le meilleur candidat à la présidence depuis Kennedy. Il est hors de question que mon journal le mette en difficulté avec une histoire vaseuse.

Plus notre discussion avançait, plus je cernais la fascination ambiguë qu'entretenait Alan pour l'homme politique. Copeland était un homme de sa génération, un homme dont il se sentait proche idéologiquement. Pour la première fois arrivait aux portes du pouvoir un républicain qui fustigeait les excès du néolibéralisme, prônait le contrôle des armes et prenait ses distances avec la religion. Le gouverneur de Pennsylvanie avait fait exploser les lignes du paysage politique américain. Par une conjonction d'éléments presque miraculeuse, il avait triomphé de tous les populistes de son camp.

Pour être tout à fait honnête, moi non plus, je n'étais pas insensible à la rhétorique du candidat. J'aimais lorsqu'il citait Steinbeck et Mark Twain dans ses discours. Lors des débats des primaires, j'avais jubilé lorsqu'il avait renvoyé Trump dans les cordes et mouché Ben Carlson. Copeland avait une feuille de route ambitieuse, il disait des choses intelligentes

auxquelles j'étais sensible : la volonté de réins-
crire les décisions politiques dans le long terme,
celle d'être le candidat de la classe moyenne,
la conviction qu'il était intenable et mortifère
que la croissance de l'économie américaine ne
profite désormais qu'à une infime minorité de
super-riches.

Copeland était peut-être un type bien – ou
du moins un des moins pires politiciens de ce
pays –, mais j'étais persuadé qu'il était impli-
qué dans l'enlèvement de Claire. Pourtant, je
choisis un autre angle pour rallier Alan à ma
cause :

— Vous voulez que j'aille plus loin ? dis-je.
C'est aussi Copeland ou son entourage qui sont
responsables de la mort de Florence Gallo.

— Ça suffit ! explosa-t-il.

Pour le convaincre, j'abattis coup sur coup
mes deux cartes maîtresses : la localisation de
l'appel au 911 qui correspondait à l'adresse de
Florence, ainsi que l'ADN de Blunt Liebowitz,
retrouvé sur les lieux du crime. La conjonction de
ces deux événements plongea le journaliste dans
la perplexité. Dès que le souvenir de Florence
se réveillait, Alan se métamorphosait. Ses traits

se durcissaient, son regard s'embrasait, ses rides se creusaient.

— Vous connaissez Liebowitz ? demandai-je.

— Bien sûr, répondit-il, agacé. Tous les journalistes politiques qui ont déjà approché Copeland savent qui est Blunt Liebowitz : son garde du corps personnel. Il gravite dans son entourage depuis longtemps. C'est l'oncle de Zorah Zorkin.

C'était la deuxième fois que j'entendais ce nom. Alan éclaira ma lanterne :

— Zorah Zorkin est l'ombre de Copeland. C'est sa directrice de campagne et sa principale conseillère. Elle l'accompagne dans tous ses déplacements. Elle a travaillé à son cabinet lorsqu'il était gouverneur et, avant ça, c'est elle qui avait manœuvré pour le faire élire à la mairie de Philadelphie. Je ne vous dis pas que Copeland est une marionnette, mais, sans Zorah, il serait encore prof de droit à Penn.

— Pourquoi je ne vois pas du tout qui c'est ?

— Parce qu'elle est discrète et que le grand public ne connaît pas vraiment les éminences grises, même si c'est en train de changer : il y a trois mois, le *New York Times* l'a mise en couverture de son magazine avec ce titre : « *Sexiest*

Brain of America ». De vous à moi, je pense que ce n'est pas exagéré.

— Qu'a-t-elle de si extraordinaire ?

Alan plissa les paupières.

— Longtemps, à cause de sa dégaine, personne ne s'est méfié d'elle. Mais ce temps-là est terminé : tout le monde sait aujourd'hui que Zorkin est une joueuse d'échecs pleine de sang-froid qui a toujours plusieurs coups d'avance sur ses adversaires. Pendant la campagne pour les primaires, elle a été d'une efficacité redoutable pour récolter des fonds, en particulier auprès des patrons de la génération Facebook qui avaient fait leurs études avec elle. Alors qu'il était encore très bas dans les sondages, Copeland a pu se maintenir à flot grâce à cet argent et attendre que la tendance se retourne. Si Zorkin est donc une tacticienne et une stratège hors pair, c'est aussi une spécialiste en coups tordus, un pitbull enragé qui ne relâche jamais sa prise.

Je haussai les épaules.

— C'est comme ça partout, dis-je. Dans le business, la politique, le spectacle. Tous les hommes de pouvoir ont besoin de quelqu'un pour se salir les mains à leur place.

Tout en m'approuvant de la tête, Alan appuya sur l'Interphone pour joindre Chris et Cross.

— Les enfants, balancez-moi tout ce que vous trouverez sur l'emploi du temps du gouverneur Copeland, le samedi 25 juin 2005.

J'étais dubitatif sur cette démarche.

— Le jour de la mort de Joyce ? Dix ans après, qu'est-ce que vous espérez découvrir ?

— Tout cela me dépasse, soupira-t-il, mais vous allez voir de quoi Chris & Cross sont capables. Ils utilisent un algorithme « intelligent » qui va chercher l'information avec une rapidité fulgurante dans la presse de l'époque, les sites Web, les blogs et les réseaux sociaux. Vous le savez aussi bien que moi, avec Internet, rien ne s'efface : l'homme a créé un monstre qu'il ne maîtrise plus. Enfin, ceci est une autre histoire...

Pendant qu'il devisait, Alan avait appuyé sur la télécommande pour jeter un œil sur les chaînes d'infos qui retransmettaient la convention républicaine.

Au Madison Square Garden, devant dix mille personnes, les orateurs se succédaient pour brosser de leur candidat un portrait élogieux. Sur plusieurs écrans géants, des personnalités du sport et du spectacle applaudissaient en poussant des exclamations ferventes et exaltées que je trouvais ridicules. L'avant-veille, les délégués du parti avaient voté pour désigner leur candidat. Dans moins d'une heure, Tad Copeland prononcerait son discours d'intronisation. Puis ce serait le traditionnel lâcher de ballons et la pluie de confettis tricolores...

— Alan, on t'envoie des trucs, annonça la voix d'Erika Cross dans l'Interphone.

Des documents commencèrent à s'afficher sur les moniteurs accrochés au mur. Chris précisa :

— Depuis 2004, l'agenda officiel du gouverneur est en accès libre sur le site de l'État de Pennsylvanie. Il suffit de savoir le récupérer. Voici donc celui de la matinée du 25 juin 2005 :

9 h-10 h 30 : Round final de négociation avec les syndicats pour entériner les mesures visant à améliorer l'efficacité des transports publics.
11 h-12 h : Rencontre avec les enseignants du lycée de Chester Heights.

— Et voici toutes les photos d'articles de presse ou de blogs que j'ai pu récupérer pour ces deux événements, annonça la rouquine.

Une série de clichés apparut sur les écrans :

Copeland prenant la pose avec les syndicalistes, puis avec les profs et les élèves.

— Zorah et Blunt ne sont jamais très loin, remarqua Alan en désignant avec son stylo la silhouette massive du garde du corps et celle plus fluette d'une femme sans âge, souvent en partie masquée ou coupée sur les photos.

— Pour l'instant, rien d'anormal, dis-je.

— La suite est plus intéressante, me répondit Chris. Les deux rendez-vous suivants étaient inscrits dans l'agenda de Copeland pour l'après-midi :

12 h 30-14 h : Déjeuner et échange avec les personnels des maisons de retraite du comté de Montgomery.
15 h : Inauguration du complexe sportif Metropol dans le Northeast Philadelphie.

— Mais Copeland s'est fait porter pâle, compléta la journaliste. Dans les deux cas, il était représenté par Annabel Schivo, vice-gouverneur.

— Ça, ce n'est pas logique, admit Alan. Le Northeast a toujours été le quartier fétiche de Copeland et je connais le Metropol : c'est un projet gigantesque, pas une salle de sport en préfabriqué. Pour que Copeland loupe cette inauguration, il s'est forcément produit un événement important et imprévu.

À présent, l'excitation d'Alan était palpable et communicative.

— Je suppose qu'on n'a plus revu Copeland à Philadelphie de toute la journée.

— Détrompez-vous ! s'exclama Chris en envoyant une nouvelle image. À 18 heures, il a assisté au match de basket des Philadelphia 76ers au Wells Fargo Center devant plus de vingt mille personnes.

Je me rapprochai du moniteur. Arborant écharpe et casquette de supporter, Copeland n'avait pas le visage de quelqu'un qui vient d'assassiner une femme, mais il n'y avait rien d'étonnant à cela. Tout le monde sait que les hommes politiques sont capables de faire semblant.

— Tu as d'autres photos du match ?

Une nouvelle salve de clichés envahit les écrans.

Cette fois, sur aucune d'entre elles on n'apercevait le garde du corps ni la directrice de campagne.

— Erika, trouve-moi des photos d'autres matchs, demanda Alan.

— C'est-à-dire ?

— Des matchs joués au Wells Fargo un peu avant cette date.

Une trentaine de secondes s'écoulèrent avant que la jeune femme reprenne la parole :

— J'ai dégoté ça par exemple : un match contre les Celtics la semaine précédente et un autre contre Orlando fin avril.

Pour ces deux rencontres, la même scène se répétait : Zorah était assise un rang derrière le gouverneur. Sur certains plans larges, on apercevait aussi la carrure massive de Blunt Liebowitz debout dans la travée.

— Regardez ! Zorkin est toujours à la même place derrière Copeland. Sauf ce fameux samedi 25 juin. Ce n'est pas un hasard, Alan !

Le rédacteur en chef ne trouva plus rien à m'objecter.

— Combien faut-il de temps pour faire le trajet de Philadelphie jusqu'à New York en voiture ? demandai-je.

— Avec les embouteillages ? Je dirais deux bonnes heures.

Me reculant dans mon fauteuil, je fermai les yeux et pris trois minutes pour réfléchir. J'étais sûr d'avoir compris ce qui s'était passé en ce jour de juin 2005, je devais seulement choisir les bons mots pour entraîner Alan avec moi. Il fallait qu'il m'aide, car, pour la première fois, j'entrevoyais une solution pour localiser Claire et qu'elle me revienne saine et sauve.

— Tout est limpide, Alan, dis-je en rouvrant les yeux avant de dérouler pour lui mon scénario. Ce samedi-là, le gouverneur, Zorah et Blunt quittent Philadelphie en voiture en début d'après-midi. Copeland a rendez-vous avec Joyce. L'entretien se passe mal. La conversation dégénère en dispute. Copeland panique et la tue. Puis il découvre que Florence l'a enregistré à son insu. Il revient à Philadelphie seul, sans garde du corps, pour assister au match de basket et donner le change. Pendant ce temps, Blunt et Zorah restent à New York et s'occupent du sale boulot : déplacer le corps de Joyce et maquiller la scène de crime pour faire croire à une overdose et mettre Florence hors d'état de nuire. Tout se tient, bon sang !

Accablé, Alan posa la tête entre ses mains. J'avais l'impression d'être dans son crâne. Un chaos bourdonnant où la colère se mêlait au chagrin. Peut-être repensait-il aux mois de bonheur avec Florence. Ce moment où tout était encore possible : avoir des enfants avec elle, se projeter dans l'avenir, avoir la sensation grisante d'être un acteur et non un figurant de sa propre vie. Peut-être se représentait-il la mort atroce qu'avait endurée la seule femme qu'il eût jamais aimée. Peut-être songeait-il au temps qui, depuis, avait filé. Un temps passé à s'abrutir dans le travail. Peut-être se disait-il que finalement Marilyn Monroe n'avait pas tort lorsqu'elle affirmait qu'une carrière réussie était une chose merveilleuse, mais qu'on ne pouvait pas se pelotonner contre elle la nuit quand on avait froid.

— Qu'est-ce que vous allez faire ? me demanda-t-il en me regardant comme s'il émergeait d'un lourd sommeil.

— Vous êtes prêt à m'aider, Alan ?

— Je ne sais pas si j'y suis prêt, mais je vais le faire, en souvenir de Florence.

— Est-ce que vous avez un moyen de joindre Zorkin ?

— Oui, j'ai un numéro de portable. Celui que j'ai utilisé pour négocier avec elle l'interview de Copeland.

Tandis qu'il cherchait dans le carnet d'adresses de son téléphone, je composai un bref SMS qui disait seulement : Je sais ce que vous avez fait à Florence Gallo, à Joyce Carlyle et à sa fille.

— Je ne suis pas certain que ce soit une

bonne idée, Raphaël. Ils traceront facilement votre téléphone. Vous serez localisé en moins de dix minutes.

— Mais c'est bien ce que j'espère, répondis-je. Moi aussi, je sais jouer aux échecs.

22

Zorah

Les animaux à sang froid sont les seuls venimeux.

Arthur SCHOPENHAUER

1.

Dix-sept ans plus tôt
Printemps 1999

Je m'appelle Tad Copeland. J'ai trente-neuf ans. Je suis professeur de droit constitutionnel et de sciences politiques à l'université de Pennsylvanie. En ce samedi matin du printemps 1999, je reviens d'une partie de pêche, mais, comme souvent, ce n'était qu'un prétexte pour passer quelques heures tranquilles, au milieu de la nature.

Tandis que j'amarre ma barque au ponton de

bois qui s'avance sur les eaux frémissantes du lac, Argos, mon labrador, se précipite vers moi et me tourne autour en jappant et en remuant la queue.

— Allez, viens, mon chien !

Il me dépasse et fonce en direction d'un grand chalet de construction moderne, alliage harmonieux de mélèze, de pierre et de verre. Mon refuge de chaque week-end.

Une fois à la maison, je me prépare un café en écoutant à la radio le saxophone de Lester Young. Puis je m'installe sur la terrasse en rondins et savoure une cigarette en parcourant les journaux et en corrigeant quelques copies. Sur mon téléphone, un message de ma femme, Carolyn, retenue à Philadelphie et qui doit venir me rejoindre en milieu de journée. Je compte sur toi pour me préparer tes pâtes au pesto ! Des bises ! C.

Un bruit de moteur me fait lever la tête. Je chausse mes lunettes de soleil et plisse les yeux. Même de loin, je reconnais immédiatement cette silhouette menue à la démarche vive : Zorah Zorkin.

Comment l'oublier ? Elle a été mon élève il y a quatre ou cinq ans, et ce n'était pas n'importe quelle élève. C'était même de loin la meilleure étudiante de toute ma carrière d'enseignant. Un esprit vif, implacable, une capacité hors du commun à développer des raisonnements intelligents sur tous les sujets. Une culture phénoménale sur la politique et l'histoire des États-Unis. Une vraie patriote qui défendait pied à pied des positions que je partageais et d'autres sur lesquelles je n'étais pas d'accord. Un esprit brillant, donc, mais rien d'autre : pas d'humour, peu d'empathie, et, à ma connaissance, ni copain ni copine.

Je me souviens que j'éprouvais toujours un vrai plaisir à discuter avec elle, ce qui n'était pas le cas de tous mes collègues. Beaucoup d'enseignants étaient mal à l'aise avec Zorah. La faute à son intelligence froide qui avait parfois quelque chose de flippant. La faute à son regard, souvent absent lorsqu'elle était perdue dans ses réflexions, et qui, d'un seul coup, pouvait s'allumer avant de vous planter une saillie affûtée comme une banderille.

— Bonjour, professeur Copeland.

Elle est debout devant moi, mal fagotée, flottant dans un jean usé et un pull informe et pelucheux, tenant sur son épaule la lanière d'un sac à dos qu'elle doit avoir depuis le lycée.

— Salut, Zorah. Qu'est-ce qui me vaut ta visite ?

Nous échangeons quelques banalités, puis elle me raconte ses débuts dans la vie profession-nelle. J'ai entendu parler de son parcours. Je sais que, ces dernières années, après la fac, elle a fait ses armes en travaillant sur plusieurs cam-pagnes électorales locales, obtenant des résultats plutôt flatteurs avec des candidats qui n'avaient pourtant que peu d'envergure, se forgeant une petite réputation de conseillère politique qu'il est préférable d'avoir avec soi que contre soi.

— Je pense que vous valez mieux que ça, dis-je en lui servant une tasse de café. Si vous voulez faire de grandes choses, il faut que vous trouviez un candidat à la mesure de votre intelligence.

— Justement, répondit-elle. Je crois que j'en ai trouvé un.

Je la regarde souffler sur son café. Un teint de lune éclaire son visage dont toute beauté est gommée par la frange épaisse et mal coupée qui lui retombe sur les yeux.

— Vraiment, dis-je. Je le connais ?

— C'est vous, Tad.

— J'ai du mal à comprendre.

Elle ouvre la fermeture Éclair de son sac pour en sortir des projets d'affiches, un slogan, des pages imprimées et reliées décrivant une stratégie électorale. Alors qu'elle déballe son matériel sur le vieil établi en bois qui me sert de table de jardin, je l'arrête avant qu'elle n'aille plus loin :

— Attends, Zorah, je n'ai jamais voulu faire de politique.

— Vous en faites déjà : votre association, votre mandat de conseiller municipal...

— Je veux dire : je n'ai pas de plus hautes ambitions.

Elle me regarde avec ses grands yeux serpentins.

— Je pense que si.

— À quel poste voudrais-tu que je me présente ?

— Pour commencer, à la mairie de Philadelphie. Ensuite, au poste de gouverneur de Pennsylvanie.

Je hausse les épaules.

— Tu racontes n'importe quoi, Zorah. Philadelphie n'a jamais élu un républicain à sa tête.

— Si, répond-elle du tac au tac. Bernard Samuel, en 1941.

— Bon, peut-être, mais c'était il y a soixante ans. Ça ne serait plus possible aujourd'hui.

Elle ne trouve pas mon argument convaincant.

— Vous n'êtes pas un vrai républicain, Tad, et votre femme descend d'une vieille famille démocrate et très respectée.

— De toute façon, Garland sera réélu dans un fauteuil.

— Garland ne se représentera pas, assure-t-elle.

— Qu'est-ce que tu racontes ?

— Je le sais, c'est tout. Mais ne me demandez pas comment.

2.

— En admettant que je veuille faire de la politique, pourquoi je parierais sur toi, Zorah ?

— Vous n'y êtes pas, Tad, c'est moi qui parie sur vous.

Nous parlions depuis près de une heure. Malgré moi, je m'étais pris au jeu. Je savais très bien que je mettais les pieds sur un territoire dangereux. Je savais très bien qu'il ne fallait pas que je m'embarque dans une aventure que je pressentais sans retour. Mais, à cette époque, j'avais l'impression d'avoir déjà fait le tour de ma vie. Je traversais une période de doute. Je n'étais plus sûr de rien : ni de mon mariage, ni de ma vocation d'enseignant, ni du sens que je voulais donner à ma vie. Et cette fille savait trouver les mots. Elle voyait loin, elle voyait juste. Dans sa bouche, rien ne semblait impossible. Les lendemains étaient excitants et grandioses. Au fond, n'était-ce pas toujours cela que j'avais attendu : la rencontre avec une personne extraordinaire qui allait changer ma vie, me sortir de mon existence confortable, mais étriquée ?

J'ai bien essayé de résister à la tentation, mais Zorah rejetait toutes mes objections.

— Je ne crois pas en Dieu, tu le sais. Et les électeurs américains n'aiment pas les candidats athées.

— Vous n'êtes pas obligé de le crier sur les toits.

— J'ai déjà fumé de l'herbe.

— Comme tout le monde, Tad.

— Il m'arrive encore d'en fumer.

— Dans ce cas, arrêtez immédiatement et, si on vous pose la question, vous prétendrez que vous n'avaliez pas la fumée.

— Je n'ai pas de fortune personnelle pour financer une campagne.

— C'est mon job de trouver de l'argent, pas le vôtre.

— Je suis un traitement médical depuis plusieurs années.

— Vous souffrez de quoi ?

— De légers troubles bipolaires.

— Winston Churchill était bipolaire, le général Patton était bipolaire. Tout comme Calvin Coolidge, Abraham Lincoln, Theodore Roosevelt, Richard Nixon…

Elle balayait les arguments un par un. À présent, je ne voulais plus qu'elle s'en aille. Je voulais qu'elle continue à me parler et à arroser cette graine d'espoir qu'elle avait plantée en moi. Je voulais qu'elle continue à me dire que j'allais devenir maire de la cinquième plus grande ville du pays. Et je voulais encore un peu faire semblant de la croire.

3.

Alors qu'elle m'avait presque convaincu, Zorah changea soudain sa petite musique. C'était quelque chose que je devais apprendre par la suite : personne ne pouvait cacher bien longtemps ses secrets à Zorah Zorkin.

— Maintenant que vous en avez terminé avec vos fausses excuses, on pourrait peut-être aborder les vrais problèmes, vous ne pensez pas ?

Je feignis de ne pas comprendre :

— Qu'est-ce que tu veux dire ?

— La politique. Vous y avez forcément déjà pensé, Tad. Vous êtes fait pour ça. Il suffit d'assister à n'importe lequel de vos cours pour en être certaine. Vos interventions nous subjuguaient. Vos diatribes faisaient mouche. Tout le monde buvait vos paroles. Je me souviens encore de vos indignations sur le nombre trop élevé de travailleurs pauvres ou d'Américains ne disposant pas d'assurance maladie. J'ai toujours en mémoire vos discours sur la disparition du rêve américain et sur les mesures qu'il faudrait mettre en œuvre pour le restaurer. Vous avez ça dans le sang.

J'ouvris la bouche pour la contredire, mais je ne trouvai pas les mots.

— Quelque chose de précis vous a fait renoncer à la politique, reconnaissez-le, Tad. Quelque chose que vous considérez comme un handicap insurmontable.

— Tu fais de la psychologie à deux sous, là.

Zorah me défia du regard.

— Quel cadavre planquez-vous dans votre placard, professeur Copeland ?

Appuyé contre la rambarde, je restais silencieux. Mon regard se perdit au loin, du côté de la surface du lac qui étincelait de mille feux.

Zorah remballa ses affaires dans son sac.

— Je vous donne une minute, Tad, reprit-elle en regardant sa montre. Pas une seconde de plus. Si vous ne me faites pas confiance, il vaut mieux arrêter tout de suite.

Elle prit une cigarette dans le paquet que j'avais laissé sur la table et fixa les yeux sur moi.

Pour la première fois, je sentis le danger que représentait vraiment cette fille. Je n'aimais pas ses manières. Je n'aimais pas être mis au pied du mur. Pendant quelques secondes encore, j'eus cette liberté de dire « non ». La plus grande des libertés. Mais à quoi sert la liberté si elle ne vous permet pas de vivre vos rêves ?

— D'accord, dis-je en m'asseyant à côté d'elle. Tu as raison : il y a bien un épisode de ma vie qui pourrait me priver d'un destin politique.

— Je vous écoute.

— Ne t'attends pas à des révélations fracassantes. C'est tristement banal. Il y a une dizaine d'années, pendant quelques mois, j'ai entretenu une liaison avec une femme.

— Qui était-ce ?

— Elle s'appelle Joyce Carlyle. C'était une bénévole, puis une salariée de mon association, Take Back Your Philadelphia.

— Votre femme est au courant ?

— Si Carolyn était au courant, elle ne serait plus ma femme.

— Où habite cette Joyce Carlyle maintenant ?

— À New York. Mais ce n'est pas tout : elle a eu une fille, Claire, qui a huit ans aujourd'hui.

— Une fille dont vous êtes le père ?

— Très probablement, oui.

— Joyce a essayé de vous faire chanter ?

— Non. C'est une femme bien. Libre, mais respectable. Sa mère travaille au service juridique de la ville.

— Vous êtes restés en contact ?

— Non. Je n'ai pas eu de nouvelles depuis des années, mais je n'ai pas cherché à en avoir.

— La petite, Claire, elle sait que vous êtes son père ?

— Aucune idée.

Zorah soupira et arbora ce drôle d'air absent qu'elle avait lorsqu'elle réfléchissait. Moi, j'attendais son verdict en silence, comme un écolier qui vient de se faire prendre les doigts dans le pot de confiture.

C'est à ce moment précis que j'aurais dû renoncer, mais Zorah prononça exactement les mots que j'avais envie d'entendre :

— C'est embêtant, c'est vrai. Tout ça pourrait ressurgir n'importe quand, mais c'est un risque à prendre. L'essentiel est de garder la situation sous contrôle. On sait que cet épisode de votre vie a existé et qu'il peut potentiellement devenir un problème. Peut-être que cela ne se produira jamais, mais si ça arrive un jour, si ça devient un problème, nous le traiterons le moment venu.

4.

« Si ça devient un problème, nous le traiterons le moment venu. »

La phrase était prémonitoire et je le savais.

Du moins, je le redoutais.

Mais je dois être honnête. Même en sachant le drame qui est advenu par la suite, je mentirais si je disais que je regrette mon choix. Et j'irai même plus loin : je mentirais en prétendant que je n'ai pas la nostalgie de ce matin-là. Le matin où tout a commencé. Le matin où cette étrange fille a débarqué chez moi avec ses fringues improbables et son sac à dos fatigué. Le matin où elle a étalé ses affaires sur mon vieil établi et où elle m'a dit : « Vous êtes prêt à écrire un nouveau chapitre de l'histoire politique des États-Unis, Tad ? Un chapitre dont vous seriez le héros. »

23

Smoking Gun

Loi n° 2 : Ne vous fiez pas à vos amis, utilisez vos ennemis [...]. Si vous n'avez pas d'ennemis, trouvez le moyen de vous en faire.

Robert GREENE

1.

— Une partie à 20 dollars, m'sieur ?

La proposition émanait d'un SDF à la barbe fournie qui portait une boîte de jeu sous le bras.

— Une autre fois, volontiers. Aujourd'hui, j'ai un rendez-vous, dis-je en lui tendant un billet.

Assis à une table en pierre, j'attendais Zorah Zorkin dans le coin de Washington Square Park dévolu aux joueurs d'échecs.

Il était déjà tard, mais le parc était encore en pleine effervescence. Celle, vive et joyeuse, des samedis soir d'été, lorsque le jour n'en finit pas de jouer les prolongations, que l'air est propice à la musique, à la flânerie, aux éclats de rire et aux tours de valse.

Une atmosphère à l'opposé de mon état d'esprit. Je n'allais pas bien, Claire. Ces trois derniers jours, pour ne pas devenir dingue, j'avais réussi à refouler mon angoisse, mais, au milieu de tous ces gens insouciants, ma peur pour toi refaisait surface.

Dès que je cessais d'agir ou de réfléchir, je revoyais les images de la caméra de surveillance. Celles où le sbire d'Angeli te jetait dans le coffre de son corbillard chromé. Celle où tu hurlais mon prénom : « Raphaël ! Aide-moi, Raphaël ! Aide-moi ! »

Dans quel état te trouvais-tu, après trois jours de captivité ? Et cette vie que tu portais. Est-ce que nous aurions la chance de fêter la naissance de notre enfant ?

Étais-tu seulement encore en vie ? Jusqu'à présent, je n'en avais jamais douté, mais cela ressemblait plus à une profession de foi qu'à une conviction étayée par des preuves solides. Sans doute tenait-elle davantage à la fuite en avant d'un homme qui redoute de ne pas être assez fort pour accepter la réalité. Ce qui après tout n'est pas loin d'être le propre du romancier. Je me le répétais en boucle, tu ne pouvais pas avoir disparu pour toujours. Ni de ce monde ni de ma vie.

Ces dernières heures, pour conjurer ma peur, je n'avais pas ménagé ma peine. Moi qui d'ordinaire n'agissais qu'à travers les héros de mes romans, je m'étais transformé en véritable enquêteur. J'avais découvert les arcanes de ton passé, remonté toutes les pistes, ouvert toutes les portes.

« C'est moi qui ai fait ça. Est-ce que tu m'aimes encore, Raphaël ? » Que pourrais-je te reprocher, Claire ? D'avoir sauvé ta peau ? D'avoir tenté de refaire ta vie et essayé de laisser derrière toi toutes les horreurs que tu avais vécues ? Non, bien sûr ! Au contraire, j'étais impressionné par ta force de caractère, ta détermination et ton intelligence.

« Est-ce que tu m'aimes encore, Raphaël ? »

J'arrivais au bout de ma route. J'étais presque certain d'avoir identifié le commanditaire de ton enlèvement. Zorah Zorkin, la femme qui était sans doute également l'assassin de ta mère. Mais je ne comprenais pas comment ces gens avaient fini par te retrouver après toutes ces années. Pourquoi maintenant ? Pourquoi si vite après que tu m'avais révélé ton secret ? J'avais beau envisager toutes les hypothèses, quelque chose d'essentiel m'échappait.

« Est-ce que tu m'aimes encore, Raphaël ? »

Cesse de me poser cette question, Claire ! Oui, je t'aime, mais je ne sais plus qui j'aime. Pour aimer quelqu'un, il faut le connaître, et je ne te connais plus. À présent, j'ai l'impression d'être face à deux personnes. D'un côté, Anna Becker, l'interne en médecine dont je suis tombé amoureux, chaleureuse, drôle, une belle âme auprès de laquelle j'ai passé les six mois les plus heureux de ma vie. La femme que je m'apprêtais à épouser. De l'autre côté, Claire Carlyle, la survivante résiliente de l'enfer de Kieffer, « la fille de Brooklyn » à l'ascendance mystérieuse. Envers cette presque inconnue, j'éprouve de l'admiration et de la fascination. Mais je n'arrive pas à superposer vos deux silhouettes. Qui seras-tu si nous nous retrouvons ? J'ai toujours pensé que surmonter ensemble une épreuve fondatrice liait à jamais les gens, et les couples encore plus. Franchir sans se déchirer une série d'obstacles douloureux crée des attachements solides, presque indestructibles. De ce point de vue là, une chose est certaine : maintenant que je connais ton passé, maintenant que j'ai démasqué ceux qui t'ont fait du mal, nous ne serons plus jamais des étrangers l'un pour l'autre.

2.

Agile et menue, Zorah Zorkin se faufila à travers la foule massée sur les gradins du Madison Square Garden. Grâce à son badge, elle gagna les coulisses et parcourut plusieurs centaines de mètres dans un dédale de couloirs jusqu'à une porte coupe-feu, gardée par deux militaires, qui donnait sur la 31e Rue.

Blunt l'attendait. Sur son téléphone, le garde du corps montra à sa nièce le point bleu qui clignotait sur le logiciel de géolocalisation.

— Raphaël Barthélémy n'a pas bougé depuis dix minutes.

— Où est-il exactement ?

— À l'angle nord-ouest de Washington Square, près des tables d'échecs.

Zorah hocha la tête. Le symbole était clair : on la défiait sur son propre terrain. Généralement, elle savait éteindre les incendies et elle aimait les combats, mais elle avait pour règle de ne jamais sous-estimer son adversaire.

Elle demanda à Blunt de la suivre à distance et traversa la rue pour rejoindre la 7e Avenue.

Tout le quartier était bouclé. Inutile de chercher à prendre une voiture : elle n'irait pas plus vite et, surtout, elle risquait de se faire repérer par un journaliste. Elle s'arrêta une minute pour acheter une bouteille d'eau à un vendeur ambulant. Là, elle connecta un casque audio à son téléphone pour suivre à la radio le discours d'investiture de Copeland dont elle n'avait pu voir que le début.

Le discours était la cerise sur le gâteau concluant une séquence de trois jours qui, grâce à elle, s'était déroulée sans anicroche. Le triomphe de Copeland, c'était aussi et surtout le sien. Tous les analystes politiques le savaient et Tad lui-même le reconnaissait : elle lui avait fait gagner les élections primaires et demain elle le porterait jusqu'à la Maison-Blanche.

Les autres candidats employaient des équipes pléthoriques composées de centaines de personnes : des conseillers en stratégie politique, des sondeurs, des *spin doctors*, des spécialistes du marketing. Copeland et elle fonctionnaient à l'ancienne, en binôme, comme une petite entreprise artisanale. À elle, la stratégie, à lui, les discours et la représentation. Cette formule s'était révélée gagnante, car chacun savait qu'il n'était rien sans l'autre. Elle avait conseillé à Copeland de se déclarer très tard aux primaires et de feindre de n'y aller que pour faire de la figuration. Le gouverneur avait laissé les favoris s'entretuer dans les premiers débats, restant en embuscade et ne dévoilant son jeu que progressivement.

C'était une drôle d'époque. Une époque qui manquait d'hommes d'État. Une époque où les discours intelligents et les raisonnements complexes n'avaient plus leur place. Une époque où seuls les propos simplistes et excessifs réussissaient à trouver un écho médiatique. Une époque où la vérité n'avait plus d'importance, où les émotions faciles avaient supplanté la raison, où seules comptaient l'image et la communication.

Si, aujourd'hui, Copeland apparaissait comme un homme neuf, les premiers mois de sa campagne pour les primaires avaient été catastrophiques. Tad avait perdu les premiers *caucus* et s'était fait distancer lors du Super Tuesday. Puis il y avait eu cet état de grâce, comme un alignement d'étoiles dans le ciel. Les prétendus défauts de Copeland avaient soudain été perçus comme des qualités, son discours était devenu audible dans l'opinion et l'électorat républicain en avait eu subitement assez d'être représenté par des candidats caricaturaux. Ce jeu de dominos, Zorah l'avait patiemment orchestré et, en quelques jours, Copeland avait récupéré les soutiens financiers et les voix de ceux qui se retiraient.

Malgré cet élan nouveau, le combat avait été âpre jusqu'au dernier moment. Dans les premières heures de la convention, elle avait même redouté un coup fourré de ses adversaires. Pendant un instant, elle avait cru que les cent trente « superdélégués » allaient tenter une sorte de putsch au profit de leur adversaire, mais les « sages » n'avaient pas eu les couilles d'aller jusqu'au bout et s'étaient sagement rangés derrière son candidat.

Honnêtement, Tad était un homme politique intelligent, solide et sérieux. Il maîtrisait les questions économiques et la politique étrangère. Il était télégénique, il avait de l'humour et du charisme. Malgré ses positions centristes, il avait dans l'opinion une certaine image de fermeté qui faisait qu'on l'imaginait facilement en train de tenir tête à Poutine ou à Xi Jinping. C'était surtout un orateur optimiste et rassembleur. Si Copeland gagnait les présidentielles – et à présent, elle était persuadée que ce serait le cas –, il la nommerait secrétaire général de la Maison Blanche. Le job le plus intéressant du monde. La personne qui gérait vraiment le pays pendant que le président faisait le show devant les caméras. La personne qui s'occupait de tout. Celle qui nouait des alliances au Congrès, qui négociait avec les exécutifs locaux et les agences fédérales. Celle enfin qui gérait la plupart des crises.

D'ordinaire, Zorah ne laissait jamais rien au hasard. Pourtant, depuis trois jours, elle avait été prise de court par la résurgence de l'affaire Carlyle. Des heures sombres, venues du passé, qui refaisaient surface au plus mauvais moment de la campagne et menaçaient de détruire ce qu'elle avait mis plus de quinze ans à construire.

Depuis des années, elle s'était employée à étudier tous les scénarios possibles pour parer à tous les dangers. Le seul qu'elle n'avait pas imaginé tellement il relevait de l'improbable était pourtant celui qui s'était concrétisé : alors que depuis dix ans tout le monde la croyait morte, Claire Carlyle avait refait sa vie sous une autre identité.

C'était Richard Angeli qui lui avait appris la nouvelle. Lorsqu'il l'avait contactée la semaine précédente, elle avait presque oublié le jeune flic de Bordeaux qu'elle avait elle-même embauché onze ans plus tôt, à la demande du gouverneur, pour avoir des infos de première main concernant l'enlèvement de sa fille. Depuis le temps, Angeli avait fait du chemin. Dieu sait comment, une information explosive lui était tombée du ciel : Claire Carlyle était vivante.

Sans hésitation, elle avait choisi de ne pas évoquer l'affaire avec le candidat. C'était son job : régler les problèmes lorsqu'ils se présentaient pour qu'ils n'atteignent pas le gouverneur. Elle savait faire ça, elle aimait ça. Sans en parler à Copeland, elle avait débloqué des fonds – une grosse somme – à destination d'Angeli dont la cupidité était sans limites et lui avait ordonné de localiser, d'enlever et de séquestrer la fille.

Elle avait longuement hésité à lui demander de la tuer et de faire disparaître son corps, ce qui aurait réglé définitivement le problème. Une seule chose l'avait retenue : la réaction imprévisible de Copeland s'il était venu à l'apprendre.

Elle avait donc choisi de se donner quelques jours de réflexion, mais, à présent, elle se dit qu'elle avait trop attendu et qu'il était grand temps de passer à l'acte.

3.

J'avais beau la guetter de loin depuis plusieurs minutes, je ne reconnus vraiment Zorah Zorkin que lorsqu'elle fut à un mètre de moi. Même si elle était plus âgée, elle ressemblait à n'importe laquelle des étudiantes de la NYU qui peuplaient Washington Square : jean, tee-shirt, sac à dos, paires de sneakers.

— Je suis…, commençai-je en me levant.

— Je sais qui vous êtes.

Je sentis une main sur mon épaule. Je me retournai pour découvrir la carrure imposante de Blunt Liebowitz. Le garde du corps me palpa des pieds à la tête et me confisqua mon téléphone, sûrement pour éviter que j'enregistre la conversation. Puis il alla s'asseoir sur un banc à dix mètres des tables de jeu d'échecs.

Zorah prit place devant moi.

— Je crois que vous vouliez me voir, monsieur Barthélémy.

Elle avait une voix claire et plutôt douce, à l'opposé de ce que je m'étais imaginé.

— Je sais tout, dis-je.

— Personne ne sait *tout*, et vous moins qu'un autre. Vous ne savez pas quelle est la capitale du Botswana. Vous ne savez pas quelle est la monnaie du Tadjikistan ni celle du Cambodge. Vous ne savez pas qui était président des États-Unis en 1901 ni qui a mis au point le vaccin contre la variole.

Elle commençait fort.

493

— Vous voulez vraiment qu'on joue au Trivial Pursuit ?

— Qu'est-ce que vous *croyez* savoir, monsieur Barthélémy ?

— Je sais que, quelque part en France, vous détenez ma compagne, Claire Carlyle, la fille illégitime du gouverneur Copeland. Je sais qu'il y a onze ans, vous, ou lui, ou votre gorille, là-bas, avez tué sa mère, Joyce, l'ancienne maîtresse du gouverneur.

Elle était attentive, mais pas troublée par mes révélations.

— En période de campagne électorale, je reçois une centaine de lettres anonymes de ce genre tous les matins : le gouverneur est un extraterrestre, le gouverneur est scientologue, le gouverneur est une femme, le gouverneur est un vampire, le gouverneur est zoophile. C'est le lot de tous les hommes politiques.

— Sauf que moi, j'ai des preuves.

— Je suis bien curieuse de savoir lesquelles.

Elle jeta un coup d'œil à l'écran de son cellulaire qu'elle avait posé sur la table. Son portable chauffait : des alertes partout et des textos qui clignotaient sans arrêt. Je désignai le garde du corps d'un geste du menton.

— L'ADN de votre oncle, Blunt Liebowitz,

a été retrouvé sur la scène de crime de Joyce Carlyle.

Elle eut une moue dubitative.

— Si c'était vraiment le cas, je pense que la police l'aurait interrogé à l'époque.

— À l'époque, elle ne le savait pas. C'est différent aujourd'hui.

Je sortis de ma poche les pages arrachées au livre qu'avait retrouvé Alan.

— Il y a aussi ces photos de Joyce et du sénateur.

Elle les regarda sans montrer le moindre signe d'étonnement.

— Oui, ces photos sont connues. Elles sont très jolies d'ailleurs, mais qu'est-ce qu'elles prouvent ? Que Tad Copeland et cette jeune femme s'entendaient bien. C'est normal, non ? À ma connaissance, c'est lui qui l'avait engagée.

— Ces photos établissent un lien qui...

Elle me coupa d'un geste évasif :

— Si c'est vraiment tout ce que vous avez en magasin, vous ne trouverez personne pour écouter vos sornettes ni pour les relayer.

— Je crois au contraire que les journalistes seront ravis d'apprendre que vous avez tué froidement une de leurs consœurs, Florence Gallo.

Elle le prit avec dérision :

— J'ai eu en effet très souvent envie de tuer certains journalistes lorsqu'ils faisaient montre dans leurs articles de mauvaise foi, d'incompétence et d'indigence intellectuelle, mais je me suis toujours retenue de passer à l'acte.

Voyant que j'étais dans une impasse, je changeai de stratégie :

— Écoutez, Zorah, je ne suis pas flic, je ne suis pas juge, je suis seulement un homme qui veut retrouver la femme qu'il aime.

— C'est touchant, vraiment.

— Claire Carlyle a caché son identité pendant dix ans. Je pense même qu'elle ignore qui est son père. Relâchez-la et plus jamais vous n'entendrez parler de nous.

Elle secoua la tête d'un air moqueur.

— Vous voulez passer un marché, mais vous n'avez rien de tangible dans votre musette.

Dépité, je ne pouvais qu'admettre qu'elle avait raison. Avec Marc, nous avions mené une enquête sérieuse qui nous avait permis de reconstituer un puzzle incroyablement complexe, mais aucun des éléments que nous avions collectés ne pouvait à lui seul servir de monnaie d'échange. Nous avions mis au jour la vérité, mais il nous manquait le plus important : la preuve de la vérité.

4.

Le sanctuaire de la mémoire

Marc Caradec et Helen Kowalkowsky pénétrèrent dans la chambre de Tim avec la même solennité que dans une chapelle.

La pièce donnait l'impression que l'ado s'était juste absenté quelques heures pour se rendre au collège ou chez un copain et qu'il allait bientôt débarquer, jeter son sac à dos sur son lit avant d'aller se préparer une tartine de Nutella et se servir un verre de lait.

Une illusion à double tranchant : d'abord réconfortante puis dévastatrice. En faisant craquer le parquet, Marc s'avança au centre de la chambre éclairée par une ampoule qui grésillait.

Une drôle d'odeur de menthe poivrée traînait dans l'air. À travers la fenêtre, malgré la nuit, on apercevait le pignon menaçant du toit de la grange.

— Tim rêvait d'intégrer une école de cinéma, expliqua Helen en désignant les murs tapissés d'affiches de films.

Marc lança un regard circulaire. Au vu des affichettes, le petit avait bon goût : *Memento*, *Requiem for a Dream*, *Old Boy*, *Orange mécanique*, *Vertigo*…

Sur les étagères, des rayonnages de BD, des figurines de héros de comics, des piles de magazines de cinéma, des CD de chanteurs ou de groupes dont Caradec n'avait jamais entendu parler : Elliott Smith, Arcade Fire, The White Stripes, Sufjan Stevens…

Posée sur l'enceinte d'une chaîne hi-fi, un Caméscope HDV.

— Un cadeau de sa grand-mère, précisa Helen. Tim consacrait tout son temps libre à sa passion. Il réalisait des courts-métrages amateurs.

Sur le bureau, un combiné de téléphone Darth Vader, un pot à crayons, une boîte en plastique contenant des DVD vierges, un mug à l'effigie de Jessica Rabbit et un vieil iMac G3 coloré.

— Je peux ? demanda Caradec en désignant l'ordinateur.

Helen acquiesça de la tête.

— Je l'allume parfois pour regarder ses films ou ses photos. Ça dépend des jours, mais, généralement, ça me fait plus de mal que de bien.

Marc s'assit sur le tabouret pivotant en métal. Il fit jouer le clip pour baisser le siège et mit l'ordinateur sous tension.

La machine émit un souffle furtif qui s'amplifia. Une invitation à saisir un mot de passe s'afficha sur l'écran.

— J'ai mis presque un an à le trouver, avoua Helen en s'asseyant à son tour sur le bord du lit. « MacGuffin ». Ce n'était pourtant pas difficile à deviner : Tim vénérait Hitchcock.

Marc entra les neuf lettres et atterrit sur le bureau et ses icônes. En fond d'écran, le gamin avait mis la reproduction d'un dessin de Dalí : *Saint Georges et le dragon.*

Soudain, une détonation claqua. L'ampoule du lustre venait de rendre l'âme dans une explosion qui fit sursauter Marc et Helen.

Désormais, la chambre n'était plus éclairée que par l'écran de l'ordinateur. Marc déglutit. Il ne se sentait pas très à l'aise dans cette obscurité. Un courant d'air balaya l'arrière de son cou. Il crut voir une ombre passer sur lui. Il se retourna brusquement, devinant une autre présence dans la pièce. Mais à part Hélène, fantôme fatigué au visage cireux, il n'y avait personne dans la chambre.

Il revint à l'écran et lança la messagerie. Comme l'avait précisé la mère de Tim, il n'y avait pas de connexion Internet et le compte associé n'existait plus depuis des années, mais les messages déjà téléchargés étaient restés prisonniers des entrailles de la machine. Avec la souris, Marc fit défiler les messages jusqu'à la date fatidique du 25 juin 2005.

Il sentit ses yeux picoter et ses poils se dresser sur ses avant-bras. Le mail qu'il cherchait était là, adressé par Florence Gallo. Lorsqu'il cliqua pour l'ouvrir, une onde polaire lui traversa le corps. Le message ne contenait aucun texte, juste un fichier audio, intitulé *carlyle. mp3*.

Une boule dans la gorge, il alluma les enceintes de l'ordinateur et lança l'enregistrement. Celui-ci était éloquent. La voix de Joyce était telle qu'il l'avait imaginée : grave, chaude, éraillée par la rage et le chagrin. Quant à la voix de l'homme qui l'avait assassinée, elle ne lui était pas inconnue. Quand Marc comprit de qui il s'agissait, il réécouta pour être certain de ce qu'il avait entendu.

Incrédule, il vérifia une troisième fois, pensant que son anglais le trahissait. Il resta pétrifié pendant quelques secondes, puis il décrocha le téléphone à l'effigie de Darth Vader et composa le numéro de Raphaël. Il tomba sur son répondeur.

— Raph, rappelle-moi dès que tu peux. J'ai trouvé l'enregistrement effectué par Florence Gallo. Écoute un peu ça...

5.

— Si vous n'avez rien d'autre à me dire, cette conversation est terminée, monsieur Barthélémy.

Alors que Zorah s'était déjà levée, Blunt revenait vers nous, le visage fermé. Il tenait mon portable à la main.

— Son téléphone vient de sonner, expliqua-t-il à sa nièce. Comme personne n'a répondu, un dénommé Caradec a laissé un message.

— Tu l'as écouté ?

Le garde du corps hocha la tête.

— Oui, et je pense que tu devrais faire de même.

Tandis qu'elle prenait connaissance du message, je restai suspendu à l'expression de Zorah, guettant chaque battement de ses cils, traquant le moindre frémissement sur son visage impassible. Lorsqu'elle raccrocha, j'étais bien incapable de savoir ce qu'elle avait appris. C'est seulement lorsqu'elle décida de se rasseoir que je me dis que le rapport de force ne m'était peut-être plus aussi défavorable.

— Est-ce que Claire est en vie ? demandai-je.

— Oui, répondit Zorkin sans détour.

Je ne pris même pas la peine de contenir mon profond soulagement.

— Où est-elle ?

— Détenue quelque part à Paris sous la surveillance de Richard Angeli.

— Je veux lui parler immédiatement !

Zorah secoua la tête.

— On va faire comme dans les films. Claire
sera libre dès que j'aurai une copie de cet enregistrement et que vous aurez détruit l'original.

— Vous avez ma parole.

— Je me fous de votre parole.

Tout ça me paraissait trop simple.

— Qu'est-ce qui vous garantit que je ne finirai
pas par le rendre public ? demandai-je.

— Qu'est-ce qui vous garantit que, si Copeland
et moi accédons à la Maison-Blanche, un officier
des forces spéciales ne viendra pas un beau matin
vous mettre une balle dans la tête ? répondit-elle.

Elle laissa le temps à sa repartie de produire
tout son effet avant d'ajouter :

— Il n'y a pas de situation plus stable que
l'équilibre de la terreur. Chacun de nous dispose
de l'arme nucléaire et le premier qui tente de
détruire son adversaire s'expose au risque d'être
détruit à son tour.

Je la regardai avec perplexité. Je trouvais sa
capitulation un peu rapide et je ne saisissais
pas la lueur de satisfaction qui brillait dans son
regard. Je crois qu'elle perçut mon trouble.

— Vous n'avez pas perdu, et c'est moi qui ai gagné, Raphaël. Vous savez pourquoi ? Parce que nous ne faisons pas la même guerre et que nous n'avons pas les mêmes ennemis.

Je me souvins de ce que m'avait dit Alan : Zorah avait toujours plusieurs coups d'avance.

— Qui est votre ennemi ?

— Vous savez comment se comportent les hommes politiques lorsqu'ils arrivent au pouvoir, Raphaël ? Ils ont souvent la tentation d'écarter tous ceux à qui ils doivent leur victoire. C'est tellement plus rassurant de croire qu'on y est arrivé seul.

— Cet enregistrement, c'est votre assurance vie, c'est ça ?

— C'est la certitude que Copeland ne pourra jamais me mettre sur la touche, car j'ai désormais de quoi l'entraîner dans ma chute.

— L'équilibre de la terreur, murmurai-je.

— C'est le secret des couples qui durent.

— Pour vous, la conquête du pouvoir excuse tout, n'est-ce pas ?

— Dans la mesure où l'exercice de ce pouvoir sera bénéfique au plus grand nombre.

Je me levai pour quitter la table de jeu d'échecs.

— Je n'ai jamais supporté les gens comme vous.

— Ceux qui agissent pour le bien de leur pays ? me nargua-t-elle.

— Ceux qui s'imaginent au-dessus d'un peuple infantilisé qui serait incapable de choisir lui-même son destin. Dans un État de droit, même la politique obéit à des règles.

Elle me regarda avec condescendance.

— L'État de droit est une chimère. Depuis la nuit des temps, le seul droit qui existe, c'est le droit du plus fort.

24

Un après-midi à Harlem

Vouloir nous brûle et pouvoir nous détruit.

Honoré DE BALZAC

Harlem
Samedi 25 juin 2005
Joyce Carlyle referma derrière elle la porte de la maison dans laquelle vivaient habituellement ses deux sœurs, au 266 Bilberry Street, une ruelle atypique, coincée entre la 131ᵉ et la 132ᵉ Rue. C'est Tad qui, au dernier moment, lui avait demandé de changer le lieu du rendez-vous. Il se méfiait et ne voulait pas prendre le risque d'être vu devant chez elle.

D'un sac en papier kraft, Joyce sortit la bouteille de vodka qu'elle avait achetée quelques minutes plus tôt dans la boutique d'Isaac Landis. Bien qu'elle eût déjà pris plusieurs gorgées en chemin, elle avala coup sur coup deux nouvelles lampées qui lui brûlèrent la trachée sans lui apporter aucun réconfort.

En ce samedi après-midi, un vent léger faisait frémir les feuilles des marronniers, filtrant une lumière douce qui teintait les pavés de reflets mordorés. Le printemps était partout, mais Joyce ne voyait rien du dehors, ni les bourgeons sur les arbres ni les massifs de fleurs devant la maison. Elle n'était qu'un bloc sombre de tristesse, de colère, de peur.

Nouveau coup de tord-boyaux avant de fermer les stores et de sortir son téléphone pour composer en tremblant le numéro de Florence Gallo.

— Florence ? C'est Joyce. *Il* a changé l'heure du rendez-vous !

Son interlocutrice fut prise de court, mais Joyce ne lui laissa pas le temps d'argumenter :

— Il arrive ! Je ne peux pas vous parler !

Florence tenta de la calmer :

— Suivez exactement le plan que nous avons élaboré ensemble, Joyce. Fixez l'appareil sous la table de la salle à manger avec du ruban adhésif, d'accord ?

— Je... Je vais essayer.

— Non, Joyce, n'essayez pas, faites-le !

Dans le tiroir de la cuisine, elle trouva un rouleau de gros scotch, en découpa plusieurs bandelettes et s'en servit pour plaquer le mouchard sous un guéridon près du canapé.

Au même moment, une voiture tourna au coin de la rue : une Cadillac Escalade noire aux vitres teintées qui marqua un arrêt sous les arbres. L'une des portières arrière s'ouvrit, permettant à Tad Copeland de descendre du véhicule. Puis, pour ne pas attirer l'attention, le SUV fit demi-tour et alla se garer plus loin, à l'angle de Lenox Avenue. Visage fermé, pull à col sombre, veston en tweed, le gouverneur ne s'attarda pas sur le trottoir et grimpa rapidement la volée de marches qui menait sous le porche du numéro 266. Il n'eut pas à sonner. Les traits tirés, les yeux brillants, le regard fou, Joyce le guettait par la fenêtre et lui ouvrit elle-même la porte.

Dès les premières secondes, Copeland comprit que la partie allait être difficile. La femme dont il était autrefois tombé amoureux, si radieuse, si vive, s'était transformée en une bombe artisanale, détrempée d'alcool, imprégnée d'héroïne, dont on avait enclenché le minuteur.

— Bonjour, Joyce, lança-t-il en refermant derrière lui.

— Je vais révéler à la presse que Claire est ta fille, attaqua-t-elle sans préambule.

Copeland secoua la tête.

— Claire n'est pas ma fille. Ce ne sont pas les liens du sang qui fondent les familles, tu le sais aussi bien que moi.

Il s'avança vers elle et prit sa voix la plus convaincante pour la raisonner :

— J'ai fait tout ce que j'ai pu, Joyce. J'ai engagé un policier sur place, pour être tenu constamment informé de tous les progrès. La police française est compétente. Les enquêteurs font tout leur possible.

— Ce n'est pas suffisant.

Tad soupira.

— Je sais que tu as repris la dope. Je ne crois vraiment pas que ce soit le meilleur moment.

— Tu me fais surveiller ?

— Oui, pour ton bien ! Tu ne peux pas rester comme ça ! Je vais te trouver une clinique pour...

— Je ne veux pas d'une clinique ! Je veux qu'on retrouve Claire !

Un bref instant, par contraste, en la voyant hurler comme une furie, le visage défait et la bave aux lèvres, il se rappela leurs étreintes, quinze ans plus tôt, sensuelles, harmonieuses, fougueuses, délicieuses. À l'époque, il avait éprouvé pour elle une attirance infernale. Une passion physique et intellectuelle intense qui n'avait pourtant pas grand-chose à voir avec l'amour.

— Claire est ta fille et tu dois l'assumer ! rabâcha-t-elle.

— Il n'a jamais été question qu'on ait un enfant ensemble. Tu connaissais très bien ma situation. Excuse-moi de te le rappeler crûment, mais tu m'as toujours assuré que tu te protégeais. Et quand tu es tombée enceinte, tu m'as dit que tu n'attendrais rien de moi et que tu élèverais cet enfant toute seule.

— Et c'est ce que j'ai fait pendant quinze ans ! rétorqua Joyce. Mais là, c'est différent.

— Qu'est-ce qui est différent ?

— Claire a été enlevée depuis un mois et tout le monde s'en fout, bordel ! Lorsqu'on apprendra que c'est ta fille, les flics se donneront les moyens de la retrouver.

— C'est absurde.

— Ça deviendra une affaire d'État. Tout le monde en parlera.

Le ton de Copeland se fit plus ferme, teinté d'exaspération et de colère :

— Ça ne changera rien, Joyce. Si cette révélation pouvait représenter une chance de plus de sauver Claire, je la ferais, mais ce n'est pas le cas.

— Tu es gouverneur des États-Unis.

— Justement, je suis gouverneur depuis cinq mois. Tu ne peux pas torpiller ma vie comme ça !

Elle explosa en larmes :

— Ce que je ne peux pas faire, c'est abandonner Claire sans réagir !

Copeland soupira. Au fond, il la comprenait. Se mettant un moment à la place de Joyce, il pensa à Natasha, sa propre fille. Sa *vraie* fille, celle qu'il avait élevée. Celle dont il avait préparé les biberons à 3 heures du matin. Celle pour laquelle il s'était rongé les sangs chaque fois qu'elle tombait malade. Il admettait sans mal que, confronté à son enlèvement, lui aussi aurait tout fait pour la récupérer. Y compris des actes vains et irrationnels. C'est à ce moment précis qu'il réalisa que l'enfer venait de s'ouvrir sous ses pieds et qu'il allait tout perdre : sa famille, sa fonction, son honneur. Il allait tout perdre alors qu'il n'était en rien responsable de l'enlèvement de cette gamine. Il avait toujours assumé ses actes, mais de quoi était-il question dans cette affaire ? D'une relation entre deux adultes consentants. D'une relation avec une femme qui à l'époque prônait et assumait sa liberté sexuelle.

D'une société hypocrite qui stigmatisait l'adultère, mais qui s'accommodait des hécatombes liées aux armes à feu. Il n'avait pas envie de s'excuser pour son comportement, il n'avait pas envie de faire acte de repentance.

— Ma décision est prise, Tad, lança Joyce. Tu peux t'en aller à présent.

Elle lui tourna brusquement le dos, s'éloignant dans le couloir, mais Tad n'était pas disposé à baisser les bras sans réagir. Il lui courut après, la rejoignit dans la salle de bains.

— Joyce, écoute-moi ! cria-t-il en l'attrapant par les épaules. Je comprends parfaitement la peine qui te submerge, mais tu n'es pas obligée de me détruire pour autant.

En cherchant à se libérer de son emprise, elle le frappa au visage avec ses poings.

Surpris, il commença à la secouer.

— Ressaisis-toi, bon sang ! Ressaisis-toi !

— C'est trop tard, s'étrangla l'autre.

— Pourquoi ?

— J'ai déjà contacté une journaliste.

— Tu as fait quoi ?

Elle hoqueta :

— J'ai rencontré une journaliste du *Herald*. Florence Gallo. Elle va révéler la vérité.

— La vérité, c'est que tu es une sale petite garce !

Longtemps contenue, la colère de Copeland explosait tandis que Joyce cherchait toujours à se débattre. Il la gifla.

— Au secours, Florence ! Au secours !

Animé d'une rage folle, Copeland la secoua plus fort avant de la projeter brutalement en arrière.

Joyce ouvrit la bouche pour hurler, mais elle n'en eut pas le temps. Elle tomba à la renverse, tendant désespérément le bras pour se raccrocher à quelque chose. L'arrière de son crâne percuta la vasque tranchante du lavabo. Un craquement sec, comme celui d'une branche de bois mort, résonna dans la pièce. Médusé, dépassé par son geste, Copeland resta cloué sur place. Le temps ralentit jusqu'à se figer. Longtemps. Puis il reprit son cours par brusques saccades.

Le corps de Joyce était allongé sur le sol. L'homme politique se jeta à son chevet, mais il comprit très vite qu'il était trop tard. En état de choc, il resta agenouillé une bonne minute, prostré, muet, sidéré, les mains et les bras agités de tremblements. Puis les digues sautèrent :

— Je l'ai tuée ! hurla-t-il en s'effondrant en larmes.

Il avait perdu le contrôle pendant seulement trois secondes ! Trois secondes qui venaient de faire basculer sa vie dans l'horreur.

La tête enfouie dans ses mains, il laissa la vague de panique déferler et le submerger. Puis la terreur reflua et il reprit peu à peu ses esprits. Il décrocha son portable pour prévenir la police. Il avait commencé à pianoter le numéro lorsqu'il s'arrêta net. Une interrogation le taraudait : pourquoi Joyce avait-elle hurlé pour appeler cette journaliste à la rescousse ? Il quitta la salle de bains pour retourner dans le salon. Là, il ouvrit les tiroirs et les portes de l'armoire ; il inspecta les rideaux, les bibelots et les meubles. Il mit moins de deux minutes pour trouver le portable scotché sous le guéridon et s'empressa de l'éteindre.

Cette découverte eut sur lui un effet étrange. Elle le métamorphosa, transformant ses sentiments. À présent, il n'avait plus du tout l'intention de se rendre, de courber la tête ou de faire acte de contrition. Il se persuada facilement qu'il n'était coupable de rien. À bien y réfléchir, c'était lui la véritable victime. Il allait se battre et vendre chèrement sa peau. Après tout, la vie lui avait toujours souri. Ce n'était peut-être pas aujourd'hui que sa bonne étoile allait l'abandonner.

Sur son téléphone, il composa le numéro de ladite bonne étoile, restée dans la voiture garée devant la maison.

— Zorah, viens vite ! Et amène Blunt avec toi. Discrètement.

— Qu'est-ce qui se passe, Tad ? demanda la voix à l'autre bout du fil.

— Il y a un problème avec Joyce.

Le monde se divise
en deux...

Anna

Aujourd'hui
Dimanche 4 septembre 2016

Les murs suintaient. L'humidité était partout. L'air empestait le moisi et la pourriture.

Allongée sur le sol glacé, à côté d'une flaque d'eau stagnante, Anna respirait faiblement. Ses deux mains étaient menottées à une épaisse tuyauterie en fonte grise, ses chevilles ligotées par un serre-flex. Un bâillon lui déchirait la commissure des lèvres. Ses bras tremblaient, ses genoux s'entrechoquaient, ses flancs étaient ankylosés et perclus de douleur.

L'obscurité était presque complète, à l'exception d'un mince filet de lumière pâle qui filtrait d'une fissure dans le toit et permettait de deviner les murs de la prison. L'endroit était un poste électrique ferroviaire depuis longtemps désaffecté. Une tour de vingt mètres carrés au sol et de plus de dix mètres de hauteur qui avait autrefois abrité un transformateur EDF.

Même calfeutrée dans le local de l'ancien transfo, Anna entendait le bruit lointain des trains et de la circulation. Elle était enfermée là depuis presque trois jours. Inerte, le cerveau embrouillé, elle essaya de se remémorer une fois de plus l'enchaînement des événements qui l'avait conduite ici.

Tout était allé si vite. Trop vite pour qu'elle comprenne le sens de ce qui lui arrivait. À Antibes, tout avait commencé par cette dispute, cet affrontement violent avec Raphaël qui s'était terminé dans les larmes. L'homme qu'elle aimait n'avait pas été capable d'écouter son secret et l'avait abandonnée, une réaction qui l'avait accablée et anéantie.

Depuis qu'elle savait qu'elle portait un enfant, elle ne cessait de se répéter qu'il n'était pas raisonnable de fonder une famille sur un mensonge. Aussi, lorsque Raphaël était revenu à la charge, s'était-elle volontairement moins défendue que d'habitude. Bien qu'elle ait prétendu le contraire dans leur conversation, elle était presque soulagée à la perspective de lui dire la vérité. Encouragée par ses paroles faussement compréhensives, elle avait même brièvement espéré qu'il l'aiderait à surmonter la situation inextricable dans laquelle elle vivait depuis des années.

Mal lui en avait pris. Se sentant abandonnée et désemparée, elle avait laissé libre cours à sa colère, renversant la bibliothèque qui, en tombant, avait brisé la table basse en verre. Puis elle avait commandé une voiture pour l'aéroport et était rentrée à Paris.

Elle était arrivée chez elle, à Montrouge, vers une heure du matin. En entrant dans son appartement, elle avait tout de suite senti une présence derrière elle, mais à peine s'était-elle retournée qu'un objet s'était abattu sur son crâne. Lorsqu'elle avait repris connaissance, elle se trouvait prisonnière dans le local d'un garde-meuble.

Quelques heures plus tard, une voiture folle avait défoncé la porte du box. Mais ce n'était pas pour la délivrer. Au contraire, c'était pour la placer en détention ici, au terme d'un bref voyage dans le coffre d'un 4 × 4. Des alentours de cet endroit, elle n'avait pu apercevoir que quelques images fugaces : une étendue sans fin de terrains vagues cernée d'un enchevêtrement d'autoroutes et de voies ferrées. L'homme qui l'avait conduite ici s'appelait Stéphane Lacoste, mais il travaillait pour le compte d'un certain Richard Angeli. En écoutant leurs conversations, Anna avait compris qu'ils étaient flics et cela ne l'avait pas rassurée. Une autre chose la terrifiait : à plusieurs reprises, Angeli l'avait appelée « Carlyle ». Une identité que personne ne connaissait. Pourquoi le passé refaisait-il surface aussi brutalement ? Pourquoi le pire recommençait-il : l'enfermement, l'effroi, le bonheur saccagé ?

À force de pleurer, elle n'avait plus de larmes. Elle était au bord de l'épuisement. Son cerveau tournait à vide. Elle évoluait au milieu d'un brouillard accablant. Des nappes couleur de cendre qui l'enveloppaient jusqu'à l'asphyxier. La transpiration et la crasse figeaient et collaient ses vêtements.

Pour ne pas sombrer, elle se répétait que rien ne serait jamais plus atroce et terrifiant que les deux ans passés dans l'antre de Kieffer. Le pré-dateur lui avait tout volé : son innocence, son adolescence, sa famille, ses amis, son pays, sa vie. Car Kieffer avait bien fini par tuer Claire Carlyle. Pour continuer à exister, elle n'avait trouvé qu'une échappatoire : se glisser dans l'identité d'une autre. Claire était morte depuis longtemps. Du moins, c'est ce qu'Anna avait cru jusqu'à ces derniers jours. Avant de se rendre compte que Claire était une défunte récalcitrante. Une ombre blanche indissoluble avec laquelle elle devrait composer jusqu'à la fin.

Un bruit sinistre. Celui du grincement métallique de la porte. La silhouette d'Angeli se profila dans la lumière cadavéreuse de l'aube. L'homme s'avança, armé d'un couteau cranté. Tout se passa si vite qu'Anna n'eut même pas le temps de crier. D'un coup de schlass, Angeli fit sauter les serre-flex puis ouvrit les bracelets en acier des menottes. Sans comprendre ce qui lui arrivait, Anna se rua vers la porte et sortit du poste électrique.

Elle débarqua dans une friche urbaine, hérissée de fougères, de ronces et d'herbes hautes. Un territoire apocalyptique, semé d'entrepôts abandonnés, de bâtiments industriels tagués, tombant en ruine et mangés par la végétation. Dans le ciel de porcelaine, des grues s'étaient figées dans leur mouvement.

Anna courut à perdre haleine au milieu de ce *no man's land*. Elle ne remarqua pas qu'Angeli ne la poursuivait pas. Alors Anna courut. Elle courait comme elle l'avait fait une fin d'octobre 2007, à travers la nuit glaciale d'une forêt d'Alsace. Épuisée, à bout de forces, elle courait en se demandant pourquoi, au bout du compte, sa vie se réduisait toujours à cela : s'enfuir pour échapper à des fous, s'enfuir pour échapper à un destin funeste et exterminateur.

La friche se trouvait à l'intersection de plusieurs axes routiers. Sans doute le périph et l'autoroute sur la zone de Bercy-Charenton. Anna arriva sur un chantier où, malgré l'heure très matinale, un groupe d'ouvriers se réchauffait autour d'un brasero. Aucun des travailleurs ne parlait français, mais ils comprirent qu'elle avait besoin d'aide. Ils essayèrent de la calmer et de la rassurer. Puis ils lui proposèrent du café et un téléphone portable.

Encore haletante, elle composa le numéro de Raphaël. La communication fut longue à aboutir. Lorsqu'il décrocha enfin, il lui dit aussitôt :

— Je sais qu'ils t'ont libérée, Claire, et personne ne te poursuivra plus. Tout ira bien, à présent. Toute cette histoire est terminée.

La conversation se poursuivit, hachée, surréaliste. Elle ne comprenait pas ce que Raphaël faisait à New York ni pourquoi il l'appelait Claire. Puis elle prit conscience qu'il *savait*. Tout : qui elle était, d'où elle venait, les chemins qu'elle avait empruntés avant de le rencontrer. Elle prit conscience qu'il en savait même davantage qu'elle et fut saisie d'un vertige en même temps qu'un chapelet de nœuds se dénouait dans son ventre.

— Tout ira bien à présent, assura-t-il à nouveau.

Elle aurait tant voulu y croire.

Claire

Un jour plus tard
Lundi 5 septembre 2016

J'avais oublié à quel point j'aime le bruit de Manhattan. Ces vibrations diffuses, presque rassurantes, le bourdonnement au loin de la circulation, une rumeur flottante qui me rappelle mon enfance.

Je me réveille la première. Je n'ai quasiment pas dormi. Je suis trop excitée, trop déphasée pour trouver un sommeil paisible. Ces dernières vingt-quatre heures, je suis passée du désespoir le plus noir à des moments d'euphorie et de sidération. Un trop-plein d'émotions. Un grand huit vertigineux qui me laisse groggy, épuisée, heureuse et triste à la fois.

En prenant garde à ne pas le réveiller, je me glisse au creux de l'épaule de Raphaël. Je ferme les yeux et repasse le film de nos retrouvailles de la veille. Mon arrivée à New York à l'aéroport Kennedy, mon cœur qui se serre en revoyant mes tantes et mes cousins, vieillis de plus de dix ans, le petit Théo qui court et se jette dans mes bras pour me faire un câlin.

Puis Raphaël, bien sûr, qui m'a apporté la preuve qu'il était l'homme que j'attendais. Celui qui a été capable de venir me rechercher là où je m'étais perdue. Là où ma vie s'était arrêtée. L'homme qui m'a rendu mon histoire, ma famille, ma descendance.

Je n'arrive pas encore à accepter totalement l'histoire qu'il m'a racontée. Désormais, je sais qui est mon père. Mais je sais aussi qu'à cause de moi – à cause même de mon existence –, mon père a tué ma mère. À part enrichir un psy pour les vingt années qui viennent, je n'ai pas encore décidé ce que je ferai de cette information.

Je suis déstabilisée, mais sereine. Je sais que j'ai renoué avec mes racines et que les choses vont se remettre en place progressivement.

Je suis confiante. Mon secret a toutes les chances d'être préservé. J'ai retrouvé mon identité sans être obligée de la crier sur les toits. J'ai retrouvé ma famille, et l'homme que j'aime sait enfin qui je suis vraiment.

Depuis cette libération – dans tous les sens du terme –, je me rends compte à quel point, au fil des années, le poids du mensonge avait fini par me déformer, par me tordre, pour faire de moi un être caméléon, toujours en fuite, toujours sur la réserve, capable de se faufiler au milieu des difficultés, mais sans aucune racine, sans confiance ni point d'ancrage.

Je ferme les yeux. Les souvenirs agréables du dîner de la veille flottent encore dans mon esprit : le barbecue dans le jardin, les rires et les pleurs d'Angela et de Gladys en apprenant que j'allais bientôt être mère, l'émotion indicible de revoir ma rue, mon ancienne maison, ce quartier que j'aimais tant. L'odeur du soir, celle du pain de maïs, du poulet frit et des gaufres. La soirée qui se prolonge, la musique, les chansons, les verres de rhum, les yeux qui piquent de bonheur...

Bientôt pourtant, la bobine ralentit et le film s'arrête pour laisser place à d'autres images, plus sombres. C'est un rêve que j'ai déjà fait cette nuit, dans un demi-sommeil. Je me revois, ce fameux soir, lorsque je suis rentrée à Montrouge. Au moment de pousser la porte de mon appartement, j'ai senti un danger latent et une présence derrière moi. Lorsque je me suis retournée, une lourde torche en aluminium s'est abattue sur moi.

Une douleur fulgurante qui explose dans mon crâne. Tout s'est mis à tourner autour de moi et je me suis écroulée au sol. Mais je ne me suis pas évanouie tout de suite. Avant le *black-out*, pendant deux ou trois secondes, j'ai aperçu...

Je ne sais plus, et c'est ce qui m'a tenaillée cette nuit. Je me concentre, mais mon cerveau mouline dans le vide. Un brouillard opaque et laiteux m'empêche de retrouver mes souvenirs. J'essaie de fixer des images qui se dérobent. J'insiste. Des fragments de mémoire émergent de la brume. Flous, filants, comme une pellicule qui n'aurait capté que des paysages aux couleurs de craie. Puis les traces se précisent. Je déglutis. Mon cœur s'accélère. Pendant ces quelques secondes, avant de perdre connaissance, j'ai vu... les lattes du parquet, mon sac que je venais de laisser tomber, le placard en désordre qu'on avait fouillé, la porte de ma chambre entrouverte. Et là, par terre, dans l'entrebâillement, il y a... un chien. Un chien en peluche marron avec de grandes oreilles et une truffe ronde. Ce chien, c'est Fifi, la peluche de Théo !

Je me lève du lit d'un bond. Je transpire. Mon cœur bat à tout rompre. *Je dois confondre.* Et pourtant à présent mes souvenirs ont la clarté du cristal.

J'essaie d'établir une explication rationnelle, mais je n'en vois aucune. Il est *impossible* que le doudou de Théo se soit trouvé à Montrouge pour la bonne et simple raison que Raphaël n'est jamais venu dans mon appartement avec son fils. Or, ce soir-là, Raphaël était à Antibes. C'est Marc Caradec qui gardait Théo.

Marc Caradec...

J'hésite à réveiller Raphaël. J'enfile mon jean et mon chemisier qui traînent sur la banquette au bout du lit et je sors de la chambre. La suite se prolonge par un petit salon dont les baies vitrées donnent sur l'Hudson. Le soleil est déjà haut dans le ciel. Je regarde la pendule. Il est tard, presque 10 heures. Je m'assois à la table et me prends la tête dans les mains pour essayer de rassembler mes idées.

Comment ce doudou pouvait-il être là ? Il n'y a qu'une explication : Théo, et donc Marc Caradec étaient chez moi cette nuit-là. Profitant de notre voyage en amoureux à Antibes, Marc se serait introduit dans mon appartement dans le but de le fouiller. Mais mon retour à l'improviste a contrarié ses plans. Dès que je suis entrée, il m'a assommée avec sa torche puis il m'a séquestrée dans ce garde-meuble de la région parisienne.

Mais pour quelle raison ?

Je suis abasourdie. Marc a-t-il deviné qui j'étais depuis plus longtemps qu'il ne le prétend ? Même si c'est le cas, pourquoi m'en voudrait-il ? Est-ce lui qui a agressé Clotilde Blondel ? lui qui depuis le début joue un double jeu dévastateur ?

Un pressentiment horrible me traverse l'esprit. Il faut que je vérifie quelque chose.

Je me précipite près du canapé sur lequel est posé mon sac de voyage. Je l'ouvre et fouille pour y trouver ce que je recherche : un gros cahier cartonné à la couverture bleue. Celui que j'ai récupéré le soir de ma fuite de chez Heinz Kieffer. Le cahier qui était resté caché chez moi, enfoncé loin derrière la plinthe, à côté du sac qui contenait l'argent. Le cahier que n'ont pas vu Raphaël et Marc. Le cahier qui a changé ma vie et que je suis allée reprendre hier matin quand Angeli m'a libérée. Avec mon passeport et quelques vêtements.

Je tourne les pages. Je cherche un passage précis que j'ai en tête. Lorsque je le retrouve enfin, je le parcours plusieurs fois, essayant de lire entre les lignes. Puis mon cœur se glace.

Et je comprends tout.

J'ouvre la porte de la chambre de Théo. Le bébé n'est plus dans son lit. À la place, un mot manuscrit sur le papier à l'en-tête de l'hôtel.

Sans perdre une seconde, j'enfile mes chaussures, je pose le mot sur la table de l'entrée et j'attrape mon sac à dos dans lequel je glisse le cahier bleu. L'ascenseur, la réception. Sur un dépliant dans la chambre, j'ai vu que le Bridge Club mettait gratuitement des vélos à la disposition de ses clients. J'attrape le premier qu'on me propose et m'élance dans Greenwich Street.

Le temps s'est un peu couvert et le vent balaie les rues d'ouest en est. Je pédale comme lorsque j'étais ado. D'abord vers le sud, puis dès que je le peux je tourne sur Chambers Street. Je retrouve des sensations oubliées. New York est ma ville, mon élément. Les années ont beau s'être écoulées, je connais par cœur sa géographie, son pouls, sa respiration, ses codes.

Dans le prolongement de la rue, les tourelles de nacre du Municipal Building s'élèvent sur quarante étages. Je fonce sous son arche monumentale pour attraper la voie du Brooklyn Bridge réservée aux vélos. Enfin au bout de la passerelle, je me faufile entre les voitures et longe le parc de Cadman Plaza, puis me laisse glisser vers les rives de l'East River.

Je suis au cœur de Dumbo, l'un des anciens quartiers industriels et portuaires de la ville, situé entre le pont de Brooklyn et le pont de

Manhattan. Je venais quelquefois ici en promenade avec ma mère. Je me souviens des façades
en brique rouge, des vieux docks et des entrepôts
rénovés donnant sur la ligne de gratte-ciel.

J'arrive dans une zone encadrée de pelouses
vallonnées qui descendent vers une promenade
de bois face à Manhattan. La vue est à couper
le souffle. Je m'arrête un instant pour la contempler. Je suis de retour.

Pour la première fois de ma vie, je deviens
réellement « la fille de Brooklyn ».

Raphaël

Tout à mon bonheur d'avoir retrouvé Claire, je n'avais pas vu passer la nuit, dormant d'un sommeil lourd et apaisé. Il faut dire que les sœurs Carlyle avaient le sens de la fête. La veille au soir, pour célébrer les retrouvailles avec leur nièce, elles m'avaient fait boire jusqu'à tard dans la nuit de nombreux verres de leur cocktail maison à base de rhum blanc et de jus d'ananas.

La sonnerie du téléphone me tira de ma léthargie. Je décrochai en émergeant difficilement et en cherchant Claire dans la chambre. Elle ne s'y trouvait pas.

— Raphaël Barthélémy ? répéta la voix à l'autre bout du fil.

Il s'agissait de Jean-Christophe Vasseur, le flic qui avait identifié les empreintes de Claire pour le compte de Marc Caradec. Hier, j'étais parvenu à dégoter son numéro et je lui avais laissé plusieurs messages sur son répondeur. En attendant l'arrivée de Claire, je m'étais repassé le film de notre histoire, inlassablement, et, dans mes tentatives pour le reconstituer, je butais sur certaines incohérences, je me perdais dans certains blancs du récit. La plupart de mes incompréhensions portaient sur le catalyseur du drame que nous venions de vivre. Une question en particulier revenait sans cesse : comment Richard Angeli, le flic à la solde de Zorah, avait-il découvert la véritable identité d'Anna Becker ? Je n'avais trouvé qu'une réponse valable : parce que Vasseur l'avait prévenu.

— Merci de me rappeler, lieutenant. Pour ne pas vous faire perdre de temps, je vais en venir directement aux faits…

Au bout d'une minute de conversation, alors que j'essayais de démêler avec lui les fils de l'histoire, je compris que Vasseur était inquiet.

— Lorsque Marc Caradec m'a demandé d'entrer des empreintes dans le FNAEG, je l'ai fait sans me méfier, me raconta-t-il. Je voulais juste rendre service à un ancien collègue.

Et empocher au passage 400 euros…, pensai-je sans l'exprimer. Inutile de braquer ce type.

— Mais j'ai été soufflé en voyant qu'elles

appartenaient à la petite Carlyle, poursuivit-il. Après avoir communiqué le résultat à Marc, j'ai même totalement flippé. Cette petite entorse allait me revenir comme un boomerang et m'exploser à la gueule, c'était certain ! Pris de panique, j'en ai parlé à Richard Angeli.

J'avais donc vu juste.

— Vous le connaissez depuis longtemps ?

— C'était mon chef de groupe à la brigade des mineurs, expliqua Vasseur. J'ai pensé qu'il serait de bon conseil.

— Qu'est-ce qu'il vous a dit ?

— Que j'avais bien fait de l'appeler, et...

— Et... ?

— Qu'il allait arranger cette histoire, mais qu'il était très important que je n'évoque ces résultats avec personne d'autre.

— Vous lui avez parlé de Marc ?

Mal à l'aise, Vasseur bredouilla :

— Ben, j'étais un peu obligé...

Je venais de sortir de la chambre. Le salon de la suite était vide, comme l'était le lit de mon fils. Sur le coup, je ne m'inquiétai pas. Il était tard. Théo devait mourir de faim et Claire était descendue avec lui pour prendre le petit déjeuner. Avec l'intention de les rejoindre, j'enfilai mon pantalon, attrapai mes baskets, coinçai le combiné au creux de mon épaule et commençai à lacer mes chaussures.

— Concrètement, vous savez ce qu'a fait Angeli de votre information ?

— Pas la moindre idée, m'assura le flic. J'ai cherché à le contacter plusieurs fois, mais il ne m'a jamais rappelé.

— Vous n'avez pas essayé de le joindre directement chez lui ou à son boulot ?

— Si, évidemment, mais il n'a répondu à aucun de mes appels.

Logique. Jusqu'à présent, Vasseur ne m'avait pas fait de grande révélation. Il avait seulement confirmé mes intuitions. Alors que j'allais raccrocher, je décidai de poser une dernière question. Une façon de boucler la boucle. Sans en attendre grand-chose, je demandai :

— À quelle date avez-vous prévenu Angeli de ce que vous saviez ?

— J'ai hésité longtemps. Finalement, j'y suis allé une semaine après avoir parlé à Caradec.

Je fronçai les sourcils. Cette version ne tenait pas : il ne s'était pas écoulé une semaine, mais quatre jours à peine depuis que Marc avait relevé les empreintes de Claire dans ma cuisine sur sa tasse de thé. Quel intérêt le flic avait-il à me mentir aussi grossièrement ?

Presque malgré moi, l'ombre d'un soupçon se profila néanmoins dans mon esprit.

— Je ne comprends pas, Vasseur, quel jour Marc vous a-t-il demandé d'effectuer la recherche d'empreintes ?

Le flic répondit sans hésitation :

— Il y a douze jours exactement. Je m'en souviens très bien parce que c'était le dernier après-midi de vacances que je passais avec ma gamine : le mercredi 24 août. Le soir même, j'ai conduit Agathe à la gare de l'Est où elle a pris le train pour rentrer chez sa mère. C'est là que j'avais donné rendez-vous à Caradec : Aux Trois Amis, un bistrot en face de la gare.

Depuis plusieurs secondes, j'avais cessé de lacer mes chaussures. Au moment où je m'y attendais le moins, une partie de ma vie venait encore de sortir de ses rails.

— Et quand lui avez-vous communiqué les résultats ?

— Deux jours plus tard, le 26.

— Vous êtes sûr de ça ?

— Bien sûr, pourquoi ?

J'étais sidéré. Marc savait donc depuis *dix jours* qui était Claire ! Il avait réalisé à mon insu une prise d'empreintes de ma compagne bien avant qu'elle ne disparaisse. Puis il avait joué toute cette comédie depuis le début. Et moi, naïf, je n'y avais vu que du feu.

Mais pour quelle raison, bordel ?

Alors que je m'interrogeais sur ses motivations, un double appel m'obligea à interrompre ma réflexion. Je remerciai Vasseur et pris la communication.

— Monsieur Barthélémy ? Je suis Malika Ferchichi. Je travaille au foyer d'accueil médicalisé Sainte-Barbe à...

— Bien sûr, je vois très bien qui vous êtes, Malika. Marc Caradec m'a parlé de vous.

— J'ai eu votre numéro par Clotilde Blondel. Elle vient de sortir du coma, elle est encore très faible, mais elle voulait être rassurée sur la sécurité de sa nièce. C'est dingue que personne ne nous ait prévenus de son agression ! Au foyer, on s'est inquiétés de ne pas la voir !

La jeune femme avait une voix peu commune. À la fois grave et claire.

— En tout cas, je suis soulagé de savoir que Mme Blondel va mieux, dis-je. Même si je ne comprends pas très bien pourquoi elle vous a donné mon numéro...

Malika laissa un silence, puis :

— Vous êtes un ami de Marc Caradec, c'est ça ?

— C'est exact.

— Est-ce que… ? Est-ce que vous connaissez son passé ?

Je me dis que, depuis cinq minutes, j'avais l'impression de ne plus le connaître du tout.

— À quoi faites-vous allusion exactement ?

— Vous savez pourquoi il a quitté la police ?

— Il a pris une balle perdue lors d'une intervention : le casse d'une bijouterie près de la place Vendôme.

— C'est exact, mais ce n'est pas la vraie raison. À ce moment-là, ça faisait déjà un certain temps que Caradec n'était plus que l'ombre de lui-même. Après avoir été un grand flic, il enchaînait depuis des années les arrêts maladie et les séjours au Courbat.

— Le Courbat ? Qu'est-ce que c'est ?

— Un centre de santé, situé en Indre-et-Loire, près de Tours. Une structure qui accueille majoritairement des flics en détresse qui souffrent de dépression ou qui ont sombré dans l'alcool ou les médocs.

— D'où tenez-vous ces informations, Malika ?

— De mon père. Il est chef de groupe aux stups. L'histoire de Marc est connue dans la police.

— Pourquoi ? Un flic dépressif, ce n'est pas très original, non ?

— Il n'y a pas que ça. Vous étiez au courant que Marc avait perdu sa femme ?

— Bien sûr.

Je n'aimais pas le tour que prenait cette conversation et ce que je venais d'apprendre sur Marc, mais la curiosité l'emportait sur toute autre considération.

— Vous savez qu'elle s'est suicidée ?

— Il l'a évoqué devant moi quelquefois, oui.

— Vous n'avez pas cherché à creuser le sujet ?

— Non. Je n'aime pas poser aux autres les questions que je n'aimerais pas qu'ils me posent.

— Donc vous ne savez pas pour sa fille ?

J'étais revenu dans le salon. Je me contorsionnai pour enfiler ma veste et pris mon portefeuille posé sur la table.

— Je sais que Marc a une fille, oui. D'après ce que j'ai compris, ils ne se voient plus très souvent. Je crois qu'elle fait des études à l'étranger.

— À l'étranger ? Vous plaisantez. Louise a été assassinée il y a plus de dix ans !

— De quoi parlez-vous ?

— Louise, sa fille, a été kidnappée, séquestrée et assassinée par un prédateur qui sévissait au milieu des années 2000.

À nouveau, le temps s'arrêta. Immobile devant

la baie vitrée, je fermai les yeux et me massai les paupières. Un flash. Un nom. Celui de Louise Gauthier, la première victime de Kieffer, enlevée à l'âge de quatorze ans, en décembre 2004, alors qu'elle était en vacances chez ses grands-parents près de Saint-Brieuc, dans les Côtes-d'Armor.

— Vous voulez dire que Louise Gauthier était la fille de Marc Caradec ?

— C'est ce que m'a dit mon père.

Je m'en voulais. Depuis le début, une part de la vérité était devant mes yeux. Mais comment aurais-je pu la décrypter ?

— Attendez. Pourquoi la petite ne portait-elle pas le nom de son père ?

En bonne fille de flic, Malika avait réponse à tout :

— À l'époque, Marc travaillait sur des dossiers chauds de la BRB. Ce n'était pas inhabituel chez les flics exposés comme lui d'essayer de préserver l'identité de ses enfants pour éviter un chantage ou un enlèvement.

Elle avait raison, bien sûr.

Saisi par le vertige, j'avais du mal à réaliser toutes les implications de cette révélation. Alors qu'une dernière question me brûlait les lèvres, j'aperçus la note manuscrite qui traînait sur la table de l'entrée. Une simple phrase, écrite sur du papier à lettres à l'en-tête de l'hôtel :

Raph,
J'ai emmené Théo faire du manège au Jane's Carousel de Brooklyn.
Marc

La peur me cueillit à l'improviste. Je me ruai hors de la chambre et, tandis que je dévalais l'escalier, je demandai à Malika :

— Et maintenant, allez-vous me dire pourquoi vous avez cru bon de m'appeler ?

— Pour vous mettre en garde. Clotilde Blondel se souvient très bien de son agresseur, elle a donné son signalement au policier qui l'a interrogée et me l'a décrit.

Elle marqua une pause, puis lâcha ce que j'avais fini par deviner :

— Ce portrait-robot correspond trait pour trait à Marc Caradec.

Marc

Brooklyn

Le temps avait changé.

À présent, il faisait plus froid, le ciel était sombre et le vent se déchaînait. Sur la promenade en bois qui longeait le détroit, les promeneurs frissonnaient, remontaient leur col, se friction-naient les avant-bras. Aux comptoirs des vendeurs ambulants, les cafés chauds et les hot-dogs remplaçaient les crèmes glacées.

Même les eaux de l'East River avaient pris une teinte vert-de-gris. Dans un soupir rauque, les vagues gonflaient, roulaient et venaient se briser sur les berges en éclaboussant les passants.

Sur une tapisserie de nuages gris perle se détachait la longue silhouette de la *skyline* du sud de Manhattan. Une succession hétérogène de gratte-ciel de tailles et d'époques différentes :

l'aiguille triomphante du One World Trade Center, l'immense tour Gehry drapée dans sa robe métallique, la façade néoclassique et le toit en pointe du palais de justice. Plus près, juste de l'autre côté du pont, les HLM de brique brune du quartier de Two Bridges.

Claire abandonna son vélo sur la pelouse. Près de la jetée, elle repéra un imposant dôme de verre qui abritait un manège des années 1920 parfaitement restauré. Le carrousel était comme posé sur l'eau. La juxtaposition des vieux chevaux de bois et de la ligne de buildings que l'on apercevait à travers la gangue de verre avait quelque chose de troublant et d'hypnotique.

Tenaillée par l'inquiétude, elle plissa les yeux, détaillant chaque cheval, chaque montgolfière, chaque avion à hélice qui tournait au rythme entraînant d'un orgue de Barbarie.

— Coucou Théo ! cria-t-elle en reconnaissant enfin le fils de Raphaël, assis à côté de Marc Caradec dans une diligence modèle réduit.

Elle sortit deux dollars de sa poche, paya son ticket et attendit que le plateau circulaire s'immobilise pour venir les rejoindre. Le bambin était aux anges et lui fit la fête. Il tenait dans ses petites mains le cookie gigantesque que Marc lui avait offert. Sa bouille ronde ainsi que le plastron de sa salopette étaient maculés de chocolat, ce qui semblait le réjouir.

— Y a des pé-pi-tes. Des pé-pi-tes ! lança-t-il en montrant son biscuit, très fier d'avoir appris un mot nouveau.

Si Théo était en grande forme, Caradec avait l'air épuisé. Des rides profondes creusaient son front et striaient le contour de ses yeux clairs. Sa barbe hirsute lui mangeait les trois quarts du visage au teint gris. Son regard vide et sans éclat donnait l'impression qu'il était ailleurs, comme coupé du monde.

Alors que le manège repartait, le tonnerre commença à gronder. Claire se casa sur le banc de la diligence face à Caradec.

— Vous êtes le père de Louise Gauthier, n'est-ce pas ?

Le flic resta silencieux quelques secondes, mais il savait que l'heure n'était plus à la dissimulation. L'heure était justement à cette grande explication qu'il attendait depuis dix ans. Il regarda Claire dans les yeux et entreprit de lui raconter son histoire :

— Lorsque Louise a été enlevée par Kieffer, elle avait quatorze ans et demi. Quatorze ans, c'est un âge compliqué pour une fille. À l'époque, Louise était devenue tellement insupportable et capricieuse qu'avec ma femme nous avions décidé de l'envoyer passer Noël en Bretagne, chez mes parents.

Il s'arrêta pour réajuster l'écharpe dé Théo.

— Ça me fait mal de le reconnaître aujourd'hui, soupira-t-il, mais notre petite fille nous échappait. Il n'y en avait plus que pour les copains, les sorties et les conneries en tout genre. Ça me rendait fou de la voir comme ça. Pour te dire la vérité, la dernière fois qu'on s'est parlé tous les deux, on s'est violemment disputés. Elle m'a traité de connard et je lui ai balancé une paire de baffes.

Étouffé par l'émotion, Marc ferma les yeux quelques secondes avant de continuer :

— Lorsqu'elle a appris que Louise n'était pas rentrée, ma femme a d'abord cru à une fugue. Ce n'était pas la première fois que la petite nous faisait ce genre de choses, aller dormir chez une copine et revenir trente-six heures après. Moi, par déformation professionnelle, j'ai commencé à enquêter tout de suite. Je n'ai pas fermé l'œil pendant trois jours. J'ai remué ciel et terre, mais je ne pense pas qu'un flic soit plus avisé lorsqu'il enquête sur une affaire qui le concerne directement. Ce qu'il gagne en implication, il le perd nécessairement en discernement. Et puis, ça faisait dix ans que je travaillais à la BRB. Mon quotidien, c'étaient les braqueurs et les voleurs de bijoux, pas les enlèvements d'adolescentes. Pourtant, j'aime à penser que je serais parvenu à retrouver Louise si je n'étais pas tombé malade une semaine après sa disparition.

— Vous êtes tombé malade ?

Quelques secondes, Marc soupira en se prenant la tête entre les mains.

— C'est une maladie étrange, mais que tu dois connaître en tant que médecin : le syndrome de Guillain-Barré.

Claire hocha la tête.

— Une atteinte des nerfs périphériques due à un dérèglement des défenses immunitaires.

— C'est ça. Tu te réveilles un beau matin et tu as les membres en coton. Des fourmis courent dans tes cuisses et tes mollets, comme si tu étais traversé par un courant électrique. Puis, assez vite, tes jambes s'engourdissent jusqu'à être complètement paralysées. La douleur remonte sur tes flancs, ta poitrine, ton dos, ton cou, ton visage. Tu restes sur ton lit d'hôpital, congelé, pétrifié, changé en statue. Tu ne peux plus te lever, tu ne peux plus avaler, tu ne peux plus parler. Tu ne peux plus enquêter sur l'enlèvement de ta fille de quatorze ans. Ton cœur s'emballe,

547

pulse, devient incontrôlable. Tu t'étouffes dès qu'on te met de la nourriture dans la bouche. Et comme tu ne peux même plus respirer, on te fout des tuyaux partout pour que tu ne crèves pas trop vite.

Assis à côté de nous et bien loin de nos préoccupations, Théo s'émerveillait de tout, remuant son petit buste d'arrière en avant, suivant la cadence de la musique.

— Je suis resté dans cet état presque deux mois, reprit Marc. Puis les symptômes ont commencé à régresser, mais je n'ai jamais récupéré totalement de cette saloperie. Quand j'ai pu me remettre à travailler, près de un an s'était écoulé. Les chances de retrouver Louise étaient presque réduites à néant. Est-ce que, sans cette maladie, j'aurais pu sauver ma fille ? Je ne le saurai jamais. De toi à moi, j'aurais tendance à te dire « non » et c'est insoutenable. J'avais honte devant Élise. Résoudre des enquêtes, c'était mon job, ma raison de vivre, ma fonction sociale. Mais je n'avais pas d'équipe, je n'avais pas accès aux différents dossiers et, surtout, je n'avais pas les idées claires. Et je les ai eues encore moins lorsque ma femme s'est suicidée.

Le manège commença à ralentir. Des larmes s'étaient mises à couler sur les joues de Caradec.

— Élise ne parvenait plus à vivre avec ça, affirma-t-il, les poings serrés. Le doute, tu sais ? C'est pire que tout. C'est un poison pernicieux qui peut finir par avoir ta peau.

La diligence s'arrêta. Théo réclama un nouveau tour de manège, mais, avant que le caprice pointe son nez, Marc lui proposa d'aller se promener au bord de l'eau. Après avoir remonté la fermeture Éclair de son blouson, il prit le bambin dans ses bras et, avec Claire, ils rejoignirent la promenade de bois qui longeait l'East River. Il attendit d'avoir posé l'enfant sur les lattes grisées du platelage avant de poursuivre sa douloureuse confession :

— Lorsqu'on a retrouvé le corps carbonisé de Louise chez Kieffer, j'ai d'abord éprouvé une sorte de soulagement. Tu te dis que puisque ta fille est morte, au moins, elle ne souffre plus. Mais la douleur revient très vite comme un boomerang. Et le temps ne répare rien : c'est l'horreur à perpétuité. L'horreur indéfiniment. Ne crois pas toutes ces conneries que tu peux lire dans les magazines ou les bouquins de psycho : le travail de deuil, la consolation… Tout cela, ça n'existe pas. En tout cas, pas lorsque ton enfant a disparu dans les circonstances dans lesquelles est morte Louise. Ma fille n'a pas été terrassée par une maladie foudroyante. Elle n'est pas morte dans un accident de voiture, tu comprends ? Elle a survécu plusieurs années entre les griffes du diable. Quand tu penses à son calvaire, tu as juste envie de te faire sauter le caisson pour mettre fin au déluge d'horreurs qui déferle dans ton crâne !

Caradec avait presque crié pour que ses paroles dominent le souffle du vent.

— Je sais que tu es enceinte, dit-il en cherchant à accrocher le regard de Claire. Lorsque tu deviendras mère, tu comprendras que le monde se divise en deux : ceux qui ont des enfants et les autres. Être parent te rend plus heureux, mais ça te rend aussi infiniment vulnérable. Perdre son enfant est un chemin de croix perpétuel, une déchirure que rien ne pourra jamais recoudre. Chaque jour, tu crois avoir atteint le pire, mais le pire est toujours à venir. Et le pire, finalement, tu sais ce que c'est ? Ce sont les souvenirs qui se fanent, qui s'étiolent et qui finissent par disparaître. Un matin, en te réveillant, tu te rends compte que tu as oublié la voix de ta fille. Tu as oublié son visage, l'étincelle de son regard, la façon particulière qu'elle avait de rejeter une mèche de cheveux derrière son oreille. Tu es incapable d'entendre la sonorité de son rire dans ta tête. Tu comprends alors que la douleur n'était pas le problème. Et qu'avec le temps elle était même devenue une drôle de compagne, un adjuvant familier aux souvenirs. Lorsque tu piges ça, tu es prêt à vendre ton âme au diable pour raviver ta douleur.

Marc alluma une cigarette et tourna la tête du côté des embarcations qui voguaient sur le bras de mer.

— Autour de moi, pourtant, la vie continuait, déclara-t-il en exhalant un nuage de fumée. Mes collègues partaient en vacances, faisaient des enfants, divorçaient, se remariaient. Moi, je faisais juste semblant de vivre. J'évoluais comme un zombie, dans la nuit, toujours au bord du précipice. Je n'avais plus de sève, plus aucun appétit de vivre. Du plomb collait à mes semelles et lestait mes paupières. Et puis un jour... Un jour, je t'ai rencontrée...

Le regard du vieux flic se remit à briller d'une flamme folle.

— C'était un matin, à la fin du printemps. Tu quittais l'appartement de Raphaël avant de partir pour l'hôpital. Nous nous sommes croisés dans la cour ensoleillée de l'immeuble. Tu m'as salué timidement puis tu as baissé les yeux. Malgré ta réserve, c'était difficile de ne pas te remarquer. Mais derrière ta silhouette élancée, ta peau métisse et tes cheveux lisses, quelque chose m'intriguait. Et chaque fois que je t'ai revue par la suite, j'ai éprouvé le même malaise. Tu me rappelais quelqu'un ; un souvenir lointain que j'avais du mal à fixer ; à la fois évaporé et encore très présent. Il m'a fallu plusieurs semaines pour arriver à cerner ce trouble : tu ressemblais à Claire Carlyle, cette petite Américaine enlevée elle aussi par Kieffer, mais dont on n'avait jamais retrouvé le corps. J'ai longtemps repoussé cette idée. D'abord parce qu'elle était absurde, puis parce que je pensais qu'elle ne reflétait que mes obsessions. Mais elle ne me quittait plus. Elle s'était incrustée dans mon cerveau. Elle me hantait. Et je ne connaissais qu'un moyen pour m'en libérer : relever tes empreintes et demander à un collègue de les entrer dans le FAED. Alors, il y a quinze jours, je me suis décidé. Le résultat a confirmé l'impossible : tu ne ressemblais pas seulement à Claire Carlyle. Tu étais Claire Carlyle.

Marc jeta son mégot sur les lattes de bois et l'aplatit avec son talon comme on écrase une punaise.

— Dès lors, je n'ai plus eu qu'une seule obsession : t'observer, comprendre et me venger. La vie ne t'avait pas remise sur mon chemin par hasard. Il fallait que quelqu'un paie pour tout le mal que tu avais fait. C'était ma mission. Quelque chose que je devais à ma fille, à ma femme ainsi qu'aux familles des autres victimes de Heinz Kieffer : Camille Masson et Chloé Deschanel. Elles aussi sont mortes par ta faute, gronda-t-il.

— Non ! se défendit Claire.

— Pourquoi n'as-tu pas donné l'alerte lorsque tu as réussi à t'échapper ?

— Raphaël m'a dit que vous aviez mené l'enquête avec lui. Vous savez très bien pourquoi je n'ai prévenu personne : je venais d'apprendre que ma mère était morte ! Je ne voulais pas devenir un phénomène de foire. J'avais besoin de me reconstruire dans le calme.

Le regard fou, Caradec lui fit face.

— C'est justement parce que j'ai mené une enquête approfondie que j'ai acquis la conviction que tu mérites de mourir. Je voulais vraiment te tuer, Claire. Comme j'ai tué le gendarme de Saverne, cette pourriture de Franck Muselier.

Soudain, l'enchaînement des événements se dessinait, limpide, pour Claire.

— Et comme vous avez essayé de tuer Clotilde Blondel ?

— Blondel, c'était un accident ! se défendit

553

Marc en haussant la voix. J'étais venu l'interroger, mais elle a cru que je voulais l'agresser et elle a traversé la vitre en s'enfuyant. N'essaie pas d'inverser les rôles. La seule vraie coupable, c'est toi. Si tu avais prévenu de ton évasion, Louise serait encore là. Camille et Chloé aussi !

Écumant de rage, Marc attrapa Claire par le bras et lui cria toute sa peine :

— Un simple coup de fil ! Un message anonyme laissé sur un répondeur ! Ça t'aurait pris une minute et tu aurais sauvé trois vies ! Comment oses-tu prétendre le contraire ?

Effrayé, Théo se mit à geindre, mais, cette fois, il ne trouva personne pour le consoler. Claire se dégagea de l'emprise de Marc et lui répondit sur le même ton :

— La question ne s'est jamais posée en ces termes. Je n'ai jamais pensé une seule seconde qu'il pouvait y avoir d'autres personnes détenues avec moi !

— Je ne te crois pas ! rugit-il.

Théo sanglotait maintenant, spectateur de leur affrontement.

— Vous n'étiez pas dans cette putain de maison avec moi ! hurla Claire. J'ai passé 879 jours enfermée dans une pièce de douze mètres carrés. Le plus souvent enchaînée. Parfois avec un collier en ferraille autour du cou ! Vous voulez que je vous dise la vérité ? Oui, c'était atroce ! Oui, c'était l'enfer. Oui, Kieffer était un monstre ! Oui, il nous torturait ! Oui, il nous violait !

Pris au dépourvu, Marc baissa la tête et ferma les yeux, comme un boxeur acculé dans un coin du ring.

— Kieffer ne m'a jamais parlé d'autres filles, vous m'entendez, JAMAIS ! assura Claire. J'étais enfermée tout le temps. En deux ans, j'ai dû voir le soleil à cinq reprises et pas une fois je n'ai songé que je pouvais ne pas être seule dans cette prison. Malgré ça, je porte cette culpabilité en moi depuis dix ans et je crois que je la porterai toujours.

La jeune femme baissa d'un ton, recouvrant son sang-froid, et se pencha pour prendre Théo dans ses bras. Tandis que le petit garçon se blottissait contre elle, pouce dans la bouche, elle poursuivit sur un ton plus grave :

— Je comprends votre rage devant cette injustice. Tuez-moi si vous pensez que cela allégera le moins du monde votre peine. Mais ne vous trompez pas de combat, Marc. Il n'y a qu'un coupable dans cette affaire, c'est Heinz Kieffer.

Mis au pied du mur, Caradec resta silencieux,

cloué sur place, les yeux fixes et exorbités. Il demeura ainsi deux bonnes minutes, immobile dans le vent glacé. Puis, lentement, le flic en lui refit son apparition. Sans qu'il sache trop pourquoi, un détail apparemment sans importance traînait toujours au fond de son esprit. Une question qui était demeurée sans réponse. Une simple interrogation revenue à deux reprises dans l'enquête. Et deux, pour un flic, c'est une fois de trop.

— Avant d'être enlevée, tu disais tout le temps que tu voulais devenir avocate, fit-il remarquer. C'était quelque chose de très ancré en toi.

— C'est exact.

— Mais après ton évasion, tu as changé radicalement de projet professionnel. Tu as voulu faire ta médecine envers et contre tout. Pourquoi ce... ?

— C'est à cause de votre fille, l'interrompit Claire. À cause de Louise. C'est ce qu'elle a toujours voulu devenir, n'est-ce pas ?

Marc sentit le sol se dérober sous ses pieds.

— Comment tu sais ça ? Tu m'as dit que tu ne la connaissais pas !

— Depuis, j'ai appris à la connaître.

— Qu'est-ce que tu racontes ?

Claire reposa Théo et sortit de son sac à dos le grand cahier bleu à la couverture cartonnée.

— Je l'ai trouvé dans le sac de Kieffer, expliqua-t-elle. C'est le journal de Louise. Je ne sais pas exactement pourquoi il était là, avec l'argent de la rançon de Maxime Boisseau. Kieffer l'avait sans doute repris à votre fille. C'est quelque chose qu'il faisait souvent : il nous laissait écrire, mais nous confisquait ce que nous couchions sur le papier.

Elle tendit le cahier à Caradec, mais le flic demeura immobile, pétrifié, incapable du moindre mouvement.

— Prenez-le. Il est à vous à présent. Pendant sa détention, Louise vous a beaucoup écrit. Au début, elle rédigeait une lettre presque chaque jour.

Caradec attrapa le journal d'une main tremblante tandis que Claire reprenait Théo dans ses bras. Au loin, au début de la promenade, elle aperçut Raphaël qui courait dans leur direction.

— Viens, on va voir papa, dit-elle au petit garçon.

Marc s'était assis sur un banc face à la mer. Il ouvrit le cahier et en parcourut quelques pages. Il identifia tout de suite l'écriture serrée et pointue de Louise et les motifs qu'elle avait l'habitude de gribouiller : des oiseaux, des étoiles, des roses entrelacées d'ornements gothiques. Dans les marges, à côté des dessins, on trouvait quantité de vers griffonnés. Des extraits de poèmes ou de textes que lui avait fait apprendre sa mère. Marc reconnut Hugo (« Chaque homme dans sa nuit s'en va vers sa lumière »), Eluard (« J'étais si près de toi que j'ai froid près des autres »), Saint-Ex (« Tu auras de la peine. J'aurai l'air d'être mort et ce ne sera pas vrai ») et Diderot (« Partout où il n'y aura rien, lisez que je vous aime »). L'émotion lui serra la gorge. La douleur était revenue, fulgurante, asphyxiante, dévastatrice. Mais elle charriait avec elle un cortège de souvenirs qui se réveillèrent pour jaillir tel un geyser brûlant irriguant son esprit engourdi.

À nouveau, Marc entendait Louise.

Il reconnaissait son rire, son énergie, les inflexions de sa voix.

Elle était tout entière entre ces pages.

Elle vivait entre ces pages.

Louise

J'ai peur, papa...

Je ne vais pas te raconter d'histoires : j'ai les membres qui tremblent et le cœur qui se déchire. J'ai aussi souvent l'impression que Cerbère est en train de me dévorer le ventre. Je l'entends aboyer, mais je sais que tout ça n'existe que dans ma tête. J'ai peur, mais, comme tu me l'as toujours répété, j'essaie de ne pas avoir peur de ma peur.

Et lorsque la panique menace de me submerger, je me dis que tu vas venir me chercher.

Je t'ai vu travailler, je t'ai vu rentrer tard à la maison. Je sais que tu ne te décourages jamais, je sais que tu ne lâches jamais une affaire. Je sais que tu vas me retrouver. Tôt ou tard. C'est cela qui me fait tenir et qui me permet de rester forte.

On ne s'est pas toujours compris, toi et moi. Ces derniers temps, on ne se parlait presque plus. Si tu savais comme je le regrette aujourd'hui. Nous aurions dû nous dire plus souvent que nous nous aimions et que nous comptions l'un pour l'autre.

Lorsque l'on échoue en enfer, c'est important d'avoir des réserves de souvenirs heureux. Je me les projette sans arrêt dans la tête. Pour avoir moins froid, moins peur. Je me récite les poèmes que m'a appris maman, je me joue mentalement les airs de piano que j'ai répétés au conservatoire, je me raconte les histoires des romans que tu m'as fait lire.

Les souvenirs fusent en gerbes. Je me revois toute petite, sur tes épaules, en balade dans la forêt de Vizzavona, coiffée de mon bonnet péruvien. Je sens l'odeur des pains au chocolat que nous allions acheter tous les deux, le dimanche matin, dans cette boulangerie du boulevard Saint-Michel où la vendeuse me donnait toujours une madeleine tout juste sortie du four. Plus tard, nos périples sur les routes de France lorsque tu m'accompagnais à mes épreuves d'équitation. Même si je prétendais le contraire, j'avais besoin de ta présence et de ton regard. Lorsque tu étais là, je savais qu'il ne pouvait rien m'arriver de grave.

Je me souviens des vacances que nous avons passées tous les trois, maman, toi et moi. Je râlais souvent de devoir vous accompagner, mais je me rends compte aujourd'hui combien la mémoire de ces voyages m'aide à m'évader de ma prison.

Je me souviens des palmiers et des cafés de la place Reial à Barcelone. Je me souviens des pignons gothiques des maisons en bordure des canaux à Amsterdam. Je me souviens de notre fou rire sous la pluie en Écosse au milieu d'un troupeau de moutons. Je me souviens du bleu azur des azulejos de l'Alfama, de l'odeur de poulpe grillé dans les rues de Lisbonne, de la fraîcheur d'été de Sintra et des pastéis de nata de Bélem. Je me souviens du risotto aux asperges de la piazza Navona, de la lumière ocre de San Gimignano, des oliviers frémissants dans la campagne de Sienne, des jardins secrets du vieux Prague.

Entre ces quatre murs glacés, je ne vois jamais le jour. Ici, la nuit est partout. Je plie, mais ne romps pas. Et je me dis que ce corps décharné et brûlé de plaques rouges n'est pas le mien. Je ne suis pas cette morte vivante au teint hideux de porcelaine. Je ne suis pas ce cadavre en faïence entre linceul et cercueil.

Je suis cette fille solaire qui court sur le sable tiède de Palombaggia. Je suis le vent qui fait claquer les voiles d'un bateau en partance. La mer infinie de nuages qui donne le vertige derrière le hublot.

Je suis un feu de joie qui brûle à la Saint-Jean. Les galets d'Étretat qui roulent sur la plage. Une lanterne vénitienne résistant aux tempêtes.

Je suis une comète qui embrase le ciel. Une feuille d'or que les rafales emportent. Un refrain entraînant fredonné par la foule.

Je suis les alizés qui caressent les eaux. Les vents chauds qui balaient les dunes. Une bouteille à la mer perdue dans l'Atlantique.

Je suis l'odeur vanille des vacances à la mer et l'effluve entêtant de la terre mouillée.

Je suis le battement d'ailes du Bleu-nacré d'Espagne.

Le feu follet fugace qui court sur les marais.

La poussière d'une étoile blanche et trop tôt tombée.

Sources

Pour les besoins du roman, j'ai pris çà et là quelques
libertés avec la géographie française et américaine
ainsi qu'avec les règles de fonctionnement de la vie
politique américaine. Quant à la partie scientifique
de l'enquête, elle s'est parfois nourrie d'anecdotes
repérées ces dernières années au gré de mes lectures :
les sprays Ebony & Ivory m'ont été inspirés par un
article présentant le travail de l'artiste new-yorkaise
Heather Dewey-Hagborg ; l'ADN extrait d'un moustique servant de pièce à conviction dans une affaire
de meurtre s'est déjà produit en Sicile au début des
années 2000, ainsi que vous pourrez le découvrir sur
Passeur de sciences, le blog de Pierre Barthélémy
hébergé sur le site du journal *Le Monde*. Enfin, le
concept du Ghost évoqué par Raphaël est déve-
loppé par John Truby dans *L'Anatomie du scénario*,
Nouveau Monde Éditions, 2010.

Références

Exergues des chapitres
Chapitre 1 : Gustave Flaubert, lettre à George Sand, 1873 ; chapitre 2 : Alfred de Musset, « Idylles », dans *Poésies nouvelles*, Charpentier, 1857 ; chapitre 3 : Leopold von Sacher-Masoch, *La Vénus à la fourrure*, traduit par Raphaël Ledos de Beaufort, Charles Carrington, 1902 ; chapitre 4 : Sascha Arango, *La Vérité et autres mensonges*, traduit par Dominique Autrand, Albin Michel, 2015 ; chapitre 5 : Haruki Murakami, *1Q84 (livre 1 – avril-juin)*, traduit par Hélène Morita et Yôko Miyamoto, Belfond, 2011 ; chapitre 6 : Stephen King, *22/11/63*, traduit par Nadine Gassie, Albin Michel, 2013 ; chapitre 7 : Jean Racine, *Athalie*, acte II, scène 5, Denys Thierry, 1691 ; chapitre 8 : Victor Hugo, *Océan. Tas de pierres*, P. Ollendorff et Albin Michel, 1941 (publication posthume) ; chapitre 9 : attribuée à Protagoras ; chapitre 10 : Stieg Larsson, *Millenium*, tome 2 : *La fille qui rêvait d'un bidon d'essence et d'une allumette*, traduit par Lena Grumbach et

Marc de Gouvenain, Actes Sud, 2006 : chapitre 11 : Jean Giono, *Un roi sans divertissement*, éditions de la Table ronde, 1947 ; chapitre 12 : Cesare Pavese, *Travailler fatigue – La Mort viendra et elle aura tes yeux*, traduit par Gilles de Van, Gallimard, 1979 (publication posthume) ; chapitre 13 : Boris Cyrulnik, *Un merveilleux malheur*, Odile Jacob, 2002 ; chapitre 14 : Pierre de Marbeuf, « À Philis » dans *Recueil des vers*, Imprimerie de David du Petit Val, 1628 ; chapitre 15 : George Sand, lettre à Flaubert, 1866 ; chapitre 16 : Sénèque, lettre à Lucilius, Ier siècle ; chapitre 17 : Guillaume Apollinaire, *Le Guetteur mélancolique*, Gallimard, 1952 (publication posthume) ; chapitre 18 : Paul Valéry, *Tel quel*, Gallimard, 1941 ; chapitre 20 : Gerald Martin, *Gabriel García Márquez, a Life*, Bloomsbury, 2008 ; chapitre 21 : Marceline Desbordes-Valmore, « Les roses de Saadi » dans *Poésies inédites*, Gustave Réviliod, 1860 (publication posthume) ; chapitre 22 : Arthur Schopenhauer *in* Robert Green, *Power, les 48 lois du pouvoir*, Leducs Éditions, 2009 ; chapitre 23 : Robert Green, *op. cit.* ; chapitre 24 : Honoré de Balzac, *La Peau de chagrin. Romans et contes*, Gosselin et Canel, 1831.

Citations dans le texte
Page 32 : Albert Cohen, *Le Livre de ma mère*, Gallimard, 1954 ; page 32 : Paul Auster, interview par Michael Wood pour *The Paris Review*, 1997 ; page 95 : Ernesto Sábato, *Alejandra* (*Héros et tombes*), traduit par Jean-Jacques Villard, Le Seuil,

1967 ; page 217 : titre du chapitre tiré du film éponyme *Deux sœurs vivaient en paix* d'Irvin Reis, 1947 ; page 221 : Gustave Flaubert, lettre à Amélie Bosquet, 1859 ; page 225 : Anatole France, *Le Crime de Sylvestre Bonnard*, Calmann-Lévy, 1881 ; page 312 : Sigmund Freud, *Malaise dans la civilisation*, dans la *Revue française de psychanalyse*, traduit par Charles et Jeanne Odier, 1934 ; page 399 : Accroche publicitaire d'*Alien, le huitième passager* de Ridley Scott, 1972 ; page 409 : Louis Aragon, *Le Paysan de Paris*, Gallimard, 1926 ; page 437 : Ernest Hemingway, *Paris est une fête*, traduit par Marc Saporta, Gallimard, 1964 (publication posthume) ; page 558 : Victor Hugo, *Les Contemplations*, Nelson, 1856 ; Paul Eluard, « Ma morte vivante » dans *Le temps déborde*, Les Cahiers d'art, 1947 ; Antoine de Saint-Exupéry, *Le Petit Prince*, Reynal & Hitchcock, 1943 ; Denis Diderot, lettre à Sophie Volland, 1759.

Table

Premier jour
Apprendre à disparaître

Deuxième jour
L'affaire Claire Carlyle

Troisième jour, le matin
L'affaire Joyce Carlyle

Troisième jour, l'après-midi
Les dragons dans la nuit

Composition et mise en pages
Nord Compo à Villeneuve-d'Ascq

Imprimé en Espagne par
Liberdúplex
à Sant Llorenç d'Hortons (Barcelone)
en février 2017

POCKET – 12, avenue d'Italie – 75627 Paris Cedex 13

Dépôt légal : mars 2017
S27514/02